古典文獻研究輯刊

十七編

曾永義 主編

第16冊

知識生產與文化傳播：
新論楊愼（上）

王鐿容 著

國家圖書館出版品預行編目資料

知識生產與文化傳播：新論楊慎（上）／王鐙容 著 — 初版
— 新北市：花木蘭文化事業有限公司，2018〔民 107〕
目 6+194 面；19×26 公分
（古典文學研究輯刊 十七編；第 16 冊）
ISBN 978-986-485-333-5（精裝）
1.（明）楊慎 2. 明代文學 3. 文學評論
820.8　　　　　　　　　　　　　　　　　107001707

ISBN-978-986-485-333-5

古典文學研究輯刊
十七編　第十六冊　　　　　ISBN：978-986-485-333-5

知識生產與文化傳播：
新論楊慎（上）

作　　者　王鐙容
主　　編　曾永義
總 編 輯　杜潔祥
副總編輯　楊嘉樂
編　　輯　許郁翎、王筑　美術編輯　陳逸婷
出　　版　花木蘭文化事業有限公司
發 行 人　高小娟
聯絡地址　235 新北市中和區中安街七二號十三樓
　　　　　電話：02-2923-1455／傳真：02-2923-1452
網　　址　http://www.huamulan.tw 信箱 hml810518@gmail.com
印　　刷　普羅文化出版廣告事業
初　　版　2018 年 3 月
全書字數　486629 字
定　　價　十七編 26 冊（精裝）新台幣 50,000 元

知識生產與文化傳播：
新論楊慎（上）

王鐿容　著

作者簡介

王鐻容，國立台灣師範大學國文系學士、國立暨南國際大學中國語文學系碩士、國立中央大學博士，目前為國立武陵高中國文老師。研究領域和志趣為明清文人相關議題、女性文學、文學理論、文化研究，碩士論文為《傳播‧聲響‧性別——以袁枚《隨園詩話》為中心的文化研究》，期刊論文著作有：〈從淮海詞看秦觀的心境與情史〉〔收於《歷史月刊》167 期 (2001.12)〕；〈文學批評有情天：錢謙益對鍾惺之情誼與攻排探微〉〔收於《清華中文學報：明清詩文研究特輯》(2009.11)〕；〈冒襄《影梅庵憶語試論》〉〔收於《中國文化大學中文學報》第十八期〕；〈文學思潮與影響的焦慮：袁枚性靈說新論〉〔收於《第十四屆全國研究生論文研討會論文集》(中央大學中文系)〕；〈社交與權力——以袁枚《隨園詩話》為中心的女性文學社群研究〉〔收於《第二屆全國研究生文學社會學學術研討會論文集》(南華大學)〕；〈諷刺與解構：試從臥閑草堂評本看《儒林外史》的文章章法〉〔收於《第三屆中國修辭學國際學術研討會論文集》(銘傳大學中文系)〕；〈修辭的力量：錢謙益論竟陵派鍾惺探微〉〔收於《第九屆中國修辭學國際學術研討會論文集》(輔仁大學中文系)〕；〈性別與閱讀——以秦觀婉約詞為例〉〔收於《中極學刊》第一輯（南投：暨南大學中國語文學系，2003)〕；〈從小眾到大眾：「隨園」的文化圖景〉〔收於《中極學刊》第二輯（南投：暨南大學中國語文學系，2004)〕；〈傳播與時尚：《隨園詩話》與出版文化〉〔收於《中極學刊》第三輯（南投：暨南大學中國語文學系，2005)〕；〈傳「奇」乎？傳「教」乎？——《千古奇聞》的編選視域初探〉〔收於《中極學刊》第七輯（南投：暨南大學中國語文學系，2009)〕。

提　　要

　　本文為文化研究模式的明中葉文人個案討論，論題核心首為「傳播」。據《明史‧楊慎傳》得知楊慎（1488～1559）是明代著作最多的文人，本文就文學／文化傳播角度，探究其人其文遠傳廣播的知名成因。

　　本文也處理楊慎其文的讀者反應議題，藉由正反兩方如：李卓吾、謝肇淛、考據學群等，對楊慎的閱讀、理解、評論，重新檢視此一文化／文學接受現象。

　　楊慎其人一生充滿傳奇和爭議，本文將以展演、自我形象建構等視角，就其行其事，如以大禮議事件為核心的一連串展演，重新詮釋其行在文學和文化史上啟蒙屬性。

　　楊慎遠放雲南三十餘年的「千古奇謫」，卻帶來雲南景域文化聲響的提升，本文對此，以人文地理學和後殖民概念，探討其人對雲南史地、文學、教育的啟蒙之功，觀察其人藉由貶謫經驗、地域書寫提升其文文化聲響和文學多元性，和其中透顯的漢人中心意識。

　　明中葉考據學興起，楊慎諸多有關「物」質的考據論述成為當時文人雅士建構品味生活的知識載體。在這種文化生態下，考據學具有物質文化「新」知識體的屬性。

　　另一「新」屬性是楊氏夫婦的文章唱和和以黃峨為名的作品頗多，且論《升庵詩話》、《赤牘清裁》、《江花品藻》、《漢雜事秘辛》、《麗情集》、《倉庚傳》等楊慎相關編撰作品，以及評點《文心雕龍》、《史記題評》、當代文人文集等，凡此，皆可謂楊慎為先驅人物的例證。

目

次

第一章 緒 論

第一節 談文・知人・論世

　　本文屬性爲文人個案研究，文人型態往往與時代語境關係密切，於是我們首先回到主角楊慎所在的歷史語境。楊慎生於明孝宗弘治元年（1488）卒於明世宗嘉靖三十八年（1559）〔註1〕一生經歷弘治、正德、嘉靖三朝，這一

〔註1〕 楊慎的卒年有幾個不同說法，萬曆年間李贄云「余讀先生文集，欲求其生卒之年而不得也。遍閱諸序文，而序文又不載。」見氏著：《焚書（二）》，《李贄全集注》（北京：社會科學文獻出版社，2010），卷5，頁175。可見在當時即是個謎。有關楊慎的卒年，明人多數記載說楊慎於嘉靖三十八年7月6日逝於永昌。一般採用的是《明史》及〈楊升庵先生年譜〉，該年譜爲吳三桂「大周四年」程封撰，即康熙十五年（1676）。此書早於《明史》五十年寫成，所以《明史・楊慎傳》材料多採自《年譜》說法，即卒於嘉靖三十八年（1559），而這也是大多楊慎相關研究所採的卒年時間。但張增祺對楊慎卒年，提出幾個疑點：「1、楊慎寫的〈沐紹勤墓誌〉中有一段文字『（公）嘉靖辛亥九月十九日以疾終於家，……壬戌年十二月二十五日歸葬於呈貢之麓，……公配恭人楊氏，生正德甲戌四月初三日，歿嘉靖壬戌年十二月一日，……是月是十五日合葬公墓』。該墓誌既爲楊慎所撰，那麼楊慎之卒年當不會在作此誌文前。誌文中明白寫到沐紹勤的夫人楊氏死於嘉靖壬戌年（即嘉靖四十一年）。2、從文獻記載本身，也可以看出楊慎的卒年不在嘉靖三十八年。按《明史・王元正傳》：『王元正，字順卿，與慎同年進士，由庶吉士授檢討。……以爭大禮謫戍茂州，卒隆慶初』。按《升庵全集》收有楊慎作〈祭王順卿元正文〉，楊慎既撰有祭王正元正文，其卒年當在元正卒年隆慶初（1567）後。」見氏著：〈有關楊慎生平年代的訂正〉，收於賈順先、林慶彰編：《楊慎研究資料彙編》（南港：中研院文哲所，1992），頁393～397。又穆藥：「關於楊慎的卒年，我同意〈有關楊慎生平年代的訂正〉楊慎不卒於嘉靖38年（1559）之說，但

時期是明代由盛而衰的轉折時期。從政治上來看，這段時期中國境內不斷爆發平民起義事件和少數民族的暴動。嘉靖皇帝，崇尚方術，罔顧朝政，朝綱廢弛，宦官擅權，東南沿海倭寇不斷侵擾，嘉靖二十九年（1550）蒙古人再犯北京。國事紛擾不安，在此期間不斷有正直的官員冒著生命危險，前仆後繼向皇帝上疏直言進諫，他們經常當廷受到廷杖責罰，被廷杖致死的事件頻傳，死裡逃生的朝臣，如：楊慎、海瑞（1513～1587）後來都受到入獄或放逐的命運，貶謫文學在此時期興起〔註2〕。宦官跋扈擅權、廷杖場景、耿直朝臣的故事，這些具有時事效應的題材出現在詩詞、通俗小說和戲曲中，時事劇和時事小說的繁盛，可以說是明中葉以後與政治社會語境緊密結合的一個文化「新」現象。

從社會經濟來看，明中葉也是商業萌發的時代〔註3〕，宋代印刷術帶來的文化繁景，經過金元的衰落沈寂，到了明中葉可稱為印刷文化興盛時期。當時印刷術逐漸發達，印刷成本低廉，蔡澄《雞窗叢話》曾記載時人之語：

> 先輩云：「元時人刻書極難，如某地某人有著作，則其地之紳士呈詞
> 於學使，學使以為不可刻則已；如可，學使備文咨部，部議以為可，

不贊成楊慎『至少在隆慶元年（1567）還活著』的判斷。我認為楊慎卒年應在嘉靖三十九年或四十年（1560或1561）。」見氏著：〈也談楊慎生平年代的訂正〉，收於收於賈順先、林慶彰編：《楊慎研究資料彙編》（南港：中研院文哲所，1992），頁393～404。豐家驊則指出楊慎在嘉靖三十八年冬將《七十行戌稿》，寄囑李元陽作序；以及弘聖寺修竣時，李元陽曾請楊慎作記，他在〈重修弘聖寺記〉中說：「（中溪）歸田以來，盡捐己貲，重修四浮屠。……予見其自壬寅至今二十年間曾無一日報也。」等證據推斷楊慎應逝於嘉靖四十一年（1562年），見豐家驊著：《楊慎評傳》（南京：南京大學出版社，1998），頁165～173。筆者認為這些說法，以嘉靖三十八年（1559）及嘉靖四十一年（1562）較為可信。

〔註2〕貶謫文學自屈原發端，唐宋已有豐富的貶謫文學，然元代貶謫文學衰微，因此，明中葉產生眾多的貶謫題材，有貶謫文學復興之勢。再者，有別於之前的貶謫文人，明代廷杖盛行，貶謫文人所受的責罰往往更嚴厲。參見孫康宜：〈中晚明之交文學新探〉，《北京大學學報（哲學社會科學版）》第43卷，第6期（2006年11月），頁23。

〔註3〕吳志達認為「明中葉特別是到了嘉靖年間，社會各方面的矛盾已經非常尖銳，封建王朝的統治基礎開始發生動搖。……社會經濟的繁榮，促使商業經濟的開展，和市民階層的壯大，很多富人不再經營土地，逐漸脫離封建剝削的模式，而開始轉向經營商業或手工業，成為商業或手工業資本家，資本家多至百萬」參見氏著：《明清文學史》（武昌：武漢大學出版社，1991），頁220～225。

則刊板行世，不可則止。故元人著作之存於今者，皆可傳也。」前明書皆可私刻，刻工極廉，聞前輩何東海云：「刻一部古注十三經費僅百餘金。」故刻稿者紛紛矣。嘗聞王遵巖（即王慎中〔1509～1559〕）、唐荊川（即唐順之〔1507～1560〕）兩先生相謂曰：「數十年來讀書人能中一榜，必有一部刻稿，屠沽小兒身衣暖飽，歿時必有一篇墓志。」此等板籍幸不久即滅，假使盡存，則雖以大地爲架子，亦貯不下。又聞遵巖謂荊川曰：「近時之稿板，以祖龍手段施之，則南山柴炭必賤。」〔註4〕

陸容（1436～1496）《菽園雜記》亦云：「宣德、正統間，書籍印板尚未廣。今所在書板日增月益，天下右文之象，愈隆於前已。……上官多以饋送往來，動輒印至百部，有司所費亦繁」，張秀民認爲「陸氏所述大抵符合實際情況。成化、弘治，史稱『海內富庶，民物康阜』，印書日趨發達，至嘉靖、萬曆而極盛。李贄（1527～1602）云：『戴紗帽而刻集，例也』……嘉靖時凡榜上有名者必刻稿，萬曆時凡做過官的無不照例刻集子。這是由於明代『書皆可私刻』，無元代逐級審批手續，只要有錢，就可任意刻，而刻字工資極低廉，又紙墨易得，故紛紛出版。」〔註5〕從當時來中國傳教的利瑪竇（1552～1610）的讚嘆之語也印證當時出版業的盛況，「我們從這種中文印刷方法中得益非淺，因爲我們利用自己家中的設備印出了我們從各種原來寫作的文字譯成中文的有關宗教和科學題材的書籍」，「正是中文印刷的簡便，就說明了爲什麼這裡發行那麼大量的書籍，而售價又那麼出奇地低廉。沒有親身目睹的人是很難相信這類事實的。」〔註6〕日本學者酒井忠夫解釋說，大規模生產大幅降低了價格，因此，一般的讀者大約用一兩白銀就能買到一本家用類書或小說〔註7〕。彭信威言：「明代刻工的工錢更低。……所以明代的書價更低。嘉靖年間，日本人在蘇州寧波等地買書，《鶴林玉露》一部四冊，費銀二錢，每冊只五分。《文獻通考》一部，九錢。《本草》十冊，四兩九錢。《奇效良方》一

〔註4〕蔡澄：《雞窗叢話》（台北：廣文書局，1969），頁19。

〔註5〕參見張秀民著、韓琦增訂《中國印刷史》（浙江：浙江古籍出版社，2006），頁240。

〔註6〕利瑪竇著，何高濟、王遵仲、李申譯：《利瑪竇中國札記》（北京：中華書局，1990），第1卷，頁21～22。

〔註7〕參見〔美〕高彥頤（Dorothy Ko）著，李志生譯：《閨塾師——明末清初江南才女文化》（南京：江蘇人民出版社，2005），頁38。

部七錢。……總而言之，自印刷術發明以及應用以來，中國的書價有下跌的傾向，而以明代為最低。」〔註8〕出版業的活絡，書價的遽降，便造成新的讀者文化來臨。

除了書價價格降低，導致書籍市場的活絡外，明代中期以後，由書坊刊行出版的書籍數量，超越官方刻書及私人家刻，成為最重要的出版途徑〔註9〕。官刻主要出版以涵具國家意識形態、宣揚政令或大部古籍經典叢書；家刻則以家族譜錄、傳記、個人文集、地方誌為主；書坊則主要目的為刊梓牟利，刻書往往有「編、刻、售合一」的特色〔註10〕，官刻、家刻、書坊多元並進，成為明代文化傳播的重要載體。出版業的興盛造成為數眾多的作者和讀者，大部份與商業、出版相關的研究論文都將焦點置於萬曆以後的晚明及清代，其實嘉靖時期文學產物的豐富多采多姿，繁盛的出版業，想要以「書」傳播聲譽的作者抑或牟利的書商，不分階層的閱讀人口都已經出現了。在這種出版模式中，讀者的需求、閱讀興趣，文化生態的變化，變得極其重要。書籍變成文化商品，如何吸引讀者閱讀、購買？如何傳播、行銷？成為中晚明傳播文化的新議題。

綰合而論，孫康宜認為像楊慎這樣經歷政治迫害和享有高度文學聲望的作家，正可以見證嘉靖統治時代獨特的政治與文化，「在這個時代中，印刷業有了驚人的發展，很多文學作品也因此由坊間大量出版。與此同時，政治迫害並沒能使人沈默，而是造就了一種更新層次的文學表達方式，這種方式被傳給新一代讀者。嘉靖時代的讀者睿智而好奇，時時有求知之欲、獵奇之心。」〔註11〕此時便出現許多新的知識生產形式。

〔註 8〕 彭信威：《中國貨幣史》（上海：上海人民出版社，1965），頁 717。

〔註 9〕 參見何谷理（RobertE‧Heggel）：〈章回小說發展中涉及到的經濟技術因素〉，《漢學研究》，第 6 卷第 1 期（1988 年 6 月），頁 191-197。

〔註 10〕 參見鄭如絲、蕭東發：《中國書史》（北京：書目文獻出版社，1987），頁 200。另高彥頤《閨塾師：明末清初的才女文化》，頁 42-45 亦有對書坊的相關討論。

〔註 11〕 參見孫康宜：〈中晚明之交文學新探〉，《北京大學學報（哲學社會科學版）》第 43 卷第 6 期（2006 年 11 月），頁 32。另，孫康宜：〈重讀明初文學：從高壓到盛世〉亦談到「為敘述方便，我們可以將明代早中期文學分為三期：1368～1450 年為第一期；1450～1520 年為第二期；1520～1570 年為第三期。……第三期主要集中在嘉靖年間（1522～1566），世宗在位的 45 年中，不只沿海長期受倭寇騷擾，北京還再次遭蒙古進犯。為國家安全計，朝廷及時採取了通商議和的政策。在此期間，不斷有正直的官員昧死進諫，批評昏亂的朝政，而拒不納諫諍的世宗則對諫爭者嚴酷打擊，致使不少大臣都倒斃在臭名昭著

　　從文學史的歷史脈絡來看，孫康宜和宇文所安主編的《劍橋中國文學史》中指出目前已有的文學史書寫中，明顯存在著偏重晚明而忽視前中期的問題，這一失衡的文學史敘述通常強調 1550 年之後的明代文學多麼重要，而在此前的近二百年，似乎都無足稱道。但事實上遠非如此，無論在政治上還是文學上，明中葉的文學都很值得重新審視。孫康宜和宇文所安主撰的《劍橋中國文學史》之文學史觀，某種程度上，即在填補明中葉的空白，認為從時間和文學表現來說，這一時期的文學的盛況，可以比擬歐洲文藝復興。明中葉的哲學浪潮、文學運動；城市文化和商業經濟發展；新文類（戲曲、小說、評點）的萌芽、觀念的時新等，都與文藝復興相類〔註12〕。

　　這樣的史觀，適足以使文學史上一直未被重視的明中葉和文人楊慎得以重新被審視。此外，《劍橋中國文學史》還採取一種更具整體性的歷史：即一種文化史或者文學文化史的敘述方法（cultural history or the history of literary culture），而脫離那種將該領域機械性地分割為文類（genres）的作法〔註13〕，一般的文學史通常採用體裁分類的詩、詞、散曲、戲曲、小說的論述方式，往往忽略文人個案的全面性、綜觀發展。明清是個流派興盛，文人社群意識明顯的時代，在詩文方面，通常採用的敘述進程為：三楊與館閣風氣、李東陽與茶陵派、前後七子的文學復古運動、唐宋派的反動、公安派對復古風潮的反擊、竟陵派另闢蹊徑等。明人編撰著作最多的楊慎經常被獨立於諸多主流文學派別之外〔註14〕，也經常被明代思想史研究忽略〔註15〕，顯得孤立而

　　　的廷杖之下。堂堂朝廷命臣被打得皮開肉綻的情景常出現在通俗小說中，小
　　　說書寫歷史的時代由此開始。與此同時，印刷術也有飛速的發展，很多長篇
　　　小說和各種文體的作品由坊間大量推出，就某些文化產品的廣泛傳播而言，
　　　明代中期文學盛況並不比歐洲的文藝復興遜色。」見氏著，張建譯：《古典文
　　　學的現代觀：孫康宜自選集》（上海：上海世紀出版社，2013，頁 74。

〔註12〕有趣的是，明中葉許多文學家也經常與歐洲文藝復興時期人物相提並稱，如
　　　　劉基與博伽丘；高啓（1336～1374）與喬叟（Geoff Chaucer，約 1340～1400）；
　　　　吳承恩與拉伯雷；李贄與塞萬提斯；湯顯祖與莎士比亞等。

〔註13〕參見孫康宜、宇文所安主編，劉倩等譯：《中國劍橋文學史》（北京：生活・
　　　　讀書・新知三聯書店，2013），下卷，頁 22～23。孫康宜著，張建等譯：〈《劍
　　　　橋中國文學史》簡介——以下卷（1375～2008）為例〉，收於氏著：《古典文
　　　　學的現代觀：孫康宜自選集》，頁 10。

〔註14〕「館閣風氣盛行時，于謙獨立其外，前七子橫絕天下。楊慎獨張一幟。……
　　　　這些各秉個性的詩人。在潮流之外，為文壇帶來一股清新風氣。」（頁 220）
　　　　「在前七子復古之風盛行時，楊慎無論創作還是論詩都不願依傍門戶而欲獨
　　　　樹一幟。」（頁 220）參見徐朔方、孫秋克著：《明代文學史》（杭州：浙江大
　　　　學出版社，2006）。

缺乏關注。然而楊慎卻開啓了許多新的文學表現形式，出版作品之多，驚爲「出版界名人」，一直以來以被文學史忽略的非正統、非主流、邊緣的楊慎，卻正好提供一個理解政治・社會／文化視域下的明中葉文學很好的觀測點。

本文以楊慎爲研究中心，亦取法整體性文學史研究敘述方式，試圖重讀明中葉文人楊慎，觀察他的知識生產和文化傳播，以及在文學史上的先驅意義。

第二節　研究動機與目的

一、謫人・狂人・文化人

楊慎字用修，號升庵。他出身於一個書香門第的官宦之家，是大學士兼內閣首輔楊廷和〔註16〕（1459～1529）之子，正德六年（1511）廷試第一〔註17〕，

〔註15〕 如容肇祖的《明代思想史》的編排敘述一樣有強烈的流派意識，以理學、朱學、陸學、王學、東林學派等來論述明代的思想流變。參見容肇祖：《明代思想史》（濟南：齊魯書社，1992）。及「明代是我國文學批評史上頗爲熱鬧的一個時期，流派林立，異說紛呈，各種文體的理論批評都有較大進展。在傳統的詩文領域，文人們各樹旗幟，壇坫自高。論文者或宗秦漢，或主唐宋；論詩者或標格調，或取風神。至隆慶，萬曆朝以後，門派益趨紛繁，公安派竟陵等各各標新立異，力反舊說自成一家。」參見王運熙、顧易生著：《中國文學批評通史——明代卷》（上海：上海古籍出版社，1996）。

〔註16〕 楊廷和（1459～1529），字介夫，號石齋，一生身歷四朝。他在成化十四年（1478）舉進士，入翰林院爲庶吉士，成化十六年（1480）授翰林檢討。……弘治四年（1419），《憲宗實錄》修成，升翰林侍讀。弘治五年（1492）受皇帝青睞，又升任經筵講官。楊廷和在仕途上可謂平步青雲，逐年高升。……楊廷和忠貞正直，辦事幹練，正德三年（1508）加少保兼太子太保，正德五年（1510）進吏部尚書。正德七年（1512）進少師，華蓋殿大學士。十二月李東陽致仕，楊廷和升爲內閣首輔，直至正德十六年（1521）武宗病逝。終正德一朝，楊廷和因爲是皇帝老師的夤緣，深得武宗器重和信賴，扶搖直上，達到了顛峰。……楊廷和「鎮靜持重」，「大事眾謀，小事獨斷，穩住了政局」爲中外所推服。《明史》評曰「武宗之季，君德日荒，嬖倖盤結左右。廷和爲相，雖無能改其德，然流賊熾而無土崩之虞，宗藩叛而無瓦解之患者，固賴廟堂有經濟也。」參見豐家驊：《楊慎評傳》（南京：南京大學出版社，1998），頁13～19。

〔註17〕 關於楊慎廷試第一一事亦在當時引起很大的爭議。他在正德六年舉進士，殿試第一就毀譽紛然，一方稱他爲「關節狀元」、「面皮狀元」，說是「首揆長沙公（李東陽）先以策題試之，故對獨詳。」又說其父楊廷和在內閣沒有迴避，試官看他面子，遂使楊慎奪魁。參見沈德符：〈關節狀元〉，收於氏著：《萬曆野獲編》（北京：中華書局，1959），卷14，頁379。

授翰林修撰，前途可謂一片光明。然而嘉靖三年（1524）的「大禮議」卻使他的人生大逆轉，楊慎因率朝臣群起抗爭，爲皇帝深惡，故被貶爲軍籍，以三十七歲壯年之齡謫戍到當時最遠的邊陲雲南。他在放逐中度過其人生之後的三十五年，直至嘉靖三十八年（1559）卒，終其一生未能像其他官員那樣獲赦。楊慎流放雲南，「紅顏而出，華顚未歸」，被稱爲「千古奇謫」〔註18〕。錢謙益（1582～1664）這樣描述楊慎貶謫後的生活：

> 謫戍雲南永昌衛，投荒三十餘年，卒於戍，年七十有二。用修在滇，世廟意不能忘，每問楊慎云何。閣臣以老病對，乃稍解。用修聞之，益自放，嘗醉，胡粉傅面，作雙丫髻插花，諸伎擁之遊行城市，諸夷酋以精白綾作袧，遣諸伎服之。酒間乞書，醉墨淋漓，諸酋輒購歸，裝潢成卷。嘗語人曰：「老顚欲裂風景，聊以耗壯心，遣餘年耳！」
> 著述最富，詩文集之外，凡百餘種，皆盛行於世。〔註19〕

錢謙益的傳述中，刻畫了楊慎的謫人、狂士形象。此番千古「奇謫」、「奇狂」在其後成爲一個文化譜系，從起始的傳奇性、展演性，到後來的接受反應，留下許多可以探討的議題。

就出版文化而言，身在邊陲的楊慎卻成了當時文壇名人，他創作、編撰不斷，著作等身，在遭流放的三十餘年歲月，他在滇地發展了近乎全能式的知識寫作，無論傳統的經、史、子、集，以及地理、方志、滇地風俗文化、音韻、小說、醫卜技能、草木蟲魚、書畫幾乎無所不能〔註20〕。《明史·楊慎傳》云：「明世記誦之博，著作之富，推慎爲第一。詩文外，雜著至一百餘種，並行於世。」〔註21〕與他同時代的的王世貞（1526～1590）也說：「明興，稱

〔註18〕參見簡紹芳：〈陶情樂府序〉「太史紅顏而出，華顚未歸，凡三十稔，得古今奇謫」，收於王文才、張錫厚：《升庵著述序跋》（昆明：雲南人民出版社，1985），頁149～150。

〔註19〕參見錢謙益《列朝詩集小傳·楊修撰慎》（南京：江蘇古籍出版社，1983），上冊，頁，353～354。

〔註20〕簡紹芳：「公孝友性植，穎敏過人，家學相承，益以該博。凡宇宙名物之廣，經史百家之奧，下至稗官小說之微，醫卜技能、草木蟲魚之細，靡不究心多識，闡其理，博其趣，而訂其訛謬焉。」參見氏著：〈贈光祿卿前翰林修撰升庵楊慎年譜〉，收於《楊升庵叢書》（成都：天地出版社，2002），第6冊，附錄，頁1282。

〔註21〕參見〔清〕張廷玉等撰：《明史·楊慎傳》（北京：中華書局，1997），冊17，列傳80，頁5083。焦竑謂：「明興，博學饒著述者，無如用修」參見《玉堂叢語》（北京：中華書局，1981），卷1，頁28。

博學，饒著述者，蓋無如用修。」〔註22〕稍晚的顧起元（1565～1628）〈升庵外集序〉說：「國初迄於嘉隆，文人學士著述之富，毋踰升庵先生。」〔註23〕同樣給他很高的讚譽。清紀昀談楊慎著作：「以博洽冠一時，使其覃精研思，網羅百代，竭平生之力以成一書，雖未必追蹤馬、鄭，亦未必遽在王應麟、馬端臨下……然漁獵既富，根底終深，故疎舛雖多，而精華亦復不少。求之於古，可以位置鄭樵、羅泌之間，其在有明，固鐵中之錚錚者矣」〔註24〕，楊慎著作號稱四百餘種〔註25〕，現存二百餘種〔註26〕，他的著作種類繁多，舉凡經學、文字、聲韻、思想、詩話、詩、詞、曲、小說、戲曲、文學評論、書畫藝術等無所不包〔註27〕，儼然是個學術、文學全才。

〔註22〕「明興，稱博學饒著述者，蓋無如用脩。其所撰，有《升庵詩集》、《升庵文集》、《升庵玉堂集》、《南中集》、《南中續集》、《廿十行戍稿》、《升庵長短句》、《陶情樂府》、《洞天玄記》、《滇載記》、《轉注古音略》、《古音叢目》、《古音獵要》、《古音複字》、《古音騈字》、《古音附錄》、《異魚圖贊》、《丹鉛餘錄》、《丹鉛續錄》、《丹鉛摘錄》、《丹鉛閏錄》、《丹鉛別錄》、《丹鉛總錄》、《墨池瑣錄》、《書品》、《詞品》、《升庵詩話》、《詩話補遺》、《莖蕑新詠》、《月節詞》、《檀弓叢訓》、《墐戶錄》、《瀑布泉行須候記》、《夏小正錄》、《升庵經說》、《楊子卮言》、《卮言閏集》、《散帙》、《病榻手欥》、《晞籛》、《六書索隱》、《六書練證》、《經書指要》。其所編纂，有《詞林萬選》、《禪藻集》、《風雅逸編》、《藝林伐山》、《五言律祖》、《蜀藝文志》、《唐絕精選》、《唐音百絕》、《皇明詩抄》、《赤牘清裁》、《赤牘拾遺》、《經義模範》、《古文韻語敘》、《管子錄》、《引書晶毛》、《選詩外編》、《交遊詩錄》、《絕句辨體》、《蘇黃詩體》、《宛陵六一詩選》、《五言三韻詩選》、《五言別選》、《李詩選》、《杜詩選》、《宋詩選》、《元詩選》、《群書麗句》、《名奏菁英》、《群公四六節文》、《古今風謠》、《古韻詩略》、《說文先訓》、《文海釣鰲》、《禪林鉤玄》、《填詞選格》、《百琲明珠》、《古今詞英》、《填詞玉屑》、《韻藻古諺古雋》、《寰中秀句》、《六書索隱》、《六書練證》、《逸古編》、《經書指要》、《詩林振秀》」參見〔明〕王世貞著，羅仲鼎校注：《藝苑卮言》（山東：齊魯出版社，1992），卷6，頁321～322。

〔註23〕參見〔明〕楊慎：《升庵外集》（臺北：臺灣學生書局，1971），第1冊，頁3。

〔註24〕參見紀昀：《四庫全書總目提要‧丹鉛餘錄》（臺北：藝文印書館，1969）。

〔註25〕簡紹芳：「至其平生著述，四百餘種，散逸頗多，學者未能賭其全。茲聊記其知名之目於簡末，俟有所考云。」參見《升庵先生年譜》，收於王文才《楊慎學譜》（上海：上海古籍出版社，1988），頁140。

〔註26〕參見王文才：「慎於當時，倡為博學，以其著述，影響流風，爲世所推，宜無異辭。然在明時，記其撰作之數，卻多異同。嘗綜計之，生前已成之書達一百餘種，刻行殆已過半，歿後整理續出約得二百種書，遺稿佚目猶不止此數。」參見氏著：《楊慎學譜》，頁140。

〔註27〕高小慧：「人們大多歎服楊慎著作之巨，如簡紹芳《升庵年譜》說他：『平生著述四百餘種，散逸頗多，學者恨未睹其全』。李贄《續藏書》卷26〈修撰楊公慎傳〉計楊慎書目共117種。王世貞《藝苑卮言》卷六載楊慎著作88種。

　　大禮議之後，楊慎被貶謫至邊陲之地雲南，從此喪失政治舞台，傳統士大夫經世濟民大業亦隨之失落，導致他的自我認同有別於一般正統士大夫，進而走出一條邊緣想像的林中路。這樣的地位造就他在當時文學場域上的邊緣展演，楊慎的生命史展現出近似晚明山人的狂放，簪花敷粉、東山之癖、諸伎擁之遊行城市等顛放縱行，不在意正統規範，但好求聲譽，可以說是中晚明異端、山人的先驅。另一方面，這種邊緣的位置，也影響他的文學觀，楊慎關注出版文化，有別於正統的士大夫之學，他的撰著傾向通俗，力求雅俗交織，接近庶民日用，在女性文學、情色文學、小說、戲曲、譜錄、民謠、俗諺、彈詞等均有前驅性的開創意義。

二、研究動機與目的

　　本文以楊慎作為研究的個案對象，由其作品釐析其生命型態、文化社群的展演，以及其透顯出來的知識生產，繼而疏理其地域書寫、考據知識、性別書寫的文化傳播意義，亦將探論楊慎在中晚明出版文化上許多開創意義的著作，以及這些創新之舉對後世所產生的影響。

　　中國出版文化從宋代開始勃興，南宋已有許多出版品。元代異族統治，文風不盛，出版文化相對衰落。明初出版文化呈現低谷狀態，當時的出版品數量極少，種類也十分有限。明中葉以後，書商、家刻和坊刻逐漸興盛，預

焦竑《升庵外集題識》附錄楊慎著作 138 種。胡應麟謂：「用修生平纂述。亡慮數十百種」見胡應麟：《藝林學山》，收於氏著：《少室山房筆叢》（北京：中華書局，1958，）卷 18，頁 258。刊刻餘萬曆三十年的何用度《益部談資》卷中記載楊慎著作 140 種，並言「楊用修著述之富，古今罕傳。予所見已刻者二十九種、未見已刻者三十九種、聞未刻者尚有七十一種，共計 139 種」。明代先後有張士佩將楊慎著作之精要編為《升庵全集》81 卷，楊友仁、陳大科等編成《升庵集》81 卷，楊金吾編成《升庵遺集》26 卷，焦竑編成《升庵外集》100 卷。清初黃虞稷《千頃堂書目》載楊慎著 54 種，《明史》本傳謂：「詩文外，雜著至一百餘種」。《四庫全書總目提要‧丹鉛錄》謂『平生所錄不下二百餘種』。光緒年間鄭寶琛又編成《總纂升庵全集》200 卷。李調元《函海》輯刻楊慎著作 45 種 186 卷，並且編《升庵駢數總目》200 卷。」見高小慧：〈楊慎研究綜述上〉，收於《天中學刊》第 21 卷，第一期（2006 年 2 月）。有關楊慎著作可以參見孫芳：〈楊慎研究現況及展望〉，《西南科技大學學報（哲學社會科學報）》，第 28 卷，第一期（2011 年 2 月）；郭偉玲：〈楊慎與圖書編撰學〉，《四川圖書館學報》，2005 年第 4 期：白建忠、孫俊杰：〈百年來楊慎研究綜述〉，《內蒙古師範大學學報（哲學社會科學版）》，第 36 卷第 2 期（2007 年 3 月）。

示一個新的讀者大眾文化的來臨。讀者大眾群、坊刻、城市文化、商品化社會和貨幣經濟的發展，成為明代明顯的社會現象。日本學者近期的研究成果顯示，除了「革命」，沒有其他的詞能夠形容嘉靖時期（1522～1566）中國出版業出現的轉折。日本學者井上進和大木康認為，嘉靖時期是中國印刷的分水嶺，此時是印刷而不是手摹，對傳統文人階層以外的人來說，書籍變得容易取得，標誌著印刷由質量時代向數量時代的轉折〔註28〕。

楊慎居於一個出版歷史的轉折位置。晚明繁盛的出版文化在楊慎時已開風氣之先，其後許多文人及出版品類都深受其影響，就歷史意義來說，楊慎可以說是明中葉與晚明接軌的代表人物，具有鮮明的指標意義和先驅性。

楊慎所編輯的《古今風謠》、《古今諺》、《風雅逸編》等民歌集，採集和編選巧妙地寄寓了他對當時朝政的批評，如《古今風謠》中的〈正德童謠〉、〈嘉靖初童謠〉，開明中葉時事題材的文學作品之先，具有歷史意義。楊慎《玉名詁》、《丹鉛錄》、《書品》、《畫品》、《墨池瑣錄》諸書開晚明器物閒賞美學之先；《異魚圖贊》、《群�傳神》等介紹蟲魚草木、植物之書，開晚明繁盛的圖譜文化之先；《素問糾暑》、《脈位圖說》等醫書，開晚明興盛的醫療書籍之先；而《江花品藻》〔註29〕屬青樓品花之書，與其後的王穉登《金陵麗人紀》、曹大章《秦淮士女表》、潘之恆《曲中志》、《吳姬錄》、梅史《燕都妓品》、《北里志》、《青樓集》、《教坊記》、《溫柔鄉》等品姬之書，還有版畫《吳姬百媚圖》等文化商品，亦開明代品花類書風氣之先；楊慎出版的黃峨相關著作，姑且不論其真偽問題，亦開晚明萬曆之後繁盛的婦女文學風氣之先。

楊慎在嘉靖三年（1524）謫戍雲南後，他的《丹鉛》諸錄陸續問世。這些考訂雜著受到人們廣泛的重視和喜愛，風行一時，迅速傳到江南、全國。當時楊慎的影響很大，諸多學者接受他的學問，並發揚光大，但也遭到很多攻擊，引起學術界一場軒然大波。錢謙益《列朝詩集小傳》稱他：「竄改古人，假託往籍，英雄欺人，亦時有之，要其勾索淵深，藻彩繪會，自足以牢籠當世，鼓吹前哲，膚淺末學，趨風仰止，固未敢抵隙蹈瑕，橫加訾謷也。王元

〔註28〕 「質量印刷時代從宋代延續至明代早期，在這一時代，木版的雕刻和校對都十分仔細，只有質量上乘的紙和墨才能被使用。作為藝術品，書籍是財富的象徵。」參見〔美〕高彥頤著，李志生譯：《閨塾師——明末清初江南才女文化》，頁37。

〔註29〕 參見楊慎著，潘之恆校《江花品藻》，收於明清苕逸史編：《品花箋》，中央圖書館善本書，子部雜家類，雜纂之屬，第8冊。

美曰：「『用修工于證經，而疏於解經，詳於稗史，而忽於正史；詳於詩事，而不得詩旨，求之宇宙之外，而失之耳目之前。』斯言也，庶哉楊氏之諍友乎！」〔註30〕然而，不管是譽是毀，這些評述皆可見楊慎其人其文在當時文化場域的流行。他如何在偏僻的滇地傳播、出版其眾多的著作？其傳播出版策略爲何？有哪些突破時代禁忌／氛圍，造成「話題」的著作？他如何從邊地的「謫人」到「出版界名人」是一連串令人想一窺究竟的問題。

　　楊慎著作等身，但他好拼合綴組古詩，本身就是仿冒專家。有趣的是，書商爲牟利，當時文壇有一股冒用楊慎之名的出版現象，楊慎儼然形成了被仿冒的名家，楊慎的舛誤之作又掀起文壇考定眞僞之風，僞作、仿冒亦形成一個值得觀察的文化現象。

　　進一步來說，他的著作在文壇的讀者接受反映不一，甚至當時在學術界展開以楊慎爲中心的反覆辯難，既有《正楊》又有《正正楊》〔註31〕，贊同、批駁皆關涉文學場域的細部問題，但在攻訐與澄清之間，已造成繁盛的討論效應，楊慎聲譽也隨之傳播。因此，邊陲的楊慎如何將其聲譽、著作、思想、理論從空間的邊陲到文壇的核心，其中隱含的傳播途徑、策略形成有趣的議題。

　　又《四庫提要》著錄楊慎二十九種著述，對各書都一一加以考訂、評騭。這是一部清王朝官修的書，館閣屬臣也承認楊慎「博洽冠一時」，《丹鉛》諸作「疏舛雖多，而精華亦復不少」，但他們從正統思想出發，對楊慎則多貶抑，說他「好僞撰古書，以證成己說」，他的《丹鉛》諸書，「瑕瑜互見，眞僞互陳」，還說他「取名太急，稍成卷帙，即付梨棗餔飣爲編，只成雜學」等等，貶低他著作的價值。《四庫全書》問世流傳以後，楊慎即長期被冷落，一直不

〔註30〕參見錢謙益《列朝詩集小傳・楊修撰慎》（南京：江蘇古籍出版社，1983），上冊，頁，353～354。

〔註31〕比楊慎稍晚出的陳耀文，對楊慎的博學頗不服氣，特作《正楊》一書，摘出《丹鉛》諸錄中的一百五十條錯誤，但他詆誹相加，殊爲不當。萬曆年間，另一個博學的學者胡應麟仿楊慎《藝林伐山》作《藝林學山》一面訂正楊慎的失誤，「千慮而得間有異同，即就正大方」，一方面不滿陳耀文「謏謏焉數以辯嘩其後」，「亡取苟合」，自認爲「求忠臣於楊子之門，或爲余屈其一指也夫！」爲楊慎辯護，對二家之說多所折衷。當時在學術界以楊慎爲中心展開了反覆的辯難，既有《正楊》又有《正正楊》等，朱國楨說：「（自）有《丹鉛錄》諸書，便有《正楊》、《正正楊》，辯則辯矣，然古人古事古字，此書如彼，彼書如此，原散見雜出，各不相同，見其一未見其二，哄然相駁，不免爲前人暗笑。」其後又有《翼楊》、《廣陳》、《謚胡》、《疑耀》等相關以楊慎爲中心的辯難著作。參見豐家驊：《楊慎評傳》，頁5～6。

受重視〔註32〕。楊慎生前卒後，以及在當代（明中葉、晚明）和後代（清代）的文化／文學接受史，呈現極大的反差，因此，楊慎的文學／文化的讀者反應／接受史也成為一個值得探討的脈絡。

　　從外因到內因，疏理楊慎的生命史，回到新秀楊慎變成謫人的起點，被貶謫到滇地成為「永遠」的軍戶，遷謫邊地事件顯然是楊慎生命史上重大悲劇。楊慎「跪門哭諫，聚眾請願」、「兩遭廷杖幾近於亡」，一路上的妻子、友朋、群眾涕零送行，扶病馳萬里抵戍所幾不起〔註33〕，到滇地的「敷粉狎妓」縱狂顛放，這些事件他自己都詳實記載，整個事件充滿悲劇性。而在滇地的三十餘年間，他仍無法忘卻謫戍一事，時時用各種或傷悲或戲謔或投射的方式來昇華此悲劇。這些隻字片語建構出謫人／狂士形象，「遷謫」、「災難記憶」顯然成為一個象徵符碼，對於楊慎在中晚明文學場域的聲譽傳播產生微妙的影響。

　　其後，楊慎在滇地的顛放行舉成為明清文化場上一個「話題人物」，王世貞（1526～1590）《藝苑卮言》、焦竑（1540～1620）《玉堂叢語》〔註34〕、張萱《西園聞見錄》〔註35〕、李紹文《皇明經世新語》〔註36〕、尹守衡（1551～1663）《明史竊・列傳》〔註37〕，以及一些知名或不知名的明中葉以下的人物品鑑書籍都刊載此事，其後失意文人每每借此事抒／書懷，楊慎儼然成了明清新「屈原」〔註38〕。書之不足，此事又屢屢述諸圖畫，稍晚的沈自徵（1591

〔註32〕　參見豐家驊：《楊慎評傳》，頁7。

〔註33〕　〔清〕潘介祉纂輯，國立中央圖書館特藏組編輯：《明詩人小傳稿》（台北：國立中央圖書館，1986），頁71。

〔註34〕　〔明〕焦竑：〈任達〉，載楊用修事，見氏著：《玉堂叢語》（北京：中華書局，1997年），卷7，頁246。

〔註35〕　〔明〕張萱：〈任誕・楊用修〉，收於氏著：《西園見聞》，收於周駿富輯：《明代傳記叢刊》綜錄類第116～124冊影印民國二十九年哈佛燕京學社本），卷23，頁558～559。

〔註36〕　〔明〕李紹文：《皇明世說新語》，收於周駿富輯：《明代傳記叢刊》（臺北：明文書局，1991），第22冊，卷6，〈任誕科〉，頁396～397；卷5〈豪爽科〉，頁303～304。

〔註37〕　〔明〕尹守衡就楊慎「壯心不堪牢落」極力發揮。參見氏著：《明史竊・列傳》，收於周駿富輯：《明代傳記叢刊》（臺北：明文書局，1991），冊38，卷73，頁356～359。

〔註38〕　如清人趙翼有「惹得老顛風景裂」、「風景真令裂老顛」等相關詩句。參見杜維運：《趙翼傳》（臺北：時報，1983），頁157。沈自徵亦言每讀及楊慎事「撫膺欲絕」，嘗「當浮白一斗，嘔血數升，憤而後止」抒發一己失意之懷抱。見〔明〕沈泰輯編：《盛明雜劇》（臺北：廣文書局，1979），卷14。

～1641）雜劇《漁陽三弄》就附楊慎事蹟〈簪花髻〉一圖〔註 39〕，以狂行聞名的晚明畫家陳洪綬（1598～1650）則繪有《楊升庵簪花圖》〔註 40〕，楊慎事件從文字衍爲圖像，其中涉及更多的想像建構、視覺傳播等問題。言之不足故演之，沈自徵亦據楊慎狂行編寫頗有受難傳記意味的《楊升庵詩酒簪花髻》雜劇，簡名《簪花髻》〔註 41〕，描繪楊慎謫戍雲南、瀘州的詩酒生活，是一部新聞意味十足的時事劇。以苦難之實，行顛狂之名，身在荒野名在朝，邊陲滇地的楊慎顯然成功地在當代及後世塑造了一個謫人形象／符碼。撰述自我總是隱含敘事驅力（narrative imperative），有一種建構／言說自我的意圖〔註 42〕，觀察楊慎的自我形象以及聲譽傳播成爲一個有趣的議題。而記憶是「一個建構的過程」（constructive process），而不是如實的恢復的過程（retrieval process）〔註 43〕，楊慎如何形塑自己的傷痕記憶？如何建構「貶謫文學」及

〔註 39〕 參見〔明〕沈泰輯編：《盛明雜劇》（臺北：廣文書局，1979），卷 14。

〔註 40〕 「楊慎簪花」是晚明文化圈中極爲流行的典故，還頻頻成爲人物畫像及戲劇中的創作題材。陳洪綬《楊升庵圖》絹本，設色，143.5×61.5cm（約 1636 年）大陸故宮博物院藏，現可見於翁萬戈編：《陳洪綬》（上海：上海人民出版社，1997），中卷・彩圖編，頁 92。

〔註 41〕 沈自徵《漁陽三弄》雜劇劇本，收於《盛明雜劇》〔明〕沈泰輯編：《盛明雜劇》（臺北：廣文書局，1979），卷 14，頁 176。及沈自徵《楊升庵詩酒簪花髻》（北京：中國戲劇出版社，1958）。明末沈自徵撰。爲北雜劇《霸亭秋》、《鞭歌妓》、《簪花髻》三種之合稱，三劇有《盛明雜劇》本。《霸亭秋》，爲《杜秀才痛哭霸亭秋》之簡名，本事見洪邁《夷堅志》；劇譜杜默屢試不第，過烏江謁項羽廟，哭訴不平：「英雄如大王，而不能得天下，文章如杜默，而進取不得官」，項羽神像爲之垂淚。《鞭歌妓》爲《傻狂生喬臉鞭歌妓》之簡名，譜張建封落魄江湖，傲岸不羈，放論古今，禮部尚書裴寬贈以歌妓。《簪花髻》爲《楊升庵詩酒簪花髻》之簡名，本事明人筆記多有記載；譜狀元楊慎被謫戍雲南，酒醉作雙丫髻，插花，諸妓奉觴擁之遊行城市。沈氏三劇皆借劇中人以抒發胸中磊落縱橫、悲壯激越之情，在明清之際極負盛名，論者比之徐渭《四聲猿》。王士禛、朱彝尊等「莫不稱之」，「學者遂號公（沈氏）『漁陽先生』云」。此劇在當時之影響於此可見。吳江沈氏有家庭戲班，劇作當由家班演出過。參見《國家文化資料庫・崑曲辭典》。

〔註 42〕 王璦玲認爲：「作者藉『自敘』以說明自我的意圖，進而形成所謂『敘事驅策』（narrativeim perative），意即作者有一種將生命中的某些記憶鋪敘並尋求自我解釋的慾望和衝動。這是一種驅使他將「回憶」藉語言滲入某種『敘事結構』的動力，他會循著情節的邏輯往某一方向去發展。」見王璦玲著：〈記憶與敘事：清初劇作家之前朝意識與其易代感懷之戲劇轉化〉，收於《中國文哲研究集刊》第 24 期（2004 年 3 月），頁 60。

〔註 43〕 哈布瓦赫：「施瓦茨以富有啓發性的細節描寫，展示出林肯的形象在幾代美國人中所經歷的劇烈變化。他進行了一項重要的觀察，證明對於林肯及其他美

「謫人」形象？如何以展演行徑、傳播其人其書，成爲值得討論的議題。

再者，楊慎到貶謫滇地之後，有許多關於雲南的地域書寫，對於雲南文化的傳播可以說是居功厥偉，本文將探討他如何以詩文書寫滇地及傳播滇地文學、文化，又如藉滇地書寫傳播聲譽，並試圖觀察楊慎對於雲南地域風俗文化的傳播與其自身的聲譽傳播如何彼此指涉、互爲建構？

經過相關作品探析，可以發現在於明中葉的文學場域上，楊慎是一個傳播性色彩濃厚，表演欲望極強的文人，眾多的出版品，層出不窮的冒名僞造，本身就隱含許多文學傳播的討論空間。再者，貶謫形象／記憶的形塑，狂士文化圖像／內涵的建構與接受反應，黃峨的才女構築，這些都蘊含許多關乎聲譽的傳播。因此，本文擬以知識生產和文化傳播爲主要討論的架構，由楊慎的生命史出發，旁涉周邊相關的人際網絡、出版圖景、文化場域，試圖在以往以作品內容和文學批評爲討論重點的研究框架中，重新建構出一個讀者可能不知道的楊慎形象〔註 44〕。而隨著楊慎傳播文化研究的展開，筆者也將藉此個案的討論，跟著主角楊慎的身影，一窺當時文人圈生／心態、一般人的品味，進入當代的文化脈絡中。

第三節　研究方法與研究範疇

一、研究取向與方法

（一）文化研究的啟發
「文化」通常是一種整體的生活方式，根據這樣的思考脈絡，趨向文化

國英雄人物的記憶，都必須被看作『一個建構的過程』（constructiv eprocess），而不是『恢復的過程』（retrieval process）。每一代美國人都擁有自己的林肯，而這個林肯形象多多少少都不同於以前各代的林肯形象。……總而言之，施瓦茨得出結論說：『集體記憶可以看作是對過去的一種累積性的建構，也可以看作是對過去的一種穿插式（espisodic）的建構。』」（頁 52）；「我們關於過去的概念，是受到我們用來解決現在問題的心智意象影響的，因此，集體記憶在本質上是立足現在而對過去的一種重構，哈布瓦赫無疑是第一個強調這一點的社會學家（59）。見〔法〕莫里斯・哈布瓦赫（Halbwachs・M）著，畢然、郭金華譯：《論集體記憶》（Les Cadres Sociaux de La Memoire）（上海：上海人民出版社，2002 年）。

〔註44〕楊慎許多驚人之舉，在當代都屬於「時尚」、「前衛」，許多一般認爲在晚明才出現的文化現象，其實在楊慎身上已開風氣之先。

面向的研究，經常就不僅僅闡發某些偉大的思想和藝術作品，而是闡明某種特殊的生活方式的意義和價值，理解某一文化中「共同的重要因素」〔註45〕。

正如格林布萊特（Stephen Greenblatt）所言：「近來歷史學家對社會實踐所具有的象徵意義層面愈來愈敏感，而文學批評家近年來也對象徵性實踐活動所具有的社會歷史意義層面愈來愈有興趣。這樣就使學生有可能對某一文化複合體做出更進一步的理解，不管是在單個課程還是在整個學習計劃中都是如此。即使沒有完整的課程安排，對文化分析的方法而言仍有大量工作可作，主要依靠對藝術作品可能具有社會功能提出新的問題。實際上，即使人們對產生一個文學文本的文化素材獲得了深奧微妙的歷史感，為了理解文本所形成的文化作品，研究這些素材結合方式和表達方式仍然是必不可少的。」〔註46〕

詹明信（F・Jameson）在其〈論「論文化研究」〉中亦指出：「文化研究是一種願望，探討這種願望最好從政治和社會的角度入手，將它視為一項促成『歷史大聯合』的事業，而不是理論化地將它視為某種新學科的規劃圖。文化研究對自身的定義，取決於自身與其他學科之間的關係。所謂文化研究，最好理解為一種探討社會普遍問題的特殊方式，而不是屬於少數人或專門化的領域」〔註47〕，因此「在文化研究中，不存在真正的『個體文本』，其研究客體是各種各樣的協力關係；如果沒有力圖結合、引導、協調各種身份、各種責任和立場的促動性張力，就不可能出現真正有意義、富有成效的作品和思想。」〔註48〕因此，在文化研究實踐中，他強調三個層次上的解讀。第一個層次是政治層次，其方法是把各種文本（包括社會文本）作為一種象徵或寓言；第二個層次是社會層次，將關注的對象轉向群體（或階級）關係，轉向文本中隱含的意識形態；第三個層次是人類生產方式層次。不同生產方式的存在導致對抗，群體間的矛盾就可能形成政治、社會和歷史生活的焦點〔註49〕。

〔註45〕 參見羅剛、劉象愚：〈文化研究的歷史、理論和方法〉，收於《文化研究讀本》（北京：中國社會科學，2000），頁7。
〔註46〕 參見 Frank Centricchia、Thomas McLaughlin 編，張京媛等譯：《文學批評術語》（香港：牛津出版社，1994），頁315。
〔註47〕 參見詹明信〈論文化研究〉，收於王逢振編：《文化研究的轉向：詹明信論文集》（北京：中央編譯出版社，2001），頁37。
〔註48〕 參見詹明信〈論文化研究〉，收於王逢振編：《文化研究的轉向：詹明信論文集》，頁38。
〔註49〕 參見詹明信〈論文化研究〉，收於王逢振編：《文化研究的轉向：詹明信論文集》，頁42。

　　文化作為複雜綜合體的自覺意識可以引導我們重構這些作品所賴以存在的邊界，一個完整的文化研究就必然是突破文本邊界的限制，建立起文本與周邊社會之間的聯繫，除了文本的細讀，文化研究還需要關涉當時的社會語境、意識形態、政治、權力等，而為了恢復這些文本的意義，為了詮釋其完整的含義，我們必須重構產生他們的直接語境〔註50〕。因此，文化研究傾向一種跨學科、超學科甚至是反學科的態度與研究方法，它的積極性在於突破人文社會學科趨於隔絕的領域，突破實證研究與文本分析的侷限，而以跨領域合作、知識實踐以及體制內批判反省的特質，旁涉階級、性／別研究、傳媒、大眾文化、流行文化等範圍廣泛的社會文本。進一步來說，文化研究的精神強調批判與反思的重要，著力於面對文化與社會各種象徵形式，內部的意識型態與權力位置的問題，並分析其權力結構、文化政治與社會歷史脈絡，關注文化中蘊含的權力關係及其運作機制〔註51〕。

　　從發生學的角度視之，文學作品的世界觀經常與時代社會的精神結構同源，或者有著可以理解的關係，呂西安・戈爾德曼的發生學結構主義從這一假設出發：「人類的一切行為是對一種具體境遇作出一種有意義的反應，並由此趨向於在行動主體和行動對象，即周圍世界建立一種平衡的嘗試」，「發生學結構主義標誌著文學社會學的一個真正的轉折點。其他一切文學社會流派，無論是過去還是現代的，實際上都試圖在文學作品的內容和集體意識的內容之間建立一些關係。」〔註52〕由此來思考謫人／文化人楊慎，可以發現其身置邊緣卻盛名遠播，這其中顯然影含許多傳播元素，而這些傳播元素又與明中葉以後的文學／文化生態變化，有著密不可分的關係。而我們亦可從楊慎的個案研究一窺當代的文化圖景，以及作為晚明文化榮景的預告作用。

〔註50〕格林布萊特（Stephen Greenblatt）：「一個完整的文化分析最終需要突破文本邊界的限制，建立起文本與價值觀、風俗、實踐等諸文化要素之間的聯繫。然而這聯繫並不能代替對文本的細讀，文化分析須借鑑對文學文本進行細緻的形式分析，因為這些文本所有的文化特質不僅是由於涉及到了自身以外的世界，而是因為它們自己成功地融入到社會價值和語境之中。世界上充滿文本，其中大部分如果脫離了他們的直接環境就不可能讓人理解」參見《文學批評術語》，頁310。

〔註51〕參見羅綱、劉象愚：〈前言：文化研究的歷史、理論與方法〉，收於羅綱、劉象愚主編：《文化研究讀本》，頁1。

〔註52〕呂西安・戈爾德曼著，吳岳添譯：《論小說的社會學》（北京：中國社會科學，1988），頁230～234。

　　再者，90年代文化研究因應許多相關學科領域的輔助，更能產生研究對象的立體感和厚度，「九○年代以來人文領域對印刷文化（print culture）、出版文化（publishing culture）、書籍史（thehistory of the book）和物質文化（material culture）的關注，以及漢學界對文人文化（literati culture）的關注。這些關注點折射出的是理論界幾個大的動向：第一，對語言及相關問題（例如，文本的定義、表述和眞相的關係、意義的形成等等）的持續興趣。第二，文化研究（Culture Studies）作爲一個領域的興起。在「文化研究」的旗幟下，從前上不了台面的作品（例如，通俗小說，色情作品等等），逐步成了學術研究的合法對象；而且，研究對象的種類日益擴大，學者們納入審視範圍的，不僅包括文學、藝術等傳統領域覆蓋的作品，也包括日常行爲，乃至日用器皿等。第三，跨學科方法的盛行（例如上文提到的婦女研究、文化研究等）的形成及崛起相輔相成、互相推動的。」〔註53〕印刷文化、物質文化、書籍史以及與之緊密相關的文人文化等研究領域，正是在這樣的大語境下顯示出蓬勃生機的。

　　文化批評的視野，可以協助我們了解被研究者的時代語境。因爲文化即是與當時語境互爲涵攝，只有深入被研究當下的文化中，這樣的文學或人物詮釋才能更接近完整。本文在探討楊愼身處僻地，但藉由自身的展演、地域書寫、當地文化圈的建立以及性別議題體材的編纂進行自身及文學的傳播。

　　本文的寫作動機便得自諸多文化研究理論的觸發，雖然力多未逮，然期許能成爲一個「文化研究」的架構，本文盡可能地涵具文化研究的關懷。嘗試在文學文本之外，在楊愼生命的時空文化中，找到一些可能的觀測點。因此，筆者嘗試運用各種文化元素，借用晚近文化論述的一些觀點，舉凡心理學、社會學、接受理論、讀者反應批評、人文地理學、東方學、性別意識、意識型態探討等，試圖「更好地」理解楊愼，捕捉文人的身影。

（二）研究進路：文學／文化傳播

　　　　閱讀是在社會中產生的，並揭示了社會。

　　　　　　　　　　　　——布迪厄《藝術的法則》〔註54〕——

〔註53〕參見郭劼：〈文本與觀看：近年來英語漢學界對視覺與文本關係之研究〉，收於《中正大學中文學術年刊》（嘉義：中正大學，2009）第二期，頁37〜38。
〔註54〕引自布迪厄著，劉暉譯：《藝術的法則──文學場的生成和結構》（北京：中

　　任何著作的體裁、題材的選擇都是作者編輯意識的呈現，美學形式與作家所處的時代環境恆存著不可分割的聯繫，「文變染乎世情，興廢繫乎時序」（劉勰《文心雕龍‧時序》），文學現象必須置於整個文學社會語境中，才能更彰顯意義。

　　中國文學具有一個非常強固的「詩言志」傳統，以作者的抒情言志為主，可說是作者中心的。這種情況到了明清時期有了重大的改變，主要是商業發達引起一連串文學生態的變化，讀者意識逐漸取代傳統的作者中心觀，文學傳播本身變成醒目的課題，雅克慎（Roman Jacobson）在〈語言學與詩學〉中揭示的語言交流模式，或可簡單說明文學傳播的複雜性：

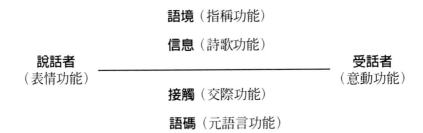

雅克慎認為語言交流包含六個要素，分別指涉六種功能。傳統「詩言志」假設著一個面對面的口語模式（詩人直接面對聽眾），實際上壓制了許多複雜的交流問題〔註55〕。因應明中葉以後文學生態的改變，當時的文學現象自然而然關涉到許多文學傳播的議題。

　　本文將楊慎的個案研究置於傳播的脈絡思考，擬置於一個文學／文化傳播的框架中進行討論，傳播元素除了作者／編輯者外還包含：傳播媒介像郵驛、傳抄、出版、劇場；讀者（受眾）；傳播策略如評點〔註56〕、出版品類、

央編譯社，2001），頁62。

〔註55〕　參見楊玉成：〈小眾讀者：康熙時期的文學傳播與文學批評〉，收於《中國文哲研究集刊》（南港：中研院文哲所，2001年9月），第19期，頁55～108。

〔註56〕　評點與商業文化有緊密關係，康來新師：「小說評點大盛於明清，而契機斬露，則無疑為劉辰翁開其風氣所致。『評點』為特定讀物字裡行間、天頭地腳的精研細讀。本來極其個人與隱私的閱讀行為，演變到後來，則成為商品化、大眾化通俗讀物不可或缺的重要構成，不僅為文本的共同體，甚至根本是文本的一部分」（頁189），「小說讀物的評點毋寧是說話行為的模擬，主控了閱讀行為，發揮了最重要的導讀作用。明清盛世的小說評點學，常可說明其市場取向的商品性格。」參見康來新師著：《發跡變泰──宋人小說學論稿》（臺北：大安出版社，1996），頁190。

宣傳、贊助關係、傳播流程，亦涉及社會因素如文人、官員、受眾性別、商業、出版商；文化因素如文學聲譽、文化想像、歷史和政治力。

　　書籍的消費型態就是被閱讀，因此，一本書籍的發行，除了資料的搜取、贊助、刻印、廣告、宣傳等操作層面的出版機制外，也必需考慮書籍的接受群體。這其中就涉及內容與形式的選擇，這種「選擇」的關注焦點便在於讀者的閱讀品味，作者預設一批可能的閱讀群，於是在創作過程中不斷揣摩讀者的興趣與反應，作為編撰的參考〔註57〕。同時書籍是作者情思的載體，一本書的完成與出版行銷，不可避免地涉及作者私領域與公共性的流通問題〔註58〕。總之，明中葉後商業影響文學傳播的方式，在這種文學生態的變異中，讀者的地位將更被凸顯，而諸多由商業衍生的文化問題也必須得到關注。

　　本文將以文學／文化傳播作為研究主軸，以「傳播」作為研究的焦點核心。由傳播議題的關注，論及楊慎的文學／文化展演在聲譽、地域、出版、性別意識等面向的實踐與成果，展開一個點、線、面的研究論述。疏理楊慎的相關作品、資料可以發現從主體性和文化場域來說，他都是一個關注傳播

〔註57〕埃斯卡皮：「篩選，意味著出版商或其委託人設想一批可能存在的群眾，在大量作品中挑揀出最符合這個對象所需求的作品，這其中有一種重疊而矛盾的特性：一來，要判斷出潛在群眾的意願其購買欲，二來要對人類道德美感體系所要造就的群眾品味究竟該是什麼而做出價值判斷，這雙重疑難也正是所有書籍都面臨的問題，我們卻只能做出折衷的假設：這書能賣嗎？這是一本好書嗎？」見氏著，葉淑惠譯：《文學社會學》（臺北：遠流出版社，1990），頁79。

〔註58〕巴比耶：「『文字』（手稿、印刷品、書籍、報紙、期刊或短暫出版物）指稱一個對象，它包含一個文本，按照一些首先於物質層面的類別範疇來起作用。……我們借助的角度是它們的載體、行為、邏輯、語碼工具與技術、痕跡與複製等等：這種具有一些物質性的運作活動不可避免地包含著各種可能進行的閱讀實踐。但是同樣必須進行的第二個根本性的區分其根據在於：書面的東西是為了一個封閉的範圍，還是用於一個『公共』流通的形式。」（頁185）；「『公共性』的範疇及其不斷變化的作用模式是書籍史研究的中心，它們始終不可分離地與物質和技術層面的一些決定因素聯繫在一起。這是因為書籍也是一種文化的對象，不僅於由自身的內容而且由於自己的形式，它嵌入學術史、藝術史乃至廣義的『文化』史的進程之中：它從文化史學中產生，同時也在建構著文化史學。書籍顯然是一個嚴格意義上的消費對象，可以作為消費的對象通過消費運作組織的一些經典類型來得到分析，但同樣可以通過閱讀實踐與佔有的運作類型來分析……最後，書籍是一個象徵的對象，圍繞它組織著一個文化的建構，不論是在個體層面、群體層面，還是民族層面。」（頁186）參見巴比耶：〈閱讀的運作：史學與問題論上的幾點見解〉，收於〔義〕米蓋拉、韓琦編：《中國和歐洲：甚刷術與書籍史》（北京：商務印書館，2008）。

的文人，由於他的著作龐大博雜，以筆者之力無法全面探討，因此擬針對與傳播較相關的聲譽、地域、出版、性別等相關文化議題進行研究與論述。期盼這些研究要點是個起／啓點，能夠構組編織出一個學界「未見」或「忽視」的明中葉文人楊慎。

（三）知識生產

福柯（Michel Foucault）的知識的社會學向來關注知識生產與權力的關係，權力是話語（discourse）運作無處不在的支配力量，話語所涵具的特質、權力，必定會影響人們對問題或現象的解釋或詮釋〔註59〕，本文受此啓發甚多，因此知識生產和文學／文化、美學的權力的互涉、轇葛就成了通貫本文的脈絡。楊慎向來以博學豐贍著稱，疏理其相關編撰，可以發現他建構了一個考據、博物色彩濃厚的知識體系，其知識生產看似客觀、實證、科學，然進行話語分析（discourse analysis），亦可以發現其中隱含許多文化、美學與權力微妙的聯繫。就其自傳書寫來說，看似客觀的生命史陳述，經常有強烈的展演、傳播聲譽、傳世的慾望；就其地域書寫來說，可以發現在書寫、傳播雲南史地、地景地物，隱含中原、漢人或人類中心的視角；就其性別、情色書寫或獎掖女性文學來說，男性意識、觀看的權力亦若隱若現；就其生活美

〔註59〕《詞與物》主要是對話語的分析，主要的論點在於每個歷史階段都有一套異於前期的知識形構規則，「我們的文化宣明了秩序的存在，以及交換的規律，生物的恆常性、詞的序列和表象價值又如何歸因於這個秩序的型態，爲了構成我們發現在語法和語法學、在自然史和生物學、在財富研究和政治經濟學中所使用的那種確實的知識基礎，什麼樣的秩序型態曾經被認可、設定並與時空聯繫在一起」，「我設法闡明的是認識論領域，是認識型，在其中，撇開所有參照了其理性價值或客觀形式的標準而被思考的知識，奠基了自己的確實性，並因此宣明了一種歷史，這並不是它愈來愈完善的歷史，而是它的可能性狀況的歷史；照此敘述，應該顯現的是知識空間內的那些構型，它們產生了各種各樣的經驗知識。這樣一種事業，與其說是一種傳統意義上的歷史，還不如說是一種『考古學』」（頁10）參見〔法〕米歇爾‧福柯著，莫偉民譯：《詞與物——人文科學考古學》（上海：上海三聯書局，2001）。而《知識考古學》則是福柯對方法論的討論，「全面歷史旨在重建某一文明的整體形式，某一社會的——物質的精神的——原則，某一時期全部現象所共有的意義，涉及這些現象的内聚力的規律——人們常比喻作某一時代的『面貌』」，「不僅要確定什麼樣的體系，還要確定什麼樣的『體系中的體系』——或者說，什麼樣的『範圍』有可能被建立起來。一個全面的描述圍繞著一個中心把所有現象集中起來——原則、意義、精神、世界觀、整體形式。」參見米歇爾‧福柯著，謝強、馬月譯：《知識考古學》（北京：三聯書局，1998）。

學、物質書寫來說，文人式的美學、品味區隔的動機也昭然若揭。然就中晚明的文化場而言，楊愼具指標意義，他建構了一個考據、博物式的知識外貌，但疏理其內容並非全然是實證式、客觀或科學的，而是經常隱含美學、文化、權力的元素，其多元的、各面向編撰題材，適巧提供了一個很好的觀測點。

再者，楊愼的知識生產整體呈現博學但不嚴謹，豐贍卻多舛誤的特色，僞作、仿冒的知識屢見不鮮，成爲出版奇觀，引發學術場上的批駁楊愼之學的辯證風潮。本文旨在以文學、文化上的楊愼話語作爲建構、觀察其人其文形成的文化現象，及探究其在中晚明文學／化場域上的先驅意義，並不以考證資料眞僞爲目的。然卻意外發現，其古典知識的拼貼、僞作、仿冒，其背後可能隱含聲譽傳播、傳世慾望、出版考量、建構新古典等許多複雜有趣的因素。進一步來說，這種形似「考據」、「客觀」的知識生產，亦可視爲晚明以後有關科學、生物學、醫學、乾嘉實證考據學等知識生產的先驅。

二、研究範疇

關於楊愼生平資料，根據王文才的考訂，明清所傳升庵年譜約有三種，其一是嘉靖間簡紹芳編次〈贈光祿卿前翰林修撰升庵楊愼年譜〉，此爲最早而詳確記載其事蹟者。《明史・楊愼傳》亦據此而僅易數字。其二爲康熙丁巳南寧縣令程封撰〈明狀元官翰林修撰經筵講官纂修國史贈光祿寺少卿諡莊介新都楊升庵先生年譜〉，收於清道光年間張奉書《續修新都縣志》，仍多出於簡紹芳所編年譜，不過偶有詩文繫年，又詳於議禮始末、滇中建祠祀典，可補簡譜不便或不及言之者。其三爲蜀刻《古棠書屋叢書》本〈楊文憲公升庵先生年譜〉，乃全錄自程譜，未採入簡譜，補入《藝苑卮言》所載楊愼二三軼事，又分年增抄楊愼詩文，然王文才以爲乃「以意爲之」，徒增謬誤〔註60〕。因此，本文關於楊愼生平繫年主要採用簡紹芳編次〈贈光祿卿前翰林修撰升庵楊愼年譜〉並參合《補續全蜀藝文志》本與《續藏書》本。關於楊愼之生平述要則採王文才《楊愼學譜》〈升庵紀年錄〉以及豐家驊《楊愼評傳》中的說法，兩位學者長期關注楊愼相關資料，去蕪存菁，刪定誤謬之處，可資參考。

楊愼著述之富，爲明代第一，關於其著作，有以下幾種統計之說：
1. 楊愼生前，嘉靖十六年（1537），好友王廷表爲《丹鉛餘錄》寫序，就已著

〔註60〕參見許如蘋《楊愼詩歌與詩學研究》（高雄：高雄師範大學國文學研究所博士論文，2007），頁 14。

錄了他的著作二十三種。

2. 嘉靖三十七年（1558）前後，王世貞在《藝苑巵言》中著錄了他所撰之書四十五種，所編之書四十七種〔註61〕。

3. 楊慎逝世後，萬曆三十年（1602），李贄（1527～1602）爲楊慎作傳，在傳後附錄了他著述的書目，共一百一十七種〔註62〕。

4. 萬曆四十五年（1617），焦竑（1540～1620）編纂《升庵外集》，卷首所列採用的書目，計一百三十八種，後又重訪增至一百五十三種〔註63〕。

5. 清乾隆年間修《四庫全書》之前，命各省進呈的書籍中，蒐集楊慎所著之書四十二種。

6. 《四庫全書》修畢後，李調元（1734～1803）輯刻《函海》，輯入楊慎著述四十五種，並新編成《升庵著作總目》〔註64〕，共得二百種，是收羅最多的一個書目。

7. 清末民初，楊守敬（1839～1915）在《增定叢書舉要》（卷六十）中，收入《楊升庵著作》和《楊升庵雜錄》共一百六十種。

8、民國二十四年（1935），上海商務印書館編輯《叢書集成初編》，據《函海》和其他典籍，匯集了楊慎的著述八十餘種，是楊慎著作中刊印最多的一次〔註65〕。後出轉精，歷來陸續有楊慎著作以單本文集，或收錄於叢刊的方式呈現，乃至近幾年，楊慎故鄉的成都天地出版社，出版類似「全集」的《楊升庵叢書》。其他相關專著校注如：王仲鏞《升庵詩話箋證》〔註66〕、

〔註61〕參見王世貞，羅仲鼎校注：《藝苑巵言》：《藝苑巵言》（山東：齊魯出版社，1992），卷6，頁321。

〔註62〕見李贄：〈文學名臣・修撰楊公〉，《續藏書》，《李贄全集注》（北京：社會科學出版社，2010），冊11，卷26，頁261。

〔註63〕焦竑：《玉堂叢語・文學》（北京：中華書局，1981），卷1，頁28。

〔註64〕其中包括萬曆後期何宇度《益部談資》中所錄已見未見者138種，焦竑所見已刻未刻者23種和自己所見已刻及各種書目所載者39種。

〔註65〕參見參見豐家驊：《楊慎評傳》（南京：南京大學出版社，1998），頁393。

〔註66〕〔明〕楊慎著，王仲鏞箋證：《升庵詩話箋證》（上海：上海古籍出版社，1987）。該書以明萬曆四十四（1616）年焦竑編刻《升庵外集》、清乾隆綿州李氏萬卷樓刻嘉慶十四年（1809）李鼎元重校印李調元《函海》本《詩話補遺》爲底本，並以下列諸書進行校注：明嘉靖二十年（1541年）程啓充編刻四卷本《升庵詩話》；明嘉靖三十五年（1556）曹命編刻三卷本《詩話補遺》；明嘉靖三十三年（1554）梁佐編刻《丹鉛總錄》；明萬曆二十九年（1601）王藩臣、蕭如松刻《升庵先生文集》等書。

王大厚《升庵詩話新箋證》〔註 67〕、金毅點校《楊升庵夫婦散曲》〔註 68〕、王文才輯校《楊慎詞曲集》〔註 69〕、岳淑珍校注《楊慎詞品》〔註 70〕等。本文對於楊慎原典採用，主要以王文才編輯之《楊升庵叢書》〔註 71〕為主，此書收羅甚詳，考定嚴謹，誤謬較少，故本文援引大部份採此。其他相關單行本，則採用明焦竑編《升庵外集》〔註 72〕；明張士佩編《升庵集》〔註 73〕，《升庵詩話》則採箋證詳盡的王仲鏞：《升庵詩話箋證》及王大厚《升庵詩話新箋證》等。

　　歷來對楊慎著作真偽有一些爭議和辯析，關於楊慎相關著作，本文以文化研究為主軸，不以考據為目的，而是以文獻中相關「楊慎話語」，建構其文化身份，去想像、詮釋此一傳奇性文人。

第四節　今人研究現況

　　回顧歷來楊慎研究成果，大陸方面，在楊慎其人其事方面：王文才對楊慎生平有較全面性研究，其編撰的《楊慎學譜》（1988 年）〔註 74〕有上、中、下三編，分別是「升庵紀年錄」、「升庵著述錄」、「升庵評論錄」。其中，「升庵紀年錄」比較楊慎的三種年譜，認為簡紹芳《升庵年譜》最得其實，但原

〔註 67〕　王大厚箋證：《升庵詩話新箋證》（北京：中華書局，2008 年）。
〔註 68〕　〔明〕楊慎、黃峨撰，金毅點校：《楊升庵夫婦散曲》（上海：上海古籍出版社，1985）。
〔註 69〕　王文才輯校《楊慎詞曲集》（四川人民出版社，1984）。
〔註 70〕　楊慎著，岳淑珍校注《楊慎詞品》（鄭州：中州古籍，2013）。
〔註 71〕　王文才〈楊升庵叢書序〉：「竊計今公私藏書盡出，所見已倍於前人，存目可三百餘種，存書去偽約二百二十種。……入選之書，皆用原著，不取匯編。選本則嘉萬初刻為主，偶採後出之善本精鈔，間存孤本。諸書雖屢翻刻，惜鮮校堪之功，此次整理，參比眾本，尤重覆核引文，詳其來歷，蓋有出自腹笥，失之舛疏者，亦有傳刻臆改，而茲謬誤者，皆所必正。」本文楊慎原典出自王文才、萬光治主編《楊升庵叢書》（成都：天地出版社，1999），若出自此叢書之原文，只標書名、冊數、頁數，不再另贅書籍資料。
〔註 72〕　劉兆祐〈敘錄〉：「萬曆中，焦竑以升庵之書多偏部短記，易於散佚，乃廣為搜羅，……其考證論議者三十八種，都為外集。萬曆四十五年（1617）刊行，顧起元校並序。」（頁 4）楊慎著，焦竑編《升庵外集》（臺北：學生書局，1971），此書共 8 冊。
〔註 73〕　楊慎撰，〔明〕張士佩編《升庵集》，收於《四庫明人文集叢刊》（上海：上海古籍出版社，1991）。
〔註 74〕　王文才著：《楊慎學譜》（上海：上海古籍出版社，1988）。

稿已不存，須參合《補續全蜀藝文志》本與《續藏書》本，乃得其全〔註75〕。
「紀年錄」即以此爲據，博引眾書，逐年輯錄楊慎事蹟。「升庵著述錄」則考
證多人和方志中對楊慎著作的編目，得其實之書籍，詳述其出版過程、版本
問題、序跋狀況〔註76〕。此書別錄收集「升庵遺事」、「升庵遺墨」、「升庵遺
像」和「交遊詩鈔」對於建構楊慎生命史、著作史和社交圈助益良多。豐家
驊著《楊慎評傳》（1998年）〔註77〕一書，介紹楊慎傳奇的一生，包括其生平、
際遇、哲學思想、文學思想、史學思想、訓詁考據學上的貢獻和成就以及文
學創作和影響等，這也是一般楊慎傳注性著作的大致內容。大部分有關楊慎
的研究都採實證式、考據式、現象式的陳述，偏向「知人論世」、「作者中心
式」的論述，爲楊慎相關研究提供了基礎。臺灣學者賈順先、林慶彰編《楊
慎研究資料彙編》（1992年）〔註78〕分爲生平事蹟、文學成就、作品賞析、學
術思想等項目，收集楊慎相關研究百餘篇，對90年代及以前的研究成果，作
了一次檢視。侯美珍（1992年）、李勤合（2005年）又對該書作了研究資料
的增補，使其楊慎研究資料匯編更見豐碩〔註79〕，提供楊慎研究的便利性。

　　楊慎的文學研究方面，目前大陸學者有三本綜合性專書：雷磊《楊慎詩
學研究》（2006年）〔註80〕、楊釗《楊慎研究——以文學爲中心》（2010年）
〔註81〕、高小慧《楊慎文學思想研究》（2010年）〔註82〕。雷磊《楊慎詩學研
究》分爲淵源編、本體篇和影響篇，本書主要是從楊慎詩歌淵源、本體及影
響三個重點，研究楊慎的詩歌表現及詩學理論。其中淵源篇主要探討楊慎與
六朝詩的關係，該篇的第三章專論楊慎與李東陽，歸納了李東陽的相關詩學
主張，疏理相關明代詩派詩論，可作爲了解當時文壇概況的背景資料〔註83〕；

〔註75〕王文才著：《楊慎學譜》，頁1～4。
〔註76〕王文才考訂《年譜》書目及焦竑、何宇度、李調元書目和方志書目。參見氏
　　　　著：《楊慎學譜》，頁140～184。
〔註77〕參見豐家驊：《楊慎評傳》（南京：南京大學出版社，1998）。
〔註78〕參見林慶彰、賈順先編：《楊慎研究資料彙編》（南港：中研院文哲所，1992）。
〔註79〕參見侯美珍：〈楊慎研究論著目錄續編〉，《中國文哲研究通訊》（南港：中研
　　　　院文哲所，1992）第五卷，第二期，頁100～115。李勤合：〈楊慎研究論著目
　　　　錄增補〉，《中國文哲研究通訊》（南港：中研院文哲所，2005）第十五卷，第
　　　　二期，頁163～168。
〔註80〕雷磊：《楊慎詩學研究》（北京：中國社會科學出版社，2006）。
〔註81〕楊釗：《楊慎研究——以文學爲中心》（成都：巴蜀書社，2010）。
〔註82〕高小慧：《楊慎文學思想研究》（北京：中國社會科學出版社，2010）。
〔註83〕雷磊提及明代詩壇鬥爭的相關問題：「明代的詩歌理論紛呈，派別林立，鬥爭

本體篇從楊慎學李賀、李白、杜甫，審美觀為六朝，並指出楊慎詩學中崇尚六朝的理論；影響篇討論了明代六朝派的演進，亦介紹了重要的楊門六學士，有助於了解楊慎相關的文學社群概況，最後雷磊亦歸納了李東陽和楊慎詩學主張之傳續與異同，該書的建樹在於提出明代的詩學批評成就，其實是詩派長期競爭下的豐碩成果。然該書針對楊慎詩學理論歸納整理，並無涉及文化層面的相關研究。楊釗《楊慎研究——以文學為中心》則主要著重在賞析楊慎的文學作品，並疏理楊慎的相關文學理論，該書由於涉及楊慎詩、詞、曲、文等各方面作品風格論析，各種文學理論的歸納，由於涉及面向太廣，較顯泛論，亦未整合其人其文。高小慧《楊慎文學思想研究》則整理了楊慎的基本研究資料，如家世、生平與著述、交遊，並敘寫楊慎的思想建構歷程、學術語境、詩學思想、文學史論，歸納楊慎論唐宋之詩和明代文學，最後進行楊慎的詩歌分體研究，其建樹在於將楊慎詩歌作細部分類研究，並收羅相關詩友作品。這三本專著都著重於整理楊慎的文學、思想歷程的背景資料，以及分析、歸納其詩學、思想、史學等個面向的理論，罕有涉及文化層面的論述。

學位論文方面，許如蘋《楊慎詩歌與詩學研究》首先從詠史、詠物、山水三類，論述楊慎的詩歌成就；其次，探討了楊慎詩論，提出楊慎上溯六朝初唐，下勘中唐、晚唐與宋詩，提出「人人有詩，代代有詩」的進步觀的結論，詳細地探討了楊慎的詩歌藝術經營。本篇論文對楊慎的詩觀進行細緻的觀察和研究，對於楊慎研究、明代前後七子、明代文學批評深具參考價值，然未就歷史、文化語境發揮。劉桂彰《升庵詩話研究》、黃勁傑《楊慎《升庵詩話》之詩學理論研究》這兩本學位論文則以《升庵詩話》為研究範疇，主要是透過對《升庵詩話》論詩條目的整理，從風格、詩人、評李杜等等，闡明楊慎詩學之觀點，並用以說明楊慎在明代詩歌批評史之地位〔註 84〕。這二

激烈，超過前代，甚至也超過清代。」（頁 71），「明代詩派雖然入主出權，卻是我中有你，你中有我，互相吸取。這是明代詩派鬥爭的一個重要特徵，也是造成明代詩壇淆亂的重要原因。七子之於李東陽如此，楊慎之於前七子、後七子之於楊慎、公安派之於後七子、竟陵派之於公安派、復社之於竟陵派等均是如此。對於明代的詩歌創作，學者有評價不高的，但對於明代的詩學批評，則多驚嘆其日趨發展與精密。這就是詩派鬥爭的結果」（頁 71）參見氏著：《楊慎詩學研究》（北京：中國社會科學出版社，2006）。

〔註 84〕 參見黃勁傑：《楊慎〈升庵詩話〉之詩學理論研究》，臺北：輔仁大學中文研究所碩士論文，2005。及劉桂彰：《升庵詩話研究》，臺北：淡江大學中國文學研究所碩士論文，1993。

本論文的研究方法，傾向傳統的詩學批評，且未對《升庵詩話》的資料辯析考核。林惠美《楊慎及其詞學研究》、江俊亮《楊慎及其詞研究》〔註85〕，則就楊慎其人、文學思想與創作，及其詞學三方面爲探討範圍，並比較了楊慎與當時各名家之異同。這些學位論文皆就楊慎某一文類進行研究，較無法綜觀楊慎整體文學思潮面貌。

　　另有一些部分涉及楊慎研究的相關學位論文如：楊之嫻《《世說新語》歷代重要評注的比較研究》〔註86〕在論及明代《世說新語》各家評注時，有一小節論及楊慎對《世說新語》評注的特色。蔡幸娟《中國文學中「地域觀」的發展：以文人與民歌之關係爲主要範圍的探討》〔註87〕中有一小節論及楊慎對於《古今諺》、《風雅逸篇》和《古今風謠》的收集和整理。郭章裕《明代《文心雕龍》學研究——以明人序跋與楊慎、曹學佺評注爲範圍》〔註88〕則就評點切入，探討楊慎對於《文心雕龍》的理解及其衍生的文學思想。鄭伊庭《明代考據學家之博學風氣研究》〔註89〕在探討明代的博學風氣之際，論及楊慎博約並重的學術之風。大陸研究生戚紅斌的《楊慎謫滇對雲南文化的貢獻》〔註90〕，臺灣研究生曾允盈的《以身博考‧四處非家——楊慎滇地書寫探論》〔註91〕兩篇論文，則通過楊慎的身世與著作，包括詩、文等等，論述了楊慎的雲南書寫。這些論文點出楊慎在民間文學、文學批評、考據博物學、地域書寫上的貢獻和意義。

　　值得注意的是，《劍橋中國文學史》撰者孫康宜的楊慎觀點，他不但闡發明中葉文學在文學史上的重要性，並著〈中晚明之交文學新探〉和〈走向邊

〔註85〕參見江俊亮：《楊慎及其詞研究》，臺中：東海大學中國文學研究所碩士論文，1997。及林惠美：《楊慎及其詞學研究》，高雄：高雄師範大學國文學研究所博士論文，2002。

〔註86〕楊之嫻《《世說新語》歷代重要評注的比較研究》，臺北：台北大學古典文獻學研究所碩士論文，2011。

〔註87〕參見蔡幸娟：《中國文學中「地域觀」的發展：以文人與民歌之關係爲主要範圍的探討》，新竹：清華大學中國文學所碩士論文，2000。

〔註88〕郭章裕：《明代《文心雕龍》學研究——以明人序跋與楊慎、曹學佺評注爲範圍》，臺北：淡江大學中國文學研究所碩士論文，2004。

〔註89〕鄭伊庭：《明代考據學家之博學風氣研究》，臺北：國立台灣師範大學國文所碩士論文，2009。

〔註90〕戚紅斌：《楊慎謫滇對雲南文化的貢獻》，昆明：雲南師範大學，2005。

〔註91〕曾允盈：《以身博考‧四處非家——楊慎滇地書寫探論》，南投：暨南國際大學中國語文系碩士論文，2010。

緣的「通變」：楊慎的文學思想初探〉〔註92〕二篇論文，結合楊慎的生命史，認為楊慎因為被推到社會的「邊緣」，反而得到了「再生」的機會，指出當時不少書商都爭相為他印書出版，成為明代出版界的佳話，說明楊慎的文學成就——無論是他的批評文字還是詩文創作，對明代文壇及後代都產生了極大的影響。本文受此二篇論文的啓發甚大，然此二文雖開啓了新的楊慎觀點，然因屬新探、初探性質，故並未深入論述。筆者循著孫康宜的視角，發現楊慎在中晚明文學、文化上的開拓性和重要性，以知識生產與文化傳播為核心，開展更詳細、全面的論述。

　　綜而觀之，目前有關楊慎的相關研究，往往偏向評析楊慎在文學（詩、詞、曲）、思想、小學等各方面的作品、理論及成就地位。罕有就文化論述層面的觀察，亦鮮少關注楊慎個案與明嘉靖中葉的文化場域之間的互動、互涉、形構等相關議題。因此，筆者將以文化研究的視角試圖從許多面向、視角，構組一個更立體、飽滿的楊慎形象，同時也藉楊慎的個案研究，期盼能較精確地解讀明中葉的文學／文化圖景。

第五節　各章研究面向

第一章　緒論

　　本章先論述明中葉文學／化發展概況，及當時出版、社交、文學場域等相關文學／文化傳播語境。其次，將聚焦於本文個案主角——楊慎的身世、經歷、成就等背景知識的介紹。由於這一章為全文之始，故將交代本文的研究動機、研究方法、研究取向、研究範疇、歷來研究成果回顧與評述，本章亦將簡單而精要地陳述各章研究面向及方法論。

第二章　傳「奇」・縱放・立言：聲譽、社交展演與傳播

　　本章先論楊慎的貶謫形象建構，以楊慎的生命史作為起點，疏理他自幼幾件奇聞妙事如「父親夢兆」、「垂髫賦黃葉詩」、「自度新聲彈琵琶踏月」等〔註93〕，

〔註92〕此二篇論文收入孫康宜：《孫康宜自選集：古典文學的現代觀》（上海：上海譯文出版社，2013），頁112～135；頁160～174。

〔註93〕楊慎入翰院，又時傳韻事。〈桐下聽然〉云：「楊用修少時善琵琶，每日更新聲度之。及登第後，猶於暑月夜，綰兩角髻，著單紗半臂，背負琵琶，共二三騷人，攜尊酒席地，坐長安街上，歌所製小詞，撮撥到曉。適李閣老早朝

觀察其中可能隱含的傳播意識。其次，論述的重點置於楊慎生命史重大事件「大禮議」到貶謫滇緬邊境的慘遇上。謫人楊慎時時用各種或傷悲或戲謔或投射的方式來消化此悲劇，這些表演性很強的事／案件，楊慎悉心紀錄，也被時人大量記載傳鈔，不論是讚揚、攻訐、同情、譴責都引起風潮，傳播效果極佳。甚至楊慎亡後，文人不斷重讀此事，讀出許多興味，召喚出許多失意者之血淚，亦引來失意文人爭相模仿。楊慎建構出謫人／受難者／狂士形象，「遷謫」和「災難記憶」顯然成爲一個象徵符碼或文化資本（cultural capital），對於楊慎在當時文學場域的聲譽傳播產生微妙的影響。而楊慎的貶謫形象接受史及其意義亦是這一章節的討論重點。

本章在方法學上，將借用戈夫曼（Erving Goffman）的「自我表演」（The Presentation of Self）理論〔註94〕，戈夫曼用戲劇概念解釋日常生活，以戲劇表演的比喻作爲自己的理論框架，他認爲人與人交往時都是試圖給對方一個印象，人們似乎就像演員一樣，不斷關注著他們所接觸的各式各樣的觀眾以及由此所形成的印象。印象是一種由表演者所作出的情境定義，日常生活就充滿這種情境。在日常交往中，每個人都對他人表現他的自我和活動，並運用特定的技巧維持自己的表演，同時還試圖導演與操縱和管理他人對他形成的印象，而表演性和戲劇性很強的楊慎與該理論便有許多相契之處。

本章討論楊慎的生命史，討論主軸爲楊慎的自我形象建構與文學／化聲譽傳播。個人自傳書寫從來就不是如實的呈現，而是一種選擇、編織的過程。楊慎的眞實人生固然充滿戲劇性，然而疏理其諸多文本，觀察他與時人的對話、互動，以及公私領域或隱或現的行動，可以發現他是一個充滿展演性的文人，展示自我、建構自我形象的意圖經常穿梭在事件的敘述之中。他強調

過之，聽其聲異常流，令人詢之，則云楊公子修撰也。李爲之下車，楊舉卮進李白：『朝尚早，願爲先生更彈。』彈罷而城火將熄，李先入朝，楊亦隨著朝衣而至。朝退進閣，揖李先生及其尊人，李笑謂曰：『公子韻度，自足千古，何必躬親絲竹，乃擅風華。』自是，長安一片月，絕不聞楊公子琵琶聲矣。」參見王文才：《楊慎學譜》，頁38。

〔註94〕戈夫曼認爲人與人交往時都是試圖給對方一個印象，人們似乎就像演員一樣，不斷關注著他們所接觸的各式各樣的觀眾以及由此所形成的，有關他們的印象，印象是一種由表演者所作出的情境定義，日常生活就充滿這種情境。在日常交往中，每個人都對他人表現他的自我和活動，並運用特定的技巧維持自己的表演，同時還試圖導演與操縱和管理他人對他所形成的印象。參見〔美〕戈夫曼（Erving Goffman）著，徐江敏譯、李姚軍譯：《日常生活中的自我表演》（昆明：雲南人民出版社，1988）。

自我表述，試圖以文字、具體行動進行「發明自我」、「建構自我形象」的操作，某種戈夫曼「表演」、「自我呈現」的實踐。

關於受難者、狂士因其「秀異」（distinction）而成爲文化符碼，本章亦將借用布迪厄（Pierre Bourdieu）的文化資本（cultural capital）及象徵資本（symboliccapital）概念〔註95〕，思考楊愼戲劇性的貶謫人生，其中戲謔、血淚交織的種種形象，在當代及後代如何成爲一種文化符碼或象徵資本？如何在文學場域上締造聲譽傳播價值？

這一章的另一個重點是觀察楊愼在當時文學場域上的「位置」和「型態」。首先，以他的文學表現切入，探討其在復古派、茶陵派、程朱理學、心學等流派的強大夾擊下，如何藉由出版文化和聲譽傳播的力量，身在荒蠻名在京朝，成爲當時文壇名人。

其次，將探討楊愼的人際網絡，觀察相關的文人社群。楊愼因爲父親楊廷和貴爲館閣大臣，得以親炙當時政壇和文壇的領袖——茶陵派大老李東陽（1477～1516），不但文學創作上受恩師指點，受益匪淺，亦可藉此近距離接觸到海內名流。圍繞在楊愼身邊的文壇大家不少，如：李夢陽（1472～1530）、何景明（1483～1521）、康海（1475～1540）、王廷相（1474～1544）、謝榛（1495～1575）、張佳胤（1526～1588）、嘉靖八才子之一的李開先（1502～1568）、金陵三俊之一的王韋、江南四大家之一朱應登之子朱日藩（1501～1561）、昆山三俊之一周復俊（1496～1574）、文徵明（1470～1559）等都與他過從甚密。楊愼遠謫滇緬後，也與當時的文壇名流保持廣泛的聯繫，經常談詩論藝、書信往來。

再者，楊愼是一個文學社交性很強的文人，他一生中組織了許多的文學社群。十九歲時與同鄉士子張含等多人成立麗澤會，結社作詩。之後，他收

〔註95〕 〔法〕皮埃爾・布迪厄（Pierre Bourdieu）在〈落拓不羈與生活藝術的創造中〉提及：「落拓不羈的文人的產生不僅是一種文學現象：從米爾熱和尚弗勒克到巴爾札克和《情感教育》的作者福婁拜，小說家們尤其通過創立和傳播落拓不羈這種觀念本身，大大促進了新的社會實體的公開認可及其身分、價值、規範和神話的建構……他們靠文化資本和天生的『品味製造者』權威，終於以最低的代價，獲得服飾上的標新立異，烹調上的奇情異想，愛情上的唯利是圖和娛樂上的高雅說俗」（頁70～71）。參見氏著，劉暉譯：《藝術的法則——文學場的生成和結構》（北京：中央編譯出版社，2001）。有關布迪厄的相關理論可以參見布迪厄（Pierre Bourdieu）著，包亞明：《布迪厄訪談錄—文化資本與社會煉金術》（上海：上海人民出版社，1997）；朋尼維茲（Patrice Bonnewitz）著，孫智綺譯：《布赫迪厄——社會學的第一課》（臺北：麥田出版社，2002）。

授文學弟子，張含、王廷表、李元陽、楊士雲、胡廷祿、唐綺、吳懋等，時有「楊門六學士」或「楊門七子」之稱。晚年之際，回歸故里的章懋與楊慎結成汐社，推廣詩藝，並結集成冊；在滇地他又與當地藝文名士李之恆等組葉榆社、三元社等研究道學和洞經音樂的社團。

楊慎與這些文壇文／聞人之間的互動、攻訐，涉及文學場域上的習性（habitus）、佔位關係，值得進一步觀察。因此，本章另一重點置於楊慎如何經營自我社交網絡、文學社群，思考位處邊陲的文人，如何運用提攜者社交網絡、傳播聲響的策略，在當時文化場域上佔有一席之地。

最後本章也將剖析楊慎的病、讀書寫，思考為什麼病入膏肓中的楊慎，他關心、談論的不是關於病痛的呻吟、療病心得抑或病中的體悟，而是心心念念於學術考據、著作立說？如果死亡是個人時間的終點，那楊慎究竟關心或企圖留下什麼？是否有一個超越死亡，沒有終點的願力支撐著他的意志？而這種傳世不朽的慾望，是否成就了他成為明代著述最豐的名山之業。

第三章　謫旅‧獵奇‧啓迪：雲南書寫與文化／文學傳播

楊慎因大禮議被貶謫滇地長達三十五年，荒僻邊域的所見所聞不斷刺激其靈感，啓發其獵奇尚異之心。在雲南邊域他是遷謫者、放逐者、旅行者、漫遊者、敘事者，其敘事往往交織紀實與個人貶謫經驗、情感元素。除了學術性著作外，其間有大量的雲南地域、文化、史學、地理、自然科學題材；有方志、筆記、旅誌、遊記、詩歌等多元文類的創作與撰寫。可以說楊慎雖為朝廷的逐臣，卻也在中緬邊域築一方文學之城，千古奇謫加上特殊的邊域題材，吸引中土讀者目光，使明代讀者漸漸欣賞雲南文化，而書寫雲南也成為楊慎的另類文化資本。

滇地自古以來一直被視為蠻荒、神秘、充滿異國情調之地，唐代以後，中國對西南地方的記載漸多，在雲南方面有唐樊綽的《雲南志》（又名《蠻書》）、元郭松年的《南詔紀行》、元李京的《雲南志略》等，這些較早期的紀錄大致較為簡略。

胡曉眞〈旅行、獵奇與考古——《滇黔土司禮記》中的理學世界〉一文指出，明清時期，滇黔地區已正式納入版圖，但仍是難以掌握的邊陲，相關紀錄往往與統治者有關〔註96〕。明太祖的平滇之役〔註97〕，對雲南文化和文

〔註96〕參見胡曉眞：〈旅行、獵奇與考古——《滇黔土司婚禮記》中的禮學世界〉，

獻造成巨大破壞，當時在歷史上雲南有無史的空白危機。在此之後，明代文人與官員對西南地區的觀察與記錄逐漸增加，再加上許多貶謫到雲南的文官，這些邊吏和逐臣對雲南地區進行觀察和書寫，重新建構漢人視野的西南書寫。明代在楊慎之前，只有一些零星的雲南書寫，李浩的《三迤隨筆》充斥明正統王朝對滇地的軍武統治及權力意識，是征服者的話語，有濃厚的殖民者觀點。其後代李以恆則是一風雅文士，他的《淮城夜語》帶有濃厚的宗教意識，紀錄和介紹了雲南的洞經音樂文化，其敘事立場是認同當地風物的人士。

　　楊慎遠謫至雲南永昌，該地爲於滇緬之交，自古以來就是白族、彝族、苗族、擺夷、納西族等少數民族的聚集地，充滿異國神祕氛圍。他在滇地廣爲遊歷，留下許多記遊詩文，點蒼山、滇池、洱海、安寧溫泉、高嶢十二景等一再被書寫，而成爲著名景點，滇地許多地景、地貌、物產、風俗特色也隨著楊慎出色的文學作品傳播至中原地區〔註 98〕。楊慎的書寫正如許多逐臣書寫，是結合放逐者與漫遊者的形象，既是不爲世用的屈原，又是追尋美感的遊人，其游記某種程度上來說，正似其生命旅程的隱喻〔註 99〕。

　　其次，筆者試圖觀察楊慎的遷謫者身份，其形塑的受難者／愛國忠烈者的形象，建構了一種文化符碼抑或形成文化資本，這種遷謫者／漫遊者的特殊性，是否也展現在滇地題材詩文的呈現上？使其筆下的遊記詩文成爲一種烙上傷痕符碼的文化地景？而這種書寫傷痕／記憶書寫對其滇地文學傳播是否因爲讀者、受眾的同情理解、好奇、關切之眼而成爲有利於文學傳播的因素？

收於《中國文哲研究集刊》（臺北：中研院文哲所，2006 年 9 月），第二十九期，頁 49。

〔註97〕雲南這個邊遠的地區是在洪武十五年（1382）才正式成爲中國的一省。

〔註98〕「《游點蒼山記》作於楊慎入滇途中，是他的游記代表作。……《游點蒼山記》作於嘉靖九年（1530）春，歷述了他前後 39 天遊覽點蒼山、洱海的經過和感受」；「楊慎的記游詩也有突出的成就，他的記游想像豐富，清新明麗，如〈昆陽望海〉。楊慎的絕句特別出色，極得後人推崇，清王夫之稱爲『千古第一』即舉其所作之〈滇海曲〉」參見李伯齊主編：《中國古代記游文學史》（濟南：山東友誼書社，1989），頁 303～306。

〔註99〕胡曉眞：「晚明的旅人往往結合了放逐者與漫遊者的形象，既是不爲世用的屈原，又是追尋美感經驗的癡人，使得個人經驗成爲晚明遊記中美學營造的中心，而遊記則是生命旅程的隱喻」參見氏著〈旅行、獵奇與考古——《滇黔土司婚禮》中的禮學世界〉，收於《中國文哲研究集刊》（南港：中研院文哲所，2006），第二十九期，頁 47。

　　就滇地史地整理建樹而論，博學家楊慎也表現出對地誌、方志書寫高度的興趣，他到雲南後，留意地方史料的搜集和編撰。他考察山川形勢，瞭解風俗人情，探訪南詔國和大理國遺存的典籍，搜集古老的九隆神話等，編寫了《雲南山川志》、《滇載記》等專著。《雲南山川志》是一部記載雲南山川風物的地方志書，他在該書中不僅記述了自然風光，也一併記述了許多有關的神話傳說，采錄不少滇蜀的民間歌謠，十分新奇有趣，有助於雲南民族史的研究。《滇載記》是一部少數民族的歷史。它詳細記載了南詔國蒙氏、大理國及元、明間雲南歷代統治者家族興衰始末。

　　楊慎也根據自己親身經歷和體驗，撰著關於雲南交通、氣候、物產的三部著作：《滇程記》、《滇候記》、《滇產記》〔註100〕。《滇候記》記錄了雲南與內地氣候的不同，搜集大量古代農諺和各地農諺，說明氣候與農業的關係，還注意到古今氣候的變化，非常實用，堪稱晚明盛行於民間的日用類書先驅。《滇程記》是楊慎謫戍永昌時的記程之作，他到每一處遊歷皆詳細記載途程必經驛站、沿途物產、古蹟、神話傳說，可以增加旅遊深度，他還作了旅遊導覽、評比推薦適合遊玩的行程安排和季節氣候，並針對沿途險狀、蠻族出沒等作了貼心的提醒，儼然現代的旅遊指南書，堪稱晚明旅遊書先驅。清初行人司行人徐炯清康熙二十六年（1683）六月奉命出使雲南，就是根據《滇程記》按日考核其行經的地點，作為路程的指南〔註101〕，可見該書對於了解雲南交通，促進當時及後代旅遊風氣的貢獻。

　　本章個別論述楊慎有關史、地的《滇載記》、《滇程記》、《雲南山川志》等三部紀實之書。任何史籍、方志的編撰都是一種廣義的資料編織，這當中都透顯撰者的選擇、觀點文化視野，本章嘗試觀察楊慎書寫此三書的動機？產生的傳播效應？觀察他如何建構雲南的史地文化知識，以及其中有意無意透顯的夷漢區隔的意識型態。

　　本章對於楊慎雲南書寫的觀察重點為：「謫人」之心和「他者」之眼，即謫人主體性（subjectivity）和「他者」（the other）的相互建構。思考被剝奪親情倫理、政治權勢與中國知識分子理想的楊慎如何在滇地建構、想像、思考自己及中原？觀察楊慎如何在滇地書寫有意抑或無意透顯／建構他的謫人形

〔註100〕其中《滇候記》、《滇產記》二書目前已亡佚。
〔註101〕見徐炯《使滇日記》、《使滇雜記》，收於《瓜蒂庵藏明清掌故叢書》，（上海：上海古籍出版社，1983），頁75。

象〔註102〕，借地域書寫傳播了「他的故事」？楊愼的雲南地域書寫就隱含許多傳播議題，具有書寫優勢的楊愼，其雲南書寫傳播了異域文化，而新奇邊地題材擄獲讀者好奇之眼，滿足時人喜新、獵奇的品味，書寫秘境滇地的楊愼也藉此傳播自己的聲譽、文名，以「奇」傳「奇」，兩者互爲交涉傳播。

　　在方法學上，本章將借用人文地理學的相關知識，地理學除了客觀的空間知識外，還涉及主觀的認知，人本主義地理學的研究目的和研究方法是針對主觀的地理知識，搜集「人對地理區的地理感資料」，以說明地理區的主觀的空間感及地方感。段義孚（Yi-FuTuan）認爲「地理感的資料存在於人的心靈內。藏在於人的心靈身處的地理感，都是人對環境所演化的價值觀」，而「觀看並不僅是外在環境刺激的簡單記錄，還有選擇和建構性的過程」〔註103〕。再者，空間的閱讀者（作者）與他所書寫的地方往往經由主體和地方的互涉、建構而形成「地方感」，Allan Pred 認爲「『地方』（place）不僅僅是一個客體。它被每一個個體視爲一個意義、意向或感覺價值的中心：一個動人的，有感情附著的焦點；一個令人感覺到充滿價值的地方。……經由人的住居，以及某地經常性活動的涉入；經由親密性及記憶的累積過程，經由意象、觀念及符號等等意義的給予；經由充滿意義的『眞實的』經驗或動人事件，以及個體或社區的認同感、安全感及關懷（concern）的建立，空間及其特徵於是被動員並轉形爲『地方』」〔註104〕。

　　這部分也將借用後殖民理論（postcolonialism），如雙重風景〔註105〕、內部他者（The other within）等後殖民相關論述，來剖析楊愼雲南書寫。回

<hr>

〔註102〕王學玲：「被迫遠道而來的異地者，卻通過相互界義的銘刻，展演出彼此的生命景觀與地景圖像，扭轉看似無所逃的棄絕命運」（頁256），「或許曾是生死交迫下，渴望一再逃離之場域，卻偶然且必然地化爲書寫泉源，反覆建構彼此的存在意義」（頁262）。參見氏著：〈是地即成土——清初流放東北文士之「絕域」紀遊〉，收於《漢學研究》（南港：中研院文哲所，2006年12月）第24卷第2期。

〔註103〕參見段義孚（Yi-FuTuan）著，潘桂成譯：《經驗透視中的空間和地方》（臺北：國立編譯館，1998），頁2及10。

〔註104〕參見 Allan Pred 著，許坤榮譯：〈結構歷程和地方——地方感和感覺結構的形成過程〉，收於夏鑄九、王志弘編譯：《空間的文化形式與社會理論讀本》（台北：明文書局，1994）。

〔註105〕參見〔美〕薩伊德（Edward W‧Said）〈想像的地理及其表述形式：東方化東方〉，收於張京媛主編：《後殖民理論與文化批評》（北京：北京大學出版社，1999），頁22～48。

溯楊慎的生命史與他的滇地詩文，可以讀到雲南是一個愛恨交織的地方，他一方面歌詠當地風物，一方面又忘不掉魂牽夢縈的中原，每每喜歡作漢蠻比較，貶抑、妖魔化邊地〔註106〕。筆者將觀察謫人楊慎如何「想像」、「認同」、「試圖逃避」雲南，這樣的的地域書寫如何透顯楊慎千絲萬縷的幽微心理圖景？觀察其對非漢族群、文化的觀看、理解與再現，剖析當中除了紀實性的描繪，是否投射的作者的自我身份與文化認同？是否或隱或現地；有意無意流露華夏文化的優越性？試圖以漢人中心的視角區隔、同／教化非我族類？

這一章最後將整理楊慎雲南地域書寫對當代及後世的影響，對雲南產生的文化啓蒙效應，並透過一樣書寫雲南（《滇略》）的忠實讀者——謝肇淛，實際觀察楊慎雲南文學／文化書寫的傳播效應。

第四章　雅俗交織與文學傳播：《升庵詩話》、《詞品》與出版文化

明清時期商業發達引起一連串文學生態的變化，讀者意識逐漸取代傳統的作者中心觀，文學傳播本身變成醒目的課題。此時作者、讀者、社會三者高度互動，改變了作者和讀者的傳統定義，「新」的文化網絡逐漸形成〔註107〕。文學傳播導致多元文本的出現，初步觀察楊慎的著作、編纂作品，可以發現相當多元而繁盛，舉凡詩、詞、曲、民間文學、地理、旅遊指南、小說、評點、畫論、圖贊、尺牘等，這些多元的出版品，正好提供了一個觀察當時讀者形態、品味的文化圖景。

明人談詩論藝風氣鼎盛，文人結爲詩文社群，往往商兌。詩話、詞話既可作爲商榷議論的典要，其本身又是「以資閒談」的資料。書賈爲了射利，中晚明文人除了自己撰著詩話以外，還大量地匯輯詩話總集。明中葉以來，

〔註106〕關於楊慎建構滇地的「他者」之眼，擬借用薩伊德的「東方學」概念，楊慎書寫及建構滇地，可以用文化霸權的視角來解讀。「東方僅僅是人爲建構起來的——或者說是被『東方化』（Orientalized）了的」，「人們會發現文化乃運作於民眾社會之中，在此，觀念、機構和他人的影響不是通過控制而是通過葛蘭西所稱的積極贊同（consent）來實現的。在任何非集權的社會。某些文化形式都可能獲得支配另一些文化形式的權力，正如某些觀念會比另一些更有影響力，葛蘭西將這種起支配作用的文化形式稱爲文化霸權（hegemony）」參見薩伊德（Edward W·Said）著，王宇根譯：《東方學》（北京：三聯書店，2000）。

〔註107〕參見楊玉成：〈小眾讀者：康熙時期的文學傳播語文學批評〉，收於《中國文哲研究集刊》（南港：中研院文哲所，2001 年 9 月），第十九期，頁 55～108。

商業發達、城市興起、市民文化勃發，引起一連串文學生態的變化，書籍的商業傳播刺激了社會受眾的文學接受，而受眾的文學需求也反過來刺激了書籍的生產。出版文化、文學傳播、讀者意識、大眾文化等都成了醒目的文學議題。這些都可以在當代讀者——楊慎的閱讀反應錄與當代文壇現形記——《升庵詩話》、《詞品》中找到蹤跡。作為一個文學批評的作品，《詩話》、《詞品》不但是探索升庵文學社群的主要園地，由於其記錄藝文瑣事與資閒談的文體特徵，也適巧成為觀察當時文學脈動與文學現象的絕佳資料。楊慎在撰寫《詩話》、《詞品》的創作之初，便預設了「隱含讀者」的存在，考慮了讀者的期待視域，內容當然必須是讀者有興趣的。讀者期待什麼？楊慎又和他的讀者談些什麼呢？藉此我們也可以閱讀那一時代的讀者大眾。

這一章要討論的是，一向重視文學傳播的楊慎，要如何以書寫、編撰策略，進行升庵詩話系列傳播，使它成為「暢銷書」？而作為一個重要的文學傳播媒介，楊慎如何藉詩話傳播之便，進行其他著作的行銷？又如何在詩話傳播中進行人際傳播，以及一己理念和聲譽的文化傳播？而在《詩話》、《詞品》的內容安排中，又可觀察當時何種讀者品味和文化圖景？這一連串的文學傳播議題都將涉及《詩話》、《詞品》的出版機制。

本章亦探討楊慎的文學理論，將其推尊六朝的文學觀與其縱放行為結合，作為開啟晚明豔歌俗曲、情色文學的文風，和山人、狂士的士風之論述，用來證成楊慎為晚明狂士和諸多文化風潮的先驅性。其次，楊慎重視傳播的文化意識，也表現在「尚俗」、「新變」的文學觀，「人人有詩，代代有詩」強調每一朝代或人都有其特殊的文學特色，都可以有好詩，稟持這樣的文學觀，楊慎詩詞強調當代性和通俗性。因此，不管是創作和編撰視域的尚俗、雅俗交織，對當代性、新變的重視，都展現了楊慎重視文學流行的傳播意識。

嘉靖、隆慶以後，民間文學躍登歷史舞台，與楊慎關涉的有俗諺、民歌、散曲的收集，以及戲曲、小說的改編，其中以彈詞形式講史的《歷代史略十段錦詞話》尤為創舉，楊慎是少數帶頭肯定並從事俗文學創作的文學家，領先公安三袁等，自有其不可忽視的先驅地位。

伴隨讀者意識的昂揚，此時有許多文學傳播策略如評點等陸續產生，楊慎評點的書籍非常多，如有《草堂詩餘》、《世說新語》、《檀弓叢訓》、《文心雕龍》、《史記題評》等，其中介於註釋和評點的《檀弓叢訓》可以用來觀察

評點文學史的演進；五色筆批點《文心雕龍》成為套色印刷先驅；《史記題評》為史書評點之先；評選《草堂詩餘》為明人評點詞集之先，並為元以後漸衰的詞體，帶來活力。他也開明中葉評點當代文人文集之風，曾批選張含（1479～1565）《禺山詩文集》、李東陽（1447～1516）《空同詩選》、顧應祥（1483～1565）《箬溪歸田詩選》、嚴嵩（1480～1567）《鈐山堂詩選》、朱曰藩（1501～1561）《池上編》、劉玉《執齋先生選集》等。評點可以看作某種讀者／批評家的留言和閱讀指導，文本的意義有待讀者／評點者的詮釋和傳遞，從中可以看出評點者的意識形態。就評點的話語來說，也正好提供了一個觀察當時讀者的絕佳材料〔註108〕。楊慎的評點多元而具開創意義，其中有許多值得探討的讀者意識、行銷策略〔註109〕。自嘉靖以來出版業越來越趨向近代化的經營策略，出版、行銷活動日趨進步，楊慎處於這個交會點上，儼然是當時出版界達人，從這些繁盛的評點、選集和序跋〔註110〕中，可觀察楊慎對自我及時人的文學聲譽傳播策略。

楊慎雖謫處邊域，但往往能洞察出版市場先機，展現許多吸引讀者，增加傳播性、銷售量的文化展演，在明中葉出版文化中展現先驅者形象。本章將疏理說唱俱佳的《歷代史略詞話》、五色筆《文心雕龍》、書牘選集《赤牘清裁》、《異魚圖贊》及文人文集評點，思考其中的出版策略，觀察這些書籍的讀者反應浮世繪，思考諸書雅俗共賞的效果，印證其人其書濃厚的傳播性，說明他在中晚明出版文化的暢銷情形，揭示他在史傳文類、評點、尺牘、譜錄等出版史上的開創意義。

第五章 古典與時尚：楊慎考據博物學「新」探

楊慎縱覽百代、貫通古今、無所不包的博洽之學，雖然編撰的態度有不嚴謹、舛誤之失，但就明代博物式的考據學來說可謂開山祖師。呼應明中期以後前後七子的復古思潮，文化場域上也漸漸興起「好古」的文物／化賞鑒風潮。這種古物鑑賞的流行，不僅建構當時多采多姿的物質文化面貌，也拓展了一個對於古文物的知識需求。對於古文物、精粗、審美、歷史掌故、文

〔註108〕 參見楊玉成：〈小眾讀者：康熙時期的文學傳播與文學批評〉，頁55。

〔註109〕 值得注意的是，楊慎有許多編輯、評點當代人作品。「新」來自商業文化、傳播媒介的高度競爭，「當代」成為明清讀者新的品味。

〔註110〕 序跋是為了提高文學聲譽，多請社會名流及有助於出版品行銷者為之，文學批評和權勢有高度關聯，楊慎的好為他人作序跋，亦好請時人為他的作品集作序跋，此皆涉及文學聲譽的傳播。

化傳記、眞膺的辯證，古籍版本優劣的檢核，都需要大量而精確的考據學、博物學知識。因此博物式、百科全書式的知識成爲一種配合時尚的文化需求，楊愼諸多有關「物」的考據論述成爲當時文人雅士建構品味生活的知識載體。在這種文化生態下，考據學知識不再是前代爲了解經之用，止於文字訓詁、制度儀文、歷史地理、掌故探析的「舊」學術模式，而是與物質文化密切結合的一種「新」知識體性。

明中葉以後博物式的考據學已然形成一種新的時尚，形成了一種文化品味的「流行」知識，擁有古文物的考據知識儼然形成一種時尚品味的文化符碼（cultural code）和文化資本，原本嚴肅的考據學家，成爲文化時尚品味的權威、領導者。

本章以彙編楊愼《丹鉛錄》系列、《楊子卮言》、《異魚圖贊》、《譚苑醍醐》、《藝林伐山》、《墨池瑣聞》、《書品》、《畫品》等考據學相關筆記著作的《升庵外集》爲主要研究材料，旨在從一種「新」古典時尚風潮的形成與建構，「重新」解讀楊愼的考據學。

就方法學上來說，本章以文化研究爲架構，以楊愼筆記類作品爲探析範疇，援引關於物質文化（Material Culture）、消費文化（Consumption Culture）等、品味區隔（distinguish）等相關理論，嘗試以楊愼考據文本爲材料，擬從生活美學經營的角度，思考中晚明文人文化的形成和發展與考據學知識體系的關係，審視兩者的互動。探討考據學與當時文人的品賞文化、生活美學背景知識的建構聯繫。思考楊愼考據學的面貌有別與以往前代考據學，作爲明經訓詁之餘，是否已然成爲一種文人建構時尚品味的文化符碼？思考楊愼《丹鉛錄》系列考據叢書何以在當時受到注目，成爲出版市場新寵？這套博物的百科全書式的知識體系，與當時文化圈上重視品味、古雅的美學生活營造，產生怎樣的互動和互爲滋衍的關係？觀察楊愼考據學，處處可見當代文化跡影——博物、博古、重視視覺文化、感官、醫療話語等諸多傾向，從此一新的視角重新檢視考據學，並勾勒當時市民文化生態圖景。

本章最後將進入紛擾不休、充滿批駁、譏諷、詆誚之詞的糾楊學術論爭中，目的不在細究孰是孰非眞相爲何，而是嘗試從傳播的角度切入，觀察學術場上批駁楊愼考據的風潮爲何興起？如何在文學場上越辯越烈？這些學者的動機爲何？除了捍衛學術眞理，澄清辯證誤謬之外，是否有隱微複雜的傳播動機？產生何種學術效應？而由陳耀文肇始的批楊大軍、譜系，又揭諸了何種當代文化圖景？這些都是筆者嘗試關注、探討的論點。

第六章　性別與文學

　　本章先以《升庵詩話》作爲討論的起點，「資閒談」的詩話是深具讀者意識的文學形式，藉著《詩話》的討論分析，可以初步觀察和瞭解楊愼對女性題材的關注。

　　本章將帶出楊愼的夫人──黃峨（1498～1569）作爲論述的女主角。黃峨字秀眉，父黃珂（1449～1522），四川遂寧人，成化二年進士，官至工部尚書，母親也出自名門，知書識禮。黃峨幼習詩書，博通經史，嫻於詩文，善書禮，尤擅長散曲。明萬曆年間，楊禹聲讀她的詞曲認爲「夫人才情甚富，不讓易安、淑貞」。託名明代大文學家徐渭的序，言及得黃峨詞曲讀之，認爲「旨趣閒雅，風致翩翩」，自愧弗如，還稱他們倆：一個「著述甲士林」，一個「才藝冠女班」〔註111〕。在中國文學史上，夫婦都具有文學才華的，有漢代司馬相如和卓文君；宋代的趙明誠和李清照；元代的趙孟頫和管道昇；楊愼和黃峨的結合則成了明中葉文壇佳話。

　　諸多明代詩人小傳也論及黃峨，但僅止於簡單評述，如《明詩人小傳稿‧楊夫人條》云「黃氏，楊愼妾，詞曲五卷。」〔註112〕黃峨爲楊愼繼妻，此資料似誤。楊愼平生刊刻著作眾多（見附錄〔二〕出版資料），然而黃峨著作卻未刊刻過。黃峨卒後次年（1570），由一位無名氏書商編輯的《楊狀元妻詩集》一卷突然刊行。此後，其詩在各地陸續被發現，數量持續增加。萬曆三十六年（1608），大型詞曲合集《楊升庵夫婦樂府詞餘》刊行，其中很多散曲被稱是黃峨的作品，包括一些艷曲及調笑之作，殊爲引人注目。此本卷首有一短序，託名爲徐渭（1521～1593）所撰。編者楊禹聲自稱，楊夫人詞餘原無刻本，僅有其「手錄」，「藏之帳中十五年矣」後來他終於「謀而梓之，以公諸賞音者」〔註113〕，顯示此出版品的稀罕和珍貴性。

　　值得注意的是，《楊升庵夫婦樂府詞餘》和《楊狀元妻詩集》中名爲黃峨

〔註111〕參見楊禹聲〈楊夫人樂府詞餘序〉、徐渭〈楊升庵先生樂府序〉，收於王文才《楊愼詞曲集》附錄《楊夫人詞曲》（成都：四川人民出版社，1984）。值得注意的是，楊愼在雲南生活富足，著述不輟，刊行不絕，文名隨之日盛，與妻子黃峨在四川家中經營田產，給予財援，有密切關係。見《劍橋中國文學史》，下卷，頁63。

〔註112〕參見〔清〕潘介社纂輯，國立中央圖書館特藏組編輯：《明詩人小傳稿》（台北：國立中央圖書館，1986），頁419。

〔註113〕楊禹聲〈楊夫人樂府詞餘引〉，見王文才輯校：《楊愼詞曲集》的《楊夫人詞曲》，頁391。

的作品有好些與楊愼風格相近或雷同，可以推測是託名或僞作，黃峨儼然是一個被建構出來的才女。這些逐漸滋衍的黃峨著作，有許多來自男性文人或書商僞作，顯然當時女性著作，爲一「新」亮／賣點，具有市場價値。値得思考的是，爲什麼當時爲什麼樂於出版女性作品，女性作家／作品成爲出版市場新寵兒？是否滿足了當時讀者獵奇／艷的閱讀心態？明中葉以後作者、出版者、讀者對女性文學的興趣逐漸高昂，而楊愼可說爲推廣女性文學的先驅。

再者，因爲貶謫滇地的遭遇，楊愼與其夫人不得不以膠漆之心置胡越之身，牽攣乖隔，黃峨與楊愼的夫妻情深緣慳一直非常悲劇性，從貶謫途中黃峨沿路泣送以致昏厥，相隔千里的苦憂愁思，一直到楊愼死後徒步奔喪，黃峨至瀘州遇柩，仿劉令嫻〈祭夫文〉〔註114〕自作哀章，都成爲時人關注的話題。楊氏夫婦黃峨之書信往來，被編成出版品〔註115〕，黃峨和楊愼後來也成爲小說的題材，他們在稍晩的馮夢龍（1574～1646）文言傳奇《情史》中，成爲至情者之典範〔註116〕。楊氏夫婦的故事形成一種浪漫情愛的文化想像／虛構，以當代人事蹟入題，頗類於時事小說〔註117〕。兩人的愛情故事無意爲之抑或有意建構，本身已涉及聲名傳播。兩人浪漫纏綿的戀人絮語變成公領域的竊竊私語，滿足讀者的窺視慾，涉及公／私領域的相關議題〔註118〕。明

〔註114〕〔南朝梁〕劉令嫻〈祭夫徐敬業文〉在中國祭文史上是第一個妻爲亡夫作祭文之例。

〔註115〕楊玉成師：「十七世紀書信選集所以大行其道就建立在私人和公開的雙重性上，這種體裁既滿足作者個體意識和市民的讀者的窺視欲，也搭上當時新興傳播及進代的社會意識，絕妙的扮演著文化變遷時期的過渡角色」參見氏著：〈小眾讀者：康熙時期的文學傳播與文學批評〉，收於《中國文哲研究集刊》（南港：中研院文哲所，2001 年 9 月），第十九期，頁 61。

〔註116〕孫康宜：〈中晚明之交文學新探〉，《北京大學學報（哲學社會科學版）》第 43卷第 6 期（2006 年 11 月）

〔註117〕明代有相當多的時事劇和時事小說，時事劇在明代中葉以後大放奇範「傳時事的戲劇作品，從金、元以後，偶而出現，明代中葉以後遽興。《遠山堂曲品》中，收崑腔傳奇四百二十種，其中傳時事和當代題材的劇，本約占十分之一。雖然只占十分之一，卻遠過前代。」參見高美華：《明代時事新劇》，臺北：國立政治大學中國文學研究所博士論文，1990 年。

〔註118〕「盛行於社會上的小說與戲劇，也多有以時事爲本者，這類時事小說、時事劇將某些社會事件情節化，廣泛地傳播給一般社會大眾。而且，這些信息形式更與當時社會發達的出版機制相配合，以至於發展成爲具有相當穩定性的『傳播媒體』」（頁 135）「信息的傳播在現實社會生活中提供一種「參觀」——參與、觀看——效果，它將特定的事件轉化爲『新聞』，而『個別事件』，

中葉以後，女性文學在男性文人的獎掖和提倡下日漸蓬勃，黃峨可說是第一個受到男性文人關注的女性文人，「起點」即「啓點」，明清女性文學發展出現空前的繁榮，從黃峨文學才華、作品被發現、建構、傳播的過程，正好提供了一個觀察明清女性文學發展的觀測點。

延續性別議題，本章主要著力於討論楊慎有關女性／性別書寫的三部作品：《江花品藻》、《漢雜事秘辛》、《麗情集》，同時也將旁涉相關的作品如：《升庵詩話》、〈孝烈婦唐貴梅傳〉、〈倉庚傳〉等作品，以傳播爲主軸，試圖從書寫、行銷相關策略，讀者意識、情色書寫、青樓文化、道德教化等議題，疏理其中可能隱含的性別意識型態。

作者的閱讀喜好經常受到時代氛圍影響，在出版行銷機制下，編撰之際，楊慎也必定考量了當時的文學環境，或對當時的文學生態做出或多或少的回應。於是，楊慎的編輯喜好、讀者的期待預期，形成了《江花品藻》、《漢雜事秘辛》、《麗情集》等書所呈現的種種樣貌，將楊慎和他的讀者群置身於文化語境中，經由對楊慎創作風貌的探索，從這些文學接受圖景中將可觀察這一時代的文學閱讀／消費傾向，建構出當時的文學生態版圖。

第七章　起點・啓點：知識生產與文學傳播

楊慎一直以其輝煌的文學思想成就和深富傳奇的一生被定義、被討論。然而，在文學與思想的本質與內涵之外，值得思考的是，明中葉以後像楊慎這樣著力於經營自己文學／聲響版圖的文人有漸多的趨勢，他們的崛起反映了什麼樣的文學發展脈絡？而當時的文學傳播是否具某些獨特的外緣文化條件與動因？

一旦成爲『社會新聞』就表示它已經由其既有的特定場域移置於另一個公開的場域，成爲社會大眾觀看、評論的對象。」（頁 136）「戲劇除作一般娛樂外，其傳播功能也具有重大的社會意義。也因此，我們可以在功過格中看到相關的規範，歷如袾宏的《自知錄》中說『做造野史小說戲文歌曲誣污善良者，一事爲二十過』這更顯示利用小說、戲曲來進行傳播工作已成爲一種相當普遍的社會風氣了」（頁 141）而楊慎生命史中幾個展演性很強的「重大事件」亦可從此觀點探討。參見王鴻泰：〈社會的想像和想像的社會——明清的信息傳播與「公眾社會」〉，收於陳平原、王德威、商偉編《晚明與晚清：歷史傳承與文化創新》（武漢：湖北教育出版社，2002）。又有關公、私領域的概念可以參看〔德〕哈伯馬斯著，曹衛東等譯：《公共領域的結構轉型》（北京：學林，1998）及尤根・哈貝馬斯（Jurgen Habermas）著，曹衛東譯，汪暉、陳燕谷主編：《文化與公共性》（北京：三聯書局，1998）。

　　本文試圖在傳統的文學與思想討論之外，以楊慎的個案作爲楔子，帶領讀者捕捉明中葉文化圖景一隅，以文化研究的觀點重新理解以及詮釋楊慎的文學事業，疏理其知識生產的質性，及其可能隱含的美學、文化、性別的意識型態。嘗試從文學與社會的互動層面，以「知識生產」和「文化傳播」的視角探討及分析楊慎的文學／文化現象。

第二章 傳「奇」‧縱放‧立言：
聲譽、社交展演與傳播

第一節 前言與研究動機

> 通過回憶，我們向死去的人償還我們的債務，這是現在的時代對過
> 去的時代的報償，在回憶的行動裡我們暗地裡植下被人回憶的希
> 望。——宇文所安《追憶‧回憶的引誘》〔註1〕

　　就文學表現來說來說，楊慎有劇曲《洞天玄記》；以彈詞形式講唱史事的《史略詞話》；《漢雜事秘辛》、《麗情集》等小說；圖文並茂的題詠；豔曲、散曲等表演色彩濃厚的文類。楊慎也是明詞復興的關鍵人物，他使明詞小令化、世俗化、戲劇化，更具表演性，楊慎顯然是個善於說故事的人。除了力圖文類的表演性，其一生也充滿展演色彩。

　　從出生前父親的夢兆、兒時神童事蹟、狀元翰林睿智軼事、大禮議的激烈抗爭、貶謫滇雲三十餘年的千古奇謫、與才女黃峨的文學與愛情，楊慎的生命史處處充滿傳奇與驚嘆號。個人生命書寫從來就不是如實的呈現，而是一種選擇、編織的過程。楊慎的真實人生固然充滿戲劇性，然而疏理其諸多著作和表述，觀察他與時人的對話、互動，以及公私領域的或隱或現的行動，

〔註1〕〔美〕宇文所安著，鄭學勤譯：《追憶：中國古典文學中的往事再現》（北京：
　　　三聯書店，2004），頁94。

可以發現楊慎是一個充滿展演性的文人。他經常展示自我，建構自我形象的意圖穿梭在事件的敘述之中。他在許多的作品中強調自我表述，試圖以文字、具體行動進行「發明自我」、「建構自我形象」的操作，某種戈夫曼（Erving Goffman）「表演」「自我呈現」（presentation of self）的實踐。

戈夫曼用戲劇概念解釋日常生活，以戲劇表演的比喻作爲自己的理論框架。他認爲人與人交往時都是試圖給對方一個印象，人們似乎就像演員一樣，不斷關注著他們所接觸的各式各樣的觀眾以及由此所形成的，有關他們的印象，印象是一種由表演者所作出的情境定義，日常生活就充滿這種情境。在日常交往中，每個人都對他人表現他的自我和活動，並運用特定的技巧維持自己的表演，同時還試圖導演與操縱和管理他人對他所形成的印象〔註2〕。楊慎的言說交錯於私領域和公領域之間，經常充滿敘事驅力（narrative imperative），甚至預設某種傳播效應，有劇本（script）色彩。楊慎終其一生似乎都在進行一項龐大的自傳建構工程，有一種強烈建構／表述自我和形象經營（impression management）的意圖〔註3〕。

這個章節將進入楊慎的生命史，探論他如何「表述」、「展演」、「建構」其傳奇人生、千古奇譎？爲何如此再現自我？構築自我形象，形成內涵豐富的文化符碼以及雄厚的文化資本？遷謫之後他如何安頓生命？他希望如何被後人記憶？這種表述方式又達到什麼內涵的傳播效應？文化場域上的觀看者抑或仿擬者，如何有意識地運用此一擬塑譜系、話語策略？又形成怎樣的歷史脈絡？這部分也將透視楊慎如何運用文本、文學活動等種種資源，形構自

〔註2〕戈夫曼（Erving Goffman）把人際交往當作一個舞台來看待，參與人際交往的人，都是舞台上的演員他用了許多戲劇上的術語來分析人際交往的概念，如表演（performance）、腳本（script）前臺／後台（fron／backstage），捧場者（shill）等，因此他也把他的研究稱之爲演技取徑（dramaturigicalapproach）或戲劇法（dramaturgy）。演員在舞台上的表演盡量去掩飾他本來面目，卻是盡力求好，博取觀者的肯定，他稱之爲「形象經營」（impression management）。參見氏著，馮鋼譯：《日常生活中的自我呈現》（北京：北京大學出版社，2008）及葉啓政主編：《當代社會思想巨擘》（臺北：正中書局，1992），頁25～55。

〔註3〕王瓊玲認爲：「作者藉『自敘』以說明自我的意圖，進而形成所謂『敘事驅策』（narrative imperative），意即作者有一種將生命中的某些記憶鋪敘並尋求自我解釋的慾望和衝動。這是一種驅使他將「回憶」藉語言滲入某種『敘事結構』的動力，他會循著情節的邏輯往某一方向去發展。」見王瓊玲著：〈記憶與敘事：清初劇作家之前朝意識與其易代感懷之戲劇轉化〉，收於《中國文哲研究集刊》第24期（2004年3月），頁60。

我形象？進一步思考如果楊愼是一個「文化符碼」，我們不免要追問：是誰在想像？通過怎麼的文化、符號過程來進行想像？這樣的想像又造成怎樣的影響和結果？

文學與人際傳播

　　本章亦著力討論人際傳播的相關問題，楊愼年少得志，在文壇、政壇上年少就享有盛名，值得思考的是，他何以成名如此迅速，這當中是否隱含哪些傳播聲譽的策略？抑或其他有利的提攜者網絡及社交圈？而後楊愼因大禮議被貶謫到荒僻的雲南永昌三十餘年，然而他在文壇的名聲卻未曾削弱，雖身在邊陲，揚名於當時文學／化場域，甚至與很多高官、各級官吏、文壇名人、文士、隱士都有密切聯繫。楊愼所到之處的雲南景點，吸引許多慕名前來的人，他們頻繁地到滇地造訪，他的高嶢別業經常高朋滿座，成爲文學雅集的會所，他與許多中原／朝廷人士也經常詩文往來。他在滇地也不斷出版自己的著作，成爲明代著作最多的出版界名人，《明史‧楊愼傳》云：「明世記誦之博，著作之富，推愼爲第一。詩文外，雜著至一百餘種，並行於世。」〔註4〕與他同時代的的王世貞也說：「明興，稱博學，饒著述者，蓋無如用修」，稍晚於他的顧起元（1565～1628）〈升庵外集序〉說：「國初迄於嘉隆，文人學士著述之富，毋踰升庵先生著。」〔註5〕同樣給他很高的讚譽。

　　值得思考的是，身在雲南邊地的楊愼如何經營自己在地和中央的社交圈？如何與中原文化圈進行對話？又如何藉這些人際網絡，傳播聲譽和出版品？在這些建構自己聲譽的途徑中，他又如何建構他人聲譽，以達到「互惠」原則？這一章將藉由楊愼和周邊友人、文人的相關著作，疏理楊愼用以建構自身份、聲譽的各種活動場域和傳播策略，並且藉由楊愼的個案研究，進一步觀察中晚明文士的人際傳播現象。

　　本文嘗試透視楊愼如何運用文本、著作編撰、文學活動的種種資源，建構出不同的自我形象。也將探討楊愼如何憑藉其親族、提攜者、文學社群擴展人際圈，累積社交資本，以開展提攜者文學網絡？又如何運用這些社交資源傳播文學及聲譽？以在當時文學場域上佔有一席之地，甚至傳世不朽？

〔註4〕 參見〔清〕張廷玉撰：《明史》（臺北：鼎文書局，1975）。又焦竑亦謂：「明興，博學饒著述者，無如用修」參見《玉堂叢語》（北京：中華書局，1981），卷1，頁28。

〔註5〕 參見楊愼：《升庵外集》（臺北：臺灣學生書局，1971），第1冊，頁3。

第二節　展演傳奇人生

一、神童・才子・狀元

　　楊慎的一生充滿傳奇色彩，其出生前父親便有夢兆，「先是石齋與黃夫人以艱嗣爲憂，嘗禱於神，後夢神語曰：『當以聰明奇慧子畀君』又夢送五代忠臣夏魯奇至，曰：『武臣也』，復以《中庸》十八章輔之。」〔註6〕此一軼事等於暗示楊慎前世爲忠臣，輔以《中庸》十八章，「子曰無憂者，其惟文王乎！以王季爲父，以武王爲子；父作之，子述之」，則有克紹箕裘、繼志述事之意。楊廷和不久後生慎，「岐嶷穎達」爲一「聰明奇慧子」，此一胎夢先聲奪人，預示他不凡的人生。楊慎兒時就有神童之稱：

> 慎弱冠歲，未習舉子業，而好古文，每妄擬名賢之作。曾擬〈弔古戰場文〉叔父龍崖先生見而心異之，袖其稿以呈祖父留耕翁，召慎謂曰：吾孫信敏，然場屋何用此也。爾既好古文，何不擬賈誼〈過秦論〉乎？慎退，翌日呈一篇，旋失其稿。老戌滇中，士夫家有傳錄之者，慎取閱之，恍如夢事，亦不知爲已作也。今錄於此以示兒輩。〔註7〕

> 留耕公授以《易》，兩旬而決，不遺一字。擬作〈古戰場文〉，有「青樓斷紅粉之魂，白日照翠苔之骨」數語，瑞虹公極稱賞。復命擬〈過秦論〉，留耕公奇之曰：「吾家賈誼也。」一日，石齋公與瑞虹、龍崖二公觀畫，問曰：「景之美者，人曰似畫；畫之佳者，人曰似眞：孰爲正？」公舉元微之詩以對，龍崖曰：「詩亦未見佳，汝可更作。」公輒呈稿云：「會心山水眞如畫，名手丹青畫似眞，夢覺難分列禦寇，影形相贈晉詩人。」二公曰：「只此四句，大勝前人矣！」時公年十二。〔註8〕

> 先生生而聰明，異常兒孩，童時所讀書，過目輒成誦。年未總角，著詩名，與李獻吉、何仲默諸名公并稱，乃祖留耕翁每奇之。於諸

〔註6〕簡紹芳著：《贈光祿卿前翰林修撰升庵楊慎年譜》，收於《楊升庵叢書》（成都：天地出版社，2002）第6冊，附錄，頁1274。

〔註7〕楊慎：〈擬過秦論〉，《升庵詩文補遺》，《楊升庵叢書》，第4冊，卷1，頁29。

〔註8〕簡紹芳著：《贈光祿卿前翰林修撰升庵楊慎年譜》，收於《楊升庵叢書》（成都：天地出版社，2002）第6冊，附錄，頁1274。又升庵庠師王穎斌〈狀元館記〉亦云此事：「翁曰：慎生時，吾夢夏魯奇託生，以文名世」。

經古書，無所不通，子史百家樂律之言，一閱輒不忘，至於奇辭隱
義，人所難曉者，益究心精詣焉。作爲文，數千百言，援筆立就，
悉出經入史，不蹈襲他人語。〔註9〕

楊慎從小就有許多令人驚奇的事蹟，第一則爲楊慎自己敘述擬〈過秦論〉的
事蹟，對於此事他頗爲珍惜，故錄於文集中傳世，以示兒輩。有趣的是，這
一則提到擬〈過秦論〉寫完後旋失其稿，竟然是老戍滇中，發現當地士大夫
家有傳錄稿本，巧妙透露了自己的作品在當時流傳廣布，傳鈔普遍的情況，
自得之情溢於言表。「擬〈弔古戰場文〉」、「擬〈過秦論〉」、「論畫眞似」都是
曾記載在楊慎相關著作中的「神童」事蹟，內容不斷被後人傳誦、增補，錢
謙益《列朝詩集小傳》就載楊慎幼年擬作古戰場文，即一鳴驚人，「時人傳誦，
以爲淵雲再出」〔註10〕。因其才華洋溢，所以楊慎很快嶄露頭角，獲得當時
文學大家的青睞：

石齋公服闋，公亦入京師，有〈過渭城送別詩〉、〈霜葉賦〉，詠〈馬
嵬坡〉詩云：「鳳輦匆匆下九天，馬嵬西去路三千。漁陽鞞鼓煙塵裏，
蜀棧鈴聲夜雨邊。方士遊魂招不返，詞人長恨曲空傳。蛾眉尚有高
丘在，戰骨潼關更可憐！」師福建鄉進士雪溪魏先生浚，習舉子業。
偶作〈黃葉詩〉，李文正公（東陽）見之曰：「此非尋常子所能，吾
小友也。」乃進之門下，命擬〈出師表〉及傳奕〈請汰僧尼表〉，文
正覽之，謂不減唐宋詞人。〔註11〕

慎幼警敏，十一歲能詩。十二擬作〈古戰場文〉、〈過秦論〉，長老驚
異。入京，賦〈黃葉詩〉，李東陽見而嗟賞，令受業門下。〔註12〕

吾鄉李文正公在內閣有重名，手先生策，嘆曰：「海涵地負，大放厥
辭。」擊節賞之。〔註13〕

〔註9〕 游居敬：〈翰林修撰升庵楊公墓誌銘〉，收於《楊升庵叢書》第 6 冊，附錄，
頁 1284。

〔註10〕 錢謙益：《列朝詩集小傳・楊修撰慎》（上海：上海古籍出版社，1983），丙集，
頁 353。

〔註11〕 簡紹芳著：《贈光錄卿前翰林修撰升庵楊慎年譜》，頁 1275。李贄：〈修撰楊公〉
亦載此事，內容大致與簡紹芳年譜相同，參見《續藏書》，《李贄全集注》，（北
京：社會科學文獻出版社，2010），第 11 冊，卷 26，頁 258。

〔註12〕 〔清〕張廷玉等撰：《明史・列傳第八十》（北京：中華書局，1997），第 17 冊，
卷 192，頁 5082～5083。

〔註13〕 陳文燭：〈楊升庵太史年譜序〉，收於《楊升庵叢書》，第 6 冊，頁 1272。

楊慎因賦〈黃葉詩〉而得當時館閣重臣兼茶陵派核心人物李東陽（1447～1516）賞識，李東陽在當時政治圈、文學場均屬領袖人物，他是爲朝廷選擇館臣的主要人物，是文學與權力的象徵。李東陽喜提拔後學，《明史》載：「獎成後進，推挽才彥，學士大夫出其門者，悉粲然有所成就。自明興以來，宰臣以文章領袖縉紳者，楊士奇後，東陽而已。」〔註14〕《明史》稱：「李文正當國時，每日朝罷，則門生羣集其家，皆海內名流，其坐上常滿，殆無虛日，談文講藝，絕口不及勢利。其文章亦足領袖一時。正恐興事，建功或自有人。若論風流儒雅，雖前代宰相中，亦罕見其比也。」〔註15〕他入朝爲官長達五十年，入內閣十八年，身居高位，又喜獎掖後進，天下文士趨之若鶩，茶陵派成員經常聚會唱和，談文論藝，一時成爲文壇名流和社群領袖。《列朝詩集小傳》載「用修垂髫賦〈黃葉詩〉，爲茶陵文正公所知，登第又出門下，詩文衣砵，實出指授。」〔註16〕李東陽從此成了楊慎的師表（master）、教師（teacher）、提攜者。在李、楊的互動關係中，李東陽是文化／政治上活躍的能動者（agent），他是明中葉文壇大老，這層關係對於楊慎之後在文學場上的位階（positions）、佔位（position-taking）、文化資本的累積都產生重要的影響。楊慎被李東陽收爲門生到李東陽辭世的十幾年間，經常隨侍李東陽左右，由李東陽指點作詩門徑。有趣的是，楊慎不斷地在其撰著中提及兩人的師生關係：

> 慎少侍先師李文正公，公曰：「近日兒童村學教以胡曾〈詠史詩〉，入門先壞了聲口矣。」慎曰：「如咏蘇武一首，亦好。」公曰：「全是偷杜牧之〈聞胡笳〉詩。」退而閱之，誠然。〔註17〕

〔註14〕 李東陽字賓之，號西涯，諡號文正，茶陵人。參見張廷玉撰：《明史·列傳第六十九》（北京：中華書局，1997），第16冊，卷181，頁4824～4825。

〔註15〕 焦竑：《玉堂叢語》（北京：中華書局，1981），卷6，頁195及卷7，頁235。又錢謙益「成弘之間，長沙李文正公繼金華、廬陵之後，雍容台閣，執化權，操文柄，弘講風流，長養善類，昭代之人文爲之再盛。百年以來，士大夫學知本原，詞尚體要，彬彬焉，或或焉，未有不出於長沙之門者也。」見氏著，許逸民，林淑敏點校：《列朝詩集·丙集第五》（北京市：中華書局，2007），第6冊，頁2943。孫康宜稱「翰林顧重臣李東陽是這一時期精英文學的執牛耳者。對許多人而言，李東陽是文學之力量的象徵，因爲他是爲朝廷選擇館臣的主要人物。……他經常邀請年輕同事參加他的東園詩會，在詩會上每個參加者都要寫詩、吟詩並評賞繪畫。」見《劍橋文學史學》，頁47。

〔註16〕 錢謙益：《列朝詩集小傳·楊修撰慎》（上海：上海古籍出版社，1983），丙集，頁353。

〔註17〕 楊慎：〈胡曾詠史〉，《升庵詩話箋證》，卷11，頁383。楊慎還爲李東陽母親

> 先太師公學蕭子雲〈出師頌〉，李文正公嘗云：「石齋書眞是簡遠，
> 但急疾時所書無乃太簡」先公笑曰：「夫何遠之有？」翰苑相傳以爲
> 善謔。〔註18〕

或舉老師作品爲其宣傳，或敘述兩人詩學對話，突顯兩人識見卓越，或敘述先師與先公書藝上的文壇趣事〔註19〕。楊愼竭力書寫李東陽與自己互動交流關係，李東陽也因書籍的出版而名更遠播，兩人形成聲譽上的互惠關係。

楊愼年少得志，不但很早就揚名於文學場域，在科場上也有精彩表現：

> 歸應四川鄉試，督學劉丙試而奇之，曰：「吾不能如歐陽公，乃得子
> 如蘇軾。」是秋果攫《易》魁，十一月上禮部。戊辰春試，入國學，
> 祭酒周玉類試之，曰：「天下士也。」己巳，歷事禮部，尚書劉宇見
> 愼，問曰：「子爲誰？」對曰：「楊愼」。劉曰：「本部天下人，豈必
> 一大臣子弟耶。」乃稱嘆不置。辛未，禮部會試，靳貴攫愼第二，
> 殿試則及第第一。制策援史融經，敷陳弘剴，讀卷官李東陽、劉忠、
> 楊一清相稱曰：「海涵地負，大放厥辭。」共慶朝廷得人，受翰林編
> 修，時年二十四。〔註20〕

當時政壇、朝廷顯宦李東陽、劉忠、楊一清十分激賞楊愼才學，經過科舉洗禮，政壇名人評定、稱譽，楊愼取得狀元殊榮，成爲政壇明日之星。就連他曾寓之故居，後來也成爲赫赫有名的狀元街，楊愼文名，成爲文風、學風的保證，爲明清文人爭相舉行雅集、築屋讀書之地〔註21〕。狀元及第後，楊愼

　　　　　寫壽詩三章，參見〈李文正母麻太夫人壽九十詩〉，《升庵集》，卷38，頁263。
〔註18〕《墨池瑣錄》，《楊升庵叢書》，第2冊，卷1，頁803。
〔註19〕李東陽與楊廷和交誼匪淺，他的詩文集中有許多與楊廷和相關的詩作，如〈己
　　　　亥中元陪祀山陵道中奉和楊（廷和）學士先生韻十首〉，參見氏著：《懷麓堂
　　　　集》，收於《景印文淵閣四庫全書》（臺北：臺灣商務印書館，1983），1250
　　　　冊，卷7，頁235。
〔註20〕李贄：〈修撰楊公〉，《續藏書》，《李贄全集注》，（北京：社會科學文獻出版社，
　　　　2010），第11冊，卷26，頁259。
〔註21〕陸炳《蜀遊詩續鈔‧序例》「查九峰觀察於成都磨子街——舊名狀元街，得楊
　　　　文憲別宅地，購屋并廊，顏曰升庵。一時往來倡和者甚盛，觀察梓有《升庵
　　　　雅集詩》」；《華陽縣志‧古蹟‧楊升庵宅》「在治城南狀元街護國菴側，蓋升
　　　　庵歸成都，常寓於此，故街以狀元題名。清乾隆中，查禮宦蜀，僦宅成都，
　　　　適居於此。……築屋一椽，即榜以升庵，爲子弟讀書處。……後復編歷年在
　　　　升庵唱和之作，爲《升庵雅集》五卷。又命其子惇，爲文憲修狀元坊，自紀

於正德十一年（1516年），以二十九歲年少之姿進入翰林，當經筵展書官，得以直接教授皇帝，並開始校《文獻通考》，得以廣泛閱覽皇家秘閣藏書，這些經歷都有助於其建構廣博的知識體系。簡紹芳載曰：「公孝友性直，穎敏過人，家學相承，益以該博。凡宇宙名物之廣，經史百家之奧，下至稗官小說之微，醫卜技能、草木蟲魚之細，靡不究心多識，闡其理，博其趣，而訂其訛謬焉。」〔註22〕任職館閣期間，他有許多博學炫知的展演，其中最著者為替正德皇帝說解星宿之事，楊慎將此事詳述於文集中：

> 正德丁丑歲，武廟閱《文獻通考》天文星名有「注張」，因命內閣取
> 祕書，《通攷》別本又作「汪張」，顧問欽天監亦不知為何星也。內
> 使下問翰林院，同館相視愕然。慎曰：「注張」，柳星也。《周禮》『以
> 注鳴者』註：注，咮也，鳥喙也，音咒，南方朱鳥七宿，柳為鳥之
> 咮也。《史記‧律書》西至於注張。《漢書‧天文志》『柳為鳥喙』。
> 因取《史記》《漢書》二條示內使以復，同館戲曰：「子言誠辨且博
> 矣，不涉於私習天文之禁乎？」〔註23〕

楊慎侃侃暢論，為皇帝解天文星宿之惑，博學之名因此大噪，聲譽響遍翰林院，這個事件傳播效應十足，其後許多明清重要的文人傳記，如《明史》本傳、《列朝詩集小傳》、《玉堂叢語》、《元明事類鈔》、《萬曆野獲編》等都不約而同地記載談論此事〔註24〕。楊慎學術上的成就斐然，認為「明興，稱博學饒著述者，無如用修」的焦竑亦載升庵博聞強記傳奇事蹟：

> 嘉靖初，給事中張衎疏有「喬宇蒐璅」之語，上令問內閣，不能知
> 也。楊用修取《荀子‧非十二子篇》以復。梁文康歎曰：「用修之博，
> 何減古之蘇頌乎！」〔註25〕

以詩，欲補蜀志之闕，其於文憲（升庵），可謂拳拳矣。」參見王文才《楊慎學譜》（上海市：上海古籍出版社，1988），頁30～31。

〔註22〕 簡紹芳著：《贈光祿卿前翰林修撰升庵楊慎年譜》，收於《楊升庵叢書》（成都：天地出版社，2002），第6冊，附錄，頁1282。

〔註23〕 楊慎：《升庵外集‧注張》（臺北：學生書局，1971），冊1，卷1，頁71。

〔註24〕 《列朝詩集小傳》「武廟閱天文書，星名注張，又作汪張，下問欽天監及史館，皆莫知。用修曰：『注張，柳星也。』歷引周禮、史、漢書以復。」錢謙益：《列朝詩集小傳‧楊修撰慎》（上海：上海古籍出版社，1983），丙集，頁353；焦竑《玉堂叢語》（北京：中華書局，1981），卷1，頁28，則內容與楊慎所記相同。

〔註25〕 焦竑《玉堂叢語》（北京：中華書局，1981），卷1，頁28。

簡紹芳年譜也記載：

> 乃若論王導之賊晉室，辨太王之非剪商，魯之重祭不始於成王、周
> 公，春秋五伯深斥乎楚、宋、秦繆，引《墨子》及《修文御覽》以
> 辨范蠡無載西施之事，引黃東發蘇東坡之言及李漢〈韓文序〉以辨
> 文公〈與大顛書〉之僞，駁歐陽氏非非堂之說，辨陳白沙六經皆上
> 虛之語。〔註26〕

楊愼也喜載錄自己的博聞強記奇事蹟：

> 愼往年在使館，有湖廣土官水盡源塔平官司進貢。「水盡源通塔平」，
> 蓋六字地名，有同列疑爲三地名，添之云三長官司。予取大明官制
> 證之曰：「此一處，非三地也。」同列笑曰：「楚、蜀人，近蠻夷，
> 故宜知之；我內地人，不知也。」予戲應之曰：「司馬遷〈西南夷傳〉、
> 班固〈匈奴傳〉敘外域如指掌，班、馬亦蠻夷耶？」〔註27〕

楊愼搜奇抉隱，學問豐贍，天才睿智往往令同儕斂手懾服，這些都是楊愼學
識淵博的表現，神奇事蹟也都名聞當時文化場域。他習於詳錄於文集中，以
文本建構／傳播了博學的形象。除了文辭並茂，狀元登科及第，博學多聞諸
多傳奇事蹟外，楊愼入翰院，又時傳韻事。晚明陳繼儒（1558～1639）就曾
談及楊愼一段音樂創作軼事：

> 予得之蜀人士，傳先生少時善琵琶，每自爲新聲度之。及第後，
> 猶於暑月夜，綰兩角髻，著單紗半臂，背負琵琶，共二三騷人，
> 攜尊酒，席地坐西長安街上，酒酣和歌，撮撥到曉。適李閣老早
> 朝過之，聽其聲異常流，令人往訊，則云楊公子修撰也。李因下
> 車，楊舉巵飲李曰：「朝期尚早，願爲先生更彈。」彈罷而城火將
> 熄，李先入朝，楊亦隨著朝衣而行。朝退進閣，揖李先生，及其
> 尊人，李笑謂先生曰：「公子韻度，自足千古，何必躬親絲竹，乃
> 擅風華。」自是長安一片月，絕不聞楊公子琵琶聲矣。後有《十
> 段錦》出，可歌可駭，亦迦葉之定中起舞也。然亦不概見，故復
> 吾張君爲梓以傳。〔註28〕

〔註26〕簡紹芳著：《贈光錄卿前翰林修撰升庵楊愼年譜》，收於《楊升庵叢書》（成都：
　　　天地出版社，2002），第6冊，附錄，頁1282。

〔註27〕楊愼〈三字姓〉，《升庵集》（上海：上海古籍出版社，1991），卷50，頁423。

〔註28〕參見陳繼儒：〈楊升庵先生廿一史彈詞敘〉，《歷代史略詞話》，《楊升庵叢書》，
　　　第4冊，頁572。亦可參見王文才：《楊愼學譜》，頁38。又嚴虞惇〈廿一彈

這一段敘述寫到少年楊慎，善琵琶，好度新聲，又喜於長安大街上自彈自唱，即興演出，儼然是一創作型文學歌者。演出期間巧遇當時內閣大臣李東陽，政／文壇大老稱譽並為之下車聆聽，這些細節都增加此事的傳播色彩。由此也可知他通曉音律，善彈琴知音律，會創曲製詞，曲調大多創新。這個展演的行為，不但傳播楊慎愛樂好樂之名，也一併宣傳了之後如《十段錦》、《陶情樂府》等音樂文學創作。

　　楊慎以博學豐贍，思想文學兼備著稱，然或許其父曾作過武臣的胎夢，所以他也曾有英勇的武功事蹟，塑造文武兼備的形象。正德九年（1514）剛進士及第正在服母憂的楊慎即率兵退寇，「藍鄢諸寇作，慎在邑城中，日夕戒嚴。有賊數百，詐稱官軍以紿門者，慎率守雉堞者詰之，散去。」〔註29〕又謫戍永昌衛，甫抵衛所，適逢當地土舍兵變，雖為謫臣，楊慎仍欲親率步騎平亂：

> 十一月，尋甸府土舍安銓變起。十二月，武定土舍鳳朝變亦起，攻掠城堡為患。慎嘆曰：「此吾效國之日也。」乃戎服率旅僮及步騎百餘，往援木密所守御，入城，與副使張峨謀固守。明日，賊來攻城，寧州土舍陸紹先率兵戰城下。慎促城中兵鼓噪出，以助外兵，賊敗去。〔註30〕

此事戲劇性十足，楊慎雖初遭遠謫，杖傷未癒，但仍有報國的雄心壯志，雖從未學習武將軍旅之事，但仍奮勇欲率兵迎擊亂賊，建構「報國效國」意志激昂的忠臣形象。

詞輯注序〉亦云「相傳升庵先生官翰林時，每趨朝尚早，坐棋盤街攜胡琴曼聲高歌，一彈再鼓，旁若無人，可想見承平公子風流跌宕之慨。」參見王文才、張錫厚輯《升庵著述序跋》（昆明：雲南人民出版社，1985），頁161。

〔註29〕 李贄：〈修撰楊公〉，《續藏書》，《李贄全集注》，（北京：社會科學文獻出版社，2010），第11冊，卷26，頁259。此事亦見簡紹芳〈贈光祿卿前翰林修撰升庵楊慎年譜〉，《楊升庵叢書》，第6冊，附錄，頁1276。

〔註30〕 李贄：〈修撰楊公〉，《續藏書》，《李贄全集注》，（北京：社會科學文獻出版社，2010），第11冊，卷26，頁259～260。《明史》亦載此事「五年聞廷和疾，馳至家。廷和喜，疾愈。還永昌，聞尋甸安銓、武定鳳朝文作亂，率僮奴及步卒百餘，馳赴木密所與守臣擊敗賊。」見張廷玉等撰：《明史·列傳第八十》（北京：中華書局，1997），第17冊，卷192，頁5081。楊慎〈惡氛行〉即載此事件「金碧山前惡氛起，虜馬來飲滇海水。城西放火銀漢紅，炎焰塵頭高十里。……相顧慘然無顏色，嗚呼寄命須臾中。賊徒渾幾箇，枕戈臨水臥，我軍屯北門，分明不敢過。土酋脅盟來索官。……豈無雄武士，奮身思一決。」參見《升庵集》，卷37，頁258。

二、千古奇謫 〔註31〕

　　楊慎少年得志於狀元，開始看似輝煌的仕途，然中晚明內政上的「大禮議」事件，卻成了重大劫難。明武宗朱厚照無子嗣，其堂弟胡廣安陸藩王朱厚熜以「兄終弟及」方式入繼大統，成爲明世宗。世宗之父爲興獻王朱祐杬，他即位之後，即面臨皇統問題。按照皇統繼承規則，世宗應承認自己是孝宗（祐樘）的兒子，但是由於世宗本生父興獻王朱祐杬是孝宗之弟，因此依照家系來講，孝宗則是世宗伯父，這就產生世宗是繼承皇統還是繼承家系的矛盾，以內閣首輔楊廷和爲首的許多官僚，主張世宗應考孝宗，以興獻王爲皇叔父，擁護皇統；而新科進士張璁與桂萼等迎合帝意，主應考興獻王，在憲宗與武宗之間應加入興獻王一代〔註32〕，而世宗觀念偏向後者，皇統的歸屬分裂了當時的朝臣。

　　因「大禮議」事件，嘉靖三年（1524），楊廷和上書乞致仕，頃准致仕還鄉。然楊慎續承父親維護皇統之志，嘉靖三年七月十五日，朝會本已結束，吏部何孟春率百官力爭，群情洶洶，楊慎先發聲曰：「國家養士百五十年，仗義死節，正在今日！」於是六部大臣等二百二十九人，詣左順門候旨，自辰至午不退。帝在文華殿盛怒，詔下獄訊，修撰楊慎、檢討王元正撼門大哭，群臣皆哭。楊慎因抗議未果，踰月，又偕學士豐熙等疏諫，不得命。偕廷臣伏左順門力諫，帝震怒，命執首事八人下詔獄。於是慎和王元正等撼門大哭，聲音響徹殿廷。帝益怒，下詔獄，廷杖之。閱十日，有朝臣揭發，前此朝罷，楊慎、王元正、劉濟、安盤、張漢卿等時糾眾伏哭，乃再杖七人於廷，帝責慎曰：「楊慎輩倡率叫哭，欺慢君上，震驚闕庭，大肆惡逆。」楊慎、王元正、劉濟並謫戍，其餘削籍。慎得雲南永昌衛〔註33〕，簡紹芳年譜載「嘉靖三年

〔註31〕簡紹芳：〈陶情樂府序〉：「升庵太史公謫戍博南，蒲騷荒裔，時天下知與不知者皆危之。……太史紅顏而出，華顛未歸，凡三十稔，得古今奇謫。」收於，王文才、張錫厚：《升庵著述序跋》（昆明：雲南人民出版社，1985），頁149～150。

〔註32〕以上「大禮議」史事陳述，綜合參見王文才：《楊慎學譜》（上海：上海古籍出版社，1988），頁53～62；豐家驊：《楊慎評傳》（南京：南京大學出版社，1998），頁51～58；李興盛：《中國流人史》（哈爾濱：黑龍江人民出版社，1996），頁580～583。

〔註33〕參見張廷玉撰：《明史‧列傳第八十》（北京：中華書局，1997），第17冊，卷192，頁5081～5083。王文才：《楊慎學譜》（上海：上海古籍出版社，1988），頁60～63。

甲申（1524），七月兩上〈議大禮疏〉，嗣復跪門哭諫。中元日下獄，十七日
廷杖之，二十七日復杖之，斃而復蘇，謫戍雲南永昌衛。時同事死者、配者、
黜者、左遷者一百八人。挽舟由潞河而南，值先年被革挾怨諸人，募惡少隨
以伺害，公知而備之，至臨清，始散去，時公年三十七。」〔註34〕此為楊慎
謫戍滇雲始末，為了捍衛皇統倫理價值，楊慎不畏權威，一再挑戰權威，宣
言、撼門、哭諫等諸多抗議行動，整個事件可說悲劇性十足〔註35〕，楊慎亦
因此獲致忠臣義士聲譽，名聞宇內。

　　據《大明律》所載，降為軍籍乃是被貶謫者所受最嚴厲懲罰，嘉靖四年
正月，楊慎抵達雲南永昌戍所，遷謫滇地其間，朝臣有人奏請赦免謫戍諸臣
未果。嘉靖十六年，刑部請赦當年因「議大禮」謫戍的一百四十二人，獨不
宥楊慎等八人，可見世宗對他忌恨特深。依明律規定「年六十者許子侄替役」，
嘉靖二十六年（1547），楊慎六十歲時，乞以子替役，未准。嘉靖三十二年，
六十六歲的楊慎僑寓瀘州，然遭小人構陷，七十一歲時，又被押解回雲南，
楊慎感嘆以詩云「七十餘生已白頭，明明律例許歸休。歸休已作巴江叟，重
到翻為滇海囚。遷謫本非明主意，網羅巧中細人說。故園先隴癡兒女，泉下
傷心也淚流。」〔註36〕王世貞《藝苑巵言》亦記此「楊用脩自滇中戍暫歸瀘，
已七十餘，而滇士有讒之撫臣昺者。昺俗戾人也，使四指揮以銀鐺鎖來。用
脩不得已至滇，則昺已墨敗。然用脩遂不能歸，病寓禪寺以歿。」〔註37〕自
慷慨激昂的「大禮議」事件後，楊慎便展開長達三十五年的貶謫人生，最後
寂歿於雲南。

〔註34〕簡紹芳著：《贈光錄卿前翰林修撰升庵楊慎年譜》，收於《楊升庵叢書》（成都：
　　　　天地出版社，2002）第 6 冊，附錄，頁 1277。

〔註35〕關於「大禮議」事件，時人對楊慎的評價不一，陸道威《思辨錄》評曰：「升
　　　　庵以泣諫大禮，謫竄遐荒，直聲震天下，至今人無異詞。然當楊介夫草武宗
　　　　遺詔，迎立世宗，不早正繼統繼嗣之名，其後力爭，固已晚矣。升庵為介夫
　　　　子，既不能先機斷事，匡父之失；及張桂說行，又不能援古引今，出於至當，
　　　　以折其角，而默挽帝心。乃徒逞血氣，號召多人，市直沽名，撼門慟哭。」
　　　　為責升庵沽名逞氣之例。參見《明三十家詩選》（北京：燕山出版社，2012），
　　　　初集，卷 3，頁 159。

〔註36〕〈六月十四日病中感懷〉，《升庵文集》，《楊升庵叢書》，第 3 冊，卷 29，頁
　　　　471。

〔註37〕王世貞：《藝苑巵言》，《歷代詩話續編》（北京：中華書局，1983），中冊，卷
　　　　6，頁 1052。

第三節　縱放展演與顛狂譜系

一、縱放展演與詮釋架構

　　在漫漫貶謫歲月中，楊慎透過「傳粉簪花狎妓」等特殊行徑，凸顯差異、自我表述，重建存在的意義，建構自我主體性。王世貞在《藝苑卮言》中的簡短描繪楊慎謫滇後的生命小傳，是第一次有關楊慎顛放行徑的記載：

> 用修謫滇中，有東山之癖。諸夷酋欲得其詩翰，不可，乃以精白綾作裓，遺諸伎服之，使酒間乞書。楊欣然命筆，醉墨淋漓裙袖，酋重賞伎女購歸，裝潢成卷。楊後亦知之，便以爲快。〔註38〕

> 用修在瀘州，嘗醉。胡粉傅面，作雙丫髻插花，門生舁之，諸妓捧觴，遊行城市，了不爲怍。人謂此君故自污，非也。一揹大裹赭衣，何所可忌？特是壯心不堪牢落，故耗磨之耳。〔註39〕

第一則詩話論及楊慎謫滇中有謝安縱放之行（東山之癖），謝安隱居東山經常與朋友飲酒作樂，攜妓女遊山玩水，風流縱放形象深植人心，這個事件便成爲著名的文學典故。李白：「我今攜謝妓，長嘯絕人群，欲報東山客，開關掃白雲。」〔註40〕白居易：「席上爭飛使君酒，歌中多唱舍人。不知明日休官後，逐我東山去是誰。」〔註41〕李白、白居易等歷代著名詩人都以東山謝安攜妓典故入詩，在文人不斷重讀、詮釋、累積、運用下，謝安「東山之癖」已成一文化符碼（culture code），象徵隱逸之士狂放不拘的瀟灑姿態。楊慎在滇地亦有類似事蹟，諸夷酋爲得其墨寶，令伎女以精白綾爲衣，他醉後筆墨酣暢地在伎女精白綾裓上揮毫，儼然是現代意義的街頭表演藝術，諸夷酋視升庵詩翰墨藝爲珍寶，紛紛購歸，楊慎亦以此爲快。這一則軼事除了顯現狂放的生命姿態外，亦透露楊慎的多才多藝，以及彰顯他在滇地文／藝名遠播的情況。

〔註38〕王世貞《藝苑卮言》，收於丁福保：《歷代詩話續編》（北京：中華書局，1983），中冊，卷6，頁1053。

〔註39〕王世貞《藝苑卮言》，收於丁福保：《歷代詩話續編》，中冊，卷6，頁1053～1054。

〔註40〕〔唐〕李白〈憶東山二首〉，收於〔清〕徐倬編：《御定全唐詩錄》，《景印文淵閣四庫全書》（臺北：台灣商務書局，1983）卷22，頁390。其他如〈東山吟〉「攜妓東土山，悵然悲謝安。我妓今朝如花月，他妓古墳荒草寒」，同書，卷23，頁402。

〔註41〕〔唐〕白居易〈醉戲諸妓〉，《御定全唐詩錄》，《景印文淵閣四庫全書》（臺北：台灣商務書局，1983）卷65，頁227。其他如王丘〈詠史〉「高潔非養正，盛名亦險艱。偉哉謝安石，攜妓入東山」，收於同書，卷6，頁111。

　　第二則是楊慎最知名的胡粉傅面簪花，諸伎捧觴，門生異之，狂放遊行滇緬大街事蹟，儼然是即興表演的街頭秀。男子「簪花」是一有豐富寓意的身體展演，在古代詩詞中，男子多借簪花抒寫特定的心理。此一儀式（rituals）始於屈原，在《離騷》中屈原佩戴江離、芳芷、杜衡、留荑、揭車、菌桂、秋蘭等各類香花，以示己身芳潔。詩詞中文人亦多藉簪花表達特定思想和情感，蘇軾〈吉祥寺賞牡丹〉：「人老簪花不自羞，花應羞上老人頭。醉扶歸路人應笑，十里珠簾半上鉤」，表現自己人生困蹇，仍詼諧自適；黃庭堅的絕筆詞〈南鄉子〉稱「花向老人頭上笑，羞羞，白髮簪花不解愁」，寫白頭簪花，回首己身落拓不遇之感；杜牧〈九日齊山登高〉「塵世難逢開口笑，菊花須插滿頭歸。但將酩酊酬佳節，不用登臨恨落暉」和朱熹〈隱括杜牧之齊山詩〉「塵世難逢一笑，況有紫萸黃菊，堪插滿頭歸。風景今朝是，身世昔人非」則有互文關係，兩詩皆表達宦途受挫後感嘆世態炎涼，有不如歸去之慨。

　　文人的縱放行為，可視為文藝場上的公開演出行為，這種文化展演所呈現的意義，由表演、觀看、詮釋共構而成，而這種文化展演往往也試圖形成一種個人形象的自我表述〔註42〕，楊慎藉簪花這個身體展演，標舉形塑自己的形象，這樣看來，「胡粉簪花」、「攜妓遊行」都是一種「隱喻」符號。楊慎這兩則顛放軼事，皆是一種以身體、行動為語言符碼的公領域展演，涉及文化形象的建構、傳播。要問的是，楊慎試圖以此身體展演，傳遞什麼訊息？建構什麼樣的自我形象？又這樣的自我表述達到了什麼樣的傳播效應？

　　戈夫曼（Erving Goffman）認為表演者想以不同方式給觀眾造成某種理想化印象的傾向，個體在他人面前呈現自己時，他的表演總是傾向於體現並建構那些在社會中得到正式承認的價值〔註43〕。重慶太守劉繪是楊慎的重要知交，他曾縷縷敘述楊慎文學諸多面向的成就：

〔註42〕〔美〕歐文・戈夫曼（Erving Goffman）認為人的許多載體和符號（或符號媒介）都可以傳遞信息。「不管個體心懷何種特定目的，也不管他懷有這種目的的意圖何在，他的興趣總是在於控制他人的行為，尤其是他們應對他的方式。這種控制主要是通過影響他人正在形成的情境定義達到的。他能通過表達自己來影響這種定義，給他人留下這樣一種印象，這種印象將引導他們自願按照他自己的計畫行事。」參見氏著，馮鋼譯：《日常生活中的自我呈現》（北京：北京大學出版社，2008），頁2；有關文藝場上的文化表演行為可參見林宜蓉：《中晚明文藝場域「狂士」身分之研究》（臺北：花木蘭文化，2010）。

〔註43〕〔美〕歐文・戈夫曼（Erving Goffman），馮鋼譯：《日常生活中的自我呈現》，頁29～41。

僕之仰於足下者有年，方其挾策西蜀，賜對明光，垂虹挈電，振耀
宇内，知足下爲相如、楊雄其人也。至操觚藝苑，校書秘府，辭調
敵乎金石，頌聲叶於韶濩，知足下爲劉向、王褒其人也。至攖時吐
氣，抒悃飛章，叫閶闔於五奏，攀琅玕而九死，知足下爲賈誼、晁
錯其人也。及今成集所著，士人所傳，傷時述懷，其孤慎結憂之聲，
憫流離歎瑣尾者，又競英綴彩，燦玄珠而流華實，凌蹤乎七子，飛
蓋乎四傑，又知足下爲鮑明遠、謝玄暉其人也。凡以上所擬，非僕
能爲誣諛之辭，今天下纓綏之士，類能著耳目。〔註44〕

他認爲楊慎在各種文類、體裁上的表現，可以媲美司馬相如、楊雄、劉向、
王褒、賈誼、晁錯、建安七子、唐初四傑、鮑照、謝脁等各領域大家，揭示
楊慎文學繁花盛開的多元成就。接著他語重心長地指出當代人對楊慎的嚴重
誤解，並提出自己的同情理解：

今天下纓綏之士，類能著耳目。焯焯者不足深論，獨於脫略體度，
放浪形骸，陶情於豔曲，耽意於美色，樂疏曠而憚拘檢，此天下後
生往往惑之，抱尺寸者，又從而譏訕之，以爲困躓夷險，降志辱身，
厭溺嗜慾，不超玄遠。其略知足下者，又爲足下之才之惜，以僕之
愚矇，乃知足下之微。夫人情有所寄則有所忘，有所識則有所棄，
寄之不縱則忘之不遠，識之不深則棄之不篤，忘之遠則我無所貪，
棄之篤則人無所忌，無所忌而後能安，無所貪而後能適，足下之所
爲，將求夫安與適也。古人載西施，臥酒家，買田宅，擁聲妓，皆
豪傑蓋世之才，豈獨無抱尺寸者之見也。足下此意，亦有知者，而
未必試之也，僕實得所試矣。何則？竊觀足下，自蒙難以來，嘔心
苦志，摹文讀經，延搜百氏，窮探古跡，鑿石辨剝泐，破塚出遺忘，
今中土傳播所述，其他未及盡見。自僕所睹記，如經學則《丹鉛錄》，

〔註44〕 劉繪：〈與升庵楊太史書〉，《升庵文集》，《楊升庵叢書》，第 3 冊，卷 6，頁
181～182。這封信的開頭，劉繪敘述簡述楊慎的學識體系，自述自己從「滇
至巴渝，跨越萬餘里，得奉足下顏色，與之共笑語，偕登覽，及訪古搜奇，
叩經問字」的經歷，說明楊慎對他的深遠啟發。也指出楊慎多次造訪的深厚
情意，「春初得幸文駕經渝，適僕上敘瀘調御使府，乃辱書留加腆物，與諸相
識寄聲，勤懇具之。」書末亦以荀、孟稱譽之，「總括向所論著，使前自漢以
下諸子，皆不足稱，並天下後世，燦然睹楊氏爲一大家，傳之者將續述如荀
卿、孟軻。此一段力量，微足下其誰能勝之，其誰能任之。」（頁 183）

> 詩學則《詩話錄》，古文則《金石錄》，雜著則如《墨池瑣錄》，並曲
> 譜書畫譜，皆窮二酉，攻九丘，斷編雕盡，有僻儒苦工，白首坐蓬
> 蓽，日自纘索，所不能盡，而謂竭精荒神，蕩於逸欲聲色者能之乎？
> 〔註45〕

劉繪道出一般人對楊慎「脫略體度，放浪形骸，陶情於豔曲，耽意於美色，樂疏曠而憚拘檢」縱放癲狂行徑的困惑和誤解，轉而認為楊慎「寄情聲色」是一種無奈至極的假象和偽裝，是落拓失意者的寄託之舉。劉繪剖析楊慎外在狂放的形象，認為是知識份子壯心不得施展的失落。並提出楊慎在滇地的深厚學術累積和輝煌的撰述成就佐證，認為這些立言之功，絕非「竭精荒神，蕩於逸欲聲色者」所能為之。對於知己的精彩論述，楊慎對於劉繪的詮解頗為認同，他回了一封信，加強這樣的論述：

> 回惟千鈞之弩，一發不鵠，則可永謝，焉復效枉矢飛流，嚆箭妄鳴
> 乎。故無寧效昔人放於酒，放於賞物。且又文有仗境生情，詩或託
> 物起興，如崔延伯每臨陣，則召田僧超為壯士歌，宋子京修史，使
> 麗豎燃椽燭，吳元中起草，令遠山摩隃糜，是或一道也。走豈能執
> 鞭古人，亦聊以耗壯心，遣餘年，若所謂老顛欲裝風景，不自洗磨
> 者，良亦有之。不知我者，不可聞此言，知我者，不可不聞此言。
> 尊論託忘機忌之教，則豈敢當也，然借以逃尺寸之負俗，斯則受眹
> 諒厚，不敢文過。〔註46〕

楊慎認為劉繪可謂一善解知己，可以讀出他的艱難心緒。楊慎夫子自道解讀自我狂縱行徑為「老顛欲裝風景」，縱放行舉為「耗壯心」、「遣餘年」的寄託和隱喻行為。從這種意義來看，楊慎的狂放行為所產生的諧趣、笑點，事實上是以「笑」瓦解苦難，一種對困頓身份的暫時遺忘〔註47〕，而「耗」、「遣」

〔註45〕 劉繪：〈與升庵楊太史書〉，《升庵文集》，《楊升庵叢書》，第 3 冊，卷 6，頁 182。

〔註46〕 楊慎〈答重慶太守劉嵩陽書〉，《升庵文集》，《楊升庵叢書》，第 3 冊，卷 6，頁 180。

〔註47〕 「笑既能使人獲得解放，又能使人困惑不解。笑可能是一個惡魔。……笑可能是無法控制的，彷彿有著自己的生命。在無法控制的大笑當中，我們或失去對自我的感覺。我們被降低到虛無。任何權力和優越感的偽裝都土崩瓦解，煙消雲散。笑變成了對身份的遺忘。」參見〔英〕安德魯・本尼特、尼古拉・羅伊爾著，汪正龍、李永新譯：《關鍵詞：文學、批評與理論導論》（桂林：廣西師範大學，2007），頁 98。

則是一種自我的調適（self-adjustment）與轉化。進一步來說，貶謫乃降志辱身之事，對出身官宦之家，有狀元之榮和翰林之位的楊慎來說，亦是一種從高宦顯達之境，入世於民間的世俗化過程。楊慎對於「謫」的抗拒、拉距和接受，在墮落、頹廢抑或世俗化過程中，涉及內在懺悔，身份、地位的雙重解構及價值的轉換。

　　友人（劉繪）的信加上楊慎的回信被收錄在《升庵文集》中，構成了一個精彩的詮釋循環（hermeneutic circle），這樣的論述強而有力地成爲一個解釋狂放形象的詮釋框架，亦成爲他自己和後人理解／建構楊慎形象的基礎。撰者在評述此事亦往往加入楊慎相關詩文或參酌其生命事件簿，加強此一論點，在文人不斷的加工、詮釋、詩文創作累積下，成爲一個詮釋楊慎生命史的框架和脈絡。

　　王世貞《藝苑巵言》文末引用楊慎〈答重慶太守劉嵩陽書〉認同劉繪理解一己放浪形骸之舉的名句：「亦聊以耗壯心，遺餘年，若所謂老顚欲裝風景，不自洗磨者，良亦有之。不知我者，不可聞此言，知我者，不可不聞此言」，作爲楊慎縱放行爲的詮釋，而後王世貞的詮釋被晚明一系列擬世說體筆記著作沿用。

　　時人顧起綸（1517～1587）曾與楊慎互動，他以其學識淵博掩蔽其縱放不檢之行，「往余在滇中，以吏局經高嶢，一訪升庵故墅。適至自瀘，會於安寧曹溪精舍，留連信宿。其落魄不減形骸，放言指據，鑿鑿驚座，應是超悟人。」〔註48〕李贄（1527～1602）則舉證許多楊慎在學術上諸多建樹，繼而援引劉繪書云「至若陶情乎豔辭，寄意於聲伎，落魄不羈，又慎所以用晦行權，匪恆情所易測者也」，認爲劉繪之言「可謂諒慎之深者也」〔註49〕，其中「用晦行權」認爲楊慎佯狂行徑，爲一失意文人的權變之道。錢謙益（1582～1664）《列朝詩集小傳》則載：

〔註48〕顧起綸：《國雅品》，收於丁福保輯：《歷代詩話續編》（北京：中華書局，1983），頁1106。

〔註49〕李贄云「乃若論王導之賊晉室，辨太王之非翦商，魯之重祭不始於成王、周公，春秋五伯，深斥乎楚、宋、秦穆，引《墨子》及《修文御覽》，以辨范蠡無載西施之事，引黃東發、蘇東坡之言及李漢《韓文序》，以辨文公《與大顚書》之僞，駁歐陽氏《非非堂》之說，傳節婦唐貴梅之死，此又證據古今，闡揚幽隱，謂其有功世教也非乎！」後接此兩段引文見李贄：〈修撰楊公〉，《續藏書》，《李贄全集注》，（北京：社會科學文獻出版社，2010），第11冊，卷26，頁261。

用修在滇，世廟意不能忘，每問楊慎云何。閣臣以老病對，乃稍解。用修聞之，益自放，嘗醉，胡粉傅面，作雙丫髻插花，諸伎擁之遊行城市，諸夷酋以精白綾作祳，遺諸伎服之。酒間乞書，醉墨淋漓，諸酋輒購歸，裝潢成卷。嘗語人曰：「老顚欲裂風景，聊以耗壯心，遣餘年耳！」〔註50〕

錢氏對於楊慎狂放行爲的詮釋，則是加入了嘉靖皇帝對楊慎議禮忌恨特深的政治因素，「世宗以議禮故，惡其父子特甚。每問慎作何狀，閣臣以老病對，乃稍解。慎聞之，益縱酒自放」〔註51〕，朱茹之言亦加強這樣的論點，「用修之謫戍也，世廟每詢於當國者，賴以猖狂廢恣對。已又詢不置，將物色之，禍幾及，當國者又以前語對，得以免。於是用修聞之，惕然股栗，故自貶損，以污其跡。……世乃以縱欲蕩情，披風抹月過用修，亦烏知用修哉！」〔註52〕皇帝對楊慎極盡迫害之能事或許是他佯狂之必要的原因，然這些同情者的話，都有力／利地援引楊慎生命史事補充說明他何以「耗」壯心、「遣」餘年。

這一套不斷增補、加強的詮釋框架也影響了許多楊慎讀者的閱讀反應，明宋鳳翔（萬曆壬子，1612 年進士）就依此來讀楊慎的《史略詞話》：

世傳用修戍滇南，常傅胡粉，支髮爲兩角髻，行歌滇市中。余竊疑之，謂賢達何放廢如是？及得董昭侯評刻用修《史略詞話》，喟然嘆曰：用修行吟自廢，豈無意歟！夫世之刪史者，不過節約其文與事，備勸誡便觀覽而已。用修不然，先之以聲歌，繼之以序說，雜以里語街談，隱括參差，自然成韻，似正似諧，似俗似雅，似近似遠，其意豈徒以自廣已哉！蓋痛古今之須史，悲死生之倏忽，而橫目之民，悠悠以難悟也。故爲曼聲以送之，使言者足以感，聞者足以思。殆懷屈子沈湘之志，而復能自脫於莊列達生之旨，不失其正，而亦不傷其生者乎！……夫用修以元輔子，擢制策首，其一時寵遇豈不盛哉。及一朝遣戍，終老南裔，無望賜還。彼聰明才悟，殆有過人者也，見夫苑枯華落，倏忽不恒，陵谷變遷，轉眼無定，不以此一

〔註50〕錢謙益：〈楊修撰慎〉，《列朝詩集小傳》（上海：上海古籍出版社，1983），丙集，頁353。

〔註51〕張廷玉等撰：《明史・列傳第八十》（北京：中華書局，1997），第 17 冊，卷192，頁5081～5083。

〔註52〕朱茹：〈楊升庵詩序〉，《升庵著述序跋》，頁125。

死生，齊物化，而徒怨感憤，以懟君父，而夭其生，則已愚矣。故
託往事藏來者，短詠長歌，傀儡千古，披髮行吟以自全，而不以爲
恥。……夫作者之志，述者明之，用修此書，微文隱義，諷議諭詞，
而字挾風霜，調鏗金石，不有昭侯拈出，世有以俳優棄之矣，素王
素臣，何獨春秋左氏也邪？……昔用修既放，一時諸臣多貴盛者，
爾稱君臣相得不啻魚水，然其賢者既憂讒畏譏，不肖者旋被黜斥，
甚而稿街爲戳，名在丹書，淒涼千載。悲夫！賢愚共盡，黃土悠悠，
以視用修，傅粉悲歌，漁樵唱和，猶贏得一場清夢也。世有知者，
庶幾不昧予言。〔註53〕

宋鳳翔綰合了《史略詞話》來詮釋楊愼顛放的行徑，他認爲楊愼爲懷屈原沈
江之志，而復能自脫於莊列達生之旨，發而爲述史之文，在短詠長歌，似正
似諧、似俗似雅的《史略詞話》「託往事藏來者」中寄託諷世之寓。以左氏春
秋比擬《史略詞話》；以素王素臣比況楊愼，認爲他非世人認爲的俳優之流，
彷彿亦俗亦諧的說史著作，就是作者化身，兩者交疊爲一。這種讀法一併形
塑了《史略詞話》的讀物性格和楊愼以狂放寓／諭世的形象，其書與其人形
成互爲衍義的結合〔註54〕。

　　胡粉簪花、攜妓遊行大街、醉墨淋漓裙袖的即興展演等一系列楊愼的行
動藝術，成爲一種文化想像，不斷地投影在當時及後代讀者、承繼者文人心
中。在文人不斷解讀、詮釋累積下，此一事件漸漸形成一個既定的詮釋框架，
成爲楊愼展演行爲的劇本。有別於楊愼在學術上博學的立言展演，因「滇放」
而產生「顛放」行徑，用來表明「聊以耗壯心，遣餘年」英雄無用武之地的
無奈，「狂放」成爲在文化層次上，成爲一種自我認同或贏得他人認同的象徵
性攻略（symbolic politics），某種程度來說，這種「異」的形象具有高度的文
化傳播價值，是一種絕佳的文化資本。

〔註53〕〔明〕宋鳳翔〈楊用修史略詞話序〉，辛酉初夏古吳宋鳳翔羽皇甫睡起書于江
　　　　濱之爽閣（明董昭侯評本）《升庵著述序跋》，頁151～152。

〔註54〕以這種方式解讀《史略詞話》的讀者不少，如謝蘭生〈歷代史略詞話覽要跋〉
　　　　「升庵被謫佯狂，行歌滇南街市，一部十九史輕輕說盡，藉以喚醒凡庸。夫
　　　　人之憤憤於史多矣，孰如此嬉笑怒罵，信手成論，將萬古君臣事業，若睹指
　　　　掌哉！大抵感嘆爲多，語無揀擇，又以明圖定霸，轉盼成空，英雄豪傑，總
　　　　歸烏有，如是而已。」；張仲璜〈彈詞注序〉「楊先生放廢滇南時，其胸中抑
　　　　鬱，一往忠君愛國之心無可寄，寄之歌詞，一彈再鼓，隱寓夫勸懲來世，扶
　　　　正人心之旨。」分別見《升庵著述序跋》，頁160及頁165。

二、頹廢・瘋狂・寄託：擬世說體系譜

中晚明文化場域出現一股以怪、異爲尙的文人新美學，因應對文人詭怪品味的崇尙，也特別標舉狂放文士和行徑〔註55〕。伴隨這種文化風尙，中晚明以後在文化場域上出現了一系列的「擬世說體」作品，如李紹文《皇明世說新語》、江盈科（1553～1605）《皇明十六種小傳》中之〈怪類〉、周暉（生卒不詳）之〈史癡逸事〉、焦竑《玉堂叢語》、馮夢龍《古今譚概》、清梁維樞《玉劍尊聞》等，這些著作仿《世說新語》的體例，評述古人時人，也承續其人物品評觀。一系列的「擬世說體」的編纂者／發聲者對於「狂士異端」的評述態度，將正統官權中心論述的「訓斥懲戒」，轉變成「標舉」該人物的任誕簡傲〔註56〕。

清趙翼（1727～1814）在《廿二史箚記》曾評述前朝怪誕的文人之習：

《明史・文苑傳》，吳中自祝允明、唐寅輩，才情輕豔，傾動流輩，放誕不羈，每出名教外。今按諸書所載，寅慕華虹山學士家婢，詭身爲僕得娶之，後事露，學士反具資匳，締爲姻好。《朝野異聞錄》文徵明書畫冠一時，周、徽諸王爭以重寶爲贈。《玉堂叢語》寧王宸濠慕寅及徵明，厚幣延致，徵明不赴，寅佯狂脫歸。《明史・文苑傳》又桑悅爲訓導，學使者召之，吏屢促，悅怒曰：「天下乃有無耳者！」期以三日始見，僅長揖而已。王廷陳知裕州，有分巡過其地，稍凌挫之，廷陳怒，即散遣吏卒，禁不得祗應，分巡者窘而去，於是監司相戒勿入裕州。康德涵六十生日，召名妓百人爲百年會，各書小令付之，使送諸王府，皆厚獲。謝榛爲趙穆王所禮，王命貴姬獨奏

〔註55〕 有關晚明文人狂怪文化的研究學界有一些相關論述，如陳萬益：《晚明小品與明季文人生活》（臺北：大安出版社，1992），頁85～115；邱德亮：「癖，非病之病，變味的品味，存在的補遺，社會生存無用的習性，卻成爲有癖之人不可或缺的一部份。明代以後中國文人對於癖嗜的態度有明顯的轉變，此一轉變可以解視爲個人主義自我表述的社會實踐。」（頁61）〈癖嗜文化：論晚明文人詭態的美學形象〉，收於《文化研究》，第8期（2009年春季號），頁61～100；蔡九迪（JudithZeitlin）從中國文學和醫學作品發現，癖嗜概念在11世紀被知識份子視爲「個人理念之出口」而受到重視，到16世紀已經成爲自我表達工具的主導模式，參見 Judith Zeitlin 1991 "The Petrified Heart Obsession in Chinese Literature，Art and Medicine" in Late lmperial China 12.1 （June，1991）：7～8；林宜蓉：《中晚明文藝場域「狂士」身分之研究》（臺北：花木蘭文化，2010）。

〔註56〕 參見林宜蓉：《中晚明文藝場域「狂士」身分之研究》，頁70。

> 琵琶，歌其所作竹枝詞，歌罷，即飾姬送於榛。大河南北無不稱謝
> 榛先生者，俱見《稗使彙編》。此等恃才傲物，跅弛不羈，宜足以取
> 禍，乃聲光所及，到處逢迎，不特達官貴人傾接恐後，即諸王亦以
> 得交為幸，若惟恐失之。可見世運昇平，物力豐裕，故文人學士得
> 以跌蕩於詞場酒海間，亦一時盛事也。〔註57〕

文中輯錄了祝允明、唐寅、文徵明、桑悅、王廷陳、康海、謝榛等出名教外，
放誕不羈事蹟，呈現晚明狂士的文化圖景，並認為這種文化現象為「世運昇
平，物力豐裕」的社會因素使然。

　　晚明的文人張獻翼亦是一個有名的個案，他誇張狂放的形象，受到當時
名士如袁宏道、沈德符、陳繼儒等人的稱譽，當時世家之後文震孟就這樣評
述他：

> 任情肆志之士，固禮法之所大繩也。然其人則皆跅弛磊落，非世途
> 齷齪者，比史曰：應諧似優，穢德似隱，豈是之流乎？雖言行不純，
> 猶足以滌除鄙俗矣。……有張敉幼于者，亦狂士，顧嗜讀書，書無
> 所不丹鉛，晦明寒暑，著述不休，以結客故，盡散其產，老不得意，
> 益以務誕，至于冠紅紗巾，自祭而歌挽歌，行乞於市，斯幾而蕩矣。
> 然所著皆翼經史佐禮樂，非漫然者。余嘗謁先生于白公石下，先生
> 遽易葛巾，屏侍妓而後與余揖，余乃知先生之誕，固與世牢憒抹搬
> 而托焉者也。〔註58〕

張獻翼因其「所著皆翼經史佐禮樂，非漫然也」，故其怪誕之行被昇華為一種
狂放美學，這一段評述中，文震孟認為他雖「跅弛磊落，非世途齷齪者」，而
是有所寄託。這種對狂士行舉的詮釋，大體與楊慎的情況相似，總是朝其生
命史的失意落拓而有所寄託的方向詮釋、昇華、建構。進一步來說，「穢德似
隱」的反傳統觀點亦是一種對一般「正統」價值的破壞、摧毀和解構。

〔註57〕參見趙翼：〈明中葉才士傲誕之習〉，收於氏著，王樹民校證：，《廿二史箚記
　　　　校證》（北京：中華書局，1984），下冊，卷34，頁783～784。

〔註58〕文震孟〈張夢晉先生附張敉先生〉，《姑蘇名賢小記》，收錄於《續修四庫全書・
　　　　史部・傳記類》（上海：上海古籍出版社，1995），冊541，頁374～375。又
　　　　〔明〕沈德符亦載張鳳翼之事，「伯起（鳳翼兄）揮淚對余歎狂言之驗，先是
　　　　幼予堂廡間掛數十牌，署曰『張幼予賣詩』或『賣文』，以及『賣漿』、『賣痴』、
　　　　『賣獃』之屬，余甚怪之，以問伯起曰：『此何意也？』伯起曰：『吾更虞其
　　　　再出一牌，云『幼予賣兄』，則吾危矣』余曰：『果爾再出一牌，云『賣友』，
　　　　則吾輩將奈何！』相與撫掌大詬。」參見沈德符〈士人・張幼予〉，《萬曆野
　　　　獲編》（北京：中華書局，1959），卷23，頁582～583。

　　王世貞對於楊慎狂放行徑的同情理解論述後來一直被沿用，中晚明以後一系列「擬世說體」的典籍，大致沿襲王世貞的說法。《藝苑卮言》記載的這兩則楊慎顛放行徑傳記式記載，一再被傳抄、增殖、轉衍。楊慎在李紹文《皇明世說新語》列入〈豪爽〉、〈任誕〉二科〔註59〕；焦竑《玉堂叢語》列入〈任達〉〔註60〕；馮夢龍《古今譚概》列入「佻達部・挾妓遊行」〔註61〕；梁維樞《玉劍尊聞》列入〈任誕〉〔註62〕。有趣的是，有別於明中葉「博學善著」明人著作量第一的學者形象，在這一系列「擬世說體」中，楊慎受到關注的部分，聚焦於「簪花敷粉，狎妓遊街」的狂士圖像，他們擇選的楊慎事蹟，內容大都相類，輾轉傳抄現象十分普遍，在晚明繁盛的出版文化中，楊慎的狂士形象也不斷地累積、傳播。

　　除了這些人物評述典籍，楊慎狂放形象以及其衍義也不斷被當代文士用來作為論述元素，袁中道（1570～1623）為殷生落魄寄情於聲妓之間辯護時就以楊慎為例：

> 才人必有冶情，有所為而束之，則近正，否則近衰。丈夫心力強盛時，既無所短長于世，不得已逃之游冶，以消磊塊不平之氣。古之文人皆然。近日楊用修云：「一措大何所畏，特是壯心不堪牢落，故耗磨之耳。」亦情語也。近有一文人酷愛聲妓賞適，予規之。其人大笑曰：「吾輩不得志于時，既不同縉紳先生享安富尊榮之樂，止此一縷閒適之趣，復塞其路，而欲與之同守官箴，豈不苦哉！」其語卑卑，益可憐矣。……殷生負美才，其落魄甚予，宜其情無所束，而大暢於簪裙之間。所著詩文甚多，此特其旁寄者耳。〔註63〕

袁中道認為殷生與楊慎相類，他們雖然縱情聲色，但乃不見用於世，故「逃之游冶，以消磊塊不平之氣」，為一權宜之計，才人旁寄於冶情，無損於其才，因予以同情理解。晚明張岱（1597～1679）詮解四書以楊慎之說論曾點之「狂」：

〔註59〕李紹文《皇明世說新語》，收於《明代傳記叢刊》（臺北：明文書局，1991），第22冊。〈任誕〉，卷6，頁396；〈豪爽〉，卷5，頁303。

〔註60〕焦竑著，顧思典校：《玉堂叢語》（北京：中華書局，1981），卷7，頁246。

〔註61〕馮夢龍編著，欒保群點校：《古今譚概》，第11〈佻達部・挾妓遊行〉（北京：中華書局，2007），頁145。

〔註62〕〔清〕梁維樞《玉劍尊聞》，收於《瓜蒂庵藏明清掌故叢刊》（上海：上海古籍，1986），卷8，頁569。

〔註63〕袁中道：〈殷生當歌集小序〉，收於氏著，錢伯城點校：《珂雪齋集》（上海：上海古籍出版社，1989），卷10，頁472。

> 楊升庵曰：點，狂者也，本有用世大志，知世之不我以也，故爲此
> 言。銷壯心而耗餘年。此風一降則爲莊、列，再降則爲嵇阮。〔註64〕

此則張岱根據《論語‧言志章》而發，引楊愼觀點，認爲曾點因不得施展己
志，固有此放逸之志／言，頗有楊愼之言乃夫子自道的體會。接著楊愼將莊
子、列子、嵇康、阮籍等人，納入因不得用世而放逸的狂士系譜。讀楊愼釋
曾點之行原文，也點出曾皙不見用於世之意：

> 「以吾一日長乎爾。」長，老也。「無吾以也。」以，用也。孔子言
> 已老矣，不能用也。而付用世於四子也，故三子皆言用世也。皙之
> 言，亦用世而非大用也。「冠者」、「童子」，雩祭人也。「浴乎沂」，
> 涉沂水也，象龍從水中出也。「風乎舞雩。」風，歌也。「詠而饋。」
> 詠，歌；饋，祭也。職既輕於抱關擊柝，事又適於鄉俗里閭，不必
> 居夷之遠，浮海之險也。偶一爲之，時適其適也。自適其適，而不
> 適人之適也。夫子與之者，意在言外。「喟然」者，所感染矣……曾
> 皙狂者也，本有用世大志，而知世之不我以也，故爲此言，以銷壯
> 心而耗餘年。此風一降，則爲莊、列；再降，則爲嵇、阮矣。〔註65〕

楊愼以名言「銷壯心而耗餘年」這句經常用來自我表述之語，詮釋曾點以及
其後的狂士系譜，亦有將自己納入此一狂逸歷史脈絡之意。張岱引用此詮釋
論語，亦表達認同此一系譜，這也是許多讀者的閱讀反應。

由這些例子可知，後人對楊愼「胡粉簪花」、「挾妓遊行」、「醉墨淋漓裙
袖」等頹放行徑的詮釋框架，一般來說都不脫楊愼那篇洋洋灑灑回應劉繪的
自我表述，撰錄於《升庵文集》這兩封書信可說是建構了自我形象的基礎，
造成極大的迴響和傳播效應，可以說楊愼對於自己的縱放行爲，巧妙地預設
了詮釋框架。

三、圖像‧儀式‧戲劇：多元的傳播與文化記憶

（一）人日草堂圖‧詠

楊愼縱放事件在明清文學場域十分流行，王士禛（1634～1711）《居易錄》
載明朱日藩（嘉靖二十三年進士〔1544年〕，約1551年前後在世）對楊愼「神
話化」的崇拜行爲：

〔註64〕〔明〕張岱：〈論語‧言志章〉，收入氏著，朱宏達點校：《四書遇‧論語》（杭
　　　　州：浙江古籍出版社，1985），頁252～253。
〔註65〕楊愼〈四子侍坐〉，《升庵經說》，《楊升庵叢書》，第1冊，卷13，頁359。

按朱曰藩《射陂集・人日草堂詩引》云，升庵先生在江陽，以畫像
寄余白下，揭于寓齋，日夕虔奉，如在函丈。嘉靖己未人日，西域
金大興，東海何良俊、吳門文伯仁、黃子姬水、郭子第、秣陵盛子
時泰、顧子應祥，相約過余，觴之齋中。齋南向，先生像在壁間，
諸子不敢背坐，各東西席，如侍側之禮。比丘圓瀾罍中冷泉見餉，
覓得陽羨貢茶一角，烹茶爲供，以宣甌注之，焚沈水香于爐。作禮
畢就坐。皆嘖嘖嘆曰：「幸甚，今日得乃得覩升庵先生！」文子曰：
「今日之會奇矣！余當作〈人日草堂圖〉以寄先生。」余欣然抃掌，
因拈「人日題詩寄草堂，遙憐故人思故鄉」之句，作八闋，散諸子，
請各賦一篇并寄先生，見吾輩萬里馳仰之懷。越二日，文子圖成。
又二日，諸子詩次第成，余乃爲之引云。牧齋曰：「嘉靖己未先生年
七十二，以是年六月卒于永昌，詩畫郵致之時，先生已不及見矣。」
按先生集有〈己未六月病中訣李張唐三君詩〉，所謂「魑魅禦客八千
里，羲皇上人四十年」是也。時先生流離顛沛，遠在天末，而遠近
爲人企慕如此，何殊東坡。惜身歿南荒，不及玉局之生還耳。彼讒
人者遺臭萬年，豈止與煙草同腐而已。〔註66〕

這就是著名的「草堂禮像」文壇佳話，記載一個尊崇文壇典範的儀式，主角朱
曰藩年紀少於楊慎。同爲明中葉文人，兩人爲忘年之交或師友關係，曾以書信
談文論藝「來什已別錄，其副藏之旅笥，而以原本納上。復有續製，幸付詩郵，
不啻空谷之跫音，落天之雲錦矣。」〔註67〕他與楊慎的人際圈頗有交集，沐氏
家族爲楊慎在雲南的庇護主，朱曰藩〈贈沐太華兼憶升庵楊公〉曰：「濯錦江邊
霞滿天，博南山下草如煙。相逢偷把刀環視，腸斷孤臣謫九年」〔註68〕；結識

〔註66〕 王士禛：《居易錄》，收於《王士禛全集》（濟南：齊魯書社，2007），第 5 冊，
卷 25，頁 4183。錢謙益亦載此事見錢謙益撰集，許逸民、林淑敏點校：《列
朝詩集・丁集》（北京：中華書局，2007），第 8 冊，卷 7，頁 4545。

〔註67〕 見楊慎〈與朱射陂書二則〉，《升庵詩文補遺》，卷 1，頁 79，兩人也討論出版
之事「新刻《庾開府集》甚佳。走在京日，嘗以嵇阮鮑謝陰何徐庾八家集，
抄爲一函，其引用稍僻者注之，疑者訂之，本頗精詳，讁戍來失之矣。左右
可續而刻之，亦文苑一快也。」；「三百篇後，唯梁統《選》詩，惜無續者。
余因集爲《外編》，爲《拾遺》，爲《律祖》，皆以補其所未及。茲總爲一集以
傳世，則《唐詩》可盡廢也。《律祖》譚少梅近刻頗佳，今以諸秩奉寄，幸念
之。」（頁 80）見〈與朱射陂書二則〉。

〔註68〕 朱曰藩：〈贈沐太華兼憶升庵楊公〉，收於錢謙益撰集，許逸民、林淑敏點校：
《列朝詩集・丁集》（北京：中華書局，2007），第 8 冊，卷 7，頁 4540。

楊愼知交張愈光，「樓西鸚哥樹，單栖鐵鸚歌。兒童作蠻語，花鳥入滇歌。停雲獨倚闌，扣門問來使。云是張公子，永昌送詩至。」〔註69〕顯然愛屋及烏，敬愛楊愼推及其友。

　　朱曰藩非常崇拜楊愼，曾寄其詩作，恭請楊愼爲他批選成《池上編》，「維揚朱子射坡，以掞藻相契，近以其《池上編》三帙寄評。擇其愜心而必傳者七十四首。至邛州，北川陸公珍而刻之。」〔註70〕他也寫了許多思憶、詠懷楊愼的詩作〔註71〕，王世貞云：「寶應濱湖一小邑耳，而有朱升之參政與其子九江守子价。……子价善楊用修，故其詣險而麗」〔註72〕，爲當代的楊愼仰慕者之一。先是，楊愼在滇南自畫小像寄給在江南的朱曰藩，小像通常有紀念意義，這個遙寄小像的互動，開啓了朱曰藩進行造神儀式的契機。朱曰藩虔誠地供奉楊愼畫像，如尊師在前，日夕不敢怠慢。嘉靖己未人日（1559，正月初七）他邀集當時各地名士金大輿（弘治十五年，1502 進士，先世爲麥加人）、何良俊（1506～1573）、文伯仁（1502～1575）、黃姬水（1509～1574）、郭第、盛時泰（1529～1578）、顧應祥（1483～1565）等當時著名文人舉行詩

〔註69〕　按：張公子，即張愈光。朱曰藩：〈廣心樓絕句爲楊升庵賦〉，收於錢謙益撰集，許逸民、林淑敏點校：《列朝詩集・丁集》（北京：中華書局，2007），第8冊，卷7，頁4543。

〔註70〕　楊愼：〈朱射坡詩選序〉，《升庵詩文補遺》，《楊升庵叢書》，第4冊，卷2，頁135。錢謙益載「楊用修評定其詩，得七十四首，比于唐人篋中之集，其爲序，極言近世蹈襲之弊，而深許子价之詩，以爲異於世之學杜者，則用修、子价之詩，其流別于獻吉，從可知矣。」；「嘉靖戊午、己未間，子价在南主客，何元朗在翰林，金在衡、陳九皋、黃淳甫、張幼于皆僑寓金陵，留都人士，金子坤、盛仲交之徒，相與選勝徵歌，命觴染翰，詞藻流傳，蔚然盛事。」朱曰藩在當時江南文壇有一席之地。參見氏著：〈丁集・朱九江曰藩〉，《列朝詩集小傳》（上海：上海古籍，1983），頁448。

〔註71〕　朱曰藩有〈滇南七夕歌憶升庵楊公因寄〉「一宵爭抵一年長，猶度金針到綉床。天下眞成長會合，昆明池上兩鴛鴦。綵袖飛來山上山，小樓金馬墮雲鬟。奈花滿地無人掃，二十年前菩薩蠻。錦窠何必奪丘祝，畢竟還他蜀錦奇。近日錦官空擅巧，博南山下乞蠻姬」詩前有序曰：「子少日遊滇南，見其土風每歲七夕前半月，人家女郎年十二三以上者，各分曹相聚，以香水花果爲供，連臂踏歌，乞巧於天孫，詞甚哀婉。暇日因採其意爲《滇南七夕歌》三首，末首有懷升庵楊公，因併繫之。曹子桓云：『爾獨何辜限川梁。』悲夫！誰則爲之動念哉！」見錢謙益撰集，許逸民、林淑敏點校：《列朝詩集・丁集》（北京：中華書局，2007），第8冊，卷7，頁4542。

〔註72〕　參見王世貞〈吳曰南集序〉，《弇州四部稿續稿》（臺北：商務印書館，1986），卷51，頁736。又《四庫全書總目》曰：「應登（曰藩父）仿李夢陽，曰藩則法楊愼」《靜志居詩話》曰：「升之詩仿北地，子价則法用修」。

文雅集。此次聚會的重頭戲是舉行楊慎畫像作禮、致敬儀式。比丘員瀾餉之以冷泉烹煮的陽羨茶作為貢茶，焚沈水于爐，席間眾人視楊慎畫像如見其人，不敢背坐，以弟子之儀列席，然後眾文人皆向楊慎畫像恭敬作禮，皆以能觀覩楊慎畫像為幸為榮。當場友人提議將此日情景繪成〈人日草堂圖〉，呼籲參與諸文士題詠於其上：

> 一勺名泉手自調，石筵香爐夜遙遙。半生窮寐虛雙鯉，萬里容輝把片綃。學海競誇天閣秘，春心欲託帝巫招。芳樽潦倒郎官舍，江芷皋蘭雨未消。（〈黃姬水得遙字〉）

> 先朝金馬重文章，三十餘年適瘴鄉。共羨史遷紬石室，誰憐賈傅老蕭湘。披圖月就金陵墮，飛夢雲牽玉壘長。方外遊蹤元不繫，欲將瓢笠問江陽。（〈郭第得鄉字〉）

> 人日梅花自可憐，折來誰為寄西川。八行欲附銅魚使，四海爭謠白雪篇。滇水山川增氣色，錦江花柳隔風煙。何時一棹穿巴峽，得就楊雄《太玄》（〈金大輿得憐字〉）

儀典禮畢後，文士們紛紛題詩於圖上。〈人日草堂詩〉文末朱曰藩詩曰「亭花落盡鷗鴣飛，吉甫臺邊春事稀。錦水毓華添麗藻，禺山金碧有光輝。爨中僮隸傳書至，煎上人家沽酒歸。笑挈一壺江浦去，輕紅剛值荔枝肥。」[註73]參與儀典的文人創作許多詩，這些詩大多述及楊慎遷謫事蹟，揣摩其異域生活圖景，及其抑鬱懷鄉之情，形塑了楊慎謫臣形象。遙敬楊慎禮畢，人日草堂詩圖成，朱曰藩欲郵寄給遠在滇雲的楊慎，惜他未收到此題跋即卒。主角雖亡，然此題跋詩詠卻一直延續下去，成為一個超越時空的崇拜活動。錢謙益（1582～1664）〈跋人日草堂詩〉云：「是舉也，論交之眞、敬長之愨、樂善之誠，胥於此徵焉。先輩風流，眞可以寬鄙悖薄。名不虛立、士不虛附，用修何以得此於諸賢哉，亦可以感矣。傳之後世，不獨為藝苑之美譚也。」[註74]認為此事為一敬長樂善的雅事，也欣羨楊慎可得諸賢如此擁載，此事流行於中晚明文化場域，可見一斑。

[註73] 以上四首詩見錢謙益撰集，許逸民、林淑敏點校：《列朝詩集・丁集》（北京：中華書局，2007），第8冊，卷7，頁4545～4544。錢謙益輯錄人日草堂詩五首，又附錄〈人日草堂詩・引〉。

[註74] 錢謙益撰集，許逸民、林淑敏點校：《列朝詩集・丁集》（北京：中華書局，2007），第8冊，卷7，頁4545。

　　朱日藩是這一場崇拜楊愼儀式活動的主持者、組織者，他將私領域的師
友知交情誼，擴展爲小眾（文人雅集）／社群活動，透過儀式對楊愼進行「造
神運動」，而後又將參與文人對楊愼情感進行編織、整合，指向「遙憐故人思
故鄉」悲士之不遇，嘆其遠謫之哀的核心情感。諸多題詠配合圖像傳世，圖
像題詠開闢一個集體文本空間。〈人日草堂圖〉成爲一個風雅社交的對話紀
錄，圖、題詠等媒介又將引領更多讀者對此儀式事件產生不同的投射和共鳴，
啓動連鎖的賦詩行動，達到從私領域到公領域的宣傳效應。這則軼事記載了
當時文人對楊愼近似神化的崇拜之情，宣揚了楊愼雖遠謫流離顚沛，「遠在天
末，而遠近爲人企慕如此」，然整個事件充滿傳播元素，從小像的郵寄、行禮
如儀的崇拜行爲、雅集圖會、文人題詠，都充滿宣傳文人、標榜聲譽的痕跡。

（二）楊升庵簪花圖

　　圖文並茂往往能產生更好的傳播效果，明清之際的畫家陳洪綬將楊愼「胡
粉傅面，作雙丫髻插花」，「諸妓捧觴，遊行城市」的狂怪行徑鋪衍繪成圖像。
陳洪綬（1598 或 1599～1652），浙江諸暨人，出身世家，明亡前即使科考不
遂，屢遭落第，仍以功名爲志。明亡後，謹守遺民身份，棄絕仕途，成爲職
業畫家，作品以人物畫居多〔註75〕。〈楊升庵簪花圖〉（見附錄三）畫中陳洪
綬題識：「楊升庵先生放滇時，雙髻簪花，數女子持尊，踏歌行道中。」〔註
76〕此圖所繪內容，爲楊愼在雲南簪花與妓同遊的故事，畫面中楊愼身著寬袍
大袖，面塗白粉，頭上插有五色花枝，步履蹣跚。兩女子手捧觴和扇跟隨其
後，背景是一株粗老彎曲而葉紅的楓樹，借以烘托楊愼落拓頓挫，仍作瀟灑
的生命姿態。許多學者都傾向將陳洪綬的〈楊升庵簪花圖〉創作動機，詮釋
爲陳洪綬早期自身舉業挫敗的情感投射。而這種失意的心緒的投射，也反應

〔註75〕有關陳洪綬生平事蹟，可參見王正華：〈女人、物品與感官慾望：陳洪綬晚期
　　　　人物畫中江南文化的呈現〉，收於《近代中國婦女史研究》（臺北：中央研究
　　　　院近代史研究所，2002），第 10 期，頁 1～57；王正華：〈從陳洪綬的〈畫論〉
　　　　看晚明浙江畫壇：兼論江南繪畫網絡與區域競爭〉，收於《區域與網絡：近千
　　　　年來中國美術史研究國際學術研討會論文集》（臺北：國立台灣大學藝術史研
　　　　究所，2001），頁 330～342；黃湧泉《陳洪綬年譜》（北京：人民美術出版社，
　　　　1960）；翁萬戈編《陳洪綬》（上海：上海人民美術出版社，1997）上卷，頁 9
　　　　～45。
〔註76〕陳洪綬《楊升庵簪花圖》，原圖爲絹本，設色，143.5×61.5 ㎝北京故宮博物院
　　　　藏，轉載自翁萬戈編：《陳洪綬》（上海：上海人民出版社，1997），中卷，頁
　　　　92。

了明清文化場域上眾多失意文人對於楊慎的集體詮釋與文化想像〔註77〕。隨著出版文化的活絡，晚明圖像視覺傳播漸漸興盛，一般民眾對於抽像詩文描述的理解能力有限，具體的圖像文本通俗易解，可以符合一般人的視覺心理，圖像建構歷史記憶，更利於文化傳播。

進一步來說，圖繪亦可總絡論述中零散與斷裂的文字意象（verbal images），涵蘊繁複的文字意象可以圖繪補充詮釋。圖像文本有時就是一則閱讀寓言，可以滋衍更多詮釋的可能，吸納涵蘊更多的文化想像〔註78〕。而這也是楊慎文化符碼在詩文、圖像陸續創作、問世、積累後，文化意義益趨豐富的原因。而其直言忠臣氣節、狂士形象、失意落拓生命圖景則形成多元的詮釋系統，在其謝世後的明清時代，受到越來越多關注的目光。

（三）粉墨登場：簪花髻雜劇

繼圖像傳播楊慎文化符碼後，沈自徵（1591～1641）〔註79〕《漁陽三弄》〔註80〕之一《簪花髻》雜劇問世，楊慎的故事正式被搬上舞台，此劇正名「滇中妓龍蛇競練裙，楊升庵詩酒簪花髻」，說明戲劇內容乃根據楊慎謫滇事蹟鋪衍而成。此劇前附有二幅圖版，右圖描繪楊慎敷粉簪花，挾妓遊行的情狀；

〔註77〕 參見林宜蓉：《中晚明文學場域「狂士」身份之研究》（臺北：花木蘭出版社，2010），頁 79。

〔註78〕 「這張畫就是一則閱讀的寓言，其中所要說明的不止是『圖』（the visual）與『言』（the verbal）的歧異，也包括各種『建制控制』對閱讀的影響」（頁 301）；「《俗樂之園》，以之爲視覺上的輔助參考，說明畫作可以總絡他一直在疏論的殘軀斷體的文字意象（verbal images）」（頁 303）；「他們三人開演理論之時，都發現早先意蘊豐富的文字意象可以繪畫補充之。」（頁 303）參見 Michael Payne 著，李奭學譯：《閱讀理論——拉康、德希達與克麗絲蒂娃導讀》（臺北：書林出版社，1997），第 5 章〈讀畫〉，這一章討論了拉康、德希達與克麗絲蒂娃對於圖像文本的理解，頁 301～330。

〔註79〕 「沈自徵，字君庸，所著除漁陽三弄外，尚有冬青樹一劇，今佚。《詞苑叢譚》云：吳江張倩倩，適同邑沈自徵。自徵負才任俠，所著〈灞亭秋〉、〈鞭歌妓〉、〈簪花髻〉三齣，名《漁陽三弄》，與徐文長並傳。」參見〔清〕黃文暘、董康撰：《曲海總目提要》，收於《筆記小說大觀》，（臺北：新興書局，1979）第 25 冊，卷 8，頁 349～350，總頁數 4575～4576。沈自徵爲吳江派創始人沈璟（1553～1610）之姪。少喜談兵，不慕功名富貴。盡棄父所授田業，周濟親戚賓客，遂遊京師，上書籌畫兵事。崇禎間，以賢良方正徵召，辭不就。後歸故里，隱居山中。

〔註80〕 沈自徵〈杜秀才痛哭霸亭秋〉、〈鞭妓歌〉、〈簪花髻〉合稱《漁陽三弄》，三劇故事結構皆借一落拓不羈人物（張封建、杜默、楊慎）以抒一己憤懣，以劇自況色彩十分明顯。

左圖則是楊慎醉後在妓女所著精白綾裓衣上，寫詩醉墨淋漓裙袖的揮灑情狀。戲劇搬上舞台，較文字、圖像更具通俗性，從詩文到圖像，楊慎後來化身爲戲劇中的「風流」、「苦難」人物，形象更立體、生動，隨著受眾增加，也增益傳播效應。

〈簪花髻〉一劇描寫楊慎謫滇後的顛放行徑，諧趣橫生，借楊慎的癲狂嘻笑，來抒憤諷世。劇中寫楊慎日日買醉，「你教我世上事多要知，這杯中物少要吃。翠柳也，我道來舉世皆醉，只俺楊升庵不醉也」〔註81〕，自言「大古裏中酒謂之中聖，休猜做米汁糠皮，中藏著聖人意，死做了陶家器，爛做了甕頭泥，這是俺醉翁樂矣」（頁 463），出外遊春，胡粉簪花，「我只愁脂粉淡，搽不紅我這冷臉子；繡帔宰，遮不來我這寬肚皮，我比踏陽春的士女圖多了些虬髯如戟；我比歌迴風的翠盤女略覺些舞態癡肥」（頁 463）他向妓女借來衣服，頭上挽雙丫髻，髮戴大紅花，勻脂粉畫眉，著紅衫繫長裙，男扮女裝，攜妓女大搖大擺遊街，路人皆指點笑罵，當婦人奚落，他竟自己辯說「三位聖設教的都是一般兒婦女」（頁 466），言老子、佛祖和孔子都是婦人〔註82〕，整部戲劇可以說嬉笑怒罵橫生，充滿詼諧生動之趣。

沈自徵〈簪花髻〉描繪楊慎狂放不羈、放浪形骸的人生態度，但也透露他遠謫滇雲的憂懣，劇中末言「我一會家愁來呵，恨不將洞庭湖下著醅；一會家悶來呵，要把鸚鵡洲發了醅」（頁 368）這是楊慎的心事寫照。劇中楊慎和黃峨的書信往來，以〈寄外〉詩等眞實的材料，染寫遙思之愁〔註83〕，使劇作內容

〔註81〕　參見松陵君庸沈自徵撰，西湖君珊張佩玉評：〈簪花髻〉，收於《續修四庫全書》（上海：上海古籍出版社，2002），集部‧戲劇類，1764 冊，頁 463。以下引文只標頁數，不再另標出處。

〔註82〕　「〔滾繡毬〕三位聖設教的都是一般兒婦女，每你道他每日家說什麼。你道他講談些道理，原來只論著閨幃，老子道人之大患在於有身，他患有身是愁夢旭」（頁 464）；「孔子道我待嫁者也，他合婚到七十二處，猶相待不道來，紅紫不以爲爲褻服。因此懶把紅紫當年作嫁衣，一個個是螓首娥眉」（頁 464）

〔註83〕　分別是援用黃峨名作「雁飛曾不到衡陽，錦字何由寄永昌。三春花柳妾薄命，六詔風煙君斷腸。日歸日歸愁歲暮，其雨其雨怨朝陽。相聞空有刀鐶約，何日金雞下夜郎？」及楊慎「投至得寄音書卓氏臺前鯉，我這傷春女素淚染朱衣。我日對著瘴雨蠻煙，你兀自望金雞玉勒。你說日歸日歸，我卻歸不得也，死惟有青蠅弔，歸只歸那蠻中鬼，你子規在天外招，爭奈這鷓鴣在煙樹啼。」（頁 465）值得注意的是，沈自徵和才女張倩倩與楊慎和黃峨關係，同爲才子才女文學夫婦的組合，而「吳江張倩倩，適同邑沈自徵。……倩倩豔色清才，年纔三十四沒，遺詩僅存一二。按倩倩本才女，可比楊慎夫人。」或許這一層關係，亦爲沈自徵比況之資。參見〔清〕黃文暘、董康撰：《曲海總目提要》，

更動人心弦，而這或許投射了沈自徵與張倩倩乖舛情事。〈簪花髻〉形式上是喜劇，骨子裡卻有無限悲愴，戲文雖充滿諧趣，但卻是透過將主角塑造得可笑荒唐，以達到諷世的效果。這種「貶抑模仿」所造成的諧趣，背後經常隱含著「悲情」成分，是一種苦澀的詼諧、悲愴的戲謔〔註84〕，許多劇評家都指出這部戲的特點，呂天成言「談笑中煞有痛哭流涕」〔註85〕，祁彪佳《遠山堂曲品》將此劇列入妙品，評曰：「楊升庵戍滇時，每簪花塗面，令門生舁之以遊。人謂於寂寥中能豪爽，不知於歌笑中見哭泣耳！曲白指東扯西，點點是英雄之淚，曲至此妙入神矣」〔註86〕，都能道出此劇笑中見淚的隱語。有趣的是，沈自徵自己也是一個入戲的觀眾（spectateur engage），他在〈題五兄祝發像詩序〉中談到自己每每披覽楊慎謫滇狂放避禍之事，往往「撫膺欲絕」，「當浮白一斗，嘔血數升，憤而後止」，他將一己生命之悲憤，投射於楊慎的文化符碼中，「借慎之簪花跌宕以自況也」〔註87〕，在升庵「嘻笑」的故事裡，悲憤至慟醉嘔血，流著自己「苦澀」的淚。沈自徵對楊慎貶謫事的悲憤也感染了其他劇作家，其後清劉鼉堂夢華居士〈議大禮〉傳奇亦搬演升庵被貶滇雲事，楊慎縱放事件從詩文、圖像到戲劇，成為狂士系譜中的不可或缺的要角。

四、迴響：入戲的讀者

明中葉以後，隨著王世貞《藝苑卮言》、焦竑《玉堂叢語》等資閒談雜著及眾多「擬世說體」著述；錢謙益《列朝詩集小傳》、李贄《續焚書》等相關楊慎

收於《筆記小說大觀》，（臺北：新興書局，1979）第 25 冊，卷 8，頁 349～350，總頁數 4575～4576。

〔註84〕所謂「貶抑模仿」是為了凸顯筆下的諷刺對象，作家大抵均將其個性抽取一空，而代之以某種特性，使他們標識化、戲謔化、刻板化。當讀者站在較高的立場欣賞這些人物，便覺得有趣可笑。朱光潛解釋造成此種諧趣之理由時說：「以遊戲態度，把人事和物態的醜拙鄙陋和乖訛當作一種有趣的意象去欣賞」（見朱光潛：《詩論》（臺北：正中書局，1970），頁 24）……明清寫憤雜劇中的詼諧，由於作家所諷刺供及的對象，往往是人類社會的鄙陋荒謬，故有其深刻冷峻的層面。參見王璦玲：《晚明清初戲曲之審美構思與其藝術呈現》（臺北：中央研究院中國文哲研究所，2005），頁 355～356。

〔註85〕〔明〕呂天成（1580～1618）撰，竹笑居士評：《齊東絕倒》眉批，《盛明雜劇》，初集，下冊，頁 3。

〔註86〕祁彪佳：《遠山堂曲品》，收於《續修四庫全書·妙品》（上海：上海古籍，1995），冊 1758，頁 316。

〔註87〕〔清〕黃文暘、董康撰：《曲海總目提要》，收於《筆記小說大觀》，（臺北：新興書局，1979）第 25 冊，卷 8，頁 349～350，總頁數 4575～4576。

傳記式著作；陳洪綬《楊升庵簪花圖》、沈自徵《漁陽三弄・簪花髻》的版圖、雜劇等，這些詩、文、圖、戲劇多元的媒介都不斷傳播楊慎相關的奇談軼聞，成爲文人圈流行的文化想像，這些讀者在不同的時空、情境下，使用各類媒材，形成一個類似斯坦利・費什（Stanley Fish）所謂的「解釋共同體」（interpretive communities）〔註88〕。歷史時性的讀者，卻讀出類似的況味，他們的詮釋框架也大多不脫「聊以耗壯心，遣餘年，若所謂老顚欲裝風景，不自洗磨者」的楊慎自道。隨著晚明繁盛的出版文化，便於閱讀、傳播、流行，楊慎「傳奇」、「狂放」、「博學豐贍」的形象在明清文藝場域上傳播流衍，後繼者擷取自我認同的楊慎文化符碼作爲自我表述的話語，達到一種聲明、宣示、對話的訴求，於是，楊慎符碼在不同的應用場合中，形成姿態各異的象徵符碼，產生多元的表述力量。

　　楊慎漸漸成爲文化場域上集忠臣、學者、文學家、文化聞人於一身的符碼，其中顚放狂行在不斷被重讀、詮釋，「千古奇謫」、「胡粉簪花」、「老顚欲裝風景」隱然成爲一個失意人文投射的焦點，是失意落拓者經常援引，以自明己志的文化符碼。

　　清趙翼（1727～1814）曾遠任鎮安知府（廣西極西府縣，西與雲南，南與越南連界），又曾奉命從軍赴滇征緬，與曾貶謫滇南的楊慎有地緣上的聯繫。於是面對邊徼的蠻山瘴水，亦思及楊慎「迢遙金齒瘴江濱，辛苦前朝兩逐臣。妓粉尚傳名士氣，將星空負故侯身。奪門事險功眞倖，伏闕聲高議未醇。欲採芳蓀酹杯酒，百年遺跡已沈淪。」〔註89〕由此可知，胡粉攜妓而遊的楊慎已成滇雲特屬的地域性文化符碼，宦遊此地的士人，每至此往往睹物思人，（有關楊慎地域書寫的相關議題，詳見第三章討論）。趙翼仕途不遂，於乾隆三十八年（1773年，時47歲）歸隱故園著書立說〔註90〕。晚年趙翼在

〔註88〕　「解釋共同體」援引費什（Stanley Fish）說法：「我曾提出一種觀點，認爲意義（meaning）既不是確定的（fixed）以及穩定的（stable）文本的特徵，也不是不受約束或者獨立的讀者所具備的屬性，而是解釋團體（interpretive communities）所共有的特性。解釋團體既決定一個讀者（閱讀）活動的型態，也制約了這些活動所製造的文本。」見斯坦利・費什著，文楚安譯：〈看到一首詩時，怎樣確認它是詩〉，《讀者反應批評：理論與實踐》（北京：中國社會科學，1998），頁46。本觀點得益於楊玉成師〈小眾讀者：康熙時期的文學傳播與文學批評〉，中央研究院《中國文哲研究所集刊》，第19期，2001年9月，頁55～108。

〔註89〕　趙翼：〈永昌弔徐武功楊升庵〉，收於氏著，李學穎、曹光甫校點：《甌北集》（上海：上海古籍出版社，1997），卷14，頁285。

〔註90〕　有關趙翼赴滇徵緬、歸隱、著書立說等事跡，可以參見杜維運：《趙翼傳》（臺

揚州與館閣名臣，度過開樽雅集、攜妓清歌的風流生活，此時詩文中也經常出現楊慎的典故，「美人變局非紅粉，樂府新腔有素箏。是日演梆子腔。惹得老顛風景裂，歸來惱煞一寨擎」〔註91〕；「風景眞令裂老顛，衣香人影膩如煙。難降席上胭脂陣，甘受空中指爪鞭」〔註92〕；「翠羽聲啾眞一夢，龍華會散未多年。白頭三老欣無恙，風景那禁裂老顛」〔註93〕，他在聲色飲宴中，總浮現楊慎老顛縱放，醉狂嘻笑中流著苦楚之淚的身影，可知在明清文化場上，楊慎已成爲失意落拓不羈之士共同的文化想像符碼。

第四節　人際與社交網絡

一、文學與權勢

　　如前所述，當時館閣大臣兼文壇領袖李東陽爲楊慎的提攜者、師表（master）、教師（teacher），對於少年楊慎初試啼聲，在文學場上的佔位和文學、政治聲譽的積累頗有助益。除了李東陽外，楊慎與當時一些政壇、文壇大家也有不同程度的交情。楊一清（1454～1530）字應寧，號邃庵，雲南安寧人。與李東陽前後登庶子黎淳門，在正德朝先後任戶部尚書、吏部尚書、武英殿大學士和內閣首輔，位極人臣。楊一清愛好獎掖後輩，培育文壇新秀「一清於時政最稱通練，而性闊大，不甚飾邊幅，愛樂賢士大夫，與共功名，朝有所知，夕即登薦，以是桃李徧天下。」〔註94〕門生李東陽譽其「聲價曾

　　北：時報，1983），頁90～157。值得注意的是，趙翼歸隱後致力於考據學撰述，有名作《陔餘叢考》，該書亦經常引用楊慎《丹鉛雜錄》諸考據著作，援用、糾謬許多楊慎考據學資料，受到該類書影響不小，如有名的「弓足起源」論等。參見趙翼《陔餘叢考》，收於《續修四庫全書・子部・雜家類》（上海：上海古籍出版社，1995），冊1150～1153。

〔註91〕趙翼：〈冬至前三日末堂司寇招同鶴亭方伯春農中翰奉陪金圓少宰夜讌即事〉，收於氏著，李學穎、曹光甫校點：《甌北集》（上海：上海古籍出版社，1997），卷29，頁656。

〔註92〕趙翼：〈陳繩武司馬招同春農寓齋讌集女樂一部歌板當筵秉燭追歡即事紀勝〉，收於《甌北集》，卷30，頁689。

〔註93〕趙翼：〈末堂司寇招同陳繩武郡丞讌集二八女郎清歌侑酒因憶前歲亦與繩武就司寇花酒之飲今今侍客者非復舊人問知或嫁或死矣即席感賦〉，收於《甌北集》，卷35，頁812～813。

〔註94〕楊一清「少而穎敏，能屬文。有司以奇童薦爲翰林秀才，憲朝俾內閣擇師教之。與李東陽前後登庶子黎淳門。十四歲試高等，即以經術爲人師，十八成

傾翰墨林，聖朝風教竟誰任。冰霜故有回春力，梁棟應勞種樹心。」〔註95〕
楊一清爲正德六年楊愼狀元及第的讀卷官，加上他與楊廷和同爲內閣大臣，
所以青年楊愼就有許多與楊一清互動的機會，「嘗奉使過鎭江，謁楊一清，閱
所藏書。叩以疑義，一清皆成誦。愼驚異，益肆力古學。既投荒多暇，書無
所不覽。嘗語人曰：『資性不足恃。日新德業，當自學問中來。』故好學窮理，
老而彌篤。」〔註96〕楊一清的博知好學，成爲楊愼學問上的典範，而與楊一
清的交識，也有增加楊愼文學場域上文化資本的效應。

　　楊愼在朝爲官其間，與前後七子之一的王廷相（1474～1544）亦有密切
交往。王廷相，字子衡，號浚川，河南蘭考人。歷任南京兵部尙書、都察院
右都御史、兵部尙書、太子少保、太子太保等職。王廷相曾爲楊愼的《選詩
外編》作序，他與楊愼相類可說是一位博物學家，《明史‧王廷相傳》載「廷
相博學好議論，以經術稱。於星曆、輿圖、樂律、河圖、雒書及周、邵、程、
張之書，皆有所論駁。」〔註97〕王廷相對楊愼遠貶滇雲十分同情，楊愼向他
抒發「衡門坐成遠，塵冠行復彈。已負濩落性，更從樗散官。進阻嚴廊議，
退抱江湖嘆。曠哉宇宙內，吾道何盤桓。」〔註98〕不得志之嘆，王廷相答以
「大道隱濁世，羣經哀斯文。嗟彼漢代儒，敷言求聖紀。蓬鷃不知海，擬議
豈能似。」〔註99〕的惋惜，認爲楊愼的處境是當權者和時流誤解所致，而以
「各勉黃髮心，庶用酬莫逆」〔註100〕慰之，兩人有詩文交流互動。雖然兩人

　　　　進士」參見王世貞：《嘉靖以來首輔傳‧楊一清傳》，收於《文淵閣四庫全書》
　　　　（臺北：商務印書館，1983），卷1，頁433～435。《明史》亦載「愛樂賢士
　　　　大夫，與共功名。凡爲瑾所搆陷者，率見甄錄。朝有所知，夕即登薦，門生
　　　　徧天下」參見張廷玉等撰《明史‧列傳八十六》（北京：中華書局，1997），
　　　　第17冊，卷198，頁5228。
〔註95〕李東陽：〈寄應寧提學用留別韻二首〉，《懷麓堂集》，收於《影印文淵閣四庫
　　　　全書》，冊341，卷17，頁180。楊一清培養提拔人才甚多，如李夢陽、康海、
　　　　呂楠等，後來都成爲朝廷棟梁。
〔註96〕張廷玉撰：《明史‧列傳第八十》，第17冊，卷192，頁5081～5083。
〔註97〕張廷玉撰：《明史‧列傳八十二》，第17冊，卷194，頁5156。
〔註98〕楊愼：〈言將北上述志一首答蘇從仁恩王子衡廷相〉，《升庵集》（上海：上海
　　　　古籍，1991），卷17，頁142。
〔註99〕王廷相著，王孝魚點校：〈贈楊用修〉，《王氏家藏集》，收於《王廷相集》（北
　　　　京：中華書局，1989），卷9，頁127～128。
〔註100〕〈送楊用修上都〉「栖巖久懷疴，謁帝念通籍。整駕驅承明，凌風束丹舄。處
　　　　協幽人貞，進伴達士適。尼父有遲軏，惓惓不暖席。白日昇天行，華館遊仙
　　　　宅。清問懋啓沃，勸講盡淳直。巡行述《典謨》，討伐稱旦奭，一語悟皇心，

的詩論立場相異，然與主流派（古文辭派、復古派）大家的文學社交，有提高文學聲譽的實質作用。

在楊慎人際圈中，最令人感興趣是楊慎與明中葉著名的權臣嚴嵩交好。嚴嵩（1480～1567），字惟中，號介溪，江西人，弘治十八年進士。楊慎父廷和為嚴嵩會試時的主考官，兩人有師生之誼〔註101〕。楊慎曾為嚴嵩編選、批點《鈐山堂詩選》四卷，「元老介谿先生嚴公，嘗以其詩集寄某，屬為選取。走辱公之知舊，僭取三百餘篇以復，公不謂然，復束封寄某，使再汰之，公之不自滿假，有合於王孟之見矣。敬擇其瓊枝柟檀為四卷」〔註102〕，楊慎晚年初選嚴嵩詩歌三百首，嚴嵩認為太多，請他再淘汰，於是楊慎對後敬擇「瓊枝柟檀」最精要之四卷。

楊慎也稱許嚴嵩不因宦途顯赫而妨害其文學成就，「昔人云：詩必窮而後工，又云：詩能窮人，特窮而後工耳。其說至為無稽。尚論諸古，皋陶喜起之歌，八伯厭雲之詠，周公〈七月〉之風，召公〈卷阿〉之諷，皆身在岩廊，而業當鼎軸者也。……公起家翰林，蜚英宇內，方其翔鷔署而徊鸞坡，講金華而議白虎，已燁然負霖雨之望。及登紫廬，坐黃閣，日待賡歌，重興雅頌。春容大篇，則戞擊乎韶濩；緣情綺靡，則燴耀乎國風。」〔註103〕《鈐山堂詩選》中有〈登慈仁閣餞楊慎殿〉、〈答用修見贈〉、〈再次韻答用修〉、〈三次韻答用修〉、〈用修殿撰惠予蜀中雲根竹筆〉等詩篇，兩人以物、以文相贈。其中〈答用修見贈〉詩云：「雞鶩爭稻粱，鳳凰食琅玕，感惻念物理，沈冥結憂端。俛仰宇宙間，知己良獨難。我友在遠方，欲往從遊盤。岷江阻奔洶，劍嶺間嶻屼。緬懷九苞質，詎接雙飛翰。」〔註104〕嚴嵩思念遠謫的友人，無奈

四隩歸膏澤。嗟余闇營道，世路苦奔迫。仰歎凌霄鵬，高思屢攢積。工拙諒
冥賦，盈縮眞戲劇。飾弓在寡悔，撫志崇後獲。各勉黃髮心，庶用酬莫逆。」
見〔明〕王廷相：〈送楊用修上都〉，收於氏著，王孝魚點校，《王氏家藏集》，
收於《王廷相集》（北京：中華書局，1989），卷9，頁127。

〔註101〕嚴嵩文集中有〈賦少師楊公石齋〉「自昔愛此石齋居，因得名省身身成。砥礪
比德象堅貞，色染雲嵐古陰留。竹柏清補天功已，鉅障海力猶勃端，擬川珍
貢高看國。柱擘鐫崖方紀頌，漱渚詎關情，願以如磐固千秋奉聖明。」嚴嵩：
《鈐山堂集》，《續修四庫全書》（上海：上海古籍出版社，1995）集部，1336
冊，頁49下。

〔註102〕楊慎：〈鈐山堂詩選序〉，《升庵遺集》，《楊升庵叢書》，第3冊，卷23，頁1064。

〔註103〕楊慎〈鈐山堂詩選序〉，《升庵著述序跋》，頁276。

〔註104〕嚴嵩：《鈐山堂集》，《續修四庫全書》，集部，1336冊，卷8，頁87上。

山河險阻，只能以書信相通，楊慎答詩「伊予嬰凤疚，塊然慕朋歡。愧彼桑蓬志，甘此藜藿安。懷書重端綺，佩言芬如蘭」〔註105〕，「分襟一為別，懸旌搖以摧。會合良不易，臨岐重徘徊。圭章多特達，清角少喧豗。贈言無他蓄，聲儀望重來」〔註106〕。嚴嵩也經常讀詩和寄詩如〈見用修贈張生詩和以寄之〉「文酒高懷強自寬，風煙異域若為歡。哀歌漫引馮讙鋏，感遇空彈貢禹冠。梁月漸低回遠夢，塞鴻初至得新翰。春愁祇恐銷容鬢，莫向天涯重倚欄。」〔註107〕兩人似有深厚情誼。

　　進一步來說，楊慎因大禮議仗節直言而招遠謫，這樣的「謫臣」在政治場或為一「污名」但在文化場上卻被視為榮耀之「聖名」，享有高度的文化資本。嚴嵩與楊慎之社交關係，除了延續楊廷和的師生之誼，某種程度上亦是增加自我文化聲譽之舉，錢謙益說「少師初入詞垣，負才名。謁告還里，居鈐山之東堂，讀書屏居者七年，而又能傾心折節，要結勝流，若崔子鍾、楊用修、王允寧輩，相與引合名譽，天下以公望歸之」〔註108〕，即道出交織其間微妙的互譽的交際關係。

　　對《鈐山堂詩選》批語作簡單的話語分析（discourse analysis），楊慎的評語大多為稱譽的諛詞，互惠互譽的聲譽傳播、交際功能，凌駕於詩歌評點的文學批評意義，這種社交評點使建構文學聲譽成為評點的另類功能。進一步來說，詩歌評點雖然離政治權力最遠，卻最具象徵資本（capital symbolique）的社會意涵，在中晚明強調生活美學的文化場域，更能建構一種美學與聲譽的評價。

　　楊慎批選李夢陽（1473～1530）《空同詩選》也展現濃厚的社交、傳播訊息。政治場上，李夢陽為當世名筆，因為其所作的〈陽春書院記〉在寧王府邸遭查獲而被視為叛黨收押，後來有賴大學士楊廷和積極營救，才僅被削職為庶民〔註109〕，在此提攜網絡下，李夢陽與楊慎為亦恩亦友關係。文學場域

〔註105〕楊慎〈寄嚴維中〉，《升庵文集》，《楊升庵叢書》，第3冊，卷17，頁301。

〔註106〕楊慎〈送嚴維中〉，《升庵文集》，《楊升庵叢書》，第3冊，卷17，頁301。

〔註107〕錢謙益撰集，許逸民、林淑敏點校：《列朝詩集‧丁集》（北京：中華書局，2007），第9冊，卷11，頁5101。

〔註108〕錢謙益撰集，許逸民、林淑敏點校：《列朝詩集‧丁集》，第9冊，卷11，頁5097。

〔註109〕「寧王宸濠者，浮慕夢陽，嘗請撰〈陽春書院記〉。……夢陽既家居，益跅弛負氣，治園池，招賓客，日縱俠少射獵浮臺、晉丘間，自號空同子，名震海

上，李夢陽爲明代復古派前七子之一，爲古文辭派領袖人物，楊慎知交張含爲其門生，兩人經常討論李夢陽詩作，故楊、李二人因這二種人際網絡而締交。楊慎曾批選《空同詩選》四卷《增選》四卷，《空同詩選》與《鈐山詩選》的評點型態相類，大多稱譽之詞，有社交評點色彩，名人美譽，等於是內容精彩的保證，提高文學傳播效應。

楊慎藉由序跋、題辭、評點等文學批評途徑，締結文學場、或政治場上的名人，擴展交游圈，藉此進入庇助的網絡，以傳播自我文學／化聲譽。因此他雖身在邊儌，卻仍活躍於當時文學場域。從另一方面來說，楊慎的序跋、評點——名人手筆及謫臣忠節之名，某種程度上，成爲文學／化場上豐厚的文化資本，吸引許多文人、仕宦與之締交，以擴大互惠互譽的資源，文學聲譽、文學批評與社會權勢產生奇異的連結。因此，楊慎與嚴嵩、李夢陽、王廷相等人的關係，不能以簡單主／從（dominant／subaltern）或提攜者／被提攜者二分法來理解〔註110〕，而是呈現彼此互譽互惠的聲譽共構，在這種關係下文學批評變成一種社交活動，評點成爲一種交際策略。

二、文學社群

明代文人的結社風氣興盛，當時文人習慣以這些群體來界定自己的部分身份，文人社群也成爲文學、學術思想發展的媒介和動力，而文學社群的從屬，也往往與文化場域的慣習形成有關。楊慎一生的經歷、交游廣泛，雖無自立文學流派，然創設、參與許多文學社群，「正德丙寅（1508），與同鄉士爲麗澤會」〔註111〕，楊慎十九歲尚未舉業時，在京師（北京）與同鄉進士馮馴、石天柱、夏邦謨、劉景宇、程啓充、安磐、即墨藍田、雲南永昌文士張含結爲「麗澤」社，舉行詩文雅集，相互倡和〔註112〕。「麗澤」，出《易・兌》，

內，宸濠反誅，御使周宜劾夢陽黨逆，被逮。大學士楊廷和、尚書林俊力救之，坐前作〈書院記〉，削籍。」見張廷玉等撰〈列傳174・文苑2〉，收於《明史》，卷286，頁7347。

〔註110〕〔英〕柯律格以文徵明人際圈爲例發現「以簡單的主／從（dominant／subaltern）二分法來理解明代社會關係是有困難的。我們往往很難精確區分誰是庇主，誰又是從屬，因爲這些身份在明代是可以商榷的。」參見氏著，劉宇珍、邱士華、胡雋譯：《雅債：文徵明的社交藝術》（北京：三聯書局，2012），頁157。

〔註111〕李贄：〈修撰楊公〉，《續藏書》，《李贄全集注》，（北京：社會科學文獻出版社，2010），第11冊，卷26，頁259。

〔註112〕簡紹芳著：《贈光錄卿前翰林修撰升庵楊慎年譜》，收於《楊升庵叢書》，第6

《象》曰：「麗澤，兌，君子以朋友講習」，麗澤社除了詩友之間談詩論藝外，亦有講學、結友讀書的功能，一群志同道合的青年俊彥，除張含躓於科第外，皆先後在正德至嘉靖年間進士及第〔註113〕。楊愼之後的博學及科舉上輝煌的成就，和與麗澤社友間講習切磋有關〔註114〕。

楊愼還與任瀚、熊過、趙貞吉並稱爲「蜀四大家」〔註115〕，其中任瀚和熊過又與陳束、王愼中、唐順之、趙時春，任瀚、李開先、呂高並稱「嘉靖八才子」之一〔註116〕。任瀚（1501～1591），字少海，號忠齋，自稱五岳山人、無知居士，有《春坊集》、《釣台集》、《河關留著集》、《少海文集》等，唯《任詩逸草》存。與升庵實有詩文往來〔註117〕。熊過字叔仁，又號南沙，（1529

冊，附錄，頁1275。馮馴，岳池人。正德年間進士，授戶部主事，官至江西布政使司。馮馴爲官正直，「上疏弭變七事」得罪皇帝；石天柱，字季瞻，岳池人。正德三年進士，授工科都給事中。立朝敢言，正德十二年，武宗欲幸宣府，天柱刺血草疏進行阻止。後爲御使彭澤辯誣，乃得罷爲民；劉景寅，南溪人，正德辛未進士，任御使。因疏薦王守仁不報，遂謝病、程啓充，字以道，嘉定人。正德三年進士，除三原知縣，入爲御使。敢言直諫，上至嚴嵩剝民脂民膏之患，下至冒功、寄名、竊功皆切切關心；安磐，字石公，嘉定州人。弘治十八年進士，歷任吏、兵二科給事中，與楊愼一同參與明世宗「議大禮」事件；夏邦謨，字舜卿，號松泉。涪州人。「少有骨鯁之風」。高小慧認爲麗澤社諸人的特點是：爲官正直、敢於直諫、以天下爲己任。這對楊愼壯年以後的政治生涯有著重要的影響。參見氏著：《楊愼文學思想研究》（北京：中國社會科學出版社，2010），頁65～68。

〔註113〕詩友馮馴、石天柱、程啓充爲正德三年進士；劉景寅與升庵爲同年，正德六年登第，夏邦謨則爲正德十二年進士；藍田爲嘉靖二年進士。

〔註114〕參見何宗美認爲從科舉方面講，麗澤會可視爲中晚明極其興盛的文社前身。見氏著：《文人結社與明代文學的演進》（北京：人民出版社，2011），上冊，頁166～167。

〔註115〕此一說法見《四川通志・人物》「趙貞吉條」謂其「詩文與楊升庵、任少海、熊南沙稱蜀四大家」，見〔清〕常明，楊芳燦等纂修《四川通志》（成都：巴蜀書社，1984），卷9，頁289。

〔註116〕「嘉靖八才子」詩風「當嘉靖初，稱詩者多宗何、李，束與順之輩厭而矯之」見郭英德主編：《中國古代文學通論・明代卷》（遼寧：遼寧人民出版社，2004），頁31。

〔註117〕見高小慧《楊愼文學思想研究》（北京：中國社會科學出版社，2010），頁80。楊愼〈禺山傳五嶽山人任少海書札兼致問訊因憶〉「五嶽山人相憶，八行書札遙通。吹簫夜郎月下，采藥白帝雲中。塵世英雄易老，浮生踪跡難同。張衡四愁吟斷，宋玉九辯悲窮」，《升庵集》，卷40，頁275；〈寄任少海李仁夫〉「擬折瑤華遺好脩，攀援桂樹且淹留。金膏水碧欣相待，翠觀岑青悵獨遊。海動三山任子釣，溪通九曲李仙舟。東南孔雀飛何遠，西北高樓雲自浮」，《升

年進士），中舉後在成都與楊慎及當地文人墨客經常交游。他與楊慎有類似遭遇，楊慎於嘉靖三年議禮被貶雲南永昌，而熊過也於嘉靖二十年（1541 年）因向世宗進諫被貶爲白鹽井，兩人在雲南繼續詩文往來，因境遇相似，交情更篤〔註118〕。趙貞吉（1508～1576）字孟靜，號大州，嘉靖十四年（1535 年）進士，與楊慎相類，趙貞吉有博學特質，「學淹貫群流，博縱千古，冥收逖覽，靡所不極」〔註119〕，李贄譽之「巍巍泰山，學貫千古」〔註120〕。

楊慎回鄉住瀘州期間與熊過（1529 年進士）、曾後齋（嶼）、張佳胤（1527～1588）、張懋等成立「汐社」，結紫房詩會，詩酒唱和，以文會友：

> 雖參汐社名，未飲汐社酒。社房如蜜蜂，各自分戶牖。人生百年中，
> 能幾開笑口。物色苦撩人，風光著梅柳。莫誇漁父醒，恐連田翁肘。
> 折簡敬相招，相就飲一斗。〔註121〕

> 君有長風興，乘春向日邊。庾公樓上月，已照李膺船。李膺船繫江
> 陽樹，蒐鴦彩鷁何由駐。不得相隨賦遠遊，與君齊榜江陵路。愛君
> 卓舉出群才，早年獻賦黃金臺。四傑篇章紛綺繪，八元名姓燦昭回。
> 慎也衰遲晚傾蓋，汐社相依接襟帶。激楚流風汗漫遊，裁詩刻燭逍
> 遙會。海內知音無幾多，良辰彦夕數經過。歡娛未盡忽此別，奈此
> 楊朱岐路何……我孴長牋賦短篇，放懷爛醉東風前。〔註122〕

> 薈蔚開紅旭，覃岡隱紫房。清醒浮灩雪，綠橘試新霜。好日天家占，
> 良朋雲會訪妨。誰言不同賞，俱是醉爲鄉。〔註123〕

這三首詩皆寫及汐社舉行雅集的盛況，詩社是文人的交際網絡，這種詩文雅會的團體，促進彼此的交流。汐社社員們一起創作、互相品評、切磋詩藝，

庵集》，卷29，頁275。

〔註118〕楊慎〈留熊南沙〉「君來自釜川，我日渡江口。不看中街花，不飲小市酒。愛君名世才，兼是忘懷友。」；〈春夕聞雨起坐至曉寄熊南沙〉「半夜風聲似水聲，五更春雨遍春城。被提芳草茸茸暗，鏡睹天花灼灼明。墙過村醪仍凍蟻，窗臨海樹已喧鶯。天涯節物催華髮，同是懷鄉去國情。」

〔註119〕高啟愚〈趙文肅公集序〉，收於趙貞吉著《趙文肅公集》，《四庫全書存目叢書》（濟南：齊魯書社，1997），100冊，頁240。

〔註120〕李贄〈復鄭石陽〉，收於《焚書》（北京：社會科學文獻，2000），卷1，頁11。

〔註121〕楊慎：〈戲簡〉，《升庵遺集》，《楊升庵叢書》，第3冊，卷2，頁711。

〔註122〕楊慎：〈汐社行送水部章後齋上京〉，《升庵遺集》，《楊升庵叢書》，第3冊，卷4，頁738。

〔註123〕楊慎：〈紫房詩會，章後齋熊南沙別館所招因簡〉，《升庵遺集》，《楊升庵叢書》，第3冊，卷8，頁820。

也會在紫房洞等特定地點舉行詩會〔註124〕，形成與地域結合的詩社，楊慎謫滇之後，其文學活動便展現濃厚的地緣性（immed iate locality），（關於這部分的討論，可參見論文第三章）對於啓迪當地文風產生巨大的影響。

楊慎的詩友社群對他的遷謫際遇，充滿同情，他們的詩文文本，經常述及此事，「璧玉津輝錦里間，龍堤池水故潺潺。雕磨荊石劉公幹，蕭索江干庾子山。四海英雄空迸淚，一林猿鶴共愁顏。宴遊盡日東山妓，誰道懷情善閉關」，「金馬秋風十載餘，芙蓉深巷閉門居。登樓莫作依劉賦，奉使曾傳諭蜀書。臥病可憐天一柱，獨醒無奈楚三閭。」〔註125〕詩友之悲之歎，描摩了謫臣生命圖景，更能引起同情的共鳴，友人的話，成爲建構楊慎形象的最佳傳播媒介。

楊慎經常參與文學雅集活動，他常把雅集所作的詩文結集出版：

> 蟠峰李子子安，銜使於蜀，東阜劉子作詩贈之，狷齋謝子繼之，東谷敫子三之，初亭程子四之，毫予不敏五之，屬而和者又若柯首，萃以成什。乃孟冬廿日，會於凌雲之清音、競秀兩亭，臨睨九之，且邀予篆題，予即以二亭名名卷。……毫予不敏，題以爲《清音競秀》詩卷序。〔註126〕

〔註124〕 楊慎：〈次韻章后齋〉「漫嘲阿昶誤金根，聊效王家點點痕。老嫗重尋薊山寺，道士頻過曇襄村。黃庭鵶鵶籠歸翼，赤管猩猩返醉㲹。洛浦煩君飜舊賦，驚鴻寧畏矰如琨。紫房之會又明日，後齋約爲洛浦之遊，曇襄村山陰道士所居見文房四譜，薊山寺王右軍爲老嫗書扇處也。」見《升庵集》，卷28，頁210；楊慎：〈送張罏山職方還銅梁佳〉「郊扉傴江介，炎天方欝焕。燕居感離索，蝸廬森蒿萊。高人千里駕，空谷跫音來。研精既理窟，抽毫更逸才。玄韻紫房洞，清吟文昌臺。同聲起予和，笑口爲君開。」見《升庵集》，卷15，頁129。

〔註125〕 分別參見張愈光〈寄升庵〉、〈己亥秋月寄升庵〉，收於錢謙益《列朝詩集‧丙集》，第7冊，卷15，頁3824及3825。又〈幽居感事間懷升庵〉「陳編歷歷復悠悠，蕉萃榮華一轉頭。秦客已遊黃犬市，齊奴還起綠珠樓。君從海上尋方朔，我向山中覓許由。好學四禪同結夏，不須《九辯》獨悲秋」（同書，頁3824）；〈寄升庵〉「東觀聲名北斗齊，鳳皇蹤跡戍雕題。八千里外潮陽馬，十九年來海上羝。銅柱兼葭鴻雁響，鐵城煙雨鷓鴣啼。連宵數有懷人夢，記得分明錦水西。」（同書，頁3824）〈寄升庵近撰海口碑文，極奇〉「公子思歸幾歲華，王孫芳草遍天涯。樓頭豔曲包明月，海口新銘蔡少霞。光祿塞遙空遞雁，上林枝好祇棲鴉。夢中記得相尋處，東寺鐘殘北斗斜。」（同書，頁3284）

〔註126〕 楊慎：〈清音競秀詩卷序〉，《升庵文集》，《楊升庵叢書》，第3冊，卷2，頁108。

> 暇日嘗與兩湖葉道亨泰，在軒胡原廷祿，西鄠簡紹芳同游太華，登
> 一碧萬頃閣，伏欄臨望滇池。咸謂余曰：太華寺之勝以此閣，閣之
> 勝以此池；使無此閣此池，是木客山都所栖而已。余深味其言，近
> 輯《太華詩》。……以發來游詩人之奇興藻思，亦如廬山之彭蠡，金
> 山之楊子也。〔註127〕

楊慎經常是詩文雅集、游集的組織者、主持者，他將活動所成的山水詩結集，成《清音競秀》、《池賞詩社集》等詩集付梓出版，其他如《安寧溫泉詩集》、《東歸唱和集》、《梅花唱和集》等出版品〔註128〕，也都是文人雅集的產物。

　　楊慎對參與文學社群充滿熱情，這些文學社群充滿互惠互譽色彩，他們既交集又有各自的人際圈，交織著複雜的人際網絡，在不同的宣傳場合，可能扮演彼此文化經紀人的角色，在明中葉文學社群繁盛氣息下，文人的聲譽也藉此不斷積累、發揚。就文學社交歷史脈絡來說，楊慎延續其師李東陽濃厚的社交性，復古主義的社會化，明代詩社互相標榜的習性，進一步開展文學評點社交性，積極締結文學社群，晚明文學人際網絡更加發達，而楊慎具有承先啟後的歷史意義。

三、圖像・題詠・文化活動

　　序跋、題詞、圖像都是有助於文學／文化傳播，建構聲譽的文學社交活動，楊慎經常有展演意味濃厚的演出，達到創造輿論效應。中晚明圖像、視覺性的追求，成為一種文化風向。楊慎嘗遊巫山，舟行過巫山十二鋒，「行舟迅疾，不及登覽。近巫山王尹，於峰端摹得趙松雪石刻小詞十二首，以樂府

〔註127〕 參見《升庵著述序跋》，頁141。案：簡紹芳《升庵楊慎年譜》嘉靖己酉，「居高峣，夏秋每與滇之鄉大夫兩湖葉公，在軒胡公，廷祿王公，偕紹芳數游昆明，有《池賞詩社集》」，見《楊升庵叢書》，第6冊，附錄，頁1280。

〔註128〕 梁招孟〈東歸唱和敘〉「（前缺）為竟夕飲，贈答以詩，一夜遂成百首。」見《升庵著述序跋》，頁134。李根源〈梅花唱和序〉「梅之為物，載於《詩》、《書》、《爾雅》，詠於唐人之口。自宋以來，大騰於篇章，顧林逋蘇軾高啟之倫，少者僅一二首，多者亦十餘首而後止耳，未有若新都楊升庵、開遠王鈍庵兩先生和百首為富焉者也。……歲戊寅，寇陷南都，余為國事赴天山，既又返至滇中，得睹往昔唱之根株，心輒歡然。及門萬君中山、何君席儒知余歸，愛然來訪，一日出其所鈔楊王唱和詩示余。余以校篋所得升庵所著者多三十首，百首全豹，闕而復全，不禁大喜，亟由萬君墉如匯集校訂而商刻之。」見《升庵著述序跋》，頁136。《東歸唱和六十四首》、《梅花唱和一百首》見《升庵詩文補遺》，《楊升庵叢書》，第4冊，卷4，頁179～207。

〈巫山一段雲〉按之可歌」，「余獨愛袁崧之語謂：秀峰疊嶂，奇構異形，林
木蕭森，離離蔚蔚，乃在霞氣之表。仰矚俯映，不覺忘返，自所履歷，未始
有也。山水有靈，亦當警知己于古矣。尋此語意，使人神遊八極，而爽然自
失於曄花溫瑩之外。欲以袁意和趙詞，以洗茲丘之黷，未暇也。乃臨松雪墨
妙一紙，邀曹太狂作圖，藏之行笥，爲他日遊仙興端云。」〔註129〕這是一個
虛構的紙上旅遊，創造一次美妙的神遊經驗，感於山水之美景，楊愼以松雪
墨妙紙邀當時書畫名家曹太狂作圖，爲未來旅遊預備遊興。這次的覽遊成爲
楊愼臨摹趙松雪小詞十二首、曹太狂圖的多媒創作，以圖、文紀游敘事也成
爲文壇佳話，將召喚更多旅遊文人的接力題詠，成爲一種另類的紙上文學社
群。

　　〈神樓曲〉也是一次圖文並茂的文學展演，物以類聚，楊愼與一群具有
表演慾望的文人相交，他們經常共構了文學社交表演。坦上翁劉麟（字元瑞，
1475～1561）是當時江東三才子之一〔註130〕，他戲仿陶弘景茅山樓居事，「司
空南坦劉公元瑞，慕陶貞白茅山樓居，足不履地之事，而未構樓也。待詔文
衡山爲繪樓居圖，俾神棲焉。射陂朱子曰藩作〈神樓曲〉，余櫽括其意爲〈後
神樓曲〉。」序後詩曰「安期昔製神樓散，射陂今作神樓曲。神樓主人南坦翁，
欲往從之限空谷。吾聞仙家五城十二樓，樊桐方丈繞瀛州。長風引舟不可到，
環中根像空神遊。坦翁元是神仙流，何年飄然下丹丘……他年合遇神樓散，
約公海上尋安期。」〔註131〕劉麟深慕梁陶弘景造三層樓，潛光隱曜，內修秘
密，深誠所詣，足不履地，感而遂通者之古事，志欲構樓而力猶未逮。知交
文徵明（1470～1559）爲繪樓居圖遣其神棲，朱曰藩將此事演繹成〈神樓曲〉，
楊愼繼之作〈後神樓曲〉，他們共構了一椿文壇趣事，這個虛擬的樓居園林引
起廣大迴響。

〔註129〕楊愼〈跋趙文敏公書巫山詞〉，《升庵文集》，《楊升庵叢書》，第 3 冊，卷 10，
　　　　頁 214。
〔註130〕「劉麟，字元瑞，本安仁人。世爲南京廣洋衛副千戶，因家焉。績學能文，
　　　　與顧璘、徐禎卿稱『江東三才子』。弘治九年成進士。言官龐泮等下獄，麟
　　　　偕同年生陸崑抗疏救。除刑部主事，進員外郎。錄囚畿內，平反三百九十餘
　　　　人。正德初，進郎中，出爲紹興府知府。劉瑾銜麟不謁謝，甫五月，摭前錄
　　　　囚細故，罷爲民。士民釀金贐不受，爲建小劉祠以配漢劉寵，因寓湖州。與
　　　　吳珫、施侃、孫一元、龍霓爲『湖南五隱』見張廷玉等著：《明史‧列傳八
　　　　十二》，第 17 冊，卷 194，頁 5151～5152。
〔註131〕楊愼：〈後神樓曲有序〉，《升庵文集》，《楊升庵叢書》，第 3 冊，卷 24，頁 401。

　　錢謙益《列朝詩集小傳》載此事云，「（劉麟）晚自稱坦上翁，……建安李尚書嘗訪之於峴山，了無宿具，以乳羊博市沽，風雨蕭蕭，欣然達夜。好樓居而力不能構，文徵仲作〈神樓圖〉以遺之。楊用修、朱子价皆作〈神樓曲〉」〔註132〕成爲文壇美談。以遺民著稱的董說（1620～1686）〈志園記〉亦談到此事：

> 湖上虞聖民氏館靜嘯，授諸子鄒魯聖賢，遺文謂余曰：「我悲夫世之車奔馬馳也，而貧且爲志園，願子記之」，余曰：「諾，志園奈何」聖民曰：「我園也，志而已，故名志園。依山結屋，環竹樹臨清流」，因出其圖，示余圖如其言也。余曰：「異哉！此余所謂夢鄉者也」。昔司空南坦劉公神慕樓居而貧未及構，待詔文衡山曰：「吾能爲公遂成此樓」，乃畫樓貽公，公喜而命之曰「神樓」，於是射陂朱子作〈神樓曲〉，而楊用修作〈後神樓曲〉，有「仙家五城十二樓，檠桐方丈繞瀛洲。長風引身不可到，環中根像空神遊」之句，而我先太史公爲司空做〈神樓曲序〉，則謂「公蚤樹勳業，翩翩進退之際，功成而不有，其神在雲霄之上，立言壹本聖賢，壓諸仙靈恍惚之說」，至於今司空神樓屹然在天地間，聖民之志園亦司空之神樓也。〔註133〕

董說友人貧而無力搆園，繪園林圖請他作記，董說將友人繪圖志園雅興／行，比擬爲司空之神樓，認爲虛擬神樓可超越時空，亙古長存。這樣說來，紙上園林似乎較眞實園林更易流傳而成不朽之名。〈神樓曲〉這個文學展演有典故、隱士、圖像、詩詠等深具文化力量的符碼，更增傳播力量，開啓了虛擬園林的風氣。晚明無力造園，然心中有園，或想藉著文字傳園林之景的文人越來越多，盧象生的「湄隱園」、萬曆年間劉士龍的「烏有園」、黃周星（1611～1680）的「將就園」〔註134〕等都是著名的紙上園林。

　　明清社會請人寫照銘刻自己、特定人物或紀念事件的風氣極爲盛行，成爲一種流行的文化風尚〔註135〕，這也是一種新興的傳播自我途徑。晚年楊愼

〔註132〕〈劉尚書麟〉，錢謙益撰集，許逸民、林淑敏點校：《列朝詩集・丙集》，第7冊，第13，頁3643。

〔註133〕參見董說：〈志園記〉，《豐草庵前集》，收入《四庫禁燬書叢刊》（上海：上海古籍出版社，1995），集部，冊33，卷4，頁116。

〔註134〕參見黃周星〈將就園記〉，見《九煙先生遺集》，收於《續修四庫全書》（上海：上海古籍出版社，1995），卷2，頁400～406。

〔註135〕毛文芳「明清世俗化社會已然成熟，經濟蓬勃發達，傳統階級混淆，個人主義抬頭，人際交往熱絡，展示姿儀的畫像，爲文士、畫家、觀眾所感興趣，寫照銘刻特定人物或紀念事件的風氣極爲盛行。」（頁42）；「畫像題贊的媒

〈青城五隱圖贊〉組詩即是一個結合小像、題贊的文學展演。有趣的是，這是一個跨越時空的文學拼貼，這組詩的五個主角是西晉的范長生、宋代的譙定、勾台符、張俞妻蒲芝和楊愼自己：

范公英英，炎漢挺生。韜華金德，潛光玉恒。讓王媲美，洗耳偕清。漸遠鴻羽，孚陰鶴鳴。（右范長生）

天授韜奇，入林結茨。鳳兮翽翽，麟之儀儀。年百廿歲，有嬰孺姿。山癯淵槁，奚可同之。（右譙定）

岷山逸老，藏用隱賢。執范寂袟，拍薛昌肩。高吟弄月，長嘯揭天。遺蹤何在，白沙瓊田。（右勾台符）

白雲先生，六詔不起。乃如蒲芝，聯德敵體。孟光同曜，柳妻遺誄。有婦人焉，三人而已。（右張俞妻蒲芝）

臨利不敢先人，見義不敢後身。諒無補於事業，要不負乎君親。遭逢太平，以處安邊。歌詠擊壤，以終餘年。天之顧畀，厚矣篤矣。吾之涯分，止矣足矣。困而亨，沖而盈，寵爲辱，平爲福者邪。（右自贊）〔註136〕

青城山爲一四川道教修行勝地，有甘露、芝草，是有名的洞天福地，相傳杜光庭亦出此地〔註137〕。范長生、譙定、勾台符、張俞四人或爲道士、或爲隱士，共通點就是皆爲蜀人，且都隱居於青城山〔註138〕。楊愼對他們的像贊詩

介是個人寫照，思維的起點爲視覺，書寫行動大致均由圖像景致的觀看出發」（頁 154）參見氏著：《圖成行樂：明清文人畫像題詠析論》（臺北：學生書局，2008）。

〔註136〕楊愼〈自贊〉，《升庵文集》，《楊升庵叢書》，第 3 冊，卷 11，頁 224。

〔註137〕參見樂史〈道書福地記〉說「上有沒溺池，有甘露、芝草」，見《太平寰宇記》，收於《續修四庫全書》（上海：上海古籍出版社，1995），587 冊，卷 73，頁 549。楊愼有〈玉局寺此地祠杜光庭，乃吾鄉青城人，成都有寺亦名玉局〉詩「仙是青城客，山留玉局名。渾如故鄉地，偏動故鄉情。」《升庵遺集》，卷 16，頁 968。

〔註138〕范長生是天師道教主在青城山下擁有部曲（管理道民的宗教行政機構）和道民；譙定（1023～？），自號涪陵先生，人稱譙夫子。少喜學佛，後曾從郭曩學《易》，後赴汴梁師事程頤，成爲程頤川籍門人中造詣極深的哲學家（易學家），後隱居青城山中；張俞（生卒年不詳），字少愚，一字叔才，號白雲居士。益州郫人，慶曆元年（1041 年），隱居青城山白雲溪（杜光廷晚年居所），六詔不仕，遨遊天下山水三十餘年，晚年杜門著書。有《白雲集》，已佚。妻蒲芝，賢而有文，張俞卒後，爲之誄曰：「高視往古，哲士實殷，施及秦漢，

文也都以隱逸爲核心，再根據個人生命史加以發揮。論及張俞則據其妻賢而有文才，在張俞卒後誄之的史事發揮〔註139〕，兼譽其妻有孟光、柳下惠妻能光其夫之美德，彰顯楊慎對女子文才的獎掖態度。這一組詩的自贊文中，楊慎首先聚焦於道德層面，談及自己的「義利之辨」，而後「諒無補於事業」這種自貶自抑之詞，可視爲用以昇華其品德，增加文化資本的手法；繼而就倫理上言及不負於君親，強調不愧忠孝的道德完足。有趣的是，他不再感嘆遷謫的處境，而是將此解讀爲得以在邊域擊壤歌詠，安享餘年之舉，整個詮釋自我過程，泯除謫臣污名（stigma），產生一種淨化作用，彷彿描繪了一個洞察人世、超越人生現實利辱的豁達隱士圖景。

這一個文學展演，以巧妙的圖像、題詠拼貼，以蜀地青城這福天洞地作爲地域認同（identity）的座標，楊慎藉由這一組詩將自己置入蜀地隱士行列，置換社會性身份（謫臣），變換現實自我，以「隱士」建構另一種身份，展現另一面向的人生理想。畫像圖贊是對自我生命史的回顧、省視，原本是私密的自我絮語（private speech），然一旦述諸文字，涉及出版，即成公共領域宣說自我的媒介。

進一步來說，在中國文化傳統中，「隱士」是一種崇高的文化符碼，具有豐厚的文化資本，這個建構「隱士」形象的文化展演，也有提高自我文化聲譽的絕佳效果。自贊的文本，可視爲一則微型自傳，傳中所呈現的人生面貌、理想、德行，是自傳作者依其心中意志，經選擇、重整個人生命史料後，透過文字建構而成的人生圖景，是針對「我」所作的文字再現，大抵可視爲一種詮釋策略和自我定義（self-definition）的產物。〈青城五隱圖贊〉即是楊慎自我展演、表述的文字舞台，自贊本是私密的自我對話，但因出版便有了受眾／讀者，成爲傳播自我形象、宣說自我的有力媒介，寄託了楊慎關於歷史文化聲名的慾／譽望。

楊慎詩文集中圖像題詠的比例甚高，圖像書畫題詠開闢集體文本空間，成爲一種風雅社交的對話紀錄，可以藉此擴展人際圈。這種圖像題詠有時是

餘烈氛氳。挺生英傑，卓爾逸群，孰謂今世，亦有其人。其人伊何？白雲隱君。」見脫脫等撰：王雲五主編：《宋史》（臺北：臺灣商務，2010），卷458。

〔註139〕張俞妻蒲芝，賢而有文，爲北宋女詩人，晚年張俞常和妻蒲芝在白雲溪對弈，或一起游山玩水，載鶴而歸。張俞卒後，蒲芝作《白雲先生誄》，並誄之曰：「高視往古，哲士實殷，施及秦漢餘烈氛氳。挺生英傑，卓爾逸群，孰謂今世，亦有其人。其人伊何？白雲隱君。」見〔元〕脫脫等撰《宋史‧隱逸傳》（北京：中華書局，1977）。

一種詩文雅集的紀錄，楊愼〈爲唐池南題秋江遠眺圖〉道「詞客頻將技癢搔，畫工欲把天機奪。老倦捫蘿與攀葛，倚闌獨把吟髭捋。遙岑寸碧天杵倚，遠目雙明海月掇。開樽披圖興不淺，烏絲欄界玄霜沫。爲君走筆賦新詩，卻笑蕭郎擊銅鉢。」〔註140〕該詩前面描繪〈秋江遠眺圖〉的畫面，後文即敘述雅集實況，文人詞客針對同一幅圖題詠、詮釋，成爲一種文學沙龍（stanley fish）的小眾傳播。

有趣的是，楊愼有時也借題發揮，書寫自我際遇，「故人辭我故鄉去，滇樹遙遙接巴樹。桑落他山共醉時，楓香客路銷魂處。白首遐荒老未還，流波落木慘離顏」〔註141〕，他書寫貶謫悲苦之情，與其它圖詠交疊傳播，成爲一個傳播自我形象的另類園地。

楊愼有許多應時人請託的題詠，〈跋韓石溪所藏九都圖〉「此圖爲宋宣和院畫無疑，卷首題云〈江山萬里圖〉，縑尾題云米元暉筆。……中丞南充韓公石溪藏此圖以示愼，故輒述所見，以印可於大方之家云」，〈跋七姬帖〉「國朝眞行書，當以宋克爲第一，所書七姬帖文，其冠絕也。」〔註142〕藏家請他鑑賞名畫眞僞，一經文化名人評定，成爲名品的保證。而對於圖繪、小像、器物的題詠，如〈題文徵仲碧雞圖送周子籲〉、〈題西湖十景，鄒和峯家藏戴文進畫巨浸秋波〉、〈爲周紺溪題萱草圖〉、〈爲茈山先生書扇〉、〈倪威遠像贊〉、〈倪江村小像贊〉等〔註143〕，題詠是一種不斷增殖的文學活動，是一種歷時性的小眾傳播，這些題詠詩文，也將在文壇間傳播不息。

詩社、圖像、唱和、題詠都是明末清初文人熱衷的活動，然明中葉的楊愼卻早已擅長運用文學操作模式以增加文化資本，創造文學聲譽，可以說是引領文壇新潮的文人。

〔註140〕楊愼〈爲唐池南題秋江遠眺圖〉，《升庵文集》，《楊升庵叢書》，第 3 冊，卷 24，頁 400。

〔註141〕楊愼〈賦得千山紅樹圖送楊茂之〉，《升庵文集》，《楊升庵叢書》，第 3 冊，卷 24，頁 400。

〔註142〕楊愼〈跋七姬帖〉，《升庵文集》，《楊升庵叢書》，第 3 冊，卷 10，頁 220。

〔註143〕〈題文徵仲碧雞圖送周子籲〉，《升庵遺書》，卷 1，頁 690；〈題西湖十景，鄒和峯家藏戴文進畫巨浸秋波〉，《升庵集》，卷 40，頁 600；〈爲周紺溪題萱草圖〉，《升庵遺集》，卷 18，頁 998；〈爲茈山先生書扇〉，《升庵詩文補遺》，《楊升庵叢書》，第 3 冊，卷 3，頁 169；〈倪威遠像贊〉、〈倪江村小像贊〉，《升庵遺集》，卷 26，頁 1102。其它如〈射虎圖爲箬溪都憲題〉、〈題扇贈張愈光〉、〈四知圖贊〉、〈周封君雙壽圖〉、〈書李前渠藩伯公便面〉、〈題扇贈張愈光〉、〈題五老圖遙壽張禺山八十〉。

第五節 評點與撰主形象建構

一、知己讀者李卓吾

　　明李贄（1527～1602）於萬曆五年（1577）任雲南姚安知府，三年期滿，堅決辭官。流寓麻城時期，李卓吾落髮，以「異端」自稱〔註144〕，他的一生／身充滿表演的慾望和訊息。李贄對楊慎十分崇拜，《續藏書》中撰有楊修撰長篇傳記，羅縷敘述楊慎一生諸多事件，稱譽他的人格典範和學術成就，「慎孝友性直，穎敏過人，家學相承，益以該博。凡宇宙名物，經史百家，下至稗官小說，醫卜技能，草木蟲魚，靡不究心多識」，文中又詳列楊慎著作百餘種，可以說是楊慎傳記中最為詳盡的一篇〔註145〕。李卓吾在〈讀升庵集小引〉云「先生人品如此，道德如此，才望如此，而終身不得一試，故發之於文，無一體不備，亦無備不造，雖遊其門者尚不能贊一辭，況後人哉！余是以竊附景仰之私，欲考其生卒始末，履歷之詳，如昔人所謂年譜者，時時置几案間，儼然如遊其門者，躡而從之。」〔註146〕他十分推崇楊慎的人品、道德、學術成就，同情其一生落拓不得一試的遭遇，他把楊慎的年譜置几案間，認為這樣有如親遊其門、睹其面，如躡而從之，建構一個如影隨形的文化偶像。

　　李卓吾著有《李卓吾先生讀升庵集》二十卷，該書批語口氣大致與李卓

〔註144〕李卓吾大概是中國最有名的異端，「所以落髮者，則因家中閒雜人等時時望我歸去，又時時不遠千里來迫我，以俗事強我，故我剃髮以示不歸，俗事亦決然不肯與理。又此間無見識人多以異端目我，故我遂為異端以成彼豎子之名。」見李贄：〈與曾繼泉〉，收於《焚書》，卷 2，收於張建業主編：《李贄文集》（北京：社會科學文獻出版社，2000），頁 48。

〔註145〕參見李贄：〈修撰楊公〉，《續藏書》，《李贄全集注》，（北京：社會科學文獻出版社，2010），第 11 冊，卷 26，頁 258～262。值得注意的是，李卓吾對楊慎之父廷和亦頗為稱譽，李贄：《續焚書·楊廷和》中極力替廷和辯說「世廟初入，據古執禮，公當其時，可謂正直不阿，卓然名世矣，是豈略瑾賣友取容之人乎？此市井之談，愛憎之口，不待辯者。獨大禮議起，人皆是張、桂而非公。余謂公只是未脫見聞窠白耳，若其一念唯恐陷主於非禮，則精忠冠日可掬。故謂公之議有所未當則可，謂公之心有一毫不忠則不可。此趙文肅所以極力為公表也。」見《續焚書注》（北京：社會科學文獻出版社，2010），第 3 冊，卷 3，頁 263。

〔註146〕李贄〈楊升庵集小引〉，見《讀升庵集注（一）》，收於《李贄全集注》，（北京：社會科學文獻出版社，2010）第 16 冊，頁 1。李贄於萬曆 24 年（1596 年）讀楊慎詩文，編撰《讀升庵集》20 卷，以此〈小引〉題於卷首。

吾風格相符，可以說是較可靠的作品〔註147〕。李卓吾選錄楊慎詩文分類成二
十卷，每則文章，採用原標題，或全篇徵引或摘錄，似乎把楊慎的話複述了
一遍，本身就有為楊慎著作宣傳意味。評點是一種閱讀書籍的心得，一種私
人的書邊筆記，經過公開出版進入公共領域（public sphere）。李卓吾意識到讀
者傳承文化的使命，〈與方訒庵〉說：「夏來讀《楊升庵集》，有《讀升庵集》
五百葉。升庵先生固是才學卓越，人品俊偉，然得弟讀之，益光彩煥發，流
光於百世也。」〔註148〕他認為升庵集內容固然卓越，但在他的閱讀、理解下，
經過他的傳播，益添光彩，認為撰者和讀者可共構共榮，使作品生色添光，
也頗有互相標榜意味。李卓吾非常關心著作的流傳與刊刻〔註149〕，在《李卓
吾先生讀升庵集》可觀察到許多文學傳播相關議題。

　　每個評點家和讀者都有自己偏好的閱讀主題，投射各自的傷痛、癖好、
防衛和昇華〔註150〕，《讀升庵集》中李卓吾偏愛選讀楊慎關於身世的感懷，然

〔註147〕楊玉成師指出李卓吾的評點範圍非常廣泛，較可靠的有：經學《九正易因》，
　　　　史學《藏書》、《續藏書》，子學《老子解》、《莊子解》、《陽明先生道學鈔》、《卓
　　　　吾先生批評龍谿先生語錄鈔》、《大慧語錄鈔》等，集部《坡仙集》、《李卓吾
　　　　先生讀升庵集》、《初潭集》，小說《水滸傳》，戲曲《西廂記》、《琵琶記》、《幽
　　　　閨記》、《玉合記》、《紅拂記》等，見氏著〈啟蒙與暴力：李卓吾與文學評點〉，
　　　　收於《台灣文學新視野：中國文學之部》（臺北：五南出版社，2007）。《李卓
　　　　吾先生讀升庵集》原文主要引自李贄著，張建業主編《讀升庵集》（北京：
　　　　社會科學文獻出版社，2010），第 16、17 冊。有一些未見該書評文則參見李
　　　　贄著：《李卓吾先生讀升庵集》，收於《四庫全書存目叢書》（濟南：齊魯書社，
　　　　1995），子部，124 冊。
〔註148〕此觀點受楊玉成師〈啟蒙與暴力：李卓吾與文學評點〉啟發。這一段的後文
　　　　則稱楊慎為楊戎仙，「岷江不出人則已，一出則為李謫仙、蘇坡仙、楊戎仙，
　　　　為唐、宋并我朝特出。」李贄：《續焚書》，收入《李贄全集注》（北京：社會
　　　　科學文獻出版社，2010），第 3 冊，卷 1，頁 23。李卓吾對《易傳》也有類似
　　　　看法，〈與友人〉說：「惟夫子逐字逐句訓解得出，而後文王之《易》燦然大
　　　　明於世。然後之讀夫子之《易》者，又并夫子之言而失之，則如李卓吾者又
　　　　夫子所攸賴，不然，雖有夫子之善解，而朱文公先輩等必皆目之為卜筮之書。」
　　　　見同書，卷 1，頁 119。
〔註149〕參見楊玉成師：〈啟蒙與暴力：李卓吾與文學評點〉，收於《台灣文學新視野：
　　　　中國文學之部》（臺北：五南出版社，2007）。
〔註150〕此觀點參見楊玉成師：〈啟蒙與暴力：李卓吾與文學評點〉，收於《台灣文學
　　　　新視野：中國文學之部》（臺北：五南出版社，2007），頁 49。又霍蘭德（Norman
　　　　N‧Holland）稱這種閱讀主題為「本體主題」，他說：「我發現我可以將不同
　　　　讀者閱讀同一語言時的差別與同一讀者閱讀不同文本時的同一性聯繫起來，
　　　　辦法是尋找那些個人風格——本體。我為每位讀者歸納出一個本體主體，從
　　　　而能夠將其閱讀中的每一再創造理解唯一個積累性本體上的新變體。」霍蘭

後替他點出自況、自寓之情：

> 王逸少在東晉時，蓋溫太眞、蔡謨、謝安石一等人也。公卿愛其才
> 器，頻召不就。及殷侯將北伐，以爲必敗，貽書止之。其識慮精深
> 如是，恨不見於用耳，而爲書名所蓋。後世但以翰墨稱之，藝之爲
> 累大哉。（楊慎〈逸少經濟〉）
>
> 卓吾子曰：藝又安能累人？凡藝之極精者，皆神人也，況翰墨之爲
> 藝哉？先生偏矣。或曰先生蓋自寓也。〔註151〕

> 北海大志直節，東漢名流，而與建安七子并稱；駱賓王勁辭忠憤，
> 唐之義士，而與垂拱四傑爲列。以文章之末技而掩其立身之大閑，
> 可惜也。（楊慎〈孔北海〉）
>
> 卓吾子曰：文章非末技，大閑豈容掩？先生差矣。或曰先生皆自況
> 也。〔註152〕

楊慎認爲王羲之、孔北海、駱賓王等文才洋溢之人，皆因文藝翰墨之業成就
太高，妨礙其經世濟民之業，他們都因文名太盛，掩其事功之名。李卓吾則
根據楊慎「終身不得一試」而遠謫邊隅的生命史，認爲楊慎亦投射了自己只
能以博學豐贍、文學著作傳世之悲，認爲三個文藝成就斐然的文人之感懷，
實爲楊慎投射其身世之感，爲自寓自況之舉，一種另類的自我救贖。關於這
樣的讀法，其實在〈讀升庵集小引〉就有預告，「復有矮子者從鳳吠聲，以先
生但可謂之博學人焉，尤可笑矣！」〔註153〕認爲一般不辨是非，盲目從眾之
人，若以爲楊慎只是博學之人，那就是以管窺天，無知而可笑了。言下之意
有提醒時人、讀者要從諸多面向理解升庵之意。有時李卓吾也會在閱讀心得
之外，加上自己的創作，強化楊慎的投射、感懷：

> 古樂府：「蘭草自然香，生於大道傍。腰鎌八九月，俱在束薪中」。
>
> 孟郊詩：「昧者理芳草，蒿蘭同一鋤」。實本古樂府意。（楊慎〈蘭草〉）

德：〈本體概念能爲心理語言學補充什麼？〉，收入霍蘭德著，潘國慶譯：《後
現代精神分析》（上海：上海文藝出版社，1995），頁138。

〔註151〕原文摘自楊慎〈王逸少經濟〉，收於《升庵集》，卷49，頁405。評文見《讀
升庵集注（一）》，卷8，頁337。

〔註152〕原文摘自楊慎〈孔北海〉，收於《升庵集》，卷49，頁406。評文見《讀升庵
集注（一）》，卷8，頁338。

〔註153〕此句有俗諺「矮子觀場，隨人說妍」及「一犬吠鳳，眾犬吠聲」之意。見《讀
升庵集注（一）》，頁1。

卓吾子曰：升庵先生謂人家盆植如蒲萱者乃蘭之別種，曰蓀與芷耳，
惟葉葉紫莖，春華秋馥，則楚騷所稱紉佩之蘭也。余嘗記漢昭烈皇
帝有「蘭草當門不得不鋤」之語，雖諸葛忠武侯以魚水之歡，竟不
得藉一言而貸之。夫蘭生道傍，可謂混世之極矣，而不免辱於樵豎
之手。挺而當門，可謂庶幾一遇矣，而又不免於入朝之嫉。蘭乎，
蘭乎，將安所處乎？余既無如之何，則戲爲問答二首以紀之，感懷
者無重爲升庵先生之不幸可也。〔註154〕

這一則評文，李卓吾藉「蘭草」（生道傍，不免辱於樵豎之手；挺而當門，不
免於入朝之嫉）以喻君子經世、隱世，進退兩難之況，蘭草自來與屈原、楚
騷連結，加上歷來文人詠誦積累，向來有君子芳潔、高節之德之喻。李卓吾
讀此而詩興大發，抑制不了創作的慾望，在文後補充答問二首，「蘭草貴當門，
當門見至尊。既見至尊已，百鋤何足論？」；「相見翻相惱，不如不見好。寧
爲道傍花，勿作當門草。」〔註155〕問蘭、答蘭二詩以蘭託物影射兩種不同的
處世之道，由原作引出自己的創作，形成一種補充式的閱讀反應。有趣的是，
「感懷者無重爲升庵先生之不幸可也」，李卓吾企盼對君子立身處世有所感懷
者，不要再重蹈楊愼的不幸之遇，一方面是祝福，一方面也是一種同情的發
抒。進一步來說，更是彰顯楊愼不遇於世的坎坷處境。讀楊愼爲他景仰愛慕
的姜備道所作的〈博南謠〉李卓吾亦是有感而發：

瀾滄自失姜兵備，白日公然劫行李。博南行商叢怨歌，黃金失手淚
滂沱。鐵索菁邊山崟峨，金沙江頭足風波。爲客從來辛苦多，嗟我
行商奈若何。

卓吾子曰：古今人情一也，古今天下事勢亦一也，某也從少至老，
原情論勢，不見有一人同者，何哉？故余每每驚訝，以爲天何生我
不祥如此乎！夫人性不甚相遠，而予獨不同，非不祥而何？余初仕
時，親見南倭北虜之亂矣，最後入滇又熟聞土官猓玀之變矣。大概
讀書食祿之家意見皆同，以余所見質之，不以爲狂，則以爲可殺也。
今讀先生集記姜公事，姜公之心正與予合，而先生取之如此，則知
先生唯不用，用必爲姜公無疑矣，先生雖後時見符，前哲亦可以證，

〔註154〕楊愼〈蘭草〉，收於《升庵集》，卷79，頁792。評文見《讀升庵集注（二）》，
卷18，頁294。
〔註155〕李卓吾〈問蘭一首〉、〈答蘭一首〉見《讀升庵集注（二）》，卷18，頁295。

余生之非不祥也，因喜而錄之。〔註 156〕

楊愼十分推崇主張安撫土著盜匪，柔性緩靖滇地的姜備道，其〈兵備姜公去思記〉云「嘉靖初，太倉姜公夢賓擢雲南副使，飭備瀾滄……又單騎躬至夷菁，召譯人傳諭之日：有司頃無爾恤，悉陷爾民爲盜，今吾爾撫，悉令爾盜爲民。皮裳荣食，任爾生息，龍街虎街，貿易往來，爾能從乎。眾皆獲騰獲呼日：……生未嘗見官蒞此地，亦不曾聞此言，有苦莫伸。今上知我心，又恤我生，而今而後，不爲非矣。相率解刀孥，率妻子羅拜。……自是夷民出菁爲市，無異編民，行商宵征，哨堡晏寢，百年來未之前見也。……予聞治盜有道，不在勝之，而在靖之，觀公之跡，足以爲效矣。」〔註 157〕姜備道與李卓吾在政治上主張寬容的態度相同，因此讀之深契。他認爲楊愼如果見用於世，必定能成爲像守護滇地的武將姜備道，成爲痌瘝爲民的良臣。有趣的是，讀者李卓吾也從讀〈博南謠〉中得到力量，原本他以爲自己是不祥的異物，然而讀姜備道事，感楊愼身世之懷，發現前哲之事可證一己之遭遇，因此有「余生之非不祥也」之悟，故喜而錄之。這一則讀後心得，不但宣揚了楊愼一片赤忱忠心爲國的典範，也一併建構自我懷才不遇的形象。

李卓吾讀升庵集，一邊閱讀一邊揣摩楊愼的身世投射，不時流露的同情、感懷的閱讀反應，成爲一個「知己」式的讀者。這樣的評點方式有助於建構或強化楊愼「聊以耗壯心遣餘年」的形象。這樣看來，閱讀反應也是建構作者人格形象的一種模式。

《李卓吾先生讀升庵集》某種程度上，可視爲一種「偶像」崇拜的產物，李贄喜歡模仿楊愼的行徑：

會川五里坡儸儸哨邊，有古梅一株，婆娑陰映，形如曲蓋。封蘚斑駁，文如篆籀，蓋數百年物也。予平生所見梅樹，此爲冠絕。惜乎生于窮山絕域，而不得高人韻士之賞也，玩歎之餘，作此曲焉。

我渡烟江來瘴國，毒草嵐叢愁箐黑。忽見新梅粲路旁，幽秀古艷空林色。絕世獨立誰相憐，解鞍藉草坐梅邊。芬蘊香韻風能遞，綽約仙姿月與傳。根地錦苔迷蟻縫，樹杪黃昏搖鳥夢。飄英點綴似留人，

〔註 156〕〈博南謠〉，收於李贄《李卓吾先生讀升庵集》，《四庫存目叢書》，冊 124，卷 2，頁 331。

〔註 157〕楊愼〈兵備姜公去思記〉，見《升庵文集》，《楊升庵叢書》，第 3 冊，卷 4，頁 145。

顧影徘徊若相送。焦桐橡竹亦何心，中郎一見兩知音。誰謂南枝無
北道，願譜金徽播玉琴。〔註158〕

李卓吾曰：余見吳氏移置古梅一株於山中讀書房，得地矣。而枝條橫
蔓，惡其碍墻撐瓦，時時砍削，幾於無梅。又見曾氏移置古梅一株於
庭之東，亦得地矣。而築土墻以隔之，剪多株以瘦之。其初，蓋古幹
盤結，有甚於楊太史所稱者，故余每見輒恨。偶讀此，遂效嚬。

會川五里坡，古梅正婆娑，根連貴陽竹，影落盤江河。封蘚任斑駁，
寧期太史過。太史而今休怨嘆，我愁正愁俗人看。假饒置我大都中，
冤哉剪伐仍塗炭。君不聞，曾與吳，殷勤亦各移置梅一株。上條棲
雞下聚涸，視我今者又何如。君今傾蓋來相結，曾似山房坐磨滅。
更聞月下吹南枝，東庭玉女恨難歌。〔註159〕

〈南枝曲有序〉爲謫戍荒蠻滇地的楊慎，某日忽見道傍新梅粲然，解鞍藉草
賞梅，而有同是天涯淪落人之感，曲中升庵視梅爲知己，投射了自我身世之
感，此曲看似憐梅，實乃自憐，暗喻遠謫滇雲的失意孤寂。李卓吾讀升庵詩
文後詩興大發，謙稱自己東施效顰（效嚬），觀梅被摧殘有恨，亦爲梅賦詩一
首。詩中以擬人手法（古梅自謂），希望楊慎（太史）這樣脫俗之人（我愁正
愁俗人看），可以欣賞，文中藉梅自言歎惋不知珍惜太史之才之人。有趣的是，
這一則評點中，李卓吾以楊慎與新梅的互憐互賞，比附自己自己於山房賞梅
情境。楊慎就好像一個陰魂不散的典範／偶像，飄盪於閱讀的時空，從李卓
吾的個案，楊慎對當時及後代與之相契文人的影響，可見一斑。

　　李卓吾似乎把楊慎當作一個紙上知己，《讀升庵集》中經常出現幽默的生
活式對話：楊慎〈十樣蠻箋〉中寫到《蜀志》中王衍以霞光箋五百幅賜金堂
令張蠙，尾批「李生白：可惜可惜，何不賜我卓老也」〔註160〕；〈蜜蒙花紙〉
論及晉太康五年大秦國獻三萬幅，帝以萬幅賜杜預，令寫《春秋釋例》，李贄
批「李生曰：與賜杜預寫訓詁文，何如賜李卓吾寫腹中書」〔註161〕。有時他

〔註158〕楊慎〈南枝曲有序〉見《升庵文集》，《楊升庵叢書》，第3冊，卷25，頁409。
〔註159〕李卓吾：《讀升庵集注（一）》，卷3，頁149〜150。
〔註160〕楊慎〈十樣蠻箋〉「韓浦詩曰：『十樣蠻箋出益州。』又有百韻箋，幅長可寫
　　　　百韻。其次學士箋，比百韻短。又《蜀志》載：王衍以霞光箋五百幅賜金堂
　　　　令張蠙。」《升庵集》，卷66，頁644。評文見《讀升庵集注（二）》，卷14，
　　　　頁190。
〔註161〕楊慎〈蜜蒙花紙〉，《升庵集》，卷66，頁645。評文見《讀升庵集注（二）》，

也喜歡和楊慎開玩笑：

> 丘處機論海潮……准何乃晝夜循環不差，度數亦聖功道力不可思議
> 耳，丘長春之說如此，然潮亦有不可知者，如錢鏐射潮而潮退，西
> 陵元兵駐錢塘沙上，三日而潮不至，似有神司之，不可以常理推也。
>
> 卓吾子曰：先生陡然又信起神來。〔註162〕
>
> 方遜志云：「杜子美論書則貴瘦硬，論畫馬則鄙多肉。此自其天資所
> 好耳，非通論也。」大抵字之肥瘦各有宜，未必瘦者皆好，而肥者
> 便非。譬之美人然。東坡云：「妍媸肥瘦各有態，玉環飛燕誰敢輕。」。
> 予嘗與陸子淵論字，子淵云：字譬如美女，清妙清妙，不清則不妙。
> 予戲答曰：**豐豔豐豔，不豐則不豔**。子淵首肯者再。
>
> 卓吾子曰：知先生志在溫柔鄉矣。〔註163〕

實際上李卓吾和楊慎從未謀面，但作者和讀者的文字交會，使讀者（李卓吾）將升庵視為超越時空的友人。李卓吾是一個入戲的讀者，通過認同作用（identification）融入升庵編撰的詩文和議論，他經常與楊慎對話，大部分是認同楊慎論點，評點前會冠以「卓吾曰」，內容從短句如「深中其病」〔註164〕；「至言至言！」〔註165〕；「對得甚妙」〔註166〕；「先生真君子，真知小人心中物矣」〔註167〕；「先生真聰明，先生真蓋世聰明者」〔註168〕；「先生唯恐埋沒古人姓名，先生聖賢豪傑之心也。何可當，何可當！」〔註169〕到一整段的議論都有，如，楊慎〈鍾馗即終葵〉考證沒有鍾馗這個人，「鍾馗」為「終葵」的語訛，李卓吾曰：

卷14，頁191。

〔註162〕〈海潮〉，《李卓吾先生讀升庵集》，《四庫存目叢書》，冊124，卷15，頁472。

〔註163〕〈字畫肥瘦〉，《李卓吾先生讀升庵集》，《四庫存目叢書》，冊124，卷14，頁460。又〈周昉〉一則尾批——卓吾子曰：知先生志在豐城。同書，卷14，頁462。

〔註164〕李贄：〈老子〉，《讀升庵集注（一）》，卷6，頁266。

〔註165〕此評語經常出現，如〈懸榻〉，《讀升庵集注（一）》，卷8，頁340；〈先鄭後鄭〉，卷6，頁285；〈九朽一罷〉，《讀升庵集注（二）》，卷14，頁188；〈俗儒泥谷〉，《讀升庵集注（二）》，卷20，頁347。

〔註166〕楊慎：〈詅痴符〉，《升庵集》，卷71，頁698。評文《讀升庵集注（二）》，卷20，頁390。

〔註167〕〈君子有終〉，《讀升庵集注（一）》，卷5，頁205。

〔註168〕〈鼓刀中音〉，《讀升庵集注（一）》，卷5，頁255。

〔註169〕〈沐繼軒〉，《讀升庵集注（一）》，卷8，頁359。

莫怪他謂眞有其人矣，此物比眞人還更長久也。且先生又安知不更有鍾馗其人乎？「終葵」二字，亦是後人名之耳，後人可以名「終葵」，又後人獨不可以名「鍾馗」乎？假則皆假，眞則皆眞，先生勿太認眞」，又云「蘇易簡又以進士鍾馗，而詭呼硯名爲鍾馗。硯石爲鍾馗，鍾馗爲進士，進士爲大圭首，大圭首，大圭首爲椎，終之一椎而已，先生勿勞也。」〔註170〕

「鍾馗」或「終葵」哪一個才是原初的名字，永遠無法確認，兩者皆只是名稱，「假則皆假，眞則皆眞」，全爲虛像或眞實，要楊愼不必認眞、細究。另一則〈岳忠武施全〉亦直接與楊愼對話，「此論甚當，甚有益風教。倘禮官、言官肯上一疏，則忠武之諡曉然於百世，施全之忠暴白於聖朝矣。不然，人人爲得知也。所望於執事者不淺也」〔註171〕，他不斷召喚楊愼，敬稱其爲先生，試圖與編撰者對談，楊愼彷彿存在於字裡行間令人敬仰的幽靈。李卓吾也是一個激動的讀者，經常當場拊掌稱好，「格言眞格言，屛銘實屛銘」〔註172〕；「言甚恨甚，眞名言也」〔註173〕；「道集好和尙，虎亦妙哉」〔註174〕；「好個靜修先生」〔註175〕，對楊愼強烈的認同溢於言表，這種讀法帶動閱者的情緒，使閱讀成爲一件充滿機趣之事。他有時也揣摩楊愼未說出的話：

> 嘉靖龍集丙辰，侍御松江宋公來按吾全蜀，先聲所屆，風清弊絕。
>
> 暇日寓書愼曰：吾父一嘿翁，壽登七旬，先是耳順之期，有林肖泉文，沾演綸封誥，有陳松谷文。不鄙謂愼，昔從史氏，後猥授簡。
>
> 愼也屛居遐逖，未及拜翁，而因公之號知壽徵矣。
>
> 卓吾曰：一篇笑話到底。又曰：當面辱罵不知。〔註176〕

〔註170〕此兩叚引文引自〈鍾馗即終葵〉，《讀升庵集注（二）》，卷20，頁357。
〔註171〕〈岳忠武施全〉，《讀升庵集注（一）》，卷8，頁360。
〔註172〕〈張九成格言〉，《讀升庵集注（二）》，卷20，頁348。
〔註173〕〈弉仲叔〉，《讀升庵集注（二）》，卷20，頁355。
〔註174〕〈楊軻〉，《讀升庵集注（一）》，卷8，頁341。
〔註175〕〈李密陳情〉，《讀升庵集注（一）》，卷7，頁309。
〔註176〕〈宋封君一嘿壽七秩序〉，《讀升庵集注（一）》，卷1，頁55。又〈封使君〉「古傳記言：漢宣城郡守封卲，一日化爲虎，食郡民。民呼曰『封使君』，即去不復來。其地謠曰：『莫學封使君，生不治民死食民。』張禺山詩曰：『昔日漢使君，化虎方食民。今日使君者，冠裳而噢人。』又曰：『昔日虎使君，呼之即慙止。今日虎使君，呼之動牙齒。』又曰：『昔時虎伏草，今日虎坐衙。大則吞人畜，小不遺魚蝦。』或曰：『此詩太激。』禺山曰：『我性然也。』余嘗戲之曰：『東坡嬉笑怒罵皆成詩，公詩無嬉笑，但有怒罵耳。』」尾評：卓吾復因而譴之曰：果哉，怒罵成詩也，升庵此言，甚於怒罵矣。《李卓吾先

針對德行有虧的松江御使宋公爲其父索壽序，楊慎寫了一篇表面高功頌德，祝賀長命百歲之文，李卓吾則看出楊慎的意圖，直接替他道出沒說出口的話，化身爲一個作者內心的傳聲筒。

李卓吾不但自己讀升庵集，也邀請文友、知交焦竑共襄盛舉〔註177〕，《讀升庵集》中就有數則焦弱侯的評語，人際網絡成爲一種共讀的小社群。觀察其評語，「焦弱侯曰：似雅似俗，最得竹枝之體。劉禹錫後，獨此公耳」；「鬼臾區，黃帝時人；鬼谷子，自是孫龐、蘇張之師，如何可作一人？」；「寧馨，亦如阿堵，皆當時語然，非語助詞」〔註178〕，焦竑的評語褒貶皆有，與其在考據學上的態度相似，（關於焦竑對楊慎在考據學上的追隨、批駁，請參看本文第五章）。有趣的是，有時這種閱讀成爲一種多人對話的眾聲喧嘩：

楊慎：《晉書》云：「王衍口不言錢。晨起，見錢堆床前，曰『阿堵』。」近世不解此，遂謂錢曰阿堵，可笑。

卓吾子曰：彼見錢而稱阿堵，可也；我以錢而稱阿堵，不可乎？先生泥也。舊詩：「語言少味無阿堵，冰雪相看有此君。」言錢與竹也。二語可謂的對。

焦弱侯曰：阿堵，猶言此物耳。顧愷之指眼曰：「傳神寫妙，正在阿堵中」。合此觀之可見，若胡廬山詩：「阿堵中藏徐穉來。」以爲堵墻，益可笑。〔註179〕

生讀升庵集》，《四庫存目叢書》，冊124，卷11，頁434。

〔註177〕李卓吾集中收錄許多寫給焦竑的書信，他與焦竑似乎經常有許多閱讀上的交流，〈與焦弱侯〉「先寄韌丈令送兄覽教，二《解》不知有當兄心不？《南華》如可意，不妨刻行；若未也，可即付之水火」（《焚書》，卷1，頁42）；〈與焦弱侯太史〉「日者如眞寄我《筆乘》二冊，中間弟所讀者過半相合，亦又以見兄於友朋無微善而不彰也。」（《焚書》，卷1，頁50）；〈與焦弱侯〉「六月初，曾有書托承差轉達，想當與常順先後到也。日來與劉晉老對坐商證，方知此事無窮無盡，日新又新，非虛言也。」（《焚書》，卷1，頁42）〈與焦弱侯〉「《焚書》五冊，《說書》二冊，共七冊，附友山奉覽，乃弟所自覽者，故有批判，亦願兄之同覽之也，是以附去耳。外《披仙集》四冊，批點《孟子》一冊，并往請教。幸細披閱。」（《焚書》，卷1，頁106）；〈答焦漪園〉「《李氏藏書》僅抄錄一通，專人呈覽。……今不敢謂此書諸傳皆已妥當，但以其是非堪爲前人出氣而已，斷斷然不宜使俗士見之，望兄細閱一過。」（《焚書》，卷1，頁75）

〔註178〕分別見於〈竹枝詞七首〉，《讀升庵集注（一）》，卷3，頁168；〈鬼谷子〉，《讀升庵集注（二）》，卷20，頁356；〈寧馨〉，《讀升庵集注（二）》，卷20，頁384。

〔註179〕楊慎〈阿堵〉，收於《升庵集》，卷71，頁697。李卓吾、焦竑評語見《讀升

楊愼認爲近人不知典故由來，稱錢作阿堵爲可笑之舉；李卓吾則細分可稱與不可稱的兩種不同情況，認爲兩者不可混淆，爲一種哲學式的解讀；焦竑則進一步補充，「阿堵」亦可作爲代名詞，指「此物」之用，兩人都再舉詩爲證，更豐富「阿堵」的語彙內涵。這種多人表述的情況，使閱讀成爲一個紙上的虛擬社群，在像李卓吾、焦弱侯這樣的「理想讀者」抑或「資深讀者」的帶領下，呼喚讀者的參與、自由表述，增加文本的傳播性。

二、傳述‧傳世：文化傳播力量

評點爲出版文化的產物，本身就呈現文學傳播色彩，李卓吾讀一向重視文學、聲譽傳播的升庵先生文集，在出版文化、讀物的質性、評者風格、閱讀意識下，激盪出許多傳播的議題。李卓吾認爲聖賢和好的著作都會產生驚人的傳世力量：

> 余讀先生文集，有感焉。夫古之聖賢，其生也不易，其死也不易。生不易，故生而人皆仰；死不易，故死而人爾思。于是乎前而生者，猶冀有待于後世；後而生者，又每嘆恨于後時，同時而生者，又每每比之如附驥，比之如附青雲。則聖賢之生死固大矣。……蓋所謂文集者，謂其人之文的然必可傳于後世，然後集而傳之也。則其人之文當皎然如日星之炳煥，凡有目者能睹之矣，而又何藉于敍贊乎？彼敍贊不已贅乎？況其人或未必能文，則又何以知其文之必可傳，而遂贊而序之以傳也？故愚嘗謂世之敍文者，多其無識孫子欲借他人位望以光顯其父祖耳。〔註180〕

李卓吾認爲聖人生、死皆大矣，乃生時冀人仰之，死時冀人思之，又盼依附先輩或名人之後而成名，聲譽傳世的慾望，使生死皆成爲生命不可承受之重。接著他強調粲然的文集可以傳世而「皎然如日星之炳煥」，不必藉敍贊等人際社交網絡傳播，彰顯了文學作品傳播的力量。讀〈李太白詩題辭〉亦有相類闡述：

> 卓吾子曰：……嗚呼！一個李白，生時無所容人，死而百餘年，慕而爭者無時而已。余謂李白無時不是其生之年，無處不是其生之地。

庵集注（二）》，卷20，頁383。

〔註180〕李贄〈讀升庵集小引〉，（北京：社會科學文獻出版社，2010），《讀升庵集注（一）》《李贄全集注》，第16冊，頁1。

亦是天上星，亦是地上英。亦是巴西人，亦是隴西人，亦是山東人，
亦是會稽人，亦是潯陽人，亦是夜郎人。死之處亦榮，生之處亦榮，
流之處亦榮，囚之處亦榮，不游不囚不流不到之處，讀其書，見其
人，亦榮亦榮！莫爭莫爭！〔註181〕

針對楊慎澄清李白祖籍爲蜀地一事，李贄認爲李白因其文學成就流傳後世，
雖生時不見容於人，然死後慕而爭者，不限時、地隨處皆是，其人因文學而
永垂不朽，何處無非其故鄉，何處不榮，故爲莫爭之事。文人因其文集而超
越時空，榮垂萬世，贏得死後之名，提出文學傳播使聲名不朽的傳世問題。
循著傳世留名的聲譽問題，楊慎曾爲池州烈婦唐貴梅作傳，李卓吾讀〈孝烈
婦唐貴梅傳〉而書長文以評：

「孝烈」二字，楊太史特筆也。夫貴梅之死烈矣，于孝何與？蓋貴
梅所以寧死而不自白者，以姑之故也。不然，豈其不切齒痛恨于賄
囑之商，而故忍死矣爲之諱哉？書曰：「孝烈婦」，當矣。死三日而
尸猶懸，顏如生，眾人雖知而終不敢舉。每歲之暮，白月照梅，隱
隱如見，猶冀有知者乎？吁！今之官府，不但此等之死不肯代白，
縱有別項容易表白者，亦必有勢與力而後肯。孰知數千里之外，無
干與之人，不用請求而遂以孝烈傳其事也？楊太史當代名流，有力
者百計欲借一言以爲重而不得，今孝烈獨能得太史之傳以自昭明于
百世，孝烈可以死矣。設使當其時貴池有賢者果能慨然白之于當道，
亦不過賜額掛匾，了一故事耳，其誰知重之乎？自此傳出，而孝烈
之形，吾知其不復重見於梅月之下也！

嗟嗟！毛通判當日之爲，亦只謂貪其賄而人莫知也。貴梅已死，而
誰爲白也？孰知不白於貴池而卒白于新都乎？今《升庵文集》盛行
于世，夫誰不知傳其事于此集之中者？貴池人士咸知有贓吏毛玉受
賄而死逼孝烈以淫也，慈溪人士亦咸知有鄉官毛玉受賄而死逼孝烈
以淫也。毛玉唯無孫子則已，苟有子，則必不敢認毛玉以爲父，苟
有孫，則必不敢認毛玉以爲祖矣。蓋同鄉少年傾慕太史之日久矣，
讀其書，聞其事，則必私相告語，私相告語，未有不竊笑而背罵者。
夫毛玉之心，本欲多積金錢以遺其孫子，使孫子感己也，又安知反

〔註181〕李贄〈李太白詩題辭〉，《讀升庵集注（一）》，卷1，頁65。

　　使孫子不敢認己也哉！太史之傳，嚴於先王之教化明矣，余謂此傳

　　有俾於世教者弘矣，故復亟讀而詳錄之，以爲孝烈之外傳云。〔註182〕

李卓吾認爲楊愼以「孝烈」評唐貴梅十分切當，爲此女子烈行下了一個適當
的註腳。有趣的是，李卓吾進一步指出貴梅有幸得楊太史這樣的當代名流爲
之作傳，得以昭明於百世，死而可瞑目，強調名人賦予的身後之名，此榮耀
力量可以死而冥目，揭示了文字傳述／世的不朽力量。第二段則言「今《升
庵文集》盛行於世」說明楊愼書籍暢銷的實際情況，唐貴梅孝烈事當然也可
隨之遠播，而貪賄之官毛玉之惡名亦隨之遠傳，歷史惡名亦將無所泯滅。最
後李卓吾強調當代名流爲時事時人立言、立傳，可以產生類似新聞傳播的廣
大宣傳威力，甚至因爲出版文化而產生公領域的道德制裁力量。他也指出楊
愼的史傳傳播功力運用在古忠臣義士事蹟上的例子：

　　宋寧宗時，武學生華岳池州人，上疏極數韓侂胄之惡。其略云：程
　　松之以納妾求知，倪、僎以售妹入府，蘇師且以獻妻入閣。黜陟之
　　權，不出於陛下而出於侂胄，是吾有二中國也。命又不出於侂胄，
　　而出於蘇師且、周筠，是吾有三中國也。書奏，侂胄大怒，下之大
　　理，貶建寧圜。工部郡守傅伯成憐之，命獄卒使出入無繫。伯成去
　　郡，岳遂瘐死獄中。岳之忠節，灼灼如此。近觀歷代名臣奏及宋諸
　　臣奏議，可謂詳備，而岳之奏不在其中，乃知古忠臣義士，湮没不
　　聞者多矣，故表出之。（楊愼〈歷代名臣奏議〉）

　　李卓吾曰：不難有華岳，而難有傅伯成也。又曰：與其收而入之名
　　臣奏議之中，孰若表而出之于名臣奏議之外也。在奏議中，而人不
　　聞，孰若先生聞之而使人人莫不聞乎？有先生，無何憂！〔註183〕

楊愼憂心像華岳這樣上疏控訴韓侂胄之惡的忠臣義士，其奏議不見載於《歷
代名臣奏議》，恐湮滅在史冊中，故載其事。李卓吾則認爲留名楊愼筆下，比
留名《歷代名臣奏議》更具傳播的力量，彰顯了楊愼史筆的宣傳力道。除了
宣揚楊愼之功之力，李卓吾也注意到在整個文學、聲譽傳播中的小人物，如
讀〈孝烈婦唐貴梅傳〉時他便寫到傳遞消息者，「升庵之聞，聞於其舅喻士積。

〔註182〕楊愼〈孝烈婦唐貴梅傳〉，收於《升庵文集》，卷11，頁227～228。李贄評文
　　　　見《讀升庵集注（一）》，卷2，頁89～90。
〔註183〕楊愼〈歷代名臣奏議〉，收於《譚苑醍醐》，《楊升庵叢書》，第2冊，卷1，
　　　　頁298。李贄評文見《讀升庵集注（一）》，卷8，頁361。

士積夙游貴池，親見其事，曾爲詩以弔之，故升庵作傳，據載士積見聞始末，以士積可信也。然則此傳不但孝烈婦藉以彰顯，士積亦附以著名矣，傳豈徒作耶！」〔註184〕認爲傳遞消息的人，可藉以附以著名，指出傳記兼具多種傳播功能。李卓吾也注意文化傳播的物質性問題，他喜讀升庵圖、碑之文：

> 漢碑多不著作碑文人姓名，而此碑之末續書，建安十年三月上旬造，石工劉武良鐫，何也？日古人以鐫石爲一難事，故書之以傳。魏受禪碑書鍾繇鐫，以一代貴臣文宗，而親雕鐫之役，古人之重文藻，而必欲永其傳如此。顏魯公書恒，令家僮鐫之，李北海書碑，多手自鐫，其云元省已刻，或云伏靈芝刻，或云黃鶴仙刻，皆北海自鐫也。今之立碑，草草而付之拙劣之書，鐫者又非良工，宜其貽庾子山驢鳴犬吠之誚矣。（楊慎〈樊敏碑跋〉）
>
> 卓吾子曰：鐫石，技也，亦道也。文惠君曰：「嘻，技蓋至此乎？」庖丁對曰：「臣之所好者道也，進乎技矣。」是以道與技爲二，非也。造聖則聖，入神則神，技即道耳。技至于神聖所在之處，必有神物護持，而況有識之人歟？且千載以後，人猶愛惜，豈有身親爲之而不自愛惜者？石工書名，自愛惜也，不自知爲石工也。神聖在我，技不得輕矣。否則，讀書作文亦賤也，寧獨鐫石之工乎？雖然，劉武良以精鐫書名可也，今世鐫工，又皆一一書名碑陰何哉？學步失故，盡相習以爲當然，可笑矣！故雕鐫者工，則書鐫者姓名，碑蓋借鐫而傳也。鐫者或未甚工，而所鐫之字與其文，或其人之賢，的然必傳於世，則鐫石之工亦必鐫名以附之。所謂交相附而交相傳也。蓋技巧神聖，人自重之。能爲人重，則必借於人。然元祐奸黨碑，石工常安民之懇求勿鐫姓名於其後，又何耶？〔註185〕

此圖贊系殷仲容撰，書則歐陽詢筆。元學士王惲，復寄恨於附驥，跋其後云：「物之賢否一定，論其遇不遇可也。昭陵六馬，天降毛龍，授之英主，俾翦隋亂。及其成功，琢石爲像，題眞以贊，何其幸也！宜其聲華氣焰，上與房駟爭光，故潼關之役，備體流汗。神矣！如昭烈之的盧，冉閔之朱龍，名雖

〔註184〕楊慎〈孝烈婦唐貴梅傳〉，收於《升庵文集》，《楊升庵叢書》，第3冊，卷11，頁90。

〔註185〕楊慎〈樊敏碑跋〉，收於《升庵文集》，《楊升庵叢書》，第3冊，卷10，頁221。評文見《讀升庵集注（一）》，卷2，頁92。

存而形何見焉。」（楊慎〈唐太宗昭陵六馬圖贊〉）

  李卓吾曰：昭陵六馬，成此武功，刻石秦中，奕世嘶風。書者歐陽
  詢，贊者殷中容，當時刻石之工，胡不使之附驥尾而名亦重乎？〔註186〕

第一則評文針對楊慎比較古今碑文雕鑴工匠之用心、良莠，李卓吾認爲碑蓋借鑴交相附而交相傳，其技巧神聖，雕鑴之工亦不得輕忽。第二則則點出繪者、書者、贊者、刻石之工，都因唐太宗昭陵六馬圖而名垂不朽。李卓吾關注到文化傳播周邊的物質性問題，他認爲傳播爲一集體共生共榮的體系。如果這些文藝／文化傳播周邊人物可以附驥尾而名亦重，那後世的讀者呢？李卓吾似乎也把閱讀當作一種自我傳播的舞台，經常有即興演出：

  程宣子銘曰：「石筋山脈，鍾異於茶。馨含雪尺，秀啓雷車。采之擷
  之，收英斂華。蘇蘭薪桂，雲液露身。清風兩腋，玄圃盈涯。」按
  毛文錫《茶譜》云：「茶，樹如瓜蘆，葉如梔子，花如薔薇，實如栟
  櫚，枝如丁香，根如胡桃。」（楊慎〈茶夾銘〉）
  李卓吾有〈茶飲銘并序〉云：唐右補闕綦毋旻著《代茶飲序》云：「釋
  滯消壅，一日之利暫佳；瘠氣耗精，終身之害斯大。獲益則歸功茶
  力，貽害則不謂茶災」。讀而笑曰：「釋滯消壅，清苦之益實多；瘠
  氣耗精，情欲之害最大。獲益則不謂茶力，自害則反謂茶殃。」吁！
  是恕己責人之論也。乃銘曰：我老無朋，朝夕唯汝。世間清苦，誰
  能及子。逐日子飲，不辨幾鐘。每夕子酌，不問幾許。夙興夜寐，
  我願與子終始。子不姓湯，我不姓李，總之一味清苦到底。〔註187〕

楊慎錄程宣子〈茶夾銘〉、毛文錫《茶譜》，李卓吾則受到啓發，想到綦毋旻著《代茶飲序》，並自作〈茶飲銘并序〉，等於是在讀本之外，另外衍生新的創作。〈茶飲銘〉李卓吾自述老而孤寂清苦的處境，這樣看來，評點成爲他自抒懷抱，文學展演的另類天地。

  《李卓吾先生讀升庵集》在當時引起許多迴響，邊緣的楊慎加上異端追隨者李卓吾，兩人都是出版界達人，也都出版許多「暢銷書」，名人讀名人之讀後感，話題性、宣傳性十足，有助於李卓吾聲譽及楊慎身後名的傳播。

〔註186〕楊慎〈唐太宗昭陵六馬圖贊〉，《升庵集》，卷53，頁464。評文見《讀升庵集
   注（二）》，卷17，頁256。
〔註187〕楊慎〈茶夾銘〉，《升庵集》，卷53，評文見《讀升庵集注（一）》，卷9，頁
   415。

　　除了《讀升庵集》上的同情理解、欣賞附和，視楊慎爲偶像的李卓吾，在縱放行徑、思想也受其影響，李卓吾留連妓院；不避世俗眼光的狂放展演；寬容的政治態度；強烈的傳播／世慾望等，都可見楊慎的影子，其後李卓吾直接影響了晚明公安派等文人，如果李卓吾自稱「異端」，那麼楊慎堪稱異端的「典範」，晚明諸多狂放人士的先驅。

第六節　病療書寫與撰述傳世：自傳性展演

自傳性慾望

　　疏理楊慎生命史，可以發現他的展演性極強，似乎是有意識地進行一項自傳性形塑的龐大作業，也留給後人參與形象共構共塑的線索。自大禮議遭貶謫後，楊慎的書寫經常是病苦不離身；謫苦不離心，這章節要探討的是，楊慎藉由這些病痛、苦難、療癒的書寫，試圖締造一個怎樣的的自我形象（intended self-image）？堪稱明人第一的撰述成就與貶謫者形象如何互構互塑？又受難者──楊慎如何藉以傳播文化聲譽？探析楊慎的生命史，可以發現社交、傳播、編撰、出版、讀者、聲譽都是他關注的要點，且與建構自我形象密不可分。

一、病‧療書寫

　　病痛、遷謫之苦交織於楊慎的雲南生命時空，由於之前嚴酷廷杖造成的杖傷造成痼疾，身體的痛通到靈魂，加上異域／抑鬱風土不服，楊慎遷謫滇雲三十餘年，一直在病痛中度過，年過六秩體衰力竭更甚，「奉別左右，今三十年，執事年踰耳順，而不肖又加三年矣。松柏之姿經霜逾茂，蒲柳之質望秋先零，古語云然，而今也驗之矣。<u>甲申之秋，受廷杖者再</u>，髀間痕跡磊磊，每天陰痛不可必，近來尤劇。加以目昏足軟，左臂已不能持，朝露溘見，近在旦夕。」〔註188〕病、苦交織，死亡漸漸逼近，政治力和生命似乎都是無法掌握之事。雖人在邊徼，沈痾老病之身卻時有報國盡忠之志，「九絲城寨控諸蠻，舊是鴉飛不到山。深菁篝筹何太毒，橫江烽燧不曾閒。蘿櫚列哨誰傳箭，高琪孤城只閉關。安得班超投筆起，戎州暫得破愁顏」，「炎荒避地廿年過，杞國憂天奈爾何。雜種犬羊紛北虜，妖氛牛斗更南倭。」〔註189〕二詩言及雖在病中，但仍牽掛國家

〔註188〕楊慎〈與同年書〉，《升庵遺集》，《楊升庵叢書》，第 3 冊，卷 25，頁 1086。
〔註189〕〈病中秋懷八首〉其四及其八，《升庵文集》，《楊升庵叢書》，第 3 冊，卷 28，頁 444～445。友人劉大昌亦談及升庵始終心繫國事之耿耿忠心「遷謫如蘇

邊疆安危，只是遠謫蠻域，實在無法爲國效力，面對內亂外患實無可奈何。「魚鳧今日是陽關，九度長征九度還。何補干城與心腹，枉教霜雪老容顏。」〔註190〕詩中以蜀地永寧魚鳧關比擬西域要塞陽關，言己謫戍屢經永寧，但身爲戍卒，卻無補於邊務，壯志未酬，身先老，故有「枉教霜雪老容顏」之感。這種報國無門的無奈和失落，是楊愼謫居生活中經常抒發之慨。

他一直企求能回中原，也作了多方陳情的努力，「有一可歸之策，敢以爲告。走發戍明旨，有永遠字樣，凡軍政條例，年六十者，許子姪替役。屢陳於軍衛及當道，皆唯唯轉相推調。……聞巡撫鮑公乃年兄受業門生，乞念異姓骨肉之愛，詳作一書與之，令照軍政條例放歸，得還首丘之願，一子留滇，於情法兩盡矣。特遣人往，惟速賜華扎，更得特遣一人來滇促之，必見成事而後返，斯得實受其惠，死而不朽矣。」〔註191〕但至老依舊賜還無望，「七十餘生已白頭，明明律例許歸休。歸休已作巴江叟，重到翻爲滇海囚。遷謫本非明主意，網羅巧中細人謀。故園先隴痴兒女，泉下傷心也淚流。」〔註192〕甚至有「死者爲滇海之遊魂，生者爲異域之乞丐」〔註193〕；「落窂重逢下石人，七旬衰病命逡巡。藤蘿深箐猿猱穴，瘴癘窮山虎豹隣。枯木幾時霑雨露，戴盆何地見星辰。元夫幸遇暌孤日，寂寞寒灰也望春」〔註194〕之無奈。年至七秩，身體上的衰病沈痾更加重他的哀感，但細究其留下的詩文，可以發現潛藏其中一股頑強的意志力流淌，對抗病、謫的生命不可承受之重，甚至楊愼

黃，而晦跡自如，白首窮荒，忠貞彌篤。」參見氏著：〈楊氏厄言序〉，《升庵著述序跋》，頁89。

〔註190〕楊愼〈魚鳧關〉，《升庵文集》，《楊升庵叢書》，第3冊，卷35，頁547。

〔註191〕楊愼〈與同年書〉，《升庵遺集》，《楊升庵叢書》，第3冊，卷25，頁1088。

〔註192〕〈六月十四日病中感懷〉，《升庵文集》，《楊升庵叢書》，第3冊，卷29，頁471。

〔註193〕參見楊愼〈與同年書〉，《升庵遺集》，卷25，頁1086。該書亦寫及求情事宜，貶謫數十年間楊愼曾多次陳情恢復自由之身未果「一旦奄忽，輕於鴻毛。險途二千餘里，賊寇櫛比，虎豹縱橫，而舟楫不通，人力又艱，死者爲滇海之遊魂，生者爲異域之乞丐必矣。……屢陳於軍衛及當道，皆唯唯轉相推調。」；該書又再次向當局陳述一己之企盼「今介翁在首相，斯文極厚者，亦欲走歸，而撫鮑公乃年兄受業門生，念異姓骨肉之愛，詳作一書與之，令照軍政條例放歸，得還首丘之願，一子留滇，於情法兩盡矣。特遣人往，惟速賜華扎，更得特遣一人來滇促之，必見成事而後返，斯得實受其惠，死而不朽矣。今之交遊，動輒以前恩詔相寬慰，有深知京師機括者云，將有冊立，言路必首以爲言。雖意在寬宥，反成阻滯，前此已有覆轍，決不可望矣。高明幸俯念之。力疾執筆，無任隕越南望之至。」

〔註194〕〈廣心樓夜宿病中作〉，《升庵文集》，《楊升庵叢書》，第3冊，卷29，頁466。

以病、謫作為締造自我形象（intended self-image）的符碼，形塑一個更顯眼、更聞名於世的受難者。

　　不管謫臣身份，在當時場域是一種「污名」（Stigma），還是「聖名」，這種「受難者」身份的建構，可視為一種社會訊息的傳達。社會學家高夫曼：「訊息是透過相關個人，以身體表達來向直接在場的接收者傳達。合乎這些特質的訊息可稱之為『社會的』（social）訊息。有些傳達社會訊息的符號經常垂手可得，人們也習慣地尋找與接收這些符號；這些符號為『象徵』，「特定象徵所傳達的社會訊息，可能只是確認了其他符號告訴我們關於這個人的事情，以豐富且無庸置疑的方式充實了我們對他的想像」，「藉由象徵所傳達的社會訊息，能透建立一種對聲望、榮譽，或值得擁有的階段位置的獨立宣言。」〔註195〕而病體、謫臣典範（屈原、蘇軾、柳宗元）、蠻域／景這些元素經常出現在楊慎詩文中，緬懷這些生命史與自己相類的經典謫宦／患，與之類比、產生聯繫，等於是繼承了一個悠久、懷古的文化傳統，成為建構自我形象的象徵符碼和傳遞社會訊息的有力文化資本。

　　老病與謫戍交疊的描寫在楊慎詩文中經常出現，「商秋涼風發，吹我出京華，赭衣裹病體，紅塵蔽行車。」〔註196〕打從貶謫那一刻開始，他就是帶著病體上路的，「乙酉正月至雲南，病馳萬里，羸憊特甚。棲棲旅中，方就醫藥，而巡撫臺州黃公衷促且甚，公力疾冒險抵永昌，幾不起。」〔註197〕有趣的是，這則「力疾抵戍所，幾不起」的記載受許多人的關注，史家、學者都不斷強調他所受到的身體催折，在楊慎的相關傳記中，幾乎都可讀到〔註198〕，似乎身體上的摧殘，更能夠反映或彰顯社會上的不正義，理查・桑內特（Richard Sennett）說「藉由關心其他人的痛苦，我們可以模仿出對於十字架上的耶穌所產生的宗教情感。……從社會學來看，他引爆了一個炸彈。他教導我們，

〔註195〕高夫曼（Erving Goffman）著，曾凡慈譯：《污名：管理受損身份的筆記》（臺北：群學，2010），頁 53。「這樣的符號一般稱為『地位象徵』（status symbol），雖然「聲望象徵」（prestige symbol）可能更貼切。……聲望象徵可對照於污名象徵（stigma symbols），後者指的是某種符號，特別吸引我們注意到不利的身份落差，打破在其他方面協調一致的整體圖像，導致我們對這個人的評價降低。」見同書，頁 54。
〔註196〕〈恩遣滇戍紀行〉，《升庵文集》，卷 15，頁 274。
〔註197〕簡紹芳著：《贈光錄卿前翰林修撰升庵楊慎年譜》，收於《楊升庵叢書》，第 6 冊，附錄，頁 1277。
〔註198〕李贄、錢謙益、張廷玉等在撰寫楊慎傳記時，皆記載此事。

在我們的身體裡有一把倫理的尺，可以用來判斷社會上的規則、權利與特權：這些東西如果越能造成痛苦，就表示我們的身體越能感覺到它的不正義。」〔註199〕楊慎詩文經常交錯貶謫、病體的情境，「走傴弱之軀，不耐瘴癘，戊子春月，忽中末疾。篤癃沉痼，行動仰人，窮荒絕域，乏醫鮮藥，閉門抱影，越歲踰時」；「易積而難撥者，惟悶而已矣。況孤臣之謫九年，懿親之隔千里。始心折而骨驚，漸形茹而神蕊，滴滴玄壺，遲遲華晷，夢糾魄而升魂，寤撫膺而鳴指」；「還思減藥囊，天涯故人少。」〔註200〕綜觀楊慎詩文，謫居滇地的生活似乎病不離身。而杖傷的病足，也經常成為感懷的標誌，「慎也投荒今五年，蹻來臥病左足偏。臨床伏枕與子別，心斷神傷魂黯然。憶昔去國行戍邊，弔影纍纍入瘴烟」〔註201〕，「老覺戎行倦，行驚旅力衰。半人嘲鑿齒，一足笑虞夔。歲月丹臺隔，煙霞藥鼎隨。所思眇天末，吊影自荒陲。」〔註202〕因謫而病，痼疾難癒，淒愴孤寂，病足半廢，病痛跛足加深了貶謫人生的悲劇性。

　　有時異域蠻荒景象，天涯遊子、海畔孤臣的處境，也成為點染悲劇的符碼，「憶昔去國行戍邊，弔影纍纍入瘴烟。永昌試問在何處？都門相違萬三千。虎豹晝橫林箐側，魑魅夕度關山顛」〔註203〕，「藤蘿深箐猿猱穴，瘴癘窮山虎豹隣。枯木幾時霑雨露，戴盆何地見星辰」〔註204〕，在這些詩句中，滇地異域景象如虎豹如猿猱，化身為張牙舞爪的獸，徹底被被妖魔化了，攫奪吞噬懷抱理想的知識份子之雄心壯志，使他只能「悲來瘴海凋霜鬢，愁聽山樓咽暮笳」〔註205〕，「豈意飄零瘴海頭，嘉陵回首轉悠悠。江聲月色那堪說，腸斷

〔註199〕 參見理查‧桑內特（Richard Sennett）著，黃煜文譯：《肉體與石頭：西方文明中的人類身體與城市》（臺北：麥田，2003），頁215。

〔註200〕 〈與金鶴卿書〉，《升庵文集》，卷6，頁176；〈無悶篇有序〉，《升庵文集》，《楊升庵叢書》，第3冊，卷11，頁230；〈高峴臥疾喜簡西崿至自滇城〉，《升庵文集》，卷18，頁318。

〔註201〕 〈伏枕行贈嚴應階嚴名時泰〉，《升庵文集》，卷39，頁592。

〔註202〕 〈病中排悶〉，《楊升庵叢書》，第3冊，《升庵遺集》，卷8，頁829。

〔註203〕 〈伏枕行贈嚴應階嚴名時泰〉，《升庵文集》，《楊升庵叢書》，第3冊，卷39，頁592。

〔註204〕 〈廣心樓夜宿病中作〉，《升庵文集》，卷29，頁466。其它如「蕭條滇海曲，相思隔寒燠，蕙風悲搖心，菌露愁沾足。山高瘴癘多，鴻雁少經過，故園千萬里，夜夜夢烟蘿」〈江陵別內〉，《升庵文集》，卷16，頁282；「夢回髣髴鈞天奏，腸斷蕭條海角亭」〈春興八首〉，《升庵集》，卷26，頁195。

〔註205〕 〈春興八首〉，《升庵集》，《楊升庵叢書》，第3冊，卷26，頁195。

金沙萬里樓。」〔註206〕楊愼也經常或明或暗援引典範謫人屈原，類比於自我的貶謫遭遇，「汀洲春雨搴芳杜，茅屋秋風帶女蘿。心事未從詹尹卜，生涯聊聽楚童歌」〔註207〕；「遙想生還成幻夢，縱令死去有誰憐。眼前難縮壺中地，何問靈均楚國天」〔註208〕；「山鬼嘯歌搴薛荔，海童奔走薦芳蘋。經過此地同揮淚，況是江潭放逐臣」〔註209〕，屈原經常是楊愼貶謫展演詩文中的要角，以屈原帶出謫臣之思之悲，「屈原」是一個具有鮮明謫難色彩的象徵符碼，類比屈原生命史等於將自己帶入悠遠的謫臣系譜中，增益自我文化資本。

回不去的京城，知識份子失落的理想，使謫人經常有此生無望、無用之感，「愁心冷不春，病眼夜難晨。蝴蝶成虛夢，芭蕉喻幻身。枕乾垂老淚，門絕問奇人。惟藥添無量，呻吟似飲醇」〔註210〕；「子行高步隘九州，我病崔隤思一丘。水蛩草駏那忍棄，雲鵬籬鷃難相求」〔註211〕；「男子志四方，焉能守一丘。……海曲歌五噫，天末詠四愁」〔註212〕，這些生命理想的失落、無寄形成一種英雄無用武之地之感，成爲貶謫者生命的低迴。以痛苦形塑自我，病痛、妖魔化的蠻域、跛足、典範謫人屈原、無用感都成爲楊愼形塑受難者形象的重要象徵符碼，形構了立體深刻的謫宦苦難形象，也都成爲傳遞謫／節臣污名／聖明社會訊息的有力文化資本。

二、病榻手吹：病痛私語與傳世意志

中晚明療病話語盛行，從嘉靖、隆慶開始出現一種病榻絮語的潮流：楊愼《病榻手吹》、李豫亨《推篷寤語》（1570）、陸樹聲（1509～1605）《病榻寤言》（1592）、耿定向（1524～1596）〈病間寤言〉等紛紛問世。陸樹聲《病榻寤言》以病人口吻敘述哲學、宗教、醫療等雜感，帶有反省、懺悔的意味〔註

〔註206〕〈宿金沙江〉，《升庵文集》，《楊升庵叢書》，第3冊，卷25，頁411。

〔註207〕〈懷歸〉，《楊升庵叢書》，第3冊，《升庵文集》，卷27，頁436。

〔註208〕〈楊林病榻羅果齋太守遠訪七十行戍稿〉，《升庵集》，卷29，頁215。

〔註209〕〈謁二忠祠〉，《升庵集》，卷26，頁196。其它如「江郭西偏寂不喧，卜居草草結檽軒。薜珠樓接芸香閣，紫洞天環薛荔垣」〈病中秋懷八首〉，《升庵文集》，《楊升庵叢書》，第3冊，卷28，頁444。

〔註210〕〈春月臥病至夏首〉，《升庵集》，卷19，頁162。

〔註211〕〈伏枕行贈嚴應階嚴名時泰〉，《升庵文集》，《楊升庵叢書》，第3冊，卷39，頁592。

〔註212〕〈東望樓南中謫居五詠〉，《升庵集》，卷16，頁139。

〔註213〕楊玉成師：〈病人絮語：晚明張大復的疾病與書寫〉，頁5。該論文發表於2011年中研院文哲所明清前瞻國際學術研討會，感謝楊老師賜贈大作供筆者參考。

213〕；另一類型是病榻回憶錄，如高拱（1513～1578）《病榻遺言》（1573）、陸鈛《病逸漫記》，在書寫中抒發疾病之苦，分享療癒心得，中晚明各種疾病話語、病人私密手記大量湧現，成爲出版生態的奇異風光。

楊愼《病榻手欥》、《蜟鋑觟筆》二書，卻是另類的疾病話語。「欥」解釋事理之詞，楊愼自釋「鋑」謂彭祖，冀困中能得永年也，《爾雅》注：觟，病極也，皆病苦中著〔註214〕。但這兩本書卻迥異於其他病榻絮語療病雜感的潮流，二書以短篇條列形式呈現，內容主要爲各類考據成果，延續楊愼對考據學的學術愛好。《病榻手欥》、《蜟鋑觟筆》〔註215〕充滿對名物探原辯證的資料，辨明：蠻煙蜑雨、秦首十月、野燒、流黃簟、蜀之三江、延香、碧琳腴、鬭釘、女麴、吹臺、女麴等關於天文、地理、日用器物、園林、飲膳等相關物質、自然文化常識；也延續獵奇尚異之風介紹了：古碑有神物護持、鹽泉油井、葦橋、蠻之類八、影國、茄人城、權德輿奇語、劉騎善射等各地新鮮事；亦賞析陳摶詠瀑布；歷來詩歌「豔雪」二字工緻新穎佳篇；「分沙漏石」極造語之妙；翻著襪作文法；小說、等身書等文學知識〔註216〕。

二書雖是病亟之作，但嚴格來說眞正與療病、修養生息有關的內容，大概只有三條：〈鼼瘃〉條：「茄子根煎湯浴足，能治鼼瘃，鼼瘃足跟凍瘡也」；〈洗石〉條「《山海經》鋑來之山多洗石，注洗石可以爽體去垢介」；〈爲善最

〔註214〕 參見王文才：《楊愼學譜》，頁282。

〔註215〕 以下此二書內容參見陶珽編：《說郛續》，收於《續修四庫全書》（上海：上海古籍，），子部‧雜家類，冊1191，卷21，頁15上～20上。

〔註216〕 〈陳摶詠瀑布〉「琉璃潘處玉花飛」（《病榻手欥》，頁17）；〈翻著襪法〉「知梵志翻著襪法，則可以作文，知九方皋相馬法，則可以觀人文章。」（《病榻手欥》，頁20上）；〈豔雪〉「韋應物〈答徐秀才詩〉云：『清詩舞豔雪，孤抱瑩玄水。』極其工緻，而豔雪二字尤新，又〈五絃行〉云『如伴流風縈豔雪，更逐落花飄御閣』，又〈樂燕行〉云：『豔雪凌空散，舞羅起徘徊』，屢用豔雪字，而不厭其複也，或問予雪可言豔乎，予曰：『曹子建《洛神賦》以流風迴雪比美人之飄搖，固自有豔也，然雪之豔，非韋不能道杴花之香，非太白不能道竹之香，非子美不能道也。』」（《蜟鋑觟筆》，頁15）〈等身書〉「宋賈黃中幼日聰悟過人，父師取書與其身相等，令讀之謂之等身書。張子野詞等身金誰能買此好光景。」（《蜟鋑觟筆》，頁16）；〈小說〉「說者云，宋人小說不及唐人，是也。殊不知唐人小說不及漢人。如華嶠《明妃傳》云：『豐容靚飾，光明漢宮。顧影徘徊，聳動左右』。伶玄《飛燕外傳》云：『以輔屬體，無所不靡』。郭子橫《麗娟傳》云：『玉膚柔軟，吹氣勝蘭。不欲衣纓拂之，恐體痕也。』」（《病榻手欥》，頁18）；〈分沙漏石〉「酈道元《水經注》形容水之清徹云『分沙漏石』又曰『淵無潛甲』又曰『魚若空懸』又曰『石子如樗蒲』皆極造語之妙。」（《病榻手欥》，頁19）。

樂〉條「《書》云：民訖自若是多盤注云：民之行巳盡用善道是多樂也，東平王蒼曰：『為善最樂』周公曰『心逸日休』內典云『為善若熟種種快樂』亦是此意」〔註217〕，關注浴足藥方、洗石沐浴大概與楊慎長久以來的足病、杖傷沈痾有關，「為善得樂」則關乎逸心修養，以利病中療心安神。要問的是，為什麼病入膏肓中的楊慎，他關心、談論的不是關於病痛的呻吟、療病心得抑或病中的體悟，而是心心念念於學術考據、著作立說？如果死亡是個人時間的終點，那楊慎究竟關心或企圖留下什麼？是否有一個超越死亡，沒有終點的願力支撐著他的意志？

楊慎為明朝著書立說產量最多的學者，他生平的著述高達四百餘種，貶謫滇地後他不斷編著撰述，一直到生命的盡頭「或述其成製，或演以新文。……異鄉索居，枕疾罕營，為之猶賢，聊以永日」〔註218〕，「慎自長至前後，衰病忽作，近日又目皮上生一瘡，半面作腫，坐起食視，皆礙且妨，奈何奈何！豈可以常病視之耶？伏自思念，年來萬慮灰冷，惟文字結習未忘，頗以此自累而招罪。」〔註219〕許多忠實讀者也讀出楊慎這種移情、寄寓之志，「太史既用直言，逢世廟震怒，遠徙荒裔，賜玦終身。幽愁孤憤，日惟博綜千古，以自寄其寥廓不平之感。……於焉著書百有餘種」〔註220〕，「有明三百年，著作之富，以吾邑楊升庵先生為最。……投荒以後，益肆力於筆墨，窮愁著書，不下四百餘種。」〔註221〕可以發現他賴以超越遷謫窘難、身體病痛、人生理想失落的精神資源是「立言」不朽傳世的慾望：詩文、文學、文史、思想及更廣義的文化，這一股力量支撐楊慎在蠻境異域三十餘年，楊慎締造自我形象（intendedself-image）之一就是以一個文化的承載、傳遞者自期、自許／詡〔註222〕。

〔註217〕分別見於《蜆籛瑣筆》，頁17上；《病榻手欥》頁17下及頁19下。

〔註218〕〈異魚圖贊引〉，《升庵遺集》，《楊升庵叢書》，第3冊，卷24，頁1079。

〔註219〕楊慎〈與罔山書〉，《升庵詩文補遺》，《楊升庵叢書》，第4冊，卷1，頁74。

〔註220〕〔萬曆〕閭調羹〈異魚圖贊序〉，見《異魚圖贊》，《楊升庵叢書》，第2冊，頁919。

〔註221〕鄭寶琛〈總纂升庵合集序〉，收於王文才、張錫厚編：《升庵著述序跋》（昆明：雲南人民出版社，1985），頁63。

〔註222〕嚴志雄師〈自我技藝與性情、學問、世運——從傅柯到錢謙益〉一文主要在探究錢謙益如何面對、描畫並企圖克服老病帶來的焦慮與困境，他認為錢氏賴以超越的精神資源是「文」：詩文、文學、文史以至於為義更深廣的文化。這與楊慎面對生命的精神寄託，頗有相類之處，筆者受此此文啟發甚多。參見嚴文，收於王瓊玲主編《明清文學與思想之主體意識與社會——文學篇》（臺北：中研院文哲所，2004），頁416。

　　漫長的遠謫生涯中，楊慎經常處於病體／心狀態，每每病亟之際，文學創作總支撐病體，「衰鬢難禁日，幽憂不寐時。棘籬嗥夜犬，茅棟笑寒鴟。展轉那堪說，呻吟強作詩」〔註223〕，「病起一陽來復，吟成長夜方中」〔註224〕，「魑魅儦客八千里，羲皇上人四十年。怨誹不學《離騷》侶，正葩仍爲風雅仙。知我罪我《春秋》筆，今吾故吾《逍遙》篇。中溪（李元陽）半谷（張含）池南（唐錡）叟，此意非公誰與傳」〔註225〕，創作的激情，形成抵禦病魔的頑強生命力，〈訣三公詩〉中希望藉三人的春秋之筆載以流傳，展現強烈傳世慾望。有時文學不但陪伴病身，也適時產生療癒的神奇力量：

> 余也疾疢悶困之日久矣，弔影獨坐。有冰壺承子，來自成都，惠然過我鳳嬉亭上，清談相對，積日彌旬。又見鶴池、方池、草池三余之名藻，欣若誦之，不知沉痾之去體也。〔註226〕

> 禺山張子愈光，髮益短，才益長，齒日衰，詩日盛。近作《結交行》凡七百八十八字，紀海內交遊名士，著升沉，感今昔，蓋高允同儗杜子美《八哀》之遺意也。……或有工於詆訶者曰：是不亦多乎哉，養生奚以詩爲也。楊子解之曰：養生奚可廢詩也。魏伯陽《參同》一編，實建安之先鞭，陰長生自叙三詠，乃風雅之後乘。不知昌盧中，無論鍾離子，養生奚可廢詩也。或又曰：爲政何以詩爲。楊子解之曰：爲政奚可廢詩也。重華作歌，皋陶載賡，神禹有訓，五子爰述，爲政奚可廢詩也。或又曰：聖學何以詩爲。楊子解之曰：聖學奚可廢詩也。孔子刪《國風》《雅》《頌》之詩，立溫柔敦厚之教，楚狂接輿而歌，則欲與之言，鮑龍跪石而吟，則亟爲之下，學聖奚可廢詩也。〔註227〕

〈無悶篇〉論及因閱讀詩文沉痾去體而無悶，強調文字具有療癒身心的神奇效果。〈跋張愈光結交行〉則談到詩具有養生、爲政、學聖的驚人力量，於人生不可或缺，彰顯了文學的無窮魅力。循此思維脈絡，楊慎一生孜孜矻矻於著述傳世之業，貶謫的苦難，知識份子報國理想的失落，似乎更激發文字傳世的慾望，《丹鉛》系列叢書爲楊慎篇帙最多之巨著，李調元〈丹鉛雜錄序〉

〔註223〕楊慎〈秋日枕疾四首〉，《升庵集》，卷19，頁162。

〔註224〕楊慎〈寒夜即事〉，《升庵文集》，卷40，頁611。

〔註225〕楊慎〈病中永訣李張唐三公己未六月〉，《升庵文集》，卷30，頁472。

〔註226〕楊慎〈無悶篇有序〉，《升庵文集》，卷11，頁230。

〔註227〕楊慎〈跋張愈光結交行〉，《升庵文集》，卷8，頁219。

云「中古犯罪者，以丹書其罪。《魏律》緣坐爲工樂雜戶者，皆用赤紙爲籍，以鉛爲卷軸。升庵名在赤籍，故寄意於此。然則是書之作，其在先生入滇以後乎？觀其名，可想其志矣」〔註228〕，名在赤籍的污名感和失落感，激發更大撰著動能，楊愼曾自名其志：

> 自束髮以來，手所抄集，帙成踰百，卷計越千。其有意見，偶所發明，聊擇其菁華百分，以爲《丹鉛別錄》。享敝帚以千金，緘燕石以十襲，雖取大方之笑，且爲小道之觀，知不可乎。〔註229〕

> 醍醐者鍊酥之萃晶，佛氏借之以喻性也，吾借之以名吾譚苑也。夫從乳出酪，從酪出酥，從生酥出熟酥，從熟酥出醍醐。猶之精義以入神，非一蹴之力也。學道其可以忘言乎，語理其可以遺物乎？故儒之學有博有約，佛之教有頓有漸。故曰多聞則守之以約，多見則守之以卓；寡聞則無約也，寡見則無卓也。〔註230〕

雖自謙撰著爲小道，然仍有流傳之用。〈譚苑醍醐序〉則強調學術之重要，以習儒、佛爲喻，強調博見多聞之效。因此，楊愼在滇地積極地從事編撰、出版的工作，受到〈韓氏醫通〉著者韓懋啓發，就連病中亦不忘撰述，「予在滇南，枕疾歲久，岐黃雷華之書，鑽研頗深，蓋亦折肱而知良醫，信非虛語。因表章褚氏平脈一篇，又繪男女脈部二圖，刻而傳之。庶乎庸醫之門，冤魂稍稀，亦仁人君子之所樂聞而快睹也。」〔註231〕枕疾之日，非以病痛呻吟消磨，而是撰刻醫書，希冀「庸醫之門，冤魂稍稀」，並藉以傳世。

〔註228〕李調元：〈丹鉛雜錄序〉，《升庵著述序跋》，頁73。另《四庫總目提要》雜家類《丹鉛總錄》解題云：「愼博覽羣書，喜爲雜著，計其平生所敍錄，不下二百餘種，其考證諸書異同者，則皆以丹鉛爲名。顧其志《覽苣微言》曰：古之罪人，用赤紙爲籍，其卷以鉛爲軸，升庵名在赤籍，故寄意於此」。另「丹鉛」亦爲評點主要使用顏料，韓愈〈秋懷詩〉談及圈點讀書習慣：「不如覷文字，丹鉛事點勘」（清聖祖御定：《全唐詩》（臺北：文史哲，1987），卷336，頁3767）；眞德秀《卷首》說明點、抹、撇、截四種符號用法，注明「以上四者用丹，正誤則用鉛」（眞德秀《文章正宗》，收入《四部叢刊廣編》，卷首，頁3），因此，筆者認爲丹鉛亦有將閱讀考據所得傳世意味。
〔註229〕楊愼：〈丹鉛別錄序〉，《升庵文集》，卷2，頁110。
〔註230〕楊愼：〈譚苑醍醐序〉，《升庵文集》，卷2，頁109。
〔註231〕楊愼：〈男女脈位圖說序〉，《升庵遺集》，《楊升庵叢書》，第3冊，卷24，頁1083。引文前楊愼言「往年，予外方友飛霞韓懋，遵用褚氏平脈，以診婦女，十中其九。且又爲予言：子試以《素問》平脈病脈，按男女脈部，如褚氏說而診之，自可以驗，因歎俗書之誤人也久矣。」

　　因此，通常撰著一完成，他就儘速尋求可能的出版機會，「前此曾書詩一卷呈上，以代千里面譚。來論欲付之雕梓……今繼書此一卷，乃走所集《詩林振秀》之百一，世所罕傳者，并請鑑賞。吾兄《龍池春遊》詩，豔而有諷，與江淹春遊、美人同調，請并刻之」〔註232〕，「升庵楊太史寄示《絕句辨體》，柯披讀之，恍若入詩家之海，而探照乘之珠也。敢不梓行，與天下共寶焉」〔註233〕，「偶會薦紳，貽余茲帙。受讀三復，既而嘆曰：博哉精哉！殆騷壇三昧，詩苑之醍醐也，允爲學者指南矣，曉人不當如是乎！遂命重鋟，攜藏琳琅館中，以傳好古者欣賞」〔註234〕，楊愼撰述爲明人第一，與他熱衷出版關係至切，他的著作大都是完成後，請朋友代爲剞劂、付梓。好友張含有張氏家塾，本身即有家刻機制〔註235〕，亦有文壇間輾轉傳播刊刻，楊愼的著作總是殺青即付梓，出版效率極高，一經出版，往往造成廣大迴響，受到當時名家和出版商關注。有趣的是，他也主動宣傳自己出版品，「近日刻孫太白、鄭少谷兩家詩，以走觀之，二子詩亦多雜宋人，而鑒者莫悟也。……行篋有本，願一見之，並附寫鄙評於端，以印可是正於高明何如」，「禺山《乙未稿》求執事序之，近有書與走速之，幸賜下以寄去。《古音略》二冊，《古音餘》一冊，《尺牘清裁》一冊，此本增禺山序，並奉覽。空谷大荒，只尺高人，不獲一披奉，馳懷心癢心，如何其極。」〔註236〕撰著一經版即寄予文壇知交、名人奉覽、索序，請其代爲宣傳之意十分明顯，也展現他積極的行銷策略。

　　楊愼在出版事業上的經營，以及學術／文學之於他的力量，可以從讀者／友人的話一窺：

〔註232〕楊愼：〈千里面譚跋〉，《升庵著述序跋》，頁198。又張含〈千里面譚跋〉「升庵前有《面譚》之帙之寄，編爲上卷；今復有此寄，編爲下卷以鋟焉」，收於《升庵著述序跋》，頁199。張含（禺山）似乎經常幫楊愼刊梓相關撰著，「吾兄《龍池春遊》詩，豔而有諷，與江淹《春遊》、《美人》同調，請並刻之。」見〈與張禺山書〉，《升庵詩文補遺》，《楊升庵叢書》，第4冊，卷1，頁73。

〔註233〕喻柯操：〈絕句辨體跋〉，《升庵著述序跋》，頁206。

〔註234〕蔡翰臣：〈千里面譚〉，《升庵著述序跋》，頁197。

〔註235〕如嘉靖19年出版的張含著，楊愼評點《禺山詩》四卷，即由隆昌張氏家塾刊行，卷首有張含嘉靖十九年〈禺山詩序〉云：「歲庚子，楊子復謂諸集之析而未萃，近作之增而未續，乃爲之差擇焉而去其瑕，爲之批點焉而表其瑜，乃爲之跋辭而綴之以玉。曰：『集可觀矣，梓可傳矣！』梓已。」見《升庵著述序跋》，頁283。

〔註236〕楊愼：〈答周木涇論詩書〉，《升庵詩文補遺》，《楊升庵叢書》，第4冊，卷1，頁81。

嘉靖三十八年冬，升庵先生由瀘至滇，涉路三千，歷日四十，霑浙夜衣，成詩百餘首，題曰《七十行戍稿》。寄某命序之，某既卒業，乃以書復先生曰：存乎人者，有不物之物焉。老而不衰，窮而不躓，厄而不憫，人鮮能有之。讀先生之詩，則此物勃然躍於吾前矣。夫老則衰者形也，窮則躓者勢也，厄則憫者情也，曰形曰勢曰情皆物也，遷變而靡常也。彼不物之物，老不能使之衰，窮不能使之躓，厄不能使之憫，歷萬變而不變者也。古之聖賢，蔬食飲水，夷狄患難，其樂不改者，用此物也。先生之於詩，其有得於此物乎哉！夫以顫童齒豁之年，憔悴間關，人不堪其苦，猶有忍於迫脅，不使寧處者，是誠何心。而先生之詩，才情之妙，韻勝調雅，皺如軒如皦如，既不類七十老人語，又不作羈愁可憐之色，此非所未不衰不躓不憫者乎？士以文詞自命者曰，是可以不朽。某嘗病之，以謂文詞即工，語即有倫矣，謂之曰不徒作可也，而曰不朽則未可也。何也？不離乎物也。夫所謂不朽者，必在我有不物之物，外不變於形勢，內不變於識情，其斯為不朽乎！

是編之外，能使先生不衰不憫者，是其物矣，幸有以教我。〔註237〕

李元陽（1497 年～1580 年）不落言筌以「不物之物」玄妙之語，指稱楊慎煥發的文學力量，此神力可使他老而不衰；窮而不躓；厄而不憫；歷萬變而不變，此不物之物，可使文詞之士生命、聲名不朽，而楊慎即是以文詞之士，文化的承載、傳承者自居，並有希冀以此傳世不朽之志。門生李世芳（嘉靖14 年進士）就以孔子、伏生譽之：

昔人云，血氣有時而衰，志氣則無時而衰。以膚見，茲特語中人者耳。孔子七十欲不逾矩，伏生九十授書不輟，雖血氣曷嘗少衰耶？我師太史升庵公，天縱英豪，性成睿哲，以藎介而膺奇謫于南中，經歷險遠，怨怒兩忘，幾廿年猶旦暮也。諸豪作甚富，半繡諸文木，

〔註237〕李元陽：〈升庵先生七十行戍稿〉，收於《升庵著述序跋》，頁 142。李元陽，字仁甫、號中溪，雲南大理人。嘉靖五年（1526 年）中進士，初授翰林院庶吉士，後來因為仗義執言，受到同僚排擠，他因此借故歸家賦閒。嘉靖十年（1531 年）復出，官授江陰縣令，在任期間，外抗擊「海寇」，內施惠政於人民。後升為戶部主事，監察御史，再次因直言而被貶為荊州知府，政聲顯著。……最終因看不慣官場黑暗，回到大理老家隱居，與謫居於雲南的楊升庵相契最深，兩人常常一起吟詩作畫，同遊景勝。在文學上貢獻卓著，與楊士雲同修《大理府志》，並修訂《雲南通志》。著有《心性圖說》、《艷雪臺詩》、《中溪漫稿》。在閩中曾校刻《史記題評》、《十三經註疏》、《杜氏通典》等計 764 卷。

> 余蓋有所俟焉。茲稿其倦勤時所爲乎！嗚呼，皓首稀年，猶荷戈邊
> 徼，視韓蘇之鱗海，迥弗相牟，此其歲月淹滯情況何！如在他人文
> 詞，鮮不悲恨靡弱，而公之精神氣魄，俊絕雄偉，鬥藻煙范，爭巧
> 春蠶，有非少壯所能彷彿者，洵孔徒而伏友也。可以振今，可以傳
> 後，將不在茲乎！〔註238〕

他認爲楊愼爲孔徒、伏友，撰述的力量支持他們的生命，抵抗了衰老和逆難。
清張三異的話則逆向思考了楊愼的苦難人生：

> 夫人生境遇順逆，亦何嘗之有。向使先生遇際其順，亦不過爲卿爲
> 相，澤被一時已耳。烏能感慨淋漓，低徊於萬千年之變遷，百數十
> 君之得失，渾括于三萬言內，而唱嘆無餘，與龍門涑水同其俯仰，
> 可立言不朽也哉！然則先生之遇，逆也，而未始不順也；先生之文，
> 變也，而仍不失其正也。烏得以類詼諧，涉嘲謔，莫爲之後，致有
> 美弗彰乎！〔註239〕

他認爲楊愼若循著少年得志的仕宦坦途，只能揚名於當代，但苦難淬鍊增加
生命的深廣和人格的崇高，因此能擲地有聲、立言不朽。與普通政治權力不
同，從文學撰述上得到的權力可以傳世永恆，強調著述立言之身後名，較仕
宦功名更顯可貴。

循著充沛旺盛的撰著積習和立言傳世慾望，晚年楊愼進行了一項有趣的
宣示：

> 伏自思念，年來萬慮灰冷，惟文字結習未忘，頗以此自累而招罪。
> 不當與而與，當與而不與皆罪也；不工則不可出，工則疲精散神皆
> 累也。用是勇念書壁云：老境病磨，難親筆硯，神前發願，不作詩
> 文。自今以始，朝粥一碗，夕燈一盞，作在家山僧行徑，惟持龐公
> 空諸所有四字。庶乎餘年臺齒，得活一日是一日，不然則擾擾應酬，
> 又何異於塵勞仕路哉！縱使藝文志書目，天下家傳人誦，盡爲我製，
> 何益於靈臺，何補於眞我哉！立願如此，縱有臨以薰天之勢，解以
> 連環之辨，不能回矣，想能心諒也。
>
> 竊謂左右已有海內名，詩文傳誦人口遍矣，亦當俯從鄙見，以高頤
> 期松喬之福。程子老年不觀書，山谷發願去筆硯，朱文公行年如此，

〔註238〕李世芳：〈升庵七十行戌稿後序〉，《升庵著述序跋》，頁144。
〔註239〕張三異：〈廿一史彈詞注序〉，《升庵著述序跋》，頁163。

當先學上天，後學識字可也。皆是老境受用，安身立命處，高明以
爲何如？〔註240〕

寫作作爲一種展演，一種宣說自我的途徑，針對畢生文字結習而自累招罪，
楊慎心有所悔，而決定在神前發願封筆，不作詩文，他召喚摯友張禺山共襄
盛舉。文本機制反映出來的形象，不必然與生命實際情態相同，故「敘述的
真理」（narrative truth）不能直接指向歷史眞理（historical）〔註241〕。這個儀
式表面上戒絕文字（像極了酒徒、賭徒的戒酒、戒賭宣言），其實正反面彰顯
自己對撰著大業的眷戀與不捨，以及重申自己對文字傳述不朽的熱愛，留下
一個對創作激切的姿態（stance）、聲音供後人觀看、思考、詮釋，更強而有
力地形塑了自己對文化／字傳承意志，建構自我文化傳遞者的主體性，可以
看出他希望以文化傳遞者的形象爲人追憶。這篇書牘得到當時許多文人的青
睞、欣賞，被收入王穉登彙選《古今名公尺牘彙編》、王世貞增輯《赤牘清裁》、
陳繼儒《列朝名翰海》、孫鑛《翰苑瓊琚》、康熙間王元勳選《明人尺牘》等
許多當時著名的尺牘選輯中，顯然反宣示論述引起廣大正面迴響。

　　經由病、療相關文本探討，可以發現楊慎建構自我形象（intended
self-image）之一就是文學／文化的傳遞者，傳統知識份子立言不朽的使命感，
文學、思想、學術上的經營、建樹是他賴以超越貶謫、老病、異域莽荒感的
精神資源。就中晚明文學生態而言，出版文化的活絡提供了文化傳播上的便
利；就自我主體性來說，在君王賜還無望、建功立業無成、老病交迫下，楊
慎似乎意識到他可以通過撰述的途徑，傳播自我聲譽和立言傳世，而建立身
後之名，以文字參與、影響文化場域更大的知識／權力話語（discourse）。

第七節　結　論

　　因爲「大禮議」事件，楊慎遠謫雲南三十餘年時光，他雖處於政治上、
地域上的邊緣位置，然他巧妙運用撰述技藝，形塑自我形象，積極參與出版

〔註240〕楊慎：〈與張禺山書四則〉之四，《升庵詩文補遺》，《楊升庵叢書》，第4冊，
　　　　卷1，頁75。
〔註241〕嚴志雄師「我們必須細究其中經過種種的『隱喻性替換』（metaphorical
　　　　substitution）、『敘述與形象策略』（narrative and figural）與『文本再現』（textual
　　　　represenation）」參見氏著：〈陶家形影神——錢謙益的自畫像、反傳記行動和
　　　　自我聲音〉，收於《臺灣學術新視野——中國文學之部（一）》（臺北：五南，
　　　　2007），頁473。

文化活動，經營社交活動，擴展文學社群，運用種種文化展演等，提高文學場域上的能見度，成為文化上的中心人物。如果審視楊慎的生命史，或許是因為政治上的壓迫，遷謫的人生挫折，士大夫建功立業理想的失落，才激發他在文化／文學上矢志傳承，試圖撰述立言不朽的堅強意志。

疏理楊慎的生命史，可以發現楊慎終其一生經常呈現種種文化、社交、出版展演的強烈慾望與堅強意志，以文字、行動藝術建構自我主體性，或癲狂縱放；或病痛謫苦；或撰述不輟；獎掖後輩，明中葉楊慎正運用當時出版文化、訊息流通的社會之便，以旺盛的傳世熱情，用運各種文化／字技藝，試圖成為不朽的文化記憶。

第三章　謫旅・獵奇・啓迪：雲南書寫與文化／文學傳播

第一節　謫遊者楊愼

一、流人・流域・流譽

> 人生莫作滇南客，楊柳何由贈一枝。——楊愼〈滇南柳枝詞八首之四〉。[註1]

　　楊愼一生可謂命運多舛，明代「大禮議」是一場由爭帝號，演變爲皇權與閣權的激烈鬥爭，楊愼與其父楊廷和政治立場一致，兩度上議大禮疏，反對世宗稱生父爲皇帝，繼又跪門哭諫，聚眾請願，「兩上議大禮疏，率羣臣撼奉天門大哭，廷杖者再，斃而復甦」[註2]，世宗認爲楊愼怒諫實在是「元惡大奸，無可贖之理」[註3]，最後被定罪永遠充軍於雲南永昌衛。這個位於中緬邊境的蠻荒煙瘴之地，爲古哀牢夷國，居住著濮、鳩、獠、驃、越、躶、身毒等許多少數民族，是個十足的異域邊城。雲南是明太祖洪武十五年才平定的邊地，由於荒僻未開，可收與華夏中原良好的隔絕之效，很快地成爲受到皇帝青睞，成爲謫放罪臣之地。洪武十八年（1388年）就設立了金齒衛（後

[註1] 《升庵遺集》，《楊升庵叢書》，第3冊，卷18，頁1014。
[註2] 參見錢謙益：《列朝詩集小傳・楊修撰愼》（上海：上海古籍出版社，1983），丙集，頁353。
[註3] 參見〔清〕張廷玉等撰：《明史・列傳第八十》（北京：中華書局，1997），第17冊，卷192，頁5082。

稱永昌衛），將大量軍犯發往那裡服役〔註4〕。充軍又有終身、永遠之別，終身是刑罰只及於犯人本身，永遠則是刑罰不僅及於本身，而且還要罰及其子孫，楊慎所遭受的「永遠」降爲軍籍〔註5〕，至死不得返朝返鄉，乃是被貶謫者所受到最嚴厲的懲罰。於是年少得志的狀元楊慎，卒然成爲因罪被遠徙的流人，「紅顏而出，華顛未歸，凡三十稔，得古今奇謫」〔註6〕，被迫不得不長寓，甚至長眠於中緬邊域。

楊慎於嘉靖三年（1524）七月踏上貶謫之途，帶著身心創傷，這一趟旅程倍感艱辛，「商秋涼風發，吹我出京華，赭衣裹病體，紅塵蔽行車⋯⋯漫岸憬失道，孤舟鬱相忘。喧虺見疊浪，極眺無連岡，陰霞互興沒，凍雨候淋浪。濕薪戒傳火，空囊愁絕糧」〔註7〕；「憶昔去國行戍邊，弔影纍纍入瘴煙。永昌試問在何處？都門相違萬三千。虎豹晝橫林箐側，魑魅夕度關山巓。肝腸欲絕隴頭水，夢寐忽到夜郎天。肉黃皮皺形半脫。」〔註8〕身心的傷痛，一路伴隨，而「詔乘西第將軍馬，詩奪東方學士袍」〔註9〕，失去官銜，失去傳統知識份子實踐自我理想的人生舞台，一無所有的楊慎踏上前往西南邊陲之途。剛開始迥異於中原的地景、地貌給他很大的衝擊，「狂谿狠谷，山狀馬鞍者彌千；危礙懸崖，城比虎牢而倍蓰。兩嶔夾峙而有水，千尋過涉以無舟。

〔註4〕明代的邊境，「東西一萬一千七百五十里，南北一萬零九百四里」（《明史・地理志一》），地域遼闊，防務極爲繁重。明王朝爲保土守邊，創設了衛所制度，凡天下要衝，「系郡者設所，連郡者設衛」，把充軍的罪犯發往各衛所服役。雲南古爲蠻荒煙瘴之地，是明代一個重要的軍犯發充地。洪武十八年（1388）就設了金齒衛（後稱永昌衛），將大量軍犯發往那裡服役。⋯⋯楊慎於嘉靖四年（1525）二月抵達永昌，因深入軍籍，先去軍中投到。按照軍制，他的常服爲赭衣戎帽，平日要值勤上崗，巡崗放哨，若遇團練要荷戈就伍，入列差操⋯⋯生活環境與生活方式都與往日完全不同。參見豐家驊：〈楊慎與雲南沐氏──楊慎交游考述之一〉，收於《南京師範大學文學院學報》，2009 年第 3 期，頁 16～17。

〔註5〕明代刑法規定，流放分爲四等：安置、遷徙、口外爲民、充軍。充軍是其中最重的一種，充軍按戍地不同，又分爲極邊、煙瘴邊、沿海口外與邊衛四等，按時限不同，分爲終身、永遠兩種。「終身」到本人死爲止，不勾及子孫；「永遠」則在本人死後，還要勾丁補缺，由子孫替役。楊慎是屬於最重的「永遠」一等。參見張廷玉編撰《明史・刑法志二》（北京：中華書局，1997）。

〔註6〕簡紹芳：〈陶情樂府序〉，收於王文才、張錫厚：《升庵著述序跋》（昆明：雲南人民出版社，1985），頁 150。

〔註7〕〈恩遣滇戍紀行〉，《升庵文集》，《楊升庵叢書》，第 3 冊，卷 15，頁 274。

〔註8〕〈伏枕行贈嚴應階〉，《升庵文集》，《楊升庵叢書》，第 3 冊，卷 37，頁 592。

〔註9〕楊慎：〈垂柳篇〉，《升庵集》，卷 13，頁 118。

夏潦秋霖，鼓洪濤於樹杪；浮丘沉陸，阻行李於荒途。叱石誰感乎黿鼉，成梁空瞻於烏鵲，但知行惻，未見當仁」〔註10〕，「箐口關何險，山頭路更賒。凌兢磨旋蟻，屈曲陣蟠蛇。官舍惟孤舍，人家無一家。客心何處切，夕照閃歸鴉」〔註11〕，蠻荒造成視覺、心覺巨大的陌異化，詭譎的環境增加悚懼之感。最初他著實無法欣賞邊地方風光，「石行蹶昆蹄，沙炊咽蒸粒。斷腸盤江河，銷魂籠嵸坡。軍堡鳴笳近，蠻營荷戟多。三辰晦光彩，七旬歷滂沱。闍衣行風舞，蘆笙跳月歌。可憐異方樂，令人玄鬢皤。」〔註12〕而後他提筆書寫滇雲，試圖融入地方風物、生活圖景，「瀲艷池塘芳草外，飄飄舟楫早梅邊。高嶢滇海留嘉話，剡曲斜川合共傳。」〔註13〕漸漸在心靈上產生對於西南邊境的地理感〔註14〕，並以詩文、方志、圖譜、民謠、俗諺建構滇地地方知識，傳播雲南景物、民族風情。撥開貶謫之眼，楊慎看見雲南，而中土人士也藉由楊慎之眼之筆，「看見」雲南。

　　萬曆年間謝肇淛（1567～1624）曾指出「高皇帝既定滇中，盡徙江左良家閭右以實之，及有罪竄戍者，咸盡室以行，故其人土著少，寄籍者多。」〔註15〕可見明代雲南的居民室以客籍為主，而在佔總人口半數以上的客籍人士中，「有罪竄戍者」（即流人）又占很大的比重。這批充軍者，連同家屬、子孫後代，構成一支可觀的力量〔註16〕。在眾多雲南流人中，楊慎挾其知識

〔註10〕〈七星橋記〉，《升庵文集》，《楊升庵叢書》，第3冊，卷4，頁150。
〔註11〕〈箐口關〉，《升庵文集》，《楊升庵叢書》，第3冊，卷18，頁316。
〔註12〕〈恩遣滇戍紀行〉，《升庵文集》，《楊升庵叢書》，第3冊，卷15，頁275。
〔註13〕〈十二月二日張龍山謝高泉教梅坡余九崖杜晴江梁一江潘東溪攜酒過訪高嶢〉，《升庵文集》，《楊升庵叢書》，第3冊，卷19，頁460。
〔註14〕「地理感」借用段義孚「人本地理學」概念，人本主義地理學者搜集「人對地理區的地理感資料」，以說明地理區的主觀的空間感及地方感。……地理感的資料存在於人的心靈內。……藏在於人的心靈身處的地理感，都是他對環境所演化的價值觀。……而人本主義地理學者便可藉著「人對環境的價值回應行為所表達的資料而透視人的地理感」，從而闡說地理區的主觀的空間感和地方感。參見著，潘桂成譯：《經驗透視中的空間和地方》（Space and Place：The Perspective of Experience）（臺北：國立編譯館，1988），頁2。
〔註15〕參見謝肇淛：《滇略》，收於王雲五主編《四庫全書珍本‧史部地理類》（臺北：商務，1972），第155冊，卷4，頁13左。李興盛亦云「以雲南金齒（即永昌府）為例，至洪武二十年六月，充軍的『奸儒滑吏，累犯不悛之徒』已『集數不下萬餘』」，參見氏著：《中國流人史》（哈爾濱：黑龍江人民出版社，1996），頁546。
〔註16〕參見古永繼：〈明代雲南的滇流之人〉，《思想戰線》1992年第1期，頁59。

份子的書寫優勢，對於流放地可說是著墨最多之人。他編纂方志，整理雲南相關史籍，隨著行旅之眼、之跡留下許多紀游、紀程詩文，其中《滇載記》、《滇程記》、《雲南山川志》建構雲南原本幾近空白的的史地資料。而高嶢、安寧溫泉、點蒼山、洱海、大理等著名景點，奇異花草蟲魚、神秘邊族風采，也在楊慎筆下漸為士人所知所聞。流人楊慎在雲南放逐之地，因流寓而發明、展示、再現滇地景／物，從而提高邊域的文化聲譽，並藉由許多書寫創始之舉，成就自我銘刻、流傳後世的文名聲譽。

二、謫／遊之道

中晚明社會為文人的旅行提供物質、經濟條件，形成旅遊文化，成為區別品味與建構消費風氣的一環〔註 17〕。明代前中葉的遊記並不多，至嘉靖（1522～1566）後漸漸增加，萬曆（1573～1620）後則是大量出現，文人文集中除了遊記外，旅遊詩更是不勝枚舉〔註 18〕。在晚明旅遊風氣繁盛之前，楊慎因貶謫滇地長達四十餘年，荒僻邊域的所見所聞不斷刺激其靈感，啓發其獵奇尚異之心，在雲南邊域，楊慎是遷謫者、放逐者、旅行者、漫遊者〔註 19〕、敘事者，其敘事往往交織紀實與個人經驗、情感元素。除了學術性著作外，其間有大量的雲南地域、文化、史學、地理、自然科學題材；有方志、筆記、旅誌、遊記、詩歌等多重文類的創作與撰寫。可以說楊慎雖為皇帝毀棄的「逐臣」，卻也在中緬邊域築一方文學之城，千古奇謫加上特殊的邊域題材，吸引中土讀者目光，成為另類的文化資本（cultural capital），這是楊慎生命不可承受之厄，卻也成就在旅遊文學上的另類成就，楊慎可說是明中葉文

〔註 17〕 參見巫仁恕：〈晚明的旅遊活動與消費文化——以江南為討論中心〉，《中研院近代史研究所研究集刊》第 41 期（2003 年 9 月），頁 87～143。又巫仁恕：「撰寫遊記是士大夫重要的文化資本，也是用來和一般遊人區分品味的最重要指標。」參見巫仁恕〈晚明的旅遊風氣與士大夫心態——以江南為討論中心〉，收於熊月之、熊秉真主編《明清以來江南社會與文化論集》（上海：上海社會科學院，2004），頁 225～255。

〔註 18〕 參見周振鶴：〈從明人文集看晚明旅遊風氣及其與地理學的關係〉，收於《復旦學報》（社會科學版，2005 年第 1 期），頁 72～78。

〔註 19〕 本文「漫遊者」概念受啓發於胡曉真：「晚明的旅人往往結合了放逐者與漫遊者的形象，既是不為世用的屈原，又是追尋美感經驗的癡人，使得個人經驗成為晚明遊記中美學營造的中心。而遊記則是生命旅程的隱喻。」見〈旅行、獵奇與考古——《滇黔土司婚禮記》中的禮學世界〉，《中國文哲研究集刊》，第 29 期（2006 年 9 月），頁 47。

壇上大量寫作旅遊詩文、筆記的先驅者〔註20〕。

　　楊愼文集中有許多遊記、旅遊詩，所撰寫的遊記詩文多以貶謫地雲南爲主，由於多次往來滇蜀，也有許多蜀地行旅書寫。再者，楊愼許多考據學筆記也頻頻提及滇地所見所聞，因其文名之盛，他對於雲南地景的描繪詩文，使中原文人發現滇地之美，點蒼山、洱海、高嶢、安寧、大理、劍州因楊愼之筆而傳播，成爲旅遊勝地，提升滇地的旅遊知名度。楊愼對於滇雲文化不時流露驚異之心、獵異之眼，考據學相關筆記、《異魚圖贊》、《墨鹽傳神》等相關博物錄奇之書也因這種異域交涉，更添豐富的奇異色彩。

三、研究動機

　　本章旨在疏理楊愼相關雲南書寫，對於景物、文化的傳播，觀察其對非漢族群、文化的觀看、理解與再現，剖析當中除了紀實性的描繪，是否投射作者的自我身份與文化認同？是否或隱或現；有意無意間流露華夏文化的優越性？試圖以漢人中心的視角區隔、同／教化非我族類？

　　其次，筆者試圖觀察楊愼的遷謫身份，其形成的受難者／愛國忠烈者的形象，建構了一種文化符碼抑或形成文化資本，這種遷謫者／漫遊者的特殊性，是否也展現在滇地題材詩文的呈現上？使其筆下的遊記詩文成爲一種烙上傷痕符碼的文化地景？而這種書寫傷痕／記憶書寫對其滇地文學傳播是否因爲讀者、受眾的同情理解、好奇、關切之眼而成爲有利於文學傳播的因素？

　　楊愼寓居滇緬邊陲長達三十餘年，該地在楊愼以前民風未開，文風積弱衰微，本章將疏理楊愼的雲南社交、文學社群，探討楊愼對於雲南的教育、文化開拓之功，思考楊愼與雲南文學／文化人士呈現何種互惠互譽、互爲傳播的關係。

　　本章也將個別論述楊愼有關史、地的三部紀實之書，一部是重撰滇史的《滇載記》，另二部是地理類書籍，一是行旅記程的《滇程記》，一是描繪雲南景點的《雲南山川志》。任何史籍、方志的編撰都是一種廣義的資料編織，

〔註20〕與楊愼時代較相近的遊記大家有吳郡都穆（1458～1525）編《遊名山記》與王世貞（1526～1590）編的《名山記廣編》和王士性（1547～1598）。其中王士性爲中晚明重要的遊人，除了未至閩地之外，足跡遍及北京、雲南、四川、廣西、山東等地，並將行旅經驗轉化爲文字，分別爲《五嶽遊草》、《廣遊志》與《廣志繹》三書，以紀實之筆，書寫文化地圖。參見范宜如：《行旅・地誌・社會記憶》（臺北：萬卷樓圖書，2011）。

當中都透顯撰者的纂擇觀點與文化視域，本章嘗試觀察楊慎的書寫動機？產生的傳播效應？觀察他如何建構雲南的歷史和地理知識，又如何記述歷史演變、民間軼史，剖析其中有意無意透顯的夷漢區隔的意識型態。

最後本文將整理楊慎雲南地域書寫對當代及後世的影響，對雲南產生的啓蒙效應，並透過一樣書寫雲南的忠實讀者——謝肇淛，實際觀察楊慎雲南文學／文化書寫的傳播效應。

第二節　地域·歷史與心靈圖譜的交織：旅遊地誌書寫

> 九死蠻荒吾不悔，茲游奇絕慰平生——蘇軾〈六月二十日夜渡海〉
> 〔註21〕

楊慎寓留滇雲三十餘年，其間經常遊歷各地，留下許多旅遊詩文，亦著有《雲南山川志》記名勝凡二十七條，該書爲楊慎居雲南期間，遊歷各地後編著的一部志書，記載了雲南玉案山、金馬山、碧雞山、太華山、點蒼山、哀牢山、烏蒙山、高黎貢山和滇池、洱海、瀾滄江等主要山川的地理位置，並指出當時蒙氏所封雲南的五岳。李調元序曰：「先生謫居滇南，徜徉自適，隨所登涉，作爲《雲南山川志》一卷，金馬碧雞，瞭如指掌矣」，「明升庵先生，其著書多在滇南，此當是雙髻簪花，蠻妓扶輿時，遊歷所志」〔註22〕。《雲南山川志》被收錄於《天下名山遊記》中，廣爲流傳。楊慎在滇地也創作許多旅行紀游詩文，滇雲許多景點，隨著楊慎文名遠播、著作付梓出版，這些雲南景點、風物也一併隨之傳播中土，產生絕佳的旅遊宣傳效應。

一、私房景點：內行人之遊

楊慎或獨遊或許友人同遊，他們都熱情地分享旅遊心得，留下旅遊詩文，謫居者楊慎與當地文士的創作，往往展現與一般遊客不同的深度旅遊經驗，如著名的〈點蒼山遊記〉：

> 嘉靖庚寅，約同中谿李公，爲點蒼之遊。二月辛酉，自龍尾關窺天
> 生橋，夜宿海珠寺，候龍關曉月。兩山千仞，中虛一峽，如排闥然，

〔註21〕蘇軾：〈六月二十日夜渡海〉，見氏著，孔凡禮校注：《蘇軾詩集》（北京：中華書局，1987），冊7，頁2366。

〔註22〕分別爲李調元：〈雲南山川志序〉及陸烜：〈雲南山川志跋〉，收於《升庵著述序跋》，頁54。

落月中懸。其時天在地底，中谿與余，各賦一詩，詩成而月猶不移，洵奇觀也。……

時夕陽已沉，西山缺處，猶露日影，紅黃一縷，本細末寬，自山而下，直射洱波。僧曰：此即鴛浦夕陽也，餘波皆碧，獨此處日光湧金，時有鴛鴦羣浴，今則網罟太密，此景時有時無，不常然也。余曰：但觀湧金流采，已自勝耳。……

聞北岡有元世祖駐蹕臺，後人屋之，方至其處，大雨忽至，遂趨屋下避雨。軒窗洞豁，最堪遊目，則見滿川烈日，農人刈麥。余曰：異哉，何晴雨相兼也！中谿曰：此點蒼十景之一，所謂晴川秧雨者是已。〔註23〕

嘉靖九年，在地文人李元陽（1497～1580）伴楊慎游蒼山洱海，他告訴楊慎「不見廬山眞面目，只因人在此山中。必須東泛洱水，臥數溪峰，庶盡點蒼之變耳」〔註24〕，文中記游之「落月中懸」、「鴛浦夕陽」、「涌金流采」、「晴雨相兼」等點蒼山奇景、妙處，是內行人的私房遊記。有趣的是，〈點蒼山遊記〉和兩人和詩《點蒼雜詠》〔註25〕一出，之後明人如安如山（嘉靖八年，1529年進士）、楊士雲（1477～1554）、何鏜（1507～1585）、李元陽、吳懋等都遊歷點蒼山，也都留下詩文紀錄〔註26〕，並在詩文中與楊慎對話，可見〈點蒼山遊記〉在當時十分流行，產生呼喚同好前來一遊的效應。

高嶢海莊是楊慎是寓居處，因長期遊歷、賞玩，亦有許多旅遊心得詩文，著名的高嶢海莊十二景爲題畫詩作品，圖文並茂，以十二首五絕構成的組詩，精要介紹高嶢最佳景致：翠巖晚靄、碧關朝霞、茭塘去帆、水雲歸棹、淨耳山帶、羅橋水椿、八村漁火、九寺僧鐘、南巒松雪、東林桂月、梨園春遊、

〔註23〕 楊慎〈遊點蒼山記〉，《升庵詩文補遺》，見《楊升庵叢書》，第4冊，卷1，頁65～68。嘉靖九年（1530）二月辛酉到三月己亥，爲期四十日。在李元陽陪同下重游大理，李元陽是大理人，知道遊點蒼山必須東泛洱海，臥數溪峰，方能領略點蒼山全貌。著〈點蒼山遊記〉，他們一路唱和和題詠的詩很多，後匯爲一卷，題爲《點蒼山雜詠》。

〔註24〕 楊慎〈遊點蒼山記〉，《升庵詩文補遺》，見《楊升庵叢書》，第4冊，卷1，頁67。

〔註25〕 「中谿與余賡和詩若干首，彙爲一帙，題曰《點蒼雜詠》云」見楊慎〈遊點蒼山記〉，《升庵詩文補遺》，見《楊升庵叢書》，第4冊，卷1，頁68。

〔註26〕 參見李伯齊主編：《中國古代紀游文學史》（濟南：山東友誼書社，1989），頁306。

蓮池秋泛〔註 27〕。此作品得到許多迴響，許多人楊慎友人或慕名前來的遊人紛紛造訪高嶢，印證美景〔註 28〕。嘉靖己酉，楊慎居高嶢，夏秋每與滇之鄉大夫兩湖葉公、在軒胡公，廷祿王公，偕紹芳數游昆明池，有《池賞詩社集》，他作〈滇池序〉敘述滇池地理、歷史沿革，及其美勝處：

> 譙周《異物志》曰：「滇池在建寧，界有大澤，水周三百餘野，水乍深廣，乍淺狹，似如倒流，故俗云滇池。」夫滇池即昆明池也，其源自盤龍江來，有九十九泉，分注而下，又名積波池，見《九域志》，余始表出之。余友永昌張愈光含有詩云：「墨華龍繞積波池，五色雲霞動海涯。不有詞臣來絕域，佳名千古更誰知。」暇日嘗與兩湖葉道亨泰、在軒胡原學廷祿、西嶍簡紹芳，同游太華，登一碧萬頃閣，伏檻臨滇池。咸謂余曰：太華寺之勝以此閣，閣之勝以此池，使無此閣此池，是木客山都所栖而已。余深味其言，近緝太華詩，首節左思之賦標之，以發來游詩人之奇興藻思，亦如廬山之彭蠡，金山之揚子也。〔註 29〕

楊慎熱情分享與友人的旅遊心得，指出滇池、太華寺之最佳景點，並將書寫該地的詩作結集成冊，以收拋磚引玉之效。這種的名勝遊記詩文專集，啓動連鎖的賦詩活動，後繼尋訪者或游或詠或歌，他們創作著交疊楊慎身影的美景詩文，這種旅遊詩文的積累、滋衍，傳播景點的文化聲譽，也一併傳

〔註 27〕 〈高嶢十二景〉組詩見《升庵遺集》，《楊升庵叢書》，第 3 冊，卷 3，頁 727。茲舉其中一窺高嶢美景，〈翠巖晚靄〉「金碧染峰端，嵐沈暮靄寬。趁虛穿翡翠，刻竹坐琅杆。海氣如圓幀，分明入畫難。」；〈茭塘去帆〉「挂席樵同便，須臾半海心。漁洲彎似月，津樹小如簪。隱隱猶能認，斜陽半幅金。」〈羅橋水椿〉「屈虹如赤杵，海童呼水椿。對面雲生礎，回頭雨打窗。溪翁占信熟，生長在魚邦。」；〈蓮池秋泛〉「新妝搖畫舫，倒影駭天吳。翠蓋波心出，紅雲水面鋪。欲知臨泛久，荷露漸成珠。」〈鶯啼序〉〈高嶢海莊十二景圖〉「碧雞唱曉霞散，綺重關橙畫。環村步，幾簇生烟，空翠幻作仙界。茭草蕩，灣環洲渚，輕風送幅蒲帆快。……月黑白林明處，香軟寒輕，蕙苨缸中，梨夢縈唄。南巒老松，遙看晴雪，似銀龍下」，《升庵文集》，《楊升庵叢書》，第 3 冊，卷 37，頁 597。

〔註 28〕 從〈高嶢臥疾喜簡西嶍至滇城〉、〈十二月二日張龍山謝高泉敦梅坡余九崖杜晴江梁一江潘東溪攜酒過訪高嶢〉等詩作可知。

〔註 29〕 楊慎：〈滇池序〉，收於《升庵遺集》，《楊升庵叢書》，第 3 冊，卷 23，頁 1071～1072。案：簡紹芳：「嘉靖己酉，『居高嶢，夏秋每與滇之鄉大夫兩湖葉公、在軒胡公，廷祿王公，偕紹芳數游昆明池，有《池賞詩社集》。』序題『滇池』，蓋《滇池賞詩社集》之省。」參見簡紹芳：《升庵楊慎年譜》，收於《楊升庵叢書》，第 6 冊，頁 1278。

播以楊慎為要角的人文風景。有趣的是，張含稱譽楊慎的詩句「不有詞臣來絕域，佳名千古更誰知」，一方面歌頌他對雲南景物的闡揚之功，一方面則認為文人才能發現山水的價值，流露人類自我中心意識。

　　許多滇雲景點，配合楊慎及友人的詩文創作，傳播了許多雲南書寫旅遊景點和訊息，後繼遊人認同名人審美品味，按楊慎詩文索驥尋覓佳景，以楊慎為核心的文人社群成了滇地旅遊的最佳代言人，吸引許多旅遊愛好者追尋楊慎的足跡。

二、滇雲旅遊最佳代言人：安寧溫泉

　　楊慎於嘉靖四年（1525）正月抵達永昌，為使他養杖傷、療病和免除軍役之苦，沐紹勛（1504～1536）請雲南巡撫郭楠幫忙，將楊慎移置昆明附近的安寧，卜居於城東的遙岑樓，後築雲峰書院供他講學、居住〔註30〕。楊慎〈悠然亭記〉云「走世之罪廢人也，九死餘生，間關達戍所。侍御郭楠以為處之永昌太遠，館之五華太湫，乃擇螳川雲峰以居之」〔註31〕。其後楊慎便在安寧長住達二十餘年之久〔註32〕，直到嘉靖二十六（1547）年才移居高嶢。居於斯感於斯，自此安寧便經常出現在楊慎詩文中，許多安寧景點、物產因楊慎文學創作而傳播揚名於世。

　　雲南地質多石灰岩地形，因此有鐘乳石、地熱等奇景，亦多溫泉。安寧溫泉，古稱碧玉泉，泉水自螳螂川東岸石灰岩壁流出。常居於安寧的楊慎經常造訪溫泉勝地，留下諸多溫泉詩文，其〈安寧溫泉詩序〉曰：

　　　　溫泉之在域中最顯著者，新豐之驪山，而泉實不佳。水沸如蒸，難

〔註30〕「沐紹勛，字世承，一作世臣，號五山，……襲黔國公。紹勛『有勇略，用兵輒勝。』（《明史・沐英傳》），嘉靖 7 年平定安鳳之亂，又派使遍歷諸蠻示以恩威，南中悉定」（頁 17）有關楊慎與沐氏家族交游，參見豐家驊：〈楊慎與雲南沐氏──楊慎交游考述之一〉，《南京師範大學文學院學報》2009 年第 3 期，頁 16～20。又此事亦見李贄：〈修撰楊公〉「乙酉正月，至雲南，病馳萬里，羸憊特甚，栖栖旅中。方就醫藥，而巡撫台州黃衷促且甚，慎力疾冒險抵永昌，幾不起。巡按郭楠、清戈江良材極為存護，卜館雲峰居之，且上疏乞宥議禮諸臣，郭亦被詔下獄，斥為民。」見氏著：《續藏書》，《李贄全集注》，（北京：社會科學文獻出版社，2010），第 11 冊，頁 259。

〔註31〕參見《升庵集》，卷 16，頁 139。

〔註32〕「嘉靖七年（1528）春，安寧瘟疫流行，為避免受到瘟疫感染，楊慎被移居洱海城，疫平後仍回安寧」參見豐家驊：〈楊慎與雲南沐氏──楊慎交游考述之一〉，《南京師範大學文學院學報》2009 年第 3 期，頁 17。

以驟入，硫黃之穢，逆於人鼻，稍不潔治，則窮谷之污，生以青苔，如龜蟺衣。驪山而下，曰汝水，曰尉氏，曰匡廬，曰鳳翔之駱谷，曰渝州之陳氏山居，今合州溫湯峽。曰惠州之佛跡巖，曰閩中之劍浦，曰新安之黃山，曰關中之鄠縣，曰薊州之遵化，曰和州之香陵，雜見於地里之志，詩人之詠。滇雲之地，溫泉尤夥，其在寧州白崖龍觀浪穹宜良永昌騰衝，若夷儌邊隅，不可勝紀，要獨以安寧之碧玉泉爲勝。〔註33〕

楊慎羅列了全國著名溫泉景點，彷彿溫泉地圖，將安寧置於名泉脈絡中。其中驪山一向名聞遐邇，楊慎以各個面向，詳實道出其缺點，作爲下文強調安寧溫泉優越之用。接著以層遞法說明雲南溫泉尤多，產溫泉之地甚多，而以安寧溫泉最佳最勝，以各地溫泉評比，凸顯其天下第一泉的美名。

接著他細緻地介紹安寧溫泉：

滇水號曰黑水，雖盈尺不見底，而此泉特皓鏡百尺，纖芥畢呈，一也。四山壁起，中爲石凹，不煩甃甓，二也。浮垢自去，不待捫拭，三也。苔污絕跡，不用淘渫，四也。溫涼適宜，四時可浴，五也。掬之也飲，尤發茗顏，六也。盎酒增味，治庖省薪，七也。雖仙家三危之露，佛地八功之水，何以加焉，謂之海內第一湯可也。徽州程羅山孟明語予，謂此泉爲溫湯之冠，并出姑蘇陸文量所著《菽園雜記》驗之而信。〔註34〕

楊慎詳實地指出安寧溫泉的七大特色，此泉有澄澈透明如鏡；溫泉池渾然天成，不假人工磚瓦；浮垢不拭自去；苔污絕跡；溫涼適中，四時皆宜；水質甘美，可直接飲之，茗茶可飲；釀酒增味；無色無味，可用來烹調食物等優點，甚至勝過仙家「三危之露」和佛家「八功德水」〔註35〕，友人之語和陸容（1436～1494）《菽園雜記》所載以印證安寧溫泉爲「溫湯之冠」，增加可信度。接著又略述安寧溫泉周邊景點：

其地去州十里而遙，其往也楫以螳川，軸以龍山，映以虎丘，帶以曹溪，山川之美，觸可登臨，使余樂謫居而忘故里者，非茲泉也與。

攝篆府通守南原孫公，世守魯泉董公，鹺司松崖張公，授簡於予曰：

〔註33〕楊慎：〈安寧溫泉詩序〉，《升庵文集》，《楊升庵叢書》，第3冊，卷22，頁387。

〔註34〕楊慎：〈安寧溫泉詩序〉，《升庵文集》，《楊升庵叢書》，第3冊，卷22，頁387。

〔註35〕〈八功德水〉「八功德水，一清、二冷、三香、四柔、五甘、六淨、七不噎、八除病。」《升庵外集》，第2冊，卷6，頁240。

是泉爲安寧之盛，亦蜀之峨眉，浙之西湖，公可無詩乎？予嘗憾此地，限閡中原，使此泉湮沒，不得遇風流之宋玉，神攜之太白，瑰邁之長吉，博綜之東坡，穿天心、出月脇之奇語，以洗驪山之汙，而躋之三危八功之上。四公不可作矣，而屬之才盡之屛予一老，是彫刻赤土，唐突丹砂也。聊書十韻，爲羣玉之引，可乎？〔註36〕

這裡的視野從安寧延伸到周邊的螳川、龍山、虎丘、曹溪等勝景，這些有機的美景組合，成爲一個旅遊套裝行程，使安寧溫泉風景內涵更爲豐富。同行友人將安寧溫泉比擬爲峨眉、西湖等古典勝景，以寬慰貶謫之士。值得注意的是，在邊域的景、物評比中，中土似乎都是一個優質、永恆的指標，呈現文人華夏、古典優越的價值取向。美好的景、人、物激發詩人創作慾望，於是楊愼拋磚引玉，以詩闡揚這原本罕爲人知的邊域秘境。而「予嘗憾此地，限閡中原，使此泉湮沒」等數句，論及景物總因文人之闡揚而得以聞名之自得，有安寧溫泉因貶謫之難，而得以被世人品賞，透顯「夫美不自美，因人而彰」〔註37〕，士大夫之不幸，荒景之幸的微妙心理。〈安寧溫泉〉有二首，皆極寫安寧溫泉之美勝：

彩岫靈砂沚，徽州黃山有溫泉，是硃砂窟所發，春時色微紅，可淪茗。謝客詩：「石磴瀉紅泉」，蓋是類也。華清礜石湯。驪山華清乃礜石所積。李賀詩：「華清池中礜石湯，徘徊白鳳隨君王。」佳名雖許并，仙液詎堪方。火井原通脈，曹溪且讓香。東坡詩：「水香知是曹溪口。」溪本在嶺南，此池傍亦有曹溪。流溫涵水碧，水碧蓋仙藥之珍品，金膏之隅也。謝康樂〈彭蠡湖中詩〉：「水碧輟流溫」，朱紫陽〈廬山溫泉詩〉引用之，即以流泉爲溫泉云。安寧此池名碧玉泉，亦取水碧之說乎。氣鬱謝硫磺。清暑南薰際，回暄北陸傍。體應偕鷺潔，心不假犀涼。春醖熏蘭罋，雲腴泛茗槍。釃酒煮茶，皆增常味。弄珠餘浣女，繪玉賸魚郎。瑤草蟠千歲。岸有無名樹，四季不凋。瓊芝綴九房。端州任鳳德修池得石芝，光瑩如玉。溫柔眞此地，難老更何鄉。張子平《南都賦》：「溫泉蕩邪而難老。」〔註38〕

〔註36〕　楊愼：〈安寧溫泉詩序〉，《升庵文集》，《楊升庵叢書》，第3冊，卷22，頁387。
〔註37〕　參見柳宗元〈邕州柳中丞作馬退山茅亭記〉：「夫美不自美，因人而彰。蘭亭也，不遭右軍，則清湍脩竹，蕪沒於空山矣，是亭也，關介閩嶺，佳境罕到，不書所作，使盛跡鬱堙，是貽林澗之餽，故志之。」認爲自然山水之美，若無人類的審美活動實踐，它的美就不會顯現出來而被人認識，頗有人類中心意識。
〔註38〕　楊愼：〈安寧溫泉詩〉，《升庵文集》，《楊升庵叢書》，第3冊，卷22，頁388。

鏗瑟舞雩歌點也，流觴脩禊記羲之，何如碧王溫泉水，絕勝華清礱

石池，已汜金膏分沆瀣，更邀明月濯漣漪，沈沈蘭酌春相引，汎汎

楊舟晚更移。〔註39〕

兩詩以多重感官書寫溫泉予人美妙感受，亦皆充滿文學抒情性鑲嵌（embedded
within）第一首詩穿插的小字為楊慎所加，充滿與古人的對話〔註40〕，該詩羅
列歷來域內著名溫泉，列舉著名溫泉詩文。第二首詩則與孔子舞雩詠歌、王
羲之蘭亭曲水流觴對話。這兩首溫泉詩啓動地景文學視域，使物質性的地景
增添人文色彩，成為有歷史、文學積累的記憶空間。進一步來說，楊慎試圖
將安寧溫泉納入歷代名泉脈絡中，提高安寧溫泉文化聲譽，當然也一併將自
己的詩作，納入溫泉文學歷史脈絡中，此舉宣傳了地景文人之名，提高地景
與詠者的文化聲譽。

　　楊慎經常與友人同遊安寧溫泉，留下許多旅遊記錄，「丹砂窟穴紫蘭房，
不數華清第一湯。共愛山川留勝跡，誰為泉石洗膏肓」（〈崧臺許茸溫泉臺作
此以寄〉）〔註41〕；「仙源靈液蓬壺境，碧杜紅蘅慵照影。美人來時寒谷春，
美人去後溫泉冷」（〈溫泉再過懷李仁甫〉）〔註42〕；「月似銀船勸酒，星如玉
彈圍棋。幾杵林鐘敲後，兩行松火歸時」（〈正月六日溫泉晚歸〉）〔註43〕，甚
至吸引友人到此長住，「碧玉泉邊碧玉樓，崇幽何羨采眞遊。清秋長笑驚山鳥，
朱夏閑眠對水鷗。孺子滄浪休濯足，高人剡曲漫回舟。衰年七秩重來此，何
限相知半白頭」（〈安寧溫泉董北溪新建碧玉樓〉）〔註44〕，楊慎呼朋引伴情繫
安寧，溫泉成了社交媒介，溫泉鄉成為療癒之鄉，隨著詩文傳遞美好感受，
安寧成為烙上名人文化符碼的地景。獨樂樂不如眾樂樂，楊慎與友人有口皆

〔註39〕 楊慎：〈安寧溫泉詩〉，《升庵文集》，《楊升庵叢書》，第 3 冊，卷 30，頁 484。
〔註40〕 相關詩例還有〈古溫泉〉：「神丘隱雲岊，靈源渺天河。陰火煮玉泉，陽皐激
　　　　朱波。吹律起郰子，煉石疑媧娥。乳竇沉水碧，碕梁超盤渦。漸漸不濡軌，
　　　　汨汨常盈科。偕賞玩仙液，蘊眞洗人痾。浴蘭興遠思，沐芳詠遺歌。銅池漢
　　　　雷側，鈿城驪山阿。朝宗阻江漢，褰裳限牂牁。天隅感流落，日暮吟蹉跎」
　　　　見《升庵文集》，《楊升庵叢書》，第 3 冊，卷 21，頁 372。
〔註41〕 《升庵遺集》，《楊升庵叢書》，第 3 冊，卷 17，頁 974。
〔註42〕 《升庵文集》，《楊升庵叢書》，第 3 冊，卷 36，頁 555。
〔註43〕 《升庵文集》，《楊升庵叢書》，第 3 冊，卷 40，頁 604。詩後有記「溫泉晚舟
　　　　歸，漏已下三鼓，新月將沈，望之比初出甚大，形如銀船。眾以為異，予曰：
　　　　『非異也，古之詩人，亦未嘗玩新月至三更耳』。李文饒云：『日月終古常見，
　　　　而光景常新』信夫。昔人詠月，金波自司馬相如始，玉塔自東坡始，銀船自
　　　　予始也。」
〔註44〕 《升庵文集》，《楊升庵叢書》，第 3 冊，卷 29，頁 463。

碑，提高了安寧溫泉「天下海內第一湯」的旅遊聲譽。

　　安寧溫泉在詩文宣傳下，引起廣大迴響，成爲雲南的著名觀光景點，楊慎顯然是最佳代言人。許多的遊人慕名而來，循著楊慎的文學印記踏上自己足跡，明中葉張佳允（嘉靖庚戌進士，生卒不詳）〈游安寧溫泉記〉：「浴罷風乎亭上，一峰對峙，命觴相屬，覺兩腋間習習風舉。余嘗浴驪山香陵，渝峽諸泉，類多礮氣逆人鼻，楊太史品茲爲『海內第一泉』，似非溢美」〔註45〕；楊師孔（1570～1630）〈溫泉遊記〉「滇陽溫泉名滿海內，束髮時思欲啜流揚波久矣，讀用修先生暨先輩題詠，積往古溫泉舊事點綴茲池。」〔註46〕則認爲讀楊慎題詠更增其勝；崇禎十一年（1638）遊安寧的徐霞客，於〈滇遊日記〉稱安寧溫泉「池分內外，外固清瑩，內更澄澈，而浴者多就外池。內池中有石，高下不一，俱沈水中，其色如綠玉，映水光豔燁然」，亦稱讚此泉：「余所見溫泉，滇南最多，此水實爲第一」〔註47〕；清光緒年間進士昆明人李坤編有《雲南溫泉志》；雲南知縣江蘇人童振藻以此志爲本，「廣加收集，博以考證」，於民國八年編成《雲南溫泉志補》四卷〔註48〕；清趙元祚《滇南山水》、許纘曾《滇行紀程》、王昶《滇行日錄》等皆有安寧溫泉的相關記載，這些著述都不約而同地談到安寧溫泉爲「楊升庵稱天下第一泉」。他們追隨名人足跡，來此地尋求他描寫的崇高、美好、傷懷體驗，歌詠著楊慎的歌詠，顯然楊慎已經被納入安寧溫泉的地景記憶脈絡之中。

三、歷史記憶與地理

> 地方是愛的記憶所在，也是鼓舞現在的光輝所在。土地是祖先生活之處、打仗之處、和被埋葬之處，而永遠都留給他們一個最深刻的感覺對象。──段義孚（Yi-Fu Tuan）〔註49〕

〔註45〕〔清〕師範：《滇繫》，收入《中國方志叢書》（臺北：成文出版社，1975），冊14，頁33。

〔註46〕楊師孔：〈溫泉遊記〉，收於〔清〕范承勛、吳自肅修纂：《雲南通志・藝文志》（北京：書目文獻出版社，1993），卷29，頁617。

〔註47〕徐霞客著，朱惠容校注：《徐霞客遊記校注上、下》（昆明：雲南人民出版社，1985），頁853。

〔註48〕童振藻在滇時曾致力於雲南省地方志資料的搜集、考証與著述，經他本人纂、增補、批校、輯、著的書目有一百多種。例如《雲南地震考》、《雲南溫泉志補》等。主纂了我國第一部城市志，編著了第一部雲南地方志目錄、第一部雲南地震專著。

〔註49〕又書中又引 Raymon Firth 寫及毛利人對土地之愛：「紐西蘭的毛利人對每一塊

　　雖是在「蠻荒」邊陲，楊慎的西南之旅卻偏愛於古蹟的探訪和記載，他經常建構地景的歷史脈絡，探詢地理起源，使自然地景成爲銘刻歷史事蹟之景：

> 碧雞山在西南三十里，東瞰滇澤，蒼崖萬丈，綠水千尋，月印澄波，雲橫絕頂，雲南一佳景也。漢宣帝時，方士言益州有金馬碧雞可祭祀，而致遣王襃往祀，至蜀而卒。顏師古謂金形如雞，碧形如馬，未知果否。（〈碧雞山〉，《雲南山川志》，頁 271）〔註 50〕

> 滇池在府城南，一名昆明池，一名滇南。澤周廣五百餘里，合龍盤江、黃龍溪諸水爲此，池中産衣鉢蓮花，盤千葉，蕊分三色，下流爲螳螂川，中有大小臥納二山。《史記》滇水源廣，末狹有似倒流，故曰滇。漢武帝欲伐滇國，於長安西南穿昆明池，象之以習水戰。（〈滇池〉，《雲南山川志》，頁 271）〔註 51〕

這些地景書寫都由徵引史書、史事以探求其命名來源和地理身世，將物質性之景觀納入歷史脈絡中，增加景點的故事性和神聖性，傳播了地景和歷史文本。而有時地景也作爲一種歌詠歷史人物的媒介，「碧雞金馬古梁州，銅柱鐵橋天際頭。試問平滇功第一。逢人惟說潁川侯」；「葉榆巨浸環三島，益部雄都控百蠻。神禹導河雙洱水，武侯征路七星關」；「沙金海貝出西荒，桃竹橦華貢上方。香象渡河來佛子，白狼槃木拜夷王。」〔註 52〕或歌詠平滇功臣潁川侯；或稱頌禹治洱水、武侯征關之功；或傳詠佛子香象渡河、夷王感化白狼事蹟，皆由物質地景召喚出歷史記憶。

土地展現很大的尊敬和對祖先的土壤表露強烈的愛，這感受並非由於土壤的肥沃度及食物來源所給他們的目前的價值，土地是祖先生活之處、打仗之處、和被埋葬之處，而永遠都留給他們一個最深刻的感覺對象。我就是土地，我祖先的土地就是他的哭聲。……而英雄故事亦是他們尊愛土地的證據。」此皆可以用來說明歷史、神話的敘事，可以造成地理上的神聖性。段義孚（Yi-Fu Tuan）著，潘桂成譯：《經驗透視中的空間和地方》（Spaceand Place：The Perspective of Experience）（臺北：國立編譯館，1988），頁 148。

〔註 50〕參見〔明〕楊慎撰，〔清〕陸恆訂：《雲南山川志》，《叢書集成新編》（臺北：新文豐，1966），冊 90，共 1 卷。以下所引只標書名，頁數，不再另標出處。

〔註 51〕另「瀾滄江經司城東北八十五里羅岷山下，漢明帝兵開博南行者，愁怨作歌，漢德廣開，不賓度博南，越瀾津渡瀾滄爲他人渡，舊處以竹索爲橋後廢，本朝洪武末撫鎮華岳鑄三鐵柱於岸，岸以維舟。」（〈瀾滄江〉，《雲南山川志》，頁 272）。

〔註 52〕這三首詩引自〈滇海十二首〉，《升庵文集》，《楊升庵叢書》，第 3 冊，卷 34，頁 536。

「古蹟」亦是將地景納入歷史版圖的重要媒介，著名的〈點蒼山遊記〉載：

> 三月乙酉，北行五里，有寺曰玉局，內有昭文祠，土人祠唐御史杜
> 光庭之所。西南有一溪，疊崿承流，水色瑩澈。其中石子粼粼，青
> 碧璀璨，宛如寶玉之麗，其名曰清碧溪。緣山麓北行，二里至天臺，
> 有諸葛武侯畫卦石，土人於石上建八塔，以識侯之蹟云。東行一里，
> 至弘聖寺，有浮屠高二百尺，規制嚴整。考之野史，爲隋文帝敕建
> 者，或曰阿育王，北行二里，至點蒼神祠，即《唐書》載使臣與南
> 詔設盟處也。〔註53〕

這一段遊記考證祭祀唐人杜光庭的昭文祠，諸葛武侯畫卦遺跡，隋文帝勅建
的弘聖寺浮屠，每一個古蹟都蘊含一段歷史故事。這些遠至漢代的歷史記憶，
聯繫了邊陲滇地與中原文化，有將滇雲納入華夏古文明的作用。楊愼以其知
識優勢，藉由文字描繪（word-painting）將滇雲地景納入歷史脈絡中，使地景
成歷史文本，藉以傳播歷史地景。歷史是文明的象徵，將滇雲收編於華夏文
化記憶之中，藉由對歷史記憶的認同或至自我對邊陲之域的認同，亦流露改
造蠻荒成爲文明地圖的意識型態。

四、交疊的地景

楊愼的雲南紀游書寫，交織個人生命史，除了紀實地景呈現交疊許多複
雜的影像，楊愼採取何種游觀心態、姿態？讀者又可以從中觀察出書寫者何
種複雜的心靈狀態？成爲值得探討的議題。涵蘊多元的歷史元素是楊愼的滇
雲地誌詩文的特色，除了與滇地相關的地方史之外，亦隱然有一脈貶謫歷史
譜系交織其間。

屈原可說是謫遊者的祖師，他流放湘、沅間，留下《離騷》、《九章》、《九
歌》等膾炙人口之作。屈原典範成爲遷謫、流放者一個重要的參考軌跡。楊
愼追述屈原事蹟，也藉以重構他自身的主體（subject）意義，他有許多藉地景
風土與屈原對話的作品：

> 騰裝首滇路，問程愁楚巖。楚水縈沅澧，楚岸秀蘭芷。古墓識昭丘，
> 遺坊號珠履。珠坊青蕪繁，昭丘白雲屯。傷心楓樹林，回首桃花源。
> 天寒行旅少，歲晏霜霰景。暴客當官戍。驅車先發昀，投驛遲暝霧。

〔註53〕楊愼〈遊點蒼山記〉，《升庵詩文補遺》，《楊升庵叢書》，第4冊，卷1，頁66。
　　　　另一方面，楊愼對於地景的歷史性考證，也是他的遊記經常被地方志徵引的
　　　　重要原因之一。

溆浦湵陽連，龍標夜郎大。遠游弔屈子，長流悲謫仙。〔註54〕

蒼山峽束滄江口，天梁中貫晴雷吼。中有不斷之長風，衝波動林沙石走。只尺巔崖迥不分，征馬長嘶客低首。我行其野歲仲春，春寒野陰雲物屯。病骨凌兢坐自躓，欲去未到先愁人。……。飄蓬落羽向南荒，憔悴榮華寧常有。不學回風悲屈子，江邊愁結芰荷裳。〔註55〕

村燈社酒蔟辛盤，春立星回臘已殘。故國江山遙悵望，浮生節序幾悲歡。寇公心事雷州竹，屈子情辭澧浦蘭。草蓐藜床無雪霰，醉來一枕且偷安。〔註56〕

〈恩遣滇戍紀行〉從京城遠赴滇地，行經楚地——屈原故鄉，楊慎在江邊憑弔屈原，走在自己漫長的貶謫之途上，類比了屈原的遠流之途。〈海風行〉則面對異地如妖似魔的狂風，怖懼之感油然而生，這時想起了寫〈悲回風〉的屈原，此際滇地狂風與屈原的回風疊合。〈滇海歲暮〉寫每逢佳節倍思親之情，在異族慶典活動中思及故國山河，雷州、澧浦為寇準、屈原貶謫處，楊慎將自己的遭遇交疊於他們的際遇上。

柳宗元（773～819）貶謫永州、柳州的紀游詩文，已成為貶謫紀游文學的經典，楊慎著名的〈點蒼山遊記〉與柳宗元〈始得西山宴遊記〉有密切的互文性（intertextuality）：

余自為僇人，所歷道塗，萬有餘里，齊魯楚越之間，號稱名山水者，無不遊已。乃泛洞庭，踰衡廬，出夜郎，道碧雞而西也，其於山水，蓋飫聞而厭見矣。及至葉榆之境，一望點蒼，不覺神爽飛越。比入龍尾關，且行且玩，山則蒼龍疊翠，海則半月拖藍，城郭奠山海之間，樓閣出煙雲之上，香風滿道，芳氣襲人。余時如醉而醒，如夢而覺，如久臥而起作，然後知吾嚮者之未嘗見山水，而見自今始。〔註57〕

自余為僇人，居是州，恆惴慄；其隙也，則施施而行，漫漫而遊。日與其徒上高山，入深林，窮迴溪；幽泉怪石，無遠不到，到則披

〔註54〕〈恩遣滇戍紀行〉，《升庵文集》，《楊升庵叢書》，第3冊，卷15，頁274。

〔註55〕〈海風行〉，《升庵文集》，《楊升庵叢書》，第3冊，卷23，頁393。

〔註56〕〈滇海歲暮〉，《升庵文集》，《楊升庵叢書》，第3冊，卷19，頁460。

〔註57〕楊慎〈遊點蒼山記〉，《升庵詩文補遺》，《楊升庵叢書》，第4冊，卷1，頁65～68。

草而坐，傾壺而醉，醉則更相枕以臥，臥而夢。意有所極，夢亦同
趣。覺而起，起而歸。以爲凡是州之山水有異態者，皆我有也，而
未始知西山之怪特。……然後知吾嚮之未始遊，遊於是乎始，故爲
之文以志。〔註58〕

與柳宗元的際遇相類，他們都被抽離於原本年少得志的人生軌道；棄離於經
世濟民的君臣群體，他們都經歷了生命中重大的沈淪與挫敗；遭遇巨大的痛
苦和驚惶，以九死一生的倉皇，從華夏中心跋涉至地理的邊陲，面對窮山惡
水、瘴癘之鄉，異地景貌交織內心騰昇的怖懼。新的地理緣遇，西山之於柳
宗元；點蒼山之於楊愼，新的視角和靈感，成就全新的視野和領略。這種穿
越時空的遊賞共鳴，予以謫戍者暫時心靈慰藉。進一步來說，楊愼將自我的
點蒼山「見自今始」經驗交疊在柳宗元西山「遊於是乎始」的謫游歷史脈絡
中，也有將自己納入貶謫文化系譜意味。

雙重風景

　　楊愼的地景書寫除了間織了許多貶謫的文化符碼，也布滿漢景地身影，
他經常眼中賞滇雲之景，心懷華夏之地，還喜歡將兩地之景作一番比較：

掌上玉娥豔雪，袖中金臂燒香。滇海全勝洛水，襪波不動羅塵。〔註59〕

通海江川湖水清，與君連日鏡中行。孤山一點衝煙小，何羨霞標掛
赤城。

澂江色似碧醍醐，萬面煙波際綠蕪。只少樓臺相掩映，天然圖畫勝
西湖。

海螯江蟹四時供，水蓼山花月月紅。自是人生不行樂，蓴鱸何必羨
江東。〔註60〕

楊愼認爲滇海之景勝洛水，澂江碧色勝西湖，滇地產的海螯江蟹勝過江東蓴
鱸，滇地風物在評比中勝出，似乎是一種自我慰藉之法。姑且不論評比的客
觀性，可以得知楊愼在欣賞邊地景、物時，每每以中原漢地作爲品賞的標準，

〔註58〕柳宗元〈始得西山宴遊記〉，《柳宗元集》（北京：中華書局，1979），卷29，
　　　　頁354。

〔註59〕〈泛滇池歸與簡西嵒聯句〉，《升庵遺集》，《楊升庵叢書》，第3冊，卷18，頁
　　　　1031。

〔註60〕〈自江川之澂江，贈玉鈍庵廷表，並柬董西泉雲漢二首〉，《升庵文集》，《楊
　　　　升庵叢書》，第3冊，卷36，頁562。

在滇地景物描寫中，每每交疊著華夏景物身影。他的雲南景物書寫呈現許多不純粹的視角，交疊著遷謫的身世之感與回不去的中原永恆鄉愁，在雲南書寫中交織中原的風景和情感，產生雙重風景的現象。

　　然而滇地許多的楊慎古蹟卻交疊著謫人身影，滇地留下不少有關他的古蹟，如「寫韻樓」就是他撰著《古音轉注略》之寓所：

> 癸亥北循山阪，至金相寺廢址，有唐碑，為高僧講經處，盤山腳而西，至松蘿崖，石洞幽勝，相與酌酒賦詩。暮投感通寺樓，篝燈夜坐，聞寺僧誦等字，中谿曰：六書中轉注，實非考老，而宋人妄擬，後世學者，遂沿而不改，此不可無述，願公任之。余遂操筆書轉注之例約千餘字，彙為一編。中谿題其額曰寫韻樓，寓此凡二旬而後去。〔註61〕

楊慎與李元陽同遊點蒼山途中寓感通寺，途中兩人討論六書轉注，楊慎一時興起據其文字學知識撰成《六書轉注考》，其撰寫之處為「寫韻樓」，成為一文學性的古蹟。《萬曆野獲編》載「雲南大理府城西南十里有感通寺，一名蕩山，楊用修戍滇中，寓此寺最久」〔註62〕；清初陳鼎（1650～？）《滇游記》載「感通寺在城南十里，點蒼之麓，又名蕩山寺，峰巒環繞，林壑幽深，楊升庵寓寺小閣曰寫韻樓，四壁皆升庵墨寶。」〔註63〕可見寫韻樓已與楊慎交疊成為感通寺歷史的一部份，聲名遠播。其它如有許多詩文印記的高嶢海莊〔註64〕、遙岑樓〔註65〕、雲峰書院、雲局精舍〔註66〕、碧嶢精舍〔註67〕、

〔註61〕楊慎〈遊點蒼山記〉，《升庵詩文補遺》，《楊升庵叢書》，第4冊，卷1，頁66。

〔註62〕沈德符：《萬曆野獲編·感通寺》（北京：中華書局，1959），卷27，頁81。

〔註63〕陳鼎：《滇游記》，收入《滇黔遊記》《四庫全書存目叢書·史部》（濟南：齊魯書社，1996）（影印清康熙刻《說鈴》本），第255冊，頁26。

〔註64〕楊慎：〈高嶢十二景〉，《升庵遺集》，《楊升庵叢書》，第3冊，卷3，頁727。

〔註65〕安寧州「遙岑樓，在城東，為地西咽喉。明楊慎嘗講學於上。」〔清〕鄂爾泰等監修：〔清〕靖道謨等編纂《雲南通志·古蹟》（臺北：商務書局，1983），卷48，頁1123。

〔註66〕楊慎：〈雲局記〉：「點蒼山之麓，有玉局觀焉。四時有雲氣帶其間，於夏尤著，故狀其景曰玉局夏雲。張子九言有書舍在其下，予題之曰雲局精舍。」《升庵文集》，《楊升庵叢書》，第3冊，卷4，頁151。

〔註67〕楊慎：〈碧嶢精舍記〉「滇海西斥，舍舟登陸，俗曰高橋。稽之古志，橋實曰嶢，以山形似秦嶢關，受此稱爾。高嶢與碧雞相望。如箭括，毛東鎮氏有別廬在其下，精舍之顏，隸古定曰碧嶢。」，《升庵文集》，《楊升庵叢書》，第3冊，卷4，頁151。

廣心樓〔註68〕、狀元樓〔註69〕、安寧溫泉等皆成了雲南著名的古蹟。後繼遊人重遊楊慎曾經尋訪的景點，如宦游雲南的王士性（1547～？）就曾訪尋高嶢海莊，「余以辛卯春入滇，滇池迆東西，花事之勝甲於中原。…至高嶢，舊有用修海莊。」〔註70〕楊慎曾經寓居的屋宇，它們交疊著楊慎的文化符碼，遊人的思想與情志，正透過地景與前代文人的情思產生交集。

謫遊者楊慎在欣賞邊地景物時，每每交疊著屈原、柳宗元等貶謫名人的文化符碼，抑或交疊著華夏佳景，此皆投射著其遷謫、懷鄉的心靈圖景，而後人閱讀這些地誌書寫，也一併讀到楊慎的艱難心事，所觀所遊地景交疊著謫人生命史。

五、地方性知識

楊慎的雲南書寫充滿地方特色，揭開邊地神秘面紗，傳播了滇雲地區的特殊風物圖景。他重視民間文學，曾收集各地古今風謠、諺語編撰成《古今風謠》、《古今諺》二書，他也將民歌風謠元素運用於雲南書寫中，輔以說明滇雲特殊景況，如言〈蘭津橋〉充滿瘴癘之氣、險惡的地勢，詩前即引〈瀾滄謠〉「漢廣德，開不賓，度博南，踰蘭津，渡蘭滄，爲他人。」〔註71〕地方風謠是當地居民歷時性的經驗累積，這種寫法聯繫了風土的歷史現象，更生動地傳達度瀾滄的無奈之情，使讀者更能深刻體會地景之艱險。楊慎經常以民謠形式，藉以傳播邊地風物民情：

> 馬牙冰，滿林白，損我苦蕎傷燕麥。甲子陰，鳥無食，山頭農，甸心客，琉琉荒眼雙流血。臘馬躓，春牛吼，癩象來，窮車走，括金使者空城守。（〈燕麥謠〉）〔註72〕

〔註68〕「前巡撫黃鐵橋公、巡撫擢司寇箬溪顧公爲創廣心樓於高嶢，歌以紀之，皆好德之心所表見也。」參見游居敬：〈翰林修撰升庵楊公墓誌銘〉，收於《楊升庵叢書》，第6冊，附錄，頁1285。

〔註69〕「狀元館，蜀成都楊慎正德辛未狀元，謫滇時，與郡紳王廷表幼時窗友也，慎來阿訪廷表。父王穎斌爲建館於城內，極壯麗，以居慎，圖書狀元館，相與欵洽數月，登臨遊賞，頗有題詠，惜今罕存耳。」〔清〕陳權修，〔清〕顧琳纂《康熙阿迷州志‧古蹟志》（臺北：學生書局，1968），卷11，頁192。

〔註70〕王士性：〈泛舟昆明池歷太華諸峰記〉，收於〔清〕范承勛、吳自肅修纂：《雲南通志‧藝文志》（北京：書目文獻出版社，1993），卷29，頁603。

〔註71〕〈蘭津橋〉（今名霽虹），《升庵文集》，《楊升庵叢書》，第3冊，卷29，頁472。

〔註72〕見《升庵文集》，《楊升庵叢書》，第3冊，卷37，頁584。

江頭秋色換春風，江上楓林青又紅。下水上風來往慣，一年長在馬船中。

最高峰頂有人家，冬種蔓菁春采茶。長笑江頭來往客，冷風寒雨宿天涯。

紅妝女伴碧江濱，蒲草花簪茜草裙。西舍東鄰同夜燭，吹笙打鼓賽朝雲。

上峽舟航風浪多，送郎行去爲郎歌。白鹽紅錦多多載，危石高灘穩穩過。

無義灘頭風浪收，黃雲開處見黃牛。白波一道清風裏，聽盡猿聲是峽州。

（〈竹枝詞九首〉摘五首）〔註73〕

金沙江水繞環州，江岸家家對白鷗。漁父長歌僰人曲，鹽商愛上白夷樓。

餘甘結子草交頭，暮靄朝嵐似蜃樓。飛鳥不飛愁羽墮，行人何事遠來遊。

槍壘弓營遍翠微，韋韝椎髻裂華衣。松林霧合騰蛇出，草屋星流暗蠱飛。

十月妖花紅滿煙，萬家蠻樹綠遮天。眼中忽見渾相識，夢裏曾遊瘴海邊。

（〈犯星歌四首〉）〔註74〕

〈燕麥謠〉描寫滇地特殊氣候災害〔註75〕，導致農作荒蕪欠收，農民飽受天災飢饉之苦，流竄逃離，取而代之，臛馬、癩象滿城的慘酷景象。〈竹枝詞〉藉謠詞形式描寫邊地長年在馬船生活的水上人家；峰頂蔓菁的采茶人家：江邊熱鬧的吹笙打鼓節慶活動；水上貿易的商業型態；水上商旅的艱辛和水邊送別的悽愴。〈犯星歌〉則描寫金沙江的水上邊族生活圖景，描繪僰人曲、韋韝、椎髻、暗蠱、妖花紅滿煙、蠻樹綠遮天、瘴海等邊地神秘特殊的景物，傳播邊地充滿「傳奇」色彩的圖景，予人視覺快感。有趣的是，這些邊族生活圖景書寫，經常出現妖、蠻、瘴等字眼，葛兆光說「關於異域蠻族『非人』和『野蠻』的故事，常常並不來自異域的觀察卻來自本土的想像。古代中國人相信自己的『文明』，而想當然地認定四夷的『野蠻』，當他們仍處在這一歷史傳統中，挾著本土想像去看異域的生活時，總是把一些恐怖怪異、不可理喻的事情附益在自己並不熟悉的空間裏。」〔註76〕這些負面論述，透露漢

〔註73〕見《升庵文集》，《楊升庵叢書》，第3冊，卷34，頁541。

〔註74〕見《升庵文集》，《楊升庵叢書》，第3冊，卷35，頁553。

〔註75〕由於地質關係，邊地常有天災，如楊慎〈九月地震二句不止〉「坤軸西南殺氣繁，羲和應畏日車翻。千家山郭何時靜，四屋鄰牆昨夜喧。山倚六鼇愁載抃，霄連叢雁羨飛騫。河清甘露盈嘉頌，平地成天仰至尊。」見《升庵遺集》，《楊升庵叢書》，第3冊，卷10，頁868。

〔註76〕參見葛兆光：〈山海經、職貢圖和旅行記中的異域記憶〉，收入《明清文學與思想中之主體意識與社會——學術思想篇》（臺北：中研院文哲所，2004），

人中心思想。有些邊地物產亦藉楊愼詩文而傳播：

> 煮海鰨郎暝漉沙，避風估客夜乘槎。雪浮秔稻壓春酒，雪嚼檳榔呼
> 早茶。（〈滇海〉）〔註77〕

> 刺桐花，惟嶺南及滇中有之。《異物志》曰：……滇中名鸚哥花，花
> 形酷似之，開以夏秋之交，酒邊率爾命篇云。刺桐花，花蒼樹。瀟
> 洒迎涼辰，奄藹留炎暮。渥翠掃蠻煙，飛英飄瘴霧。蠻煙瘴霧雨餘
> 天，耀彩舒芳最可憐。（〈刺桐花行有序〉）〔註78〕

> 乙巳仲春，梁希堯席上，李南夫爲余言：柳本詩家風物也，滇南之
> 柳，獨不吐絲不飛絮，入春不五日，已成老葉硬幹，邊地之殊於中
> 州如此。回舟，與簡西嶠語而然之。夜宿高嶢，作滇南柳枝詞八首。
> 雖詞雜徘諧，固亦道風土之實云。（〈滇南柳枝詞〉）〔註79〕

這些詩文寫及寫及檳榔、海鰨、刺桐花、滇南之柳等滇地物產，檳榔是西南
地區人民禦瘴的常見食物，海鰨則是生活必需品，刺桐花則是邊地特有植物，
「蠻煙瘴霧雨餘天，耀彩舒芳最可憐」，「邊地之殊於中州如此」等獵奇視角，
皆以中土爲座標，突出「夷」物與華夏的差異。

　　最具地方特色的作品應屬〈魚家傲‧月節詞〉，楊愼以月份，分成十二闋
詞寫滇南各月氣候、物產、庶民生活圖景，茲摘錄一些詞文以說明：

> 正月滇南春色早，山茶樹樹齊開了。艷李天桃都壓倒，妝點好，園
> 林處處紅雲島。

> 三月滇南遊賞競，牡丹芍藥晨妝靚。太華華亭芳草徑。花餖飣，羅
> 天錦地歌聲應。

> 五月滇南煙景別，清涼國裏無煩熱。雙鶴橋邊人賣雪。冰碗啜，調
> 梅點蜜和瓊屑。

> 六月滇南波漾渚，水雲鄉裏無煩暑。東寺雲生西寺雨。奇峰吐，水

頁 355。又保羅‧康納頓（P‧Connerton）說：「我們對現在的體驗在很大程
度上取決於我們有關過去的知識。我們在一個與過去的時間和事物有因果聯
繫的脈絡中體驗現在的世界」參見氏著，納日碧力戈譯：《社會如何記憶》（上
海：上海人民出版社，2000），頁 2。

〔註77〕見《升庵文集》，《楊升庵叢書》，第 3 冊，卷 34，頁 536。
〔註78〕見《升庵文集》，《楊升庵叢書》，第 3 冊，卷 37，頁 591。
〔註79〕見《升庵遺集》，《楊升庵叢書》，第 3 冊，卷 18，頁 1014。

椿斷處餘霞補。

七月滇南秋已透，碧雞金馬山新瘦。擺渡村西南壩口。船放溜，松花水發黃昏後。

十月滇南棲暖屋，明囪巧釘迎東旭。速魯麻香春甕熟。歌一曲，酥花乳線浮杯綠。

十二月滇南娛歲晏，家家玉餌雕盤薦。安息生香朱火焰。檳榔串，紅潮醉頰櫻桃綻。〔註80〕

楊慎藉月節詞描繪滇南每個月季候風物，以及相對應的庶民生活，他在後記中云「宋歐陽修六一作〈十二月鼓子詞〉，即今之〈漁家傲〉也。元歐陽圭齋亦擬爲之，專詠元世燕京風物。予流居滇雲廿載，遂以滇之土俗，擬兩歐爲十二闋，雖藻麗不足儷前賢，亦紀并州故鄉之懷耳」，說明〈月節詞〉乃流居滇雲廿載深度紀錄滇之土俗之作。十二首月節詞都道出每一月份的特色，饒富地域色彩，讀者閱之可深入瞭解滇南土俗，亦可作爲旅遊時間擇選參考。

除了傳播滇地風候物產，楊慎滇地書寫亦以方志詩傳播滇地史蹟、人物：

聖朝封域盡南中，回谷深溪萬里通。青霜紫電軍容盛，墨水蒼山節鎮雄。犬羊雜種殊千隊，龍虎高名獨兩公。洱海兵備，前有姜夢賓，後有周以忠，皆有威信，爲夷所服，謠曰：姜青龍、周白虎。安得邊城廉恥將，指揮長偃戍旗風。(〈聽南中謠有述〉)〔註81〕

雙洱河流控兩關，忽逢烽火暝雲間。春城草木東風綠，夜戍旌旗北斗殷。不待將軍天上下，已聞凱歌月中還。杖藜嘆世何爲者，憔悴空令鬢髮斑。(〈周以忠平滇紀績卷周名崇義〉)〔註82〕

邵甸去嵩明州六十里，而途有泉源二，皆發梁王山之西北。一自牧羊村歷核桃村，至高倉入河。一自崛嶂屯入河。二水交流至回爲灣松花壩，甃石過流，入盤龍江，帶滇城，匯昆池。瀠流浸腴，田殆

〔註80〕 楊慎：〈魚家傲・月節詞〉，《升庵文集》，卷37，頁594。其他描寫滇俗的作品如〈火福謠〉「江陽舊俗，歲除剗豕祀先，餘余爲餡羹召親友，謂之火福。不解其義，戲爲一詩，以記風土節物云。江陽剗豕賽年豐，私黍彷彿希邠風。螺獅泉冽蒲桃綠，榍出鱸香韯鞴紅。骨董餡羹欺錦帶，頌椒節近交傳菜。誰誇暖玉醉銷金，柳車自遣奴星酹。」見《升庵遺集》，《楊升庵叢書》，第3冊，卷5，頁758。

〔註81〕 見《升庵遺集》，《楊升庵叢書》，第3冊，卷12，頁904。

〔註82〕 見《升庵遺集》，《楊升庵叢書》，第3冊，卷12，頁905。

萬頃。歲久沙壅泥塞，輸稅之旴，走控于大中丞撫臺杏里王公。爰命都指揮趙明臣、知州羅衰、濬河疏闊，建石牐三所。公時躬至其地，以速成之，財不費而功成，民不勞而事集。衰余門生也，以狀求書其事，詠之歌而鍥之石，作邵甸河牐歌。（〈邵甸河牐歌有序〉）〔註83〕

〈聽南中謠有述〉、〈周以忠平滇紀績卷〉記兵備道姜夢賓綏靖滇地盜賊熾盛之風；周以忠平定滇亂戮力守邊事蹟。楊慎對兵備道姜龍極為激賞，自從姜龍任職以來，主張安撫囚夷匪盜，使夷眾「相率解刀弩，率妻子羅拜。……拊心誓曰，不復為非。……行商宵征，哨堡晏寢，百年來未之前見也」，解決邊地治安問題，幫助滇人改善生存條件。由於他不善於投機鑽營，兩年之後被解職。楊慎對好友的離去十分黯然神傷，還寫了〈兵備道姜公去思記〉、〈蜻蛉謠〉、〈博南謠〉等為他送行〔註84〕。〈邵甸河牐歌〉寫到大中丞撫臺杏里王公治理邵甸河有功，使滇人免於水患之苦的史蹟。這些作品都形塑並傳播了滇地時事英雄形象，有助於華夏人士瞭解滇地歷史。

楊慎以饒具地方色彩的民謠、典故、地方史蹟、時事建構，傳播邊地民俗文化圖景，提升邊地歷史、風土的能見度，傳播了雲南的文化聲譽。

六、碑銘：地理上的物質印記

楊慎旅遊時非常喜歡題刻留念，雲南許多地方至今都留有他的題刻遺跡，在安寧岩壁上鑿刻著「曹溪夜目」、「赤壁天成」等題字。楊慎多次在溫

〔註83〕 見《升庵遺集》，《楊升庵叢書》，第 3 冊，卷 5，頁 756。

〔註84〕 楊慎：〈兵備道姜公去思記〉「雲南治城西上永昌，經途所垣，旁多寇巢，曰金雞廟、赤石崖、螳螂、龜山、鐵索箐諸寇夷也。不田不蠶，劫以為世，箐居則以善劫相長雄，醜類婚匹，女氏輒問曰，爾男能蹶張而劫商乎，若是以為恒俗。……嘉靖初，太倉姜公夢賓擢雲南副使，飭備瀾滄，首執土酋而威之曰：盜索隱貨，與盜同罪，爾為世官，而縱寇分贓乎。盜之不獲，何以爾為，爾之不治，何以我為。遂罪其尤者數人，諸聞者不寒而慄，爭出死力以效用，奉檄剋期捕賊，雖元月不敢歸家。」《升庵文集》，《楊升庵叢書》，第 3 冊，卷 4，頁 145，上一個引文亦見該篇；〈蜻蛉謠〉「蜻蛉，美姜公也。公未蒞止，西郊不聞平息。洪年，公在斯矣，聆輿誦，采民謠，綴茲風。耳而目之，乃知美非溢也。蜻蛉川，破碌野，鐵菁窮崖，飛鳴不下。魋結成群行，白日腥風灑，繫我犛牛驅筰馬，金雞廟前無行者。使君坐紫城，枹鼓臥不鳴。蒼山平，洱水清，守犬無夜驚，行商達天明。白羽蠹，青苗生，南山踏莨北山耕。願留使君住，只愁使君去，畏途前番君不聞，高車駟馬亦使君，劫商車下殷車輪。」見《升庵文集》，《楊升庵叢書》，第 3 冊，卷 12，頁 235。

泉與友人同遊共樂，亦曾題「不可不飲」於溫泉上，至今溫泉旁仍醒目題寫
楊慎語「天下第一湯」五個大字〔註85〕。嘉靖十六年（1537）四月，楊慎又
往劍州，與李元楊重游石寶山，刻禹碑於大理〔註86〕。太華山思過橋道一碑
是楊慎書寫的祠文，他和張含在霽虹橋（古明蘭津橋）偶遇，便作詩〈蘭津
橋〉刻於崖壁上，「織鐵懸梯飛步驚，獨立縹緲青霄平。騰蛇遊霧瘴氛惡，孔
雀飲江烟瀨清。蘭津南渡哀牢國，蒲塞西連諸葛營。中原回首踰萬里，懷古
思歸何限情」，詩中寫及蘭津橋位置、形貌，也投射了一己遷謫千里的故國之
思，詩、情至今尚存〔註87〕。楊慎六十歲移居高嶢，經常與當地人士交游，
旅行各地留下詩題，「丁未居滇之高嶢水莊，名十二景，日與士大夫交游，凡
招提佳勝，會意處便操觚留題。」〔註88〕高嶢十二景及各地勝景，處處可見
楊慎題聯〔註89〕，這些詩文成為地景上銘刻楊慎符碼的旅遊勝地，成為另類
的旅遊導覽，旅人遊景閱文，景、文交疊，名人文學手筆潤飾增加景觀美譽。

　　楊慎也在雲南許多重大工程上銘碑鏤記，創造「不朽」聲譽，觀其〈滇
陽社學記〉、〈海口修濬碑記〉、〈趙州雲南縣重修寶泉壩碑記〉皆是此類經歷

〔註85〕 楊慎：「天下第一湯」原題不存，今日所見為民國時補書。距數百米的「不可
　　　　不飲」四字，至今尚存。參見陳廷樂：〈楊慎在雲南的遺跡考〉，收入新都楊
　　　　升庵博物館、新都楊升庵研究會主編：《楊升庵誕辰五百週年學術論文集》（成
　　　　都：新華書局，1994），頁223。在楊慎推崇安寧溫泉為「天下第一湯」後，
　　　　從此安寧溫泉名揚天下，至今，在進入安寧的途程中，崖壁仍可見「水之勝」、
　　　　「城外華清」、「春回太液」、「太和元氣」、「勝地名泉」等題字。
〔註86〕 禹碑即全國聞名的禹王碑。據南宋張世南《游宦記聞》記載說：「嘉定五年
　　　　（1212）」，何致游南岳，遇樵者引至碑所。始摹其文。」何致便將碑文刻在
　　　　岳麓山頂的禹碑峰巨石上。爾後又沈沒了三百多年。明嘉靖12年（1533），
　　　　太守潘鎰搜得此碑，剔土而出，遂盛行於世。安寧人張碧泉（季文）在湖南
　　　　掌岳麓書院，把拓本帶回家鄉。禹碑共七十七字，為蝌蚪文，似篆非篆，形
　　　　狀奇特。張碧泉送請楊慎辨識，楊慎如獲至寶，揣形會意，把它譯出。參見
　　　　楊慎：〈禹碑〉，《升庵集》，卷47，頁373～374。及豐家驊：《楊慎評傳》（南
　　　　京：南京大學出版社，1998），頁102。
〔註87〕 楊慎：〈蘭津橋〉，《升庵文集》，卷30，卷473。景觀現況參見馬繼剛、王麗
　　　　萍：〈明清雲南旅遊活動研究〉，收於《商業研究》，2011年第2期，總期406
　　　　期。
〔註88〕 簡紹芳著：《贈光錄卿前翰林修撰升庵楊慎年譜》，收於《楊升庵叢書》（成都：
　　　　天地出版社，2002），第6冊，附錄，頁1280。
〔註89〕 如昆明西山華亭寺有楊慎題聯：「一水抱城西，煙靄有無，拄杖僧蒼茫外；群
　　　　峰朝閣下，雨晴濃淡，倚欄人在畫圖中。」《滇游詩話》，頁59；〈大理蝴蝶泉〉
　　　　「漆園仙夢到綃宮，栩栩輕煙裊裊風。九曲金針川不得，瑤華光碎月明中。」
　　　　郭鑫銓著：《滇游詩話》（昆明：雲南教育出版社，2001），頁233。

記載，在文化、文明的歷時性建築，留下印記，文化聞人與雲南的歷史脈絡產生緊密的連結。

將文字銘刻於岩石、橋樑、山壁之上，使原本物質性無生命之物，或標榜殊勝；或述繁盛風華；或載當下遊心，烙上文字之物成爲涵蘊歷史、文化記憶的人文圖景。

七、小結：銘刻的人文地景

遊記再現的湖光山色、邊域奇景，再再都激發人們的遊興，稍晚於楊愼的王思任（1575）就是一個實際的例證，他在〈紀遊〉一文提及對「台蕩之遊」已魂牽夢縈許久，「入懷者廿年，入夢者幾夜」，而最後毅然決然動身一遊的契機是「偶讀駕部張肅之《台游草》，遂投袂而起，展及於室皇，裝及於寢門之外，舟及於五雲之許。」〔註 90〕可見遊記詩文的確可以促進士／世人的旅遊風氣。而遊記詩文上記錄的景點，也成爲遊人計畫旅遊的必到之處。從這種意義來說，旅遊詩文成爲一種旅遊導覽，彷彿詩文作者先到此一遊，實境再現，提點後繼游者當地景觀佳妙處，旅遊文學成爲另類旅行攻略。

楊愼的在雲南諸多行旅中不斷以遊記、筆記、詩歌等文學形式描繪（word-painting）地景，在書寫地景時，邊域之旅是一種獵異的新奇之旅，亦是一趟趟不斷反芻貶謫傷痕的途程。在自剖與療傷的過程中，召喚昔日帝國文化記憶，也試圖認同、建構滇地文化圖景。在這種複雜的心境下，作者的個人歷史牽引了有關某地的空間意識，楊愼有意無意銘刻自我，烙上了文化符碼，創造充滿個人色彩的邊域地景。在這種意義下，貶謫的傷痕記憶、知識份子的書寫優勢、文人的浪漫情懷都成了一種加分的文化資本。他試圖喚醒自然中的令人驚嘆（sublime）感受，同時也將自己的故事投射其中，這種地方和情感的詩意召喚，激起強烈的熱情迴響，爲滇地作了宣傳，其遊人則來此地尋求他描寫的崇高、美好、傷懷體驗〔註 91〕。游居敬的一段話，或作

〔註 90〕 參見〔明〕王思任：〈紀遊〉，收於《王季重雜著》（臺北：偉文圖書，1977），下冊，頁 645。王思任之例參見巫仁恕：〈晚明的旅遊活動與消費文化——以江南爲討論中心〉，《中研院近代史研究所研究集刊》第 41 期（2003 年 9 月），頁 90。

〔註 91〕 Mike Crang：「地方和情感的詩意召喚，能激起強烈的熱情。……浪漫作家華茲華斯描寫過湖區的山脈，他在其間「像朵雲般獨自漫遊」，試圖喚醒自然中的令人驚嘆（sublime）感受。這種浪漫派的地景觀點，找尋的是自然的莊嚴雄偉，亦即超越小人類的『崇高』。這些詩本身就是歷史事件。詩作受當時的

為這種文化現象的最佳註解：「先生居滇，泛昆池，登泰華，遊點蒼，并洱水探奇挹勝，所在有述，人爭寶之。又工書法，片紙隻字，相傳摹搨，殆遍宇內。」〔註92〕指出楊慎的雲南在地遊蹤紀錄傳播、流行的情況。因此，楊慎的雲南書寫不但宣傳了異域邊境，也宣傳了自己的文化聲響。

進一步來說，這種文人式的貶謫文學亦有其複雜性，謫臣楊慎被迫來到邊徼，帶著心理的傷痕、士大夫壯志未酬的鄉愁，這意外的旅程，雖使其發現雲南之美，然在不斷的對景物的命名（天下第一湯、海莊十二景）、書寫、物質性的地景銘刻中，也不免流露妖魔化陌異景物的漢人中心思想，抑或景物因謫臣之筆而美而彰的文人中心意識，隱含知識與權力的輆葛。

第三節　類旅遊指南：奇幻／發現之旅與《滇程記》

旅行和旅行家是我覺得厭惡的——然而，現在我預備要講述我自己的探險經驗。——〔法〕列維・斯特勞斯（Claude Levi-Strauss）《憂鬱的熱帶》（Tristes Tropiques）〔註93〕

《滇程記》是楊慎謫戍永昌時的述征紀程之作，他帶著身心的傷痕自京城遠赴雲南，途經鄂、湘、黔而達滇緬邊境，行程長達萬餘里，沿途遍訪名勝，「誌山川，表里俗，采風謠」〔註94〕，從熟悉的中原景物，到域外珍奇異景，展開一場驚心動魄的壯遊。書末他化身為博南山人自述撰文動機：

博南山人曰：余竄永昌，去都門，陸走萬餘三千里，買舟下江陵，乃登陸，繁流弓折，幾萬里而倍矣。江陵以西，山川益窮以遐，目益以曠，心益以悲。壯趾曷來，夢想未到，豈詩人之登高，史氏之足跡耶。然休旅之暇，猶不忘性習，乃作《滇程記》〔註95〕。

社會脈絡支撐，繼而反過來支撐了這個脈絡。因此，華茲華斯為湖區作了宣傳，其他人則來此地尋求他描寫的崇高體驗。」參見氏著，王志弘等譯：《文化地理學》（Cultural Geography）（臺北：巨流圖書，2003年），頁61。

〔註92〕游居敬：〈翰林修撰升庵楊公墓誌銘〉，收於《楊升庵叢書》，第6冊，附錄，頁1285。

〔註93〕〔法〕列維・斯特勞斯（Claude Levi-Strauss）著，王志明譯：《憂鬱的熱帶》（北京：三聯書局，2000），頁3。

〔註94〕參見〔清〕紀昀等編纂：《欽定四庫全書總目》（臺北：商務印書館，1983），卷64，頁116。

〔註95〕參見《滇程記》，《楊升庵叢書》，第2冊，頁248。

從中原京城漸至西南邊徼，楊慎目益以曠，心卻益以悲，來不及療身心之傷，觸目所及的荒原蠻野是從未料想之地，此際產生視覺、心理的巨大衝擊。這時仍不改文人習性，沿途依行旅所見紀程。文中提及《滇程記》「於亭舍詳焉」、「山川書其歷」強調在行旅指南和以備方志史料詳察上的實用性，亦言「迂怪謠俗」獵異尚奇之事，乃書籍圖經未載之事，強調所載之事的新鮮感，最後抒發志於役，紀行程，盼以書傳於後世之志。值得注意的是，博南爲滇地地名，楊慎以「博南山人」爲號，隱微藉地域之名體現試圖認同滇南之志，其他別號如博南戍史、金馬碧雞、滇戍逸史氏等皆展現類似之志。這部分主要以《滇程記》爲討論範疇，觀察楊慎如何記錄他走過的謫旅之道？又如何觀看及再現異質的人群與風俗？詮釋西南邊域的地理形貌和人文圖景？

一、實用旅遊指南

　　清初行人司行人徐炯清康熙二十六年（1683）六月奉命出使雲南，就是根據《滇程記》按日考核其行經的地點，作爲路程的指南〔註96〕，說明該書的實用性，以及對於了解雲南交通，促進明清旅遊風氣的貢獻。

　　博南山人曰：「《滇程記》肇筆江陵，滇首路也，繭足痛僕，數亭徼以前，故於亭舍詳焉」（頁 248）〔註97〕，明代京師設會同館，邊腹郡邑和村鎮要會處設水馬驛〔註98〕，《滇程記》的記載十分詳實，楊慎仔細記錄沿途路程、亭驛，如「東路由大江捨舟，首程曰公安、六亭而達孫黃（板橋、三檀、三穴橋、屝陵、罐子）。道經故屝陵縣，遺甃存焉」（頁235）；「孫黃驛七亭而達順林（塔岡、羅塢、樟莊、黃鍾、沙嶺、關山），陂於塔岡，坦於順林」（頁235），

〔註96〕見徐炯《使滇日記》、《使滇雜記》，收於《瓜蒂庵藏明清掌故叢書》（上海：上海古籍，1983）。

〔註97〕以下有關《滇程記》原文皆引自《楊升庵叢書》，第 2 冊，以下只標頁數，不再另標出處。

〔註98〕「凡馬驛，設置馬騾不等。……馬匹分爲上中下三等，各懸掛小牌，寫明等級，憑符牌應付。驛站置銅鈴，遇有緊急公務，將鈴懸帶馬上，飛騎傳送。前方驛站聽到鈴聲，隨即供應。水驛設置船隻。如有軍務，以多槳快船飛報。」（《滇程記》，頁 2）；「邊境地區和土司境內情況特殊，有些地方的驛官和驛夫與內地不同。……『貴竹衛所之軍與四川、雲南皆役之爲驛夫』（王士性《廣志繹》卷五）。驛站的里距，相差也很大，內地多在六十里至八十里之間，邊遠荒闊地區人煙稀少，里距有達百里以上者。」（《滇程記》，頁 3）中晚明商書代表《一統路程圖記》、《士商類要》中關於入滇驛站，即有諸多延續《滇程記》之處。參見楊正泰：《明代驛站考》（上海：上海古籍出版社，2006）。

這種精確的驛站記錄，對於休閒旅遊、商旅、宦游，可以按圖規劃行程，實用性頗高。《滇程記》涉及邊境交通問題，在明代旅遊書寫中，這是較少觸及的面向。進一步來說，這種形似客觀、科學知識的地理書寫，在中晚明文化書寫中，亦具先驅性。

除了精確的亭驛紀程，楊慎也提供最佳行旅交通之道，「沅州達便水，……，自沅而西，亭傲荒漫，記里多倍而遙，亭遞徂宵，兩燎相續，跋炬乃至。路經栗子關，地產玉，泥可陶，阪陡石滑，捨騎乃躋」（頁237），言沅州到便水，沿途荒煙蔓草，需長途跋涉，由於坡度甚陡，因此較適合捨騎徒步而躋；「山塘驛七亭而遙達懷化。……，有溫泉坡，下有水，冬溫夏寒。路經中河，其水深湛，緯以舠艖，枋覆籐絡，人僅免濡腳，騎解轡以濟焉」（頁237）〔註99〕，從山塘驛到懷化，途中遇河，由於河水甚深，為避免危險，因此解騎轡以濟，方為上策。

西南邊陲由於地理位置和地形特殊，氣候與中土差異甚大，楊慎曾著《滇候記》，記錄了雲南與內地氣候的不同，他化身為「遠遊子」曰：「千里不同風，百里不共雷。日月之陰，徑寸而移，雨暘之地，隔壟而分，茲其細也。……周處作《九州風土記》，宗懍作《荊楚歲時記》，至於《巴蜀異志》，《嶺表異錄》，皆是物也。余流放滇越，溫暑毒草之地，數過從晤言之適，幽憂而屏居，流離而閱時。感其異候，有殊中土，輒籍而記之」〔註100〕，說明因滇地與中原天候差異大，故詳記之以茲後人參閱。《滇候記》亦搜集過大量古代農諺和各地農諺，說明氣候與農業的關係，而且還注意到古今氣候的變化，非常實用，有點類似晚明盛行於民間的日用類書，惜該書在清初已亡佚〔註101〕。

〔註99〕 其它如「興隆衛達清平，七亭而遙。渡重安江，江色如渥靛，岸樹二桓，組纜絕之，舟循纜以渡。」（《滇程記》，頁238）言沿途渡河之纜斷絕，需乘舟循纜以渡；「平越衛達新添，號六亭，實十亭而遙。途經倒馬、酉陽、玀玀、江西、望城五坡，有龍場、蛇場、谷藺關。路皆石齒，馬升顛，昆蹄踏石鏗然，火星隨迸。箐有苗疫，行者側足焉。」沿路上碎石如齒，步行需留意（《滇程記》，頁239）

〔註100〕 楊慎：〈滇候記序〉，收於《升庵文集》，《楊升庵叢書》，冊3，卷2，頁110。明代人文地理學家王士性（1547～1598）初入雲南對於氣候也有與楊慎相類的「奇特」之感，「雲南風氣與中國異，至其地者乃知其然。夏不甚暑，冬不甚寒，夏日不甚長，冬日不甚短，夜亦如此，此理殆不可曉。」參見氏著：《廣志繹》（北京：中華書局，1997），頁129。

〔註101〕 李調元（1734～1803）：「按先生在滇，著有《滇候記》，今皆失傳。」參見氏著：〈雲南山川志序〉，《升庵著述序跋》，頁54。

《滇程記》中亦注意到邊地氣候差異問題，經常提醒旅人注意自然天候問題：

> 沙木和十亭而畸至永昌府。途經瀾滄江橋（江即瀾滄之委，後漢永平中，通道於博南瀾滄，行者怨苦之，謠曰：渡博南，踰蘭津，渡瀾滄，爲他人，是也）。越有大瘴，零雨始旭，草玄葉脫時，行旅忌之。江流介二山之趾，兩崖壁峙，截若墉起，因爲橋基。橋纜鐵梯木，懸跨千尺，束馬以渡。又西爲江波，有徑路新闢，爰捷一亭。（頁247）

> 金齒西上一程曰蒲縹[註102]，地猶稍平，違蒲縹地，經打板箐下潞江，若降深窔。四序皆燠，赤地生煙，瘴氣騰空，觸人鼻如花氣。渡江至八灣，登高黎共山，其高四十里。下爲橄欖坡驛，再渡龍川江，其炎瘴同潞江。過江至騰衝衛地，復稍涼，中國之西南界盡於此矣。（頁249）[註103]

沙木到戍軍所永昌，途經中緬之交的瀾滄江，行旅有瘴氣瀰漫之厄，楊愼以自身經驗，諄諄提醒旅人，「零雨始旭，草玄葉脫」，行旅忌之勿越。這一段以當地博南謠生動詮解行旅艱險，更能凸顯當地色彩。第二則提及的金齒已是中緬邊界，四時皆燠熱，地形氣候更顯險惡，瘴癘之氣可感而不可視，自來是跋涉國境之西南的旅人夢魘。這一段敍述從嗅覺（觸人鼻如花氣）、視覺

[註102]　「〔金齒驛〕屬永昌軍民府。洪武二十三年（1390年）建。在今雲南保山縣城北。萬曆十三年（1585年）設土官。（《寰宇志》，卷113）」（頁67）「〔蒲縹驛〕屬永昌軍民府。在今雲南保山縣西南蒲縹。萬曆十三年（1585年）設土官。（《寰宇志》，卷113）」（頁67）參見楊正泰：《明代驛站考》（上海：上海古籍出版社，2006）。兩地已在中緬邊界。又永昌鄰近中緬邊境，是滇緬古道上的一座邊城，這裡居住著許多少數民族，閩、濮、鳩、獠、驃、越、身毒之民。又盛產黃金、琥珀、水晶、琉璃、翡翠、蚌珠的集散地。男男女女喜用「金片鑲牙」，身上刺有黑色條紋，故永昌又名金齒。參見〈卞丹丹省和永昌市〉，《馬可波羅行紀》（臺北：臺灣商務，2000），第50章。

[註103]　滇地似乎瘴癘遍布，其它描述段落如「板橋驛三亭而至雲南治城。近郊有金馬關，其鎮太華山，其浸滇海。近城菜市有銀汁，五花市有金汁，秋時恒多瘴，大氐地孕寶者氣必沴。」（頁244）這一則中楊愼還對瘴氣作出解釋，認爲地孕寶物故產瘴氣。又楊愼詩文中亦常出現瘴癘之氣的描寫，〈盤江行〉「可憐盤江河，年年瘴癘多。青草二三月，綠煙生碧波，行人好經過」，《升庵文集》，《楊升庵叢書》，第3冊，卷13，頁266；〈蘭津橋〉「織鐵懸踢飛步驚，獨立縹緲青霄平。騰蛇遊物瘴氣惡，孔雀隱江煙瀨清」，《升庵文集》，《楊升庵叢書》，第3冊，卷29，頁472。

（赤地生煙）生動描繪，營造令人驚異的熱帶感官氛圍，提醒旅人愼防瘴氣。

　　季節會產生地貌景觀差異，也會影響行旅舒適度，《滇程記》往往會根據季節提供最佳旅遊時間點，「平夷衛六亭而達白水，有茶花菁……有桂花洞，有桂一本百尺，根蟠洞底，枝出洞外，秋華時香徹他山」（頁242），桂花洞中樹與岩洞融爲一體，秋天桂花盛開，香徹他山，爲最佳旅遊賞花時節；「常德府八亭而達桃源。路沿沅水，經三渡，山水清曠，有物外致。有徑路，霜降後始通騎」（頁 235），常德到桃源一帶風景優美，然徑路「霜降後始通騎」，提醒旅者注意通行季節，以免遊不逢時。《滇程記》中從客觀的地景、氣候到主觀的身體空間感知，聯繫人與地多重感應關係，提醒讀者／旅者沿途險狀，可作爲途程規劃參考。

> 鄭驛七亭而達新店。林箐邃密，爰多戾蟲，饒暴客，不可以暝行。
> 溪澗九帶四途，揭涉者七，梁絕者二。（頁236）

> 白水驛六亭而達渣城，茲滇路險首程也。有懸崖疊水，飛流瀑布，自山端下注，二崿相承，下爲深潭，有神蛇宅之，見者必嬰重疾，夏漲時噴沫如雲霧，籠冒數里。有雞公背，與關索嶺相對，兩山之趾，界以溪澗。關嶺四十三盤而上，有香樹坡，有小箐口坡，有白口東坡，有安龍箐坡，有胡椒凹，有象鼻嶺，左右皆崖箐萬仞，中僅有道如梁，行者慄且汗。草多芝，鳥多山呼，獸多熊。（頁241）

西南邊徼步步驚魂，險象來源十分多樣，鄭驛達新店一段樹林茂密，戾蟲、暴客隱藏其中，故提醒遊者不可夜行。白水驛到渣城路段有神蛇，見者必患重疾，夏季籠冒數里的如霧噴水，更添險巇感受，這一段楊愼現身說法，以自身行道如梁慄且汗的經驗〔註104〕，分享旅途之苦，更見說服力。

　　有時危險的來源是因爲盜賊，西南邊陲匪盜劫掠之風熾盛，蠻荒之境，充斥不可預知的人爲盜匪劫掠的危險，旅遊行商者爲其所苦，楊愼〈博南謠〉中就有此嘆，「瀾滄自失姜兵備，白日公然劫行李。博南行商叢怨歌，黃金失手淚滂沱。鐵索箐邊山嵯峨，金沙江頭足風波。爲客從來辛苦多，嗟我行商奈若何。」〔註105〕《滇程記》中就有許多對於蠻匪盜賊的防範提醒，「山塘驛

〔註104〕相類的段落有：「至碗水哨，籟乃平。又西爲四十里橋，又西爲響水澗橋。循澗行，巨石峭崿，鳴若轟霆，類嘉裕散關。過關有花橋，橋皆架木飛梯，橫楮懸度，人上之慄。」（《滇程記》，頁246）。
〔註105〕楊愼：〈博南謠〉，《升庵文集》，《楊升庵叢書》，第3冊，卷37，頁582。

七亭而遙達懷化。有桃花崖、芥子洞，蠻寇常出入所也」（頁 237）；「平夷衛六亭而達白水，有茶花菁，多盜，俟行者不戒而掠之」（頁 242），對於一些盜匪經常出沒路段，楊愼一一加以提醒，沿途奇不可測的自然奧險、詭譎的盜蠻，增添這一段路程的神秘性、刺激感。滇道難，難於上青天，行旅者可將《滇程記》作爲防險指南。而純粹將《滇程記》當作西南歷險記的讀者，則可藉此展開一場驚心動魄的紙上探險之旅。

　　旅人之所以願意跋山涉水、穿險越難去到那陌生不可測之處，是因爲那些不可預知的美景和驚奇，《滇程記》具有濃厚旅遊指南性格，指引許多必遊景點，「懷化驛四亭而達盈口。山形平曠，類桃源、仇池，多良疇，鮮凶歲，露積野牧，人弗相竊。坡樹多茗」（頁 237），這一段路沿途有如桃源、仇池的好風光，以漢地有歷史積累的美景（桃花源、仇池）比擬，提高邊陲地景聲譽；「踰飛來寺，望點蒼山，山形聳拔，蒼顏侵漢，積雪貫四序，雲氣恒帶其翠微」（頁 246），楊愼提醒游客，由飛來寺望點蒼山可見此山四時積雪、雲氣微露翠微，乃是最佳觀景視點；「亦資孔六亭而達平夷。中路有綽楔曰：滇南勝境」（頁 242），則直接點名該地是滇南必遊勝地，不可錯過。

　　邊域之遊當然就不能錯過有地方特色的景物，「雲南城七亭而達安寧。近郊有碧雞關，多平林沃壤。有螳螂川，通舟楫。有溫泉，浴之已痾」（頁 244）；「偏橋衛五亭而達興隆。途經東坡，有巖洞，類梵壁普陀境，垂乳結溜，象雲朵之英，懸泉淙然，邐雲泉閣、月潭寺」（頁 238）；「臥獅山在法寶山之南五里，以形名高百丈餘，長二里，其山俗名臥獅窩，其下有洞曰芭蕉，廣二尋高稱之，入深百五十步，其中石乳燦爛，有如蓮如鐘如傘之異，故又名石花。」〔註106〕鐘乳石洞和溫泉都是滇地特殊的景致，經由楊愼大力宣傳，使雲南的溫泉、鐘乳石洞廣爲世人所識。許多雲南異景的詩文，隨著楊愼詩文的傳播，這些雲南奇景也隨之傳播。這種景點、景觀的直接點撥，與旅遊地圖相類，大大增加了《滇程記》的旅遊指引性格，讀者可以按圖索驥，循線訪遊，成爲實用的旅遊導覽。

　　除了天籟自然景，楊愼不改文人本色，經常在地景中加入詩文元素：

　　　　貴州五亭而達戚清。山稍夷，類崤、澠，夾路多野橙，以春冬之交
　　　　華。城中有崇寧寺，中有滿空遺像。（滿空，僧名，自號白雲庵，馬

────────────────

〔註106〕楊愼撰，〔清〕陸恆訂：《雲南山川志》，《叢書集成新編》（臺北：新文豐，1966），
　　　冊 90，頁 271。

塲白雲庵是也。其詩有：「百官此日知何處，只有鳥禽早晚朝。」又「遙想禁城今夜月，六宮猶望翠華臨。」又：「新蒲嫩柳年年綠，野老呑聲哭未休。」）（頁240）

這一段介紹崇寧寺中的僧人滿空遺像，加入了其詩作，使古蹟、人物更立體，詩文都是一種抒情性鑲嵌（embedded within），使地景成爲歷史、文學積累的記憶空間，地理、文學遺跡交融，成爲地域特性與人文風貌共構的文化圖景。

《滇程記》爲入滇記程之書，一個從文明漸入野蠻之域的途程，旅程中楊愼依然有著考據學家的熱情，他偏好古蹟的記載與考證：

中州達滇有三路：自邛、雅、建昌、會川渡金沙江，入姚安、白崖，曰古路。秦常頞略通五尺道，漢武侯南征乃大闢焉（今蜀碉門有大相公嶺，桐槽驛有小相公嶺，皆因武侯得名。姚安有諸葛營。白崖舊名昆彌，武侯軍次白崖川斬雍闓，遂渡瀾滄入永昌。永昌城外七里有村曰舊漢，其人言語衣服，皆類蜀人，蓋征南留居者也）（頁234）

順林驛六亭而達澧州。絕涔水，水清澈，產贏蚌，巨者象盤。岸有諸葛遺釜二。有澧陽橋、遇仙橋，有車胤故里，有屈原祠。（頁235）

普淜驛六亭而達雲南。土人曰小雲南，以別於治城也。途經桃樹坡、金雞廟、孟獲箐、武侯擒獲所也。下安南坡，地復坦夷，古雲南郡治此，去驛有古村焉。（頁245）〔註107〕

這些段落皆與古人遺跡有關，述及現址諸葛營有武侯軍次遺跡，今仍有類蜀人的征南居留者，成爲活的歷史見證圖景；涔水岸有諸葛遺釜文物、「車胤囊螢」主人翁故鄉、屈原祠、武侯擒獲之所——孟獲箐等，風景因與歷史對話而有時間的銘刻，使過去盛景與現在雙重影像疊合，歷史召喚文化記憶，使地景成爲可讀的文本（text）。入滇之路的荒蕪地景，因考古、對話而展現歷史的厚度，而不再孤寂、原始。他也喜歡藉著地景回溯／重溫歷史文本和場景：

唐曰姚巂路（《唐書》高宗上元中，南詔犯邊，殺李知吉，姚巂路絕。

〔註107〕另「雲南驛八亭而達定西嶺，即古白崖，武侯南征立郡地也，蒙氏時改立文案洞城。」（《滇程記》，頁246）「楚雄府四亭而畸（大石）達呂合（合，《元史》作閣），元段平章敗紅巾明玉珍地也。有錢郎橋，結構壯麗，實冠一方（見素林公毀鶴慶佛寺金像以成，茲役貲蓋千萬）」（《滇程記》，頁245）。

姚、姚州，雟、越雟也）。起瀘州，沂永寧，走赤水，達曲靖，曰西
路。唐天寶中，出師伐南詔，亦由此進（《蒙國德化碑》云：唐節度
使章仇兼瓊遣越雟都督竹靈倩，置府東爨，通路安南。鮮于仲通取
南谿路下，李暉自會同路進，王知進自步頭路入。又曰：仲通大軍
至曲、靖，劫江口。按此則西路唐已通矣）。元世始開郵傳，今因之
焉。出湖藩，轉辰、沅，經貴州，曰東路。肇自莊蹻，立傳則自國
朝始也。（頁 234）

葉鏡、波犬、矣江，多段思平遺跡。（段思平逃難日，隱姓名為獵者，
以一犬自隨。至品甸，投宿逆旅主人舍，舍中有戟一枝，生牛革四
疊。思平夜臥，見風倒其戟，洞貫牛革，驚曰：是何銛利，豈神戟
邪。天明，問其主人曰：爾置戟何為。主人曰：防盜耳。思平曰：
行路防盜莫如戟，居家防盜莫如犬，我行爾居，願以我犬易爾戟。
主人許之，因留犬取戟以去，地名波犬由此也。思平又前，至葉鏡
池，得神馬自池躍出，因得脫關以東。後起兵取大理，問渡莫知，
有一婦報之曰：人從我江尾，馬從三沙矣。）（頁 246）

這兩則記南詔莊蹻立國史事及大理國始祖段思平遺跡，與《滇載記》頗有互
文關係，《滇載記》詳述歷史脈絡史事，《滇程記》則加入地景地物元素，藉
物質性的地景詮釋歷史故事，一方面使地景有歷史厚度，因有名人的歷史記
憶而產生特殊的地方感〔註108〕，一方面也增加《滇程記》的故事性和可讀性。

　　雖然是遊歷「蠻荒」無文之域，楊慎卻總是試圖尋覓與古典、歷史對話
的可能，展現愈是匱乏失落，愈是要彰顯文人價值的慾望，透顯了人類中心
和漢人中心的意識。文化地理學（Cultural Geography）認為「地景」（landscape）
並非只是地表形貌，或經驗上的物質化客體，乃文化再現之形式，呈現一種
觀看的視角〔註109〕，楊慎試圖將地景納入歷史脈絡中，展現以文明改造荒原
的意識，除了在在這樣的歷史對話中尋覓中原文士的價值歸依，亦有有歷史

〔註108〕 這種地方的歷史近似段義孚所論「當我想起『哈姆雷特』曾經在這城堡生活
　　　　 時，頓時感到這地方產生變化，那不是很奇異的事嗎？……每個人都透過莎
　　　　 士比亞知道哈姆雷特曾經對人性深處的問題發問，而他也被投影在 Kronberg
　　　　 城堡這地方中，從此，這城堡就與其他外表相似的城堡不一樣了。」參見氏
　　　　 著，潘桂成譯：《經驗透視中的空間和地方》（臺北：國立編譯館，1988），頁 2。
〔註109〕 Mike Crang 著，王志弘等譯：《文化地理學》（Cultural Geography）（臺北：
　　　　 巨流圖書，2003 年），頁 35。

化、馴化邊儌荒地的意圖。

　　《滇程記》是楊慎謫旅滇南實錄，實際記載沿途亭驛、里程，便於旅程路線的規劃安排。他不斷以親身經驗提醒讀／旅者沿途關於氣候、瘴氣、地形、蟲獸、盜匪等各種險狀，熱心提供各種最佳交通方式、訪遊季節，提醒必遊景點、觀景最佳視野，使《滇程記》成爲實用性格濃厚的旅遊指南書，因著《滇程記》的編纂、付梓，西南滇黔之地諸多勝景也一起被傳播。同時楊慎也發揮文人文字描繪（word-painting）優勢，在地景書寫中加入歷史、文學詩文、考古知識等人文鑲嵌（humanism within），使「旅遊指南」成爲帶有人文厚度的文人創作。

二、美麗／野蠻新世界：邊地與族群再現

　　雲南在明代就已成爲我國少數民族最多的省分〔註110〕，由於收編、開發較晚，雲南的邊族風情，對於華夏之人，充滿神秘、奇異色彩。《滇程記》中出現許多與中原方物迥異的「異國」情調，楊慎帶領讀者之眼從入滇之道，沿途夷族的生活和風土型態，展開一篇篇民族誌的書寫，要問的是，這個陌生奇異的境地，對楊慎來說是一個美麗抑或野蠻的新世界？而他「見」或「不見」的是一個怎樣的夷族風光？

　　離開熟悉的中原地域，楊慎首先感受到的是氣候、地形以及植物差異：

　　亦資孔六亭而達平夷。中路有綽楔曰：滇南勝境。西望山平天豁，還觀則菁霧瘴雲，此天限二方也。入滇境，多海風，蜃大屋，人騎辟易。貴之雨，雲之風，天地之偏氣也」（頁 242）

　　船溪驛四亭而達辰溪。渡沅江，岸對穆天子大酉山，有石鼓及鍾，考之中音。有虎坐岩，截壁千仞，無草木，猿猱弗捷也，下有石肖虎。有乾溪洞，深不測，爰產岩筍，晶色而節幹，修岊有倍，采以春夏，其柔可環，出洞得風而始堅，服之已臕疾。（頁 236）

煙霧瘴癘之氣，不可見而可觸可感，描繪熱帶南國氛圍。由貴州進入雲南，貴之暴雨、雲之狂風，皆內地未見的氣候奇象，予人不安的地方感。光禿千仞之壁，如群虎之巖，自然景觀（landscape）被喻以凶猛攫人意象，物質性的石頭被蠻獸化，深不可測之溪，望之無窮盡，楊慎以奇特地形營造驚悚氣息。

〔註110〕參見劉惕之：〈徐霞客滇遊與雲南少數民族〉，《衡陽師專學報》，1995 年第 1
　　　　期，頁 85。

這些視覺衝擊，造成感知的震撼感，段義孚認爲地理感爲人「理性的感性行
爲」，地理感是人透過其感官機能而對環境的識覺和產生經驗，繼續依據經驗
的概念對環境產生評價功能，最後依據所評定的價值去回應環境，整個地理
感的流程存在於「人與環境在時空架構中互動的關係」裡。人類空間感的構
成，必須依賴實有的景觀，其他感官機能可以增強識覺空間的感受。於是人
類的空間感反映人的感受和精神能力〔註111〕。在《滇程記》中陌生境地的景、
物與兇獸連結，產生驚恐的心靈感受，一方面是因邊境荒原產生的陌異感，
一方面是滿懷傷痕的楊慎自身的投影。

　　除了氣候和地形，楊慎繼續以獨具特色的地方知識，使讀者可以透過文
字，想像一個陌生境地：

> 東路由大江捨舟，首程曰公安、六亭而達孫黃。道經故屛陵縣，遺
> 甓存焉。屛陵、罐子皆十里而遙，樹多女貞，多貴竹。孫黃驛七亭
> 而達順林，陂於塔岡，坦於順林，望皆煙篁，饒水田。羅塢、樟莊，
> 皆十里而遙，山多荒茅，亭卒吹錫叫竹，以代銅鉦。（頁 235）〔註112〕
>
> 再亂沅江，途亘蜈蚣關，山束道迆，形如其名。樹多樺，土人燧樺
> 膚以代燭。（頁 237）
>
> 祿表驛八亭而畸達祿豐。有老鴉關巡司、獅子口、棟橡坡、棠梨哨。
> 有草名金剛鑽，碧幹而蝟刺，形肖刺桐，孔雀是食，其漿殺人。（頁
> 245）
>
> 潞江龍川地，多異木奇草，有蔞子，即扶留藤，土人以爲檳榔佐餌
> 者。有果名抹猛，色類櫻桃，形如橄欖。有波羅蜜，狀若薑，味皆
> 甘而微酸，蓋積熱所鍾。瘴起以春尾，止於冬首，江路兩堤，草頭
> 相交結不可解，名交頭瘴，時則行旅皆斷。江岸居人多黃面，鮮及
> 中壽，婦女獨不染也。（頁 249）

第一段引文言由大江捨舟上岸首程，山路漫漫，沿途多荒茅，「錫叫竹」是一
種竹製類似口哨的鳴器，銅鉦，古代行軍時作聯絡信號用的一種銅製打擊樂
器。用錫叫竹代替銅鉦進行通訊聯絡活動這一地方習俗的形成，與就地取材

〔註111〕 參見段義孚著，潘桂成譯：《經驗透視中的空間和地方》（臺北：國立編譯館，
　　　　　1996），頁 7 及 13。
〔註112〕 另「龍里五亭而達貴州治城。城近巒之秀者曰鳳凰，帶城有襄陽橋。林多貴
　　　　　竹，有貴竹長官司，因竹以名州」（頁 235）。

當地特產貴竹密切相關；而樹多樺，土人燋華膚以代燭，即當地居民把樺樹皮當作蠟燭來照明的生活習俗，這些都是當地物產影響庶民生活的例證。第二則文中的「棟橡坡」、「棠梨哨」，羅列以物產命名的沿途地名，帶出滇地一連串的滇地奇異植物，蔞子是檳榔佐餌，抹猛果、波羅蜜皆南方熱帶水果，其漿可殺人的植物——金剛鑽，提醒旅者小心以免誤食。也寫及瘴氣幾乎終年籠罩，導致蔓生蕪草阻擋行旅之路，營造詭異的蠻荒感，因環境險惡，江岸居人除婦人外，鮮及中壽，將環境與人的壽夭連結，以帶有死亡色彩的植物和地貌渲染邊域奇異色彩。

物產書寫往往是想像庶民生活的最佳元素：

> 廣通縣七亭而畸而達楚雄府。途經回磴關，封民蒙氏閣羅鳳逆唐師返彎所也。民食團鹽，鹽產白井。（頁 245）

> 呂合驛三亭而達鎮南州。城南有石吠之山，是占豐歉（此山遇兵年將至，輒有吠聲聞於此谷）有奇堊，號仙人骨，瘍醫採之。（頁 245）

> 清平衛達平越，號六亭，實九亭而遙。陟梅嶺關，渡麻谷江，津人乃木獠夷。江涘苗人，以石堊就水澤髮，獠家夷女，罶鰌蝦以供臘祭。（頁 239）

> 山又產彎薑，餌其刀圭，終世絕人道，士人以飼牡馬不宜也。蚺蛇亦產其地，土人欲取之，先以雞卜問諸神，得吉兆則入麓求之，蛇見人輒伏不動，夷人語之曰：中國天子求爾膽，爾可伏死，否則吾亦不汝貰，是不昭汝靈也。蛇反背就戮。今相傳云，去膽復活者，蓋謬說耳。一蛇有三膽，居頷下者，以傅毒矢。居腹間者入藥，有病疽者，以童便研一合服之，又以傅患所，頃刻而愈。居尾者棄弗用。蘇合香、膽礬、腦子、阿魏、麒麟竭，諸奇藥皆產焉，獨無麝，麝價與金相衡。地多虎，士人狎象而畏虎。農人守禾，皆宵宿樹杪，結草樓以捍風雨。衣皆套項統裙，鵝毛為袍褥，溫毳逾於木綿。其境東及（大）金沙江，西為吐蕃，南緬及撾，方數千里。自趙守撫夷後，蓋無至者。（頁 250）

第一則引文述及邊地居民生活日用，迥異於與中原地區，滇地居民食井鹽，居民藉石吠山占卜農收豐、歉。山產奇堊，可為藥醫瘍，江邊苗人用石堊這種碳酸鈣白土泡水洗滌潤澤頭髮，苗族婦女用「罶」這種捕魚的竹蔞捕撈泥

鰍和蝦作爲多祭供品。第二則引文則偏重於日用醫療敘事，言及中緬邊境（金齒）產彎薑，服之可終世絕人道，異域的物產往往是認識和想像邊族的重要物質媒介，經由物產描繪，使西南邊域呈現出來的圖像具體可感。當地人補蛇取膽，這部分述及人與蛇的對話互動，十分有趣。值得注意的是，這種書寫方式，似乎將夷人降至可與動物溝通的對等層次，隱含貶抑意味。滇程記附錄是楊愼與楚雄醫士談天所得，「楚雄有醫士張姓者爲余言，曾隨雲南知府趙渾撫夷入大孟艮，能言其風土之詳，今錄以廣異聞」（頁 249），因此特別關注當地盛產的一些名貴中藥：蘇合香、膽礬、腦紫、阿魏、麒麟竭等，這一則亦述及夷民交通（狎象）、住屋（結草樓）、衣著等生活方式，皆就地取材，顯示地方實質差異。

《滇程記》的民族誌書寫也細緻地涉注到邊陲的社會經濟等問題，「楊林達板橋，⋯⋯貨始用海㻲。（古者，寶龜而貨貝。貝即㻲，方土音異爾。立一爲莊，四莊爲手，二十首爲索，九索當白金一錢）」（頁 243）；「地有羊場、雞場，實諸夷互市，以十二辰相遞，歷十二日一市，每場歲三十市。」（頁 239），這裡記載了邊族使用的貨幣，以及各族群眾趕集的羊場、雞場交易情形，爲實地勘查的珍貴社會經濟資料。

《滇程記》中從物產到庶民日常生活的細節描述，都引領讀者得以想像邊地夷族的生活圖景象，展現一種地方書寫（the writing of a place）特色，亦彰顯了《滇程記》的民俗價值〔註 113〕，呈現一種物產景觀的展覽，滿足世人發現「新」世界的知識慾望。

發揮考據學家的看家本領，楊愼紀錄了沿途諸多邊地民族群體和文化，使《滇程記》呈現宛如民族誌的知識特質〔註 114〕：

> 貴州治城。⋯⋯城中華夷雜居。曰舊人者，男女服食皆同中原，蓋先代宦與商流落者。曰玀玀，即古烏蠻，有文字，類蒙古書。挽髻短褐，徒跣戴笠荷氈，佩長刀劍籠，皮肩韋帶。玀點喜鬥狼，然甚

〔註 113〕有關《滇程記》論及邊地民俗的詮解，可以參見董廣文〈《滇程記》的民俗價值〉，收於《雲南民族學院學報（哲學社會科學版）》，第 19 卷第 2 期（2002年 3 月），頁 85～89。

〔註 114〕David Feterman 認爲「民族誌是一種描述群體或文化的藝術或科學。⋯⋯民族誌根本上是本質的描述。民族誌學和民族學是用來完成一個可理解的人類學研究，需要一般的文學檢閱，資料蒐集技巧的呈現、描寫、轉譯和彼此關聯的討論。」參見氏著，賴文福譯：《民族誌學》（Ethnography：Step by step）（臺北：弘智文化，2000），頁 1～36。

重信，人不敢詐也。曰宋家者，亦中州裔，衣冠尚同華人，男女有別。曰蔡家者，俗亦同宋家，二氏爲世婚。曰仲家，好樓居，衣純青，男子華服，婦人衣細襞裙。病不服藥，惟祭鬼而已。卜用茅會雞骨，通中國文字，以十一月爲歲首。曰龍家，衣純白，亦用中國文字，以七月祭先。曰曾竹龍家，俗語龍家同，婦人冠布冠如馬鐙。曰紅犵狫，婦人以紅布爲桶裙。曰花犵狫，以裙色五色別之。曰東苗，男鬌髻短衣，色尚淺藍，婦著花裳而無袖，裙亦淺藍，僅蔽其膝。曰西苗者，性獷悍嗜殺云。（頁239）

這一段以博物館式的陳列視角〔註115〕，將諸多族群並置鑲嵌於滇程地圖上，紀錄舊人、玀玀、宋家、蔡家、仲家、龍家、紅犵狫、花犵狫、東苗、西苗等族群的分布地、民風習性、衣飾、髮飾、信仰、住屋、醫療等生活狀態，《滇程記》像這樣的族群異質文化的敘述篇章非常多〔註116〕，這些敘述大都充滿迷信、野蠻、粗鄙色彩，如「仡佬」在漢語古文獻中常寫成「犵狫」，這種族群動物化這也展現了漢族統治者對少數民族的蔑視〔註117〕。值得注意的是，楊愼除了敘述了各族的生活狀態，並特別著墨於各族群的漢化程度，放大夷族受教化的痕跡，對於其中較文明、馴化的族群，強調其中爲中國族裔的祖源，合理化夷族的中國根源，對比於未受漢文化洗禮之夷族的「性獷悍嗜殺」〔註118〕。並以文字、衣著的漢化程度視爲文明的指標，如果與中國較接近，

〔註115〕 吉見俊哉：「十七世紀中葉，編織世界的方法產生了根本的變化。博物學式視線的成立，是將物與物並至排比於透明格子狀的認識空間。在這個空間中存在物（creature）從所有的注釋及附屬語言中解放出來，然後一個接一個並置排比，將他們可見的表面呈現出來，依照他們共通的特質集合起來，而這些特質都經過潛在分析，因而能賦予存在物一個專屬於他們的名字。」參見氏著，蘇碩斌等譯：《博覽會的政治學》（臺北：群學出版社，2010）。

〔註116〕 如「安寧州六亭而達祿剿。地食釜鹽，鹽產黑井，筥盛首戴，任戴者皆黑爨（《華陽國志》云：爨，建寧大姓也。西爨白蠻，東爨烏蠻。史稱盧鹿，又稱羅落，訛爲玀玀。烏蠻黑爨即黑玀玀，白蠻白爨即白玀玀，古今異名爾。其別種善捕魚者名普時）」（《滇程記》，頁244）

〔註117〕 參見董廣文〈《滇程記》的民俗價值〉，收於《雲南民族學院學報（哲學社會科學版）》，第19卷第2期（2002年3月），頁87。

〔註118〕 王明珂：「由於族群的本質由「共同的祖源記憶」來界定及維繫，因此在族群關係中，兩個互動密切的族群，經常互相「關懷」甚至干涉對方的族源記憶。失去對自身族源的詮釋，或是接受強勢族群給予的族源記憶，經常發生在許多弱勢族群之中。」參見氏著：《華夏邊緣：歷史記憶與族群認同》（臺北：允晨文化，1997），頁12。另他提及中國西南蠻的歷史亦說明「《史記》與《漢

就被認爲是文化水準較高，離文明較近。顯然在審視夷族的過程中，中原文明都是一個對照的座標。所有的影像文字紀錄都是一種選擇的過程，其中隱含了書寫的觀看視域，正如約翰・伯格（john Berger）在《觀看的方式》（Way of Seeing）中認爲注視是一種選擇行爲，我們觀看事物的方式，受到知識與信仰的影響，我們注視的從來不只是事物本身，我們注視的永遠是事物與我們之間的關係〔註119〕。楊愼選擇以漢文化融育深淺來檢視異質文明，無疑複製漢人的標準於荒蠻之境，投以帝國的凝視（imperial gaze）「他者」（the Other）〔註120〕的炯炯目光。

除了自然景觀、物產、族群日常生活，社會人文景觀亦是建構邊域族群圖景的重要一環，就華夏長期的男性中心文化而言，異質地域和族群的性別「錯置」現象，往往產生驚奇之感，「白水驛達南寧……交水川平可走輪，阿幢橋有大道走曲靖府，號三叉路。有鐵溝哨，守以盧鹿夷（史稱盧鹿夷，即今玀玀，傳之訛也。玀玀有夷婦酋曰海六者統之，有失則戍夷共賞之。自某受海六賄，諸夷肆掠不忌，號曰官玀玀云）」（頁242）這裡寫及女酋長海六統玀玀夷，女酋不但擁有名字，又有掌握有統馭部落大權，顯然與漢地女子地位迥異，邊境中的女性與異族，形成令人關注的邊域文化特色。

延續這種男女權力關係，婚俗和男女關係往往是旅途中，攫人目光的文

書》都提到，楚威王在位時（西元前339～329年），莊蹻往南方征伐一直到滇地，當他要回楚國時，秦國伐楚，他的退路被截斷。莊蹻因此留下來建立滇國，成了當地的王。他與屬下們變更服飾，順從土著習俗以治理當地人民。……這一段歷史（或傳說）合理化滇國王室的中國根源，有助於滇國由上而下的華夏化。」（同書，頁300）亦可說明楊愼強調中國裔的書寫動機。

〔註119〕約翰・伯格（John Berger）：「我們觀看事物的方式，受到知識與信仰的影響」（頁2）；「我們只看見我們注視的東西，注視是一種選擇行爲。注視的結果，將我們看見的事物納入我們所能及——雖然未必是伸手可及的範圍內。……所有的影像（Image）都是人爲的創作」（頁3），參見氏著，戴行鉞譯：《藝術觀賞之道》（Way of Seeing）（臺北：商務印書館，1993）。

〔註120〕這種文化視角近似後殖民視野中的「東方主義」，東方和西方之間的關係是權力、支配和一套程度多變的複雜霸權。東方主義的策略是依賴於一種彈性的位置優越感，這一套論述，並非有直接、赤裸的政治權力關連，而是存在於、生產於一個不公平的各式權力交換的場域中，並在與下列諸權力的交換過程中被形塑：政治性權力（如關連著殖民和帝國建制）、知識性權力（如關連一些主流的科學如比較語言學或解剖學，或其他的當代政策科學等）、文化性權力（例如關於何謂品味、文本與價值的正統與典律），還有道德性權力（關於「我們」做什麼和「他們」不能做什麼等）參見愛德華・薩依德（Edward W・Said）著：《東方主義》（Orientalism）（臺北：立緒文化，2000）。

化展演，滇黔地區的星回節即是結合民俗節慶與婚俗的特殊儀典，《滇程記》
便記載了苗族「跳月」習俗：

> 新安對亭有石塈，峭立而上平，下有洞深靚，九龍觀標其巔，苗寨
> 星旷。道次以敝罾、故屨、鴨頭，縛交竿端，置茅籠中，謂之退鬼。
> 男女踏歌，宵夜相誘，謂之跳月。（東苗種人皆吹蘆笙，旋繞而歌，
> 男女相和，有當意者偶之，曰跳月成雙。皆露髻翹簪，闟衣貝飾。
> 男呼女曰阿娟，女呼男曰馬郎）（頁 239）

苗族跳月是延續至今苗族青年男女公開的社交和娛樂活動，這種活動在各種
節日的夜晚均可進行，在男子的蘆笙聲中，女子「露髻翹簪，闟衣貝飾」翩
翩起舞，先是集體共舞同唱，然後漸漸成雙，單獨對唱，以「阿娟」、「馬郎」
相喚，歌詞現編現唱，唱到時機成熟處，就把婚約之願鑲嵌在歌聲中，邊唱
邊交換信物。雖然前已有一些關於滇黔婚俗的零星記載，然《滇程記》的描
述堪稱關於滇黔少數民族〔註121〕跳月習俗的最早較完整的田野調查文字記載
〔註122〕，這種聲色兼備，有強烈地域色彩與民族特色的「跳月」習俗，「有當
意者偶之，跳月成雙」，予人「男女交往自由」與「婚姻自由」的印象，迥異
於漢人社會通行的以父母與媒妁為中心的婚姻方式〔註123〕。這一段描述了苗
族的婚俗，建構了邊地族群的文化圖景。然而楊慎或《滇程記》的讀者看到
的除了是「跳月」所流露的浪漫愛情想像，更感興趣的恐怕是與淫亂連結、
違反禮教的獵奇心態，而這些棄禮悖倫的行徑，成了對比性的陪襯，透過對
比而界定出華夏文明美德。楊慎還記錄各族群眾節慶歡樂的情景：

> 清平衛達平越……歲暮即場釀會，持牛角為觴，吹蘆笙為樂，男女
> 踏歌，盤旋相侑，至元夕乃矣。（頁 239）

> 撒麻亭有八部山，地名舊普安，唐盤州遺址在焉。近城有狗場坡，
> 驛曰湘滿，民無編戶，土酋號十二營長。其部落有玀玀、仲家、犵

〔註121〕 不只是苗族，跳月擇偶，婚前青年男女的自由婚戀，在明清時期雲南的氐、
　　　　 羌、百越、苗瑤族系中都普遍存在，並形成了跳樂、踏歌、拋球、扎山等等
　　　　 頗具民族風格的傳情、擇偶的方式及婚戀習俗。參見沈海梅：《明清雲南婦女
　　　　 生活研究》（昆明：雲南教育出版社，2001），頁 108～124。

〔註122〕 參見董廣文〈《滇程記》的民俗價值〉，收於《雲南民族學院學報（哲學社會
　　　　 科學版）》，第 19 卷第 2 期（2002 年 3 月），頁 87。

〔註123〕 參見胡曉真〈旅行、獵奇與考古——《滇黔土司婚禮記》中的禮學世界〉，收
　　　　 於《中國文哲研究集刊》（臺北：中研院文哲所，2006），第 29 期，頁 51。

獠、僰人，言語各不相諳，以僰人譯之。夷俗有火炬二節，丑末月
之二十四日，是其辰也。是節擊鮮祭，小兒各持火，喧戲於市，若
中州上元然。（頁 242）

第一則筆記寫到每年歲末最後一日傍晚即開始場醵會，人們以牛角爲酒杯，
吹蘆笙爲樂，男女新伴，縱情高歌跳舞，歡慶一天一夜，到元旦夜晚才結束。
第二則筆記寫到撒麻亭部落有兩次火把節的習俗，當地人殺牲祭祀，兒童手
持火把在市集街道上嬉戲，就像中原地區的元宵節那般熱鬧，這些特殊的盛
大節慶，在楊愼傳播後，吸引更多華夏旅人目光〔註124〕。進一步來說，楊愼
以中州上元節作爲比擬火把節，像這樣以中原之物、名、事來詮解邊地異質
文化的筆法，經常出現在《滇程記》中，可以使讀者易於瞭解異族文化。這
種相類景象，也勾起了楊愼回不去的昔日美好記憶，「刺桐花，花蒼樹。瀟灑
迎涼辰，奄藹留炎暮。渥翠掃蠻煙，飛英飄瘴霧。蠻煙瘴霧雨餘天，耀彩舒
芳最可憐。……星回節後流螢院，乞巧樓前烏鵲筵」〔註125〕；「忽見庭花析刺
桐，故園琪樹幾然紅。年年六月星回節，長在天涯客路中」〔註126〕，都是因
星回日觸節傷情之作，在漫漫跋涉的途程中，楊愼的雲南書寫再現、展示了
異地、異族文化圖景，也在字裡行間流露華夏之眼、謫旅者之心。

　　自然景觀、物產、民俗反應獨特的社會文化面貌，概括生活方式與技藝，
形成有機的文化模式，楊愼藉由文字描繪，以地理空間結合人文觀察的地誌
書寫，再現、建構了邊地民族的生活史。《滇程記》可視爲一部充滿獵異色彩

〔註124〕滇地的異俗文化不但引來更多的風俗書寫，也引發文人一探淵源的動機，稍
　　　　晚於楊愼的沈德符（1578～1624）亦有關於火把節的討論，「今滇中以六月廿
　　　　八日爲火把節。是日人家縛茭蘆高七八尺，置門外爇之，至夜火光燭天，又
　　　　用牲肉細縷如膾，和以鹽醯生食之，問其原，則是日爲洪武間遣待制王忠文
　　　　禕說元梁王納款不從，爲其所醢，以此立節，亦晉人禁寒食，楚人投角黍之
　　　　意也。但考忠文被害爲十二月廿四日，何以改爲六月，即介推亦以五月五日
　　　　亡，似當與屈正平同日受唁。今移之清明，乃知古今傳訛不少矣。錢爾載按
　　　　袁懋功滇記云，南詔皮邏雖滅五詔，得其土地，而遺裔尚存，乃於國中設一
　　　　樓極其華麗，樓上陳設錦繡，户牖板楣，悉用松明。松木心有脂者，易發而
　　　　難息。每宴臣下，登樓飲酒盡歡，至是年六月。滇載記作仲夏。二十五日，
　　　　值祭先之期，令人招五詔助奠，至期祭畢舉宴，延眾登樓歡飲，須臾皮邏閤
　　　　佯醉下樓，擊鼓發火焚樓，各詔酋領盡死，國人始悟用松明之意。今滇中於
　　　　是夕衢巷皆舉火，名曰星回節。俗言火把節。」參見氏著：《萬曆野獲編‧火
　　　　把節》（北京：中華書局，1959），卷24，頁622。
〔註125〕楊愼：〈刺桐花〉，《升庵文集》，《楊升庵叢書》，第3冊，卷37，頁591。
〔註126〕楊愼：〈星回節〉，《升庵集》，《楊升庵叢書》，第3冊，卷35，頁249。

的民族地方誌，使華夏讀者得以看見這些族群的生活型態，在驚聲連連的閱讀中看見了迥異於漢族的生活剪影，然在看似知識性客觀、科學的描述中，亦不免流露漢人中心的視角，形成一種奇異的知識生產。

三、漢族的凝視與永遠的鄉愁

> 一種永恆的力量醞釀著一個深不可測的狂野。……輪船緩慢地而又艱難地行進，兩邊是黑暗的、莫名其妙的狂野。——康拉德（Conrad Joseph）《黑心》〔註127〕

楊慎對滇雲景物風土的書寫時有誇飾性、妖魔化傾向，寫山路關險言「箐口關何險，山頭路更賒。凌兢磨旋蟻，屈曲陣蟠蛇」〔註128〕；寫滄海狂風「歲恆風烈，偃樹走石，人馬辟易。予夕憩客郵，聞吼聲傍枕，發眴尤雄」〔註129〕；「何事狂風滇海上，清明不見一枝紅……不待元宵三五後，萬重癡綠暗蠻天」〔註130〕；寫夷人樂歌「好音何處覓黎黃。夷歌暮起如鴟吷」〔註131〕，「葉葉楓林驚客棹，村村銅鼓和蠻歌」〔註132〕。寫夷族人文圖景亦然，《滇程記》對西南眾族有深入的觀察和報導，其對邊地族群的描寫和傳播穿梭在紀實與誇張之中，內容經常充滿獵異色彩，眾多的鬼怪，將西南邊境點染成光怪陸離的世界：

> 江出烏蠻，匯於廣西者香江，饒瘴癘，青草之月，有綠煙騰波，散為宛虹駁霞，觸之如炊秔藊荳，行人畏之。江岸乃靖遠伯南征喪大師之所，每水溢時，多化為異物（居人言：水漲江渾，鬼物咸化為無頭尾魚，及傘衣之類，舟人有逐之者，必遭溺死）。（頁241）〔註133〕

> 出騰衝鎮夷關為南甸，又西為干崖貳宣撫司，其地雖寒月衣葛，汗猶如雨。又西為布嶺，稍涼如騰衝焉。又西為雷弄，又西為揭陽，

〔註127〕康拉德著，何信勤譯.《黑心》（臺北：聯經出版社，2006），頁2。

〔註128〕楊慎：〈箐口關〉，《升庵文集》，見《楊升庵叢書》，第3冊，卷18，頁316。

〔註129〕楊慎：〈海風行有序〉，《升庵文集》，見《楊升庵叢書》，第3冊，卷23，頁393。

〔註130〕楊慎：〈滇南柳枝詞八首〉，《升庵遺集》，《楊升庵叢書》，第3冊，卷18，頁1014。

〔註131〕楊慎：〈滇南柳枝詞八首〉，《升庵遺集》，《楊升庵叢書》，第3冊，卷18，頁1014。

〔註132〕楊慎：〈沅江曲二首〉，《升庵文集》，《楊升庵叢書》，第3冊，卷12，頁233。

〔註133〕鬼字在《滇程記》中經常出現，「安莊衛二亭而達白水。諺云：『渣城白水，半人半鬼。』」（《滇程記》頁，241）

又西爲孟乃，又西爲火岡，炎毒又倍南甸諸地。自火岡渡（大）金
沙江，過江畔，多白夷。家畜一撥斯鬼，其鬼無形而善噬人魂，中
者越宿而死，死則百夷取其尸爲醢，是鬼畏犬，聞犬聲遞百里。（頁
249）

炎熱、瘴癘之氣都營造了西南熱帶蠻荒氛圍，〈恩遣戍滇紀行〉也談到這種見
之駭人的環境，「鬼方昔云退，羅甸今初入。陰霾暗凝交，瘴嵐昏曉集。長亭
此驛遙，只尺如棘澀。石行蹶昆蹄，沙炊咽蒸粒。斷腸盤江河，銷魂籠嵷坡。」
〔註134〕環境詭譎險惡而鬼物出焉。第一則烏蠻紀程，青月、綠煙騰波、宛虹
駁霞從視覺感官營造恐怖氣氛，江岸鬼物化爲無頭魚，舟人逐之必溺，點染
死亡氛圍。第二則寫集中緬邊界的南甸，白夷多鬼，無形而善噬人魂，白夷
人取尸醢之，有食人族野蠻之態。這些描述都增加了西南邊陲的原始感、荒
莽特質。延續獵異的視角，西南邊域巫風盛行：

孟艮諸夷，稱其官帥曰司祿，酋長曰习猛，卒伍曰皆些。出入以象，
名曰象馬。兵革犀利，復多幻術，爲家不設扃鑰，漢人舍之，有竊
其貨者，夷主諷咒，盜者即病心腹，必詣其家歸貨謝過，其人復爲
解之，有巨石或利刃出其懷。若鷲鳥搏其畜雞去，諷咒頃之，鳥墜
自空，有石在鳥嗉。野象或踐其禾，亦如之，不知何術也。中國使
至其地，其夷帥自言曰：是我兄天子使來也，偃然僭受朝拜，不爾
不令生還。（頁249）

孟艮諸夷多幻術，有竊其貨者，呼咒盜者病心，幻術亦適用於禽獸，鷲鳥搏
其蓄雞，鳥墜自空，野象踐禾亦然。楊愼驚嘆「不知何術也」，產生陌異化的
法術，成爲分別中土／異域的表徵，幻術的描寫使西南邊陲蒙上神秘面紗，
更添奇異、非文明色彩。除了巫風之外，西南邊陲淫風亦熾盛：

夷帥居層樓，以避炎氣，有妻數百人。晴候乘象出浴於江，浴畢闒
服羅拜其主，主解約臂金鐲授者當夕。小孟貢江產鮑魚，食之日御
百女，故夷性極淫。無論貴賤，人有數妻，然不相妒忌。（頁250）

這裡寫及小孟貢江畔產生猛鮑魚，造就夷性極淫，予以負面評價。接著敍述
夷俗人有數妻，然以漢人價值觀視之，論及群妻彼此不妒之善。楊愼亦經常
妖魔化、動物化當地民族，「界亭驛七亭而達馬底。經冷水坡、馬鞍山。自新

〔註134〕楊愼：〈恩遣戍滇紀行〉，《升庵文集》，《楊升庵叢書》，第3冊，卷15，頁274。

店至是，歷四十八渡（諺云：四十八渡腳不乾，前頭又上馬鞍山），皆溪澗湊
流，無舟楫，夏雨漲時，東西旅絕。地復多蠻，實槃瓠之遺，洞居血食，彪
衣猙言，名為洞人，時出肆掠」（頁 236）〔註 135〕，楊慎以諺語生動描述四十
八渡水源充沛，山間溪澗縱橫奔流的景象，以原始未開之景象，帶出槃瓠之
遺族的生活圖景。該族雖名為「洞人」，然「洞居血食，彪衣猙言」實則與獸
無異，在漢夷文化接觸的過程中，漢人對其他民族往往使用動物性稱謂或充
斥著動物般比喻的語言，顯示漢人「懷疑是否能將土著視為生物學上意義的
人」〔註 136〕，這種現象亦見於漢族經常將夷族之名動物化，「《華陽國志》云：
爨，建寧大姓也。西爨白蠻，東爨烏蠻。史稱盧鹿，又稱羅落，訛為玀玀。
烏蠻黑爨即黑玀玀，白蠻白爨即白玀玀」（頁 244），夷族之名通常以犬為邊，
有動物化、蠻化傾向。這種書寫往往將異族刻畫成漢族的對立面，凸顯漢族
的文明、優越〔註 137〕，透露漢人文化霸權凝視意識，這種書寫視域區別蠻域
與中原，劃分野蠻與華夏中原，亦相類於薩依德所論的「東方學」書寫中貶
抑東方的視角〔註 138〕。《滇程記》中也特別著墨於漢化的力量：

〔註 135〕 下一則亦談到槃瓠族的生活型態，「辰州府八亭而達船溪。值石若林，拔地數
仞，巧逾刻畫。山多洞穴，入洞有槃瓠祠，有叢垣壇位，而無像設，洞人飲
食必祝，過者肅然。」《滇程記》，頁 236。又這一則描述的劫掠問題，也是
漢人西南書寫經常著墨的地方，《滇程記》中談及夷族盜掠、暴力傷人的段落
很多，如「興隆衛達清平，七亭而遙（黃猴、周洞、重安、羅沖、落燈）。渡
重安江，江色如渥靛（重安長官司隸四川播州），岸樹二桓，組纜絕之，舟循
纜以渡。渡西有雲溪洞，可隱千室。望香盧山，為岊三成，其高蔽霄，下肆
無景。上有漢流一溪，沃疇千町。聚落千鄯，時出禦貨戕人，官兵來討，輒
泏水下注。」（頁 238）
〔註 136〕 陸韌編：《現代西方學術視野的中國西南邊疆史》（昆明：雲南大學出版社，
2007），頁 97。
〔註 137〕 齊努瓦‧阿切比在論康拉德《黑暗的心靈》提及「康拉德的錯誤與西方人心
中的一種願望是緊密相聯的，即『把非洲看成是歐洲的陪襯物，一個遙遠而
又似曾相識的對立面。在非洲的映襯下，歐洲本身的優點才能顯現出來。』」；
「《黑暗的心靈》把非洲描寫成『另外一個世界』，歐洲的對立面，因此也是
文明的對立面。在那裡，不可一世的獸行最終嘲弄了人類的智慧和教養。」
這與楊慎描述西南夷族野蠻化、妖魔化的情況相類。參見齊努瓦‧阿切比：〈非
洲的一種形象：論康拉德《黑暗的心靈》中的種族主義〉，收於於楊乃喬等譯：
《後殖民批評》（北京：北京大學出版社，2001），頁 180～191。
〔註 138〕 這種妖魔化雲南的書寫方式，與薩依德「東方學」相類，「歐洲人想像中的地
理的第二個主題便是東方暗含著危險。理性被東方的暴行所毀滅，那些神秘
誘人的東西恰恰是正常價值觀念的對立面。」見氏著：〈想像的地理及其表述
形式：東方化東方〉，收於張京媛主編：《後殖民理論與文化批評》（北京：北

> 易龍所達楊林……羅傍山枕楊林、海子、方如支郡三城，有漁舟百
> 十艘，岸皆沃壤。(《白古記》云：波羅傍佐蒙氏細奴羅，出於漾江
> 之側。衣錦袍，執儒書，教之以文。厭羅剎之暴，伏龍鬼之嗔。山
> 名蓋由此立爾。)(頁 243)

這則論及羅傍山附近三郡，受到華夏文化薰染，衣錦袍，執儒書，教之以文
的教化之功。搜尋漢文化的痕跡，「覓同」成爲旅途中迥異於獵異的另一視角。
歷來漢人對西南民族的認識和描述是複雜的，一方面試圖眞實地，甚至同情
地理解他們；另一方面，可以清楚地看出這是一個逐漸把它們建構成奇異的、
神話似的「他者」的過程，並試圖帶入儒家教化力量，試圖幫助他們走向「文
明」。

　　《滇程記》是謫遊者的觀察與實地記錄，在西南邊域，漢人面對種類繁
多的當地族群，從文化、宗教系統、物質文明、社會和政治組織各方面都發
現巨大的差異。楊愼以獵奇尚異之眼，來刻畫西南邊陲的異質人群與文化，
其生活圖景充滿鬼怪、死亡、巫術、淫佚等元素，這種行旅敘述經常隱含書
寫者的觀看與凝視（gaze），交雜紀實與誇飾，而非如實的描繪。書中所述的
「夷」或「蠻」這些有點「異國情調」的人群，可說是中國境域的「內部他
者」（The other within）〔註 139〕。《滇程記》記載從鄂、湘、黔、滇四地，采
集瓠、苗、瑤、白夷等族風俗民情，這些充滿「異國情調」的邊疆民族「他
們乃是中國國族內部的『陌生人』（stranger）：他們既非純然處於國族外部的
異己，卻又無法完全納入由漢人族群所構成的核心」〔註 140〕楊愼對西南族群
的獵異記述，一方面帶領世人一窺神秘的邊族風情，建構夷族的生活文化圖
景，傳播了西南邊地民族風情；一方面也傳播了漢人對夷族的觀看意識，藉
由書寫「異邦」，透過「他者化」（Othering）的過程，建構「華夏」文明的優
越性〔註 141〕，形塑中原人士對華夏邊緣的認知系統。

京大學出版社，1999），頁 22～47。

〔註 139〕當代中國人（漢人），在一定程度上，仍是藉由與國內的「他者」，而非國族
　　　　外部的「他者」的對照，來界定本身的族群與文化認同。參見沈松僑：〈江山
　　　　如此多嬌──1930 年代的西北旅行書寫與國族想像〉，收於《台大歷史學報》
　　　　第 37 期（2006 年 6 月），頁 188。

〔註 140〕參見沈松僑：〈江山如此多嬌──1930 年代的西北旅行書寫與國族想像〉，收
　　　　於《台大歷史學報》第 37 期（2006 年 6 月），頁 188～189。

〔註 141〕「書寫『異邦』有助於建構『家鄉』文化的觀念，因爲透過『他者化』（Othering）
　　　　的過程，『自我』乃相關於『他者』文化的特徵來界定。」（頁 80）；「里瓊

　　有趣的是，根據後殖民論述中的「對位式閱讀法」（contrapuntal reading）
〔註142〕，比較相類的雲南民族記載，可以發現有著濃郁統治者色彩的李浩《三
迤隨筆》，其書對邊地民族的描述，經常充滿野蠻化的貶抑之辭，亦著重於夷
地漢化之功的描寫〔註143〕，充滿漢人中心意識，這大概是一般漢地遊宦、謫
臣對邊族的觀看、書寫視角。其後如《雲南通志》的記載，也大多不脫這樣
的觀看視野〔註144〕，而在雲南土生土長的李之恆《淮城夜語》則較能以欣賞
的角度，描寫雲南的民俗風物，這些著作中撰者意識皆清晰可見。

四、《滇程記》迴響

　　楊慎的《滇程記》詳細寫了入滇曲折途程，記載沿途所經驛站，除了機
械式的路程導覽外，也記載了許多沿途美景、風俗、物產，該書可說為旅遊
導覽和遊記、方志的結合，兼融地理學、文學之筆，兼具知性與感性，為晚

　　　（Richon，1996：242）提到，某些詞語像是『西方和東方，不只是字眼，
　　更是名稱，是建構認同並形成領土的專有名詞』。西方人藉由檢視東方而
　　構自我，只有在西方審視的眼光下，這些領土才突顯出來，只有透過這種
　　凝視，『東方』才存在。本章認為，這種關係使得臣屬群體成為知識的『客
　　體』，否認他們有塑造自身認同的權利，利用他們擔任『負極』成為遭受
　　貶抑或厭惡的部分，排除了這些客體，優勢群體的自我意識便得組成。然
　　而，我們應該注意到在投射恐懼時，群體也傾向於將被禁止的慾望投射到
　　外人身上，因此，無須訝異有時候恐懼和慾望會在這個過程裡混合。」（頁
　　82）Mike Crang Crang 著，王志弘等譯：《文化地理學》（Cultural Geography）
　　（臺北：巨流圖書，2003 年）。

〔註142〕此為薩依德（Edward W・Said）在《文化與帝國主義》的核心方法論，參見
　　　氏著，蔡源林譯：《文化與帝國主義》（臺北：立緒文化，2001）。及饒宗頤著：
　　　《饒宗頤東方學論集》（汕頭：汕頭大學出版社，1999）。

〔註143〕如〈洱河世族〉「白子非蒙氏，蒙氏稱烏蠻倮蠻、哀牢蠻。……白子喜與漢人
　　　通婚，古起莊蹻。……葉榆城、龍尾城二地多隴膝、成都落籍土人。自明起，
　　　二十萬戶江南世家屯田入滇，漢人自此興萌。有軍籍、凶籍之分。白子以民
　　　家稱之，順民也。」（頁 21）〈民家源說〉：「民家即白子，白子祖則洱河人與
　　　楚莊蹻中入贅者後代，非九隆蠻氏支系，更非西南諸外夷中金齒、擺夷、爨
　　　人。蓋爨人居夜郎之地，竹郎後人。蒙氏自南詔滅，多居深山。有黑烏、白
　　　烏、老盤、摩西、阿卡，三十七部蠻是也。太祖平滇，屬十二巡檢司，由阿
　　　氏、木氏、釧氏、左氏等管之。……自洪武治滇以來，風調雨順，民家喜入
　　　學，愛禮樂，盛于古人，有感志之。」（頁 50）；參見李浩《三迤隨筆》，《大
　　　理古佚書鈔》（昆明：雲南人民出版社，2001）。

〔註144〕參見清范承勛、吳自肅纂修：《康熙雲南通志・種人》（北京：書目文獻出版
　　　社，1993），卷 27，頁 527～531。

明流行的旅遊指南先驅。晚明由於旅遊、商宦等行旅需要，這種行旅記程的書籍增多，這些旅遊導覽書籍，有些就延續楊愼《滇程記》的書寫風格，如天啓六年（1626）文林閣唐錦池刊印的《士商類要》一書，在記錄各路程後附有許多旅遊景點的介紹，如卷一「徽州府由景德鎭至武當山路」條之後，附有普陀山、景致的介紹，該書還介紹了茅山、九華山、東嶽泰山、北京等景物〔註145〕。明末由徽商黃汴編纂的《天下水陸路程》，此書輯錄路引一百四十四條，記述水馬驛站、行程里距、各地道路分合甚詳，在各路程後也有名勝古蹟的介紹，如「杭州逾路瀾至常州府水」後，介紹了蘇州寒山寺和吳王墓；「浙江至天台山雁蕩山水陸」條後，介紹雁蕩山峰巒美泉之景〔註146〕。其它如《天下路程圖引》、《客商一覽醒迷》、《新刻京本華夷風物商程一覽》都是方便「旅客攜之以旅遊都邑」的旅行指南書。這些書可以說是旅遊導覽和遊記的結合，有行旅需要的人，當然可以按圖索驥，實際操作，而無暇、無消費能力及實際行旅需要的士／世人，可讀之想像之臥游之，可以說是兼具實用與文學鑑賞功能。

　　再者，楊愼對雲南少數民族的實況報導，也吸引許多一探究竟的探險者和民俗家，徐宏祖（1587～1641）的《徐霞客遊記》中有十三卷佔全書篇幅之半的《滇遊日記》，是他遊歷雲南二十二個月（1638～1640）的見聞紀錄，對沿途古蹟、名勝、山川、要隘、族群作了詳實的記載。有趣的是，《滇程記》這種呈現科學式的紀程、田野式的族群文化、博物式的物產考察，以知識的姿態、看似客觀的視角，展示一個陌生、特殊的地方，這種兼含科學、美學、文學的書寫，形成一種獨特的知識生產，影響了被稱爲科學家的徐宏祖的遊記樣貌，這種紀程、紀游式的地域書寫開啓了新的知識生產形式。

　　楊愼的雲南書寫，使華夏人士耳目一新，傳播雲南旅遊、探險風氣。而《滇程記》深具開創意義，交織於紀實與虛構的敘事方式，對自然原始的獵異與華夏本位、帝國凝視意識交疊，漢人的中心思想，建構了中土人士對於雲南異族的集體認知。進一步來說，楊愼也藉著各種形式的書寫，提高雲南邊陲的文化聲譽，楊愼地域書寫的特殊性、開拓性，也造就自我立言後世的聲譽。

〔註145〕參見楊正泰：《明代驛站考》（上海：上海古籍出版社，1994），頁 248、254。
〔註146〕楊正泰校注：《天下水陸路程‧天下路程圖引‧客商一覽醒迷》（太原：山西出版社，1992），頁 206、243。

第四節　重構空白歷史：試論《滇載記》

一、雲南無史危機與《大理古佚書鈔》

　　自古以來，滇地一直被視為遠離中原的邊陲之地，在官方的史籍脈絡中，長期受到忽視。歷來官方地方志，只有唐樊綽《蠻書》、元李京的《雲南志略》。明清時期，滇黔地區已正式納入版圖，但仍是難以掌握的邊陲〔註147〕。明太祖的平滇之役，一方面因為戰亂關係，一方面滇地收編後，沐英統治雲南，推行焚書政策，「在官典籍，在野典章，悉付一爐，遂不可考」〔註148〕，這些政治、社會因素皆對雲南文化和文獻造成巨大破壞，當時在歷史上雲南有無史的空白危機。在此之後，明代文人官員和文人對西南地區的觀察與記錄逐漸增加，再加上當時許多文官也被貶謫到荒僻的雲南，這些邊吏和逐臣對雲南地區進行觀察和書寫，他們重新建構漢人視野的西南書寫。

　　在楊慎之前，明代已有一些零星的雲南筆記書寫，如九○年代，大理白族學界發現了三部明代筆記的抄本，分別是書成於永樂年間的《三迤筆記》，大約同時的《葉榆稗史》，寫於嘉靖年間的《淮城夜語》，合輯為《大理古佚書鈔》。李浩的《三迤隨筆》成於明永樂庚子（1420）年，李浩在跋中云：

> 余纓胄世家，自唐宋以來，多有冊封，文韜武略十六代。……余十七投筆，於定遠軍與義兄沐英有八拜之交，隨高帝轉戰四方十八載。滇平，始成家，娶德勝驛丞王義丈人女為室，屈指十九載。余自洪武壬戌（1382）年春入滇。事平，封疆於三迤道德勝關，為天威徑鎮撫使，隸屬雲南總兵西平侯沐英部下。……自入滇以來，擇地淮城為德勝驛館。修蒙氏龍尾關，歷時五年。雖多次戍邊征戰，剿元軍判部於浪穹，平思任於麓川，皆靖剿小戰。〔註149〕

〔註147〕參見胡曉真：〈旅行、獵奇與考古——《滇黔土司婚禮記》中的禮學世界〉，收於《中國文哲研究集刊》（南港：中研院文哲所，2006年9月），第二十九期，頁49。

〔註148〕參見〔清〕師荔扉《滇系》，轉引自大理州文聯編：《大理古佚書鈔》（昆明：雲南人民出版社，2001），頁3。有關太祖平滇之役史料可以參看〔明〕谷應泰：《明史紀事本末》，卷12《太祖平滇》，收於方國瑜主編：《雲南史料叢刊》（昆明：雲南大學出版社，1998），第3卷，頁668～700。

〔註149〕李浩《三迤隨筆》、張繼白《葉榆稗史》、李以恆《淮城夜語》，收於大理州文聯編：《大理古佚書鈔》（昆明：雲南人民出版社，2001）。此引文見李浩〈三迤隨筆自跋〉，收於大理州文聯編：《大理古佚書鈔》（昆明：雲南人民出版社，

《三迤隨筆》充斥明正統王朝對滇地的軍武統治及權力意識，顯然是征服者的話語，有濃厚的殖民者觀點。《葉榆稗史》的敘事者大理張繼白與李浩同時，不同於李浩的征服者與移民身份，他是在滇地經歷過元末戰亂的在地人：

> 余自幼生長於葉榆，幼與段寶（元代大理總管）共讀於蒼麓書院。元亡後，無心功名，衣食無慮，志在寄情田野。閒觀鶴舞，夜讀百家著作，客來品茶夜話。話題之廣，上至神通、辟地開天，中跨人王千年，下述鬼神玄怪，日久成集《葉榆稗史》。〔註150〕

理論上，張繼白是平滇戰爭的受難者，雖然他與李浩交情甚篤，兩人還並列當時滇地世稱的「葉榆七子」〔註151〕，但他對雲南歷代政權與中國的戰爭關係的理解，不同於李浩的統治者觀點，《葉榆稗史》比較少政治色彩，內容類似鄉野奇譚，該書十分暢銷，同時張繼白自己也是出版者，出版了自己和許多滇地人士相關著作。據外孫李之恆（《淮城夜語》作者）云：「外祖公張繼白有史官之志，懷才不遇，建山莊於古妙香國皇宮遺址。藏書之多冠于南中，著《葉榆稗史》四卷，增補二卷，刻版印書百部，多爲宦海珍藏。雖爲稗史，事皆屬實。」〔註152〕說明《葉榆稗史》對於記載滇地史事的重要性。

　　其後李浩的後代署名玉迪山人的李之恆則是一風雅文士，曾參與地方志的修纂，他的《淮城夜語》帶有濃厚的宗教意識，紀錄和介紹了雲南的洞經音樂文化和異族節令習俗，其敘事立場顯然是認同當地風物的文化人士。值得注意的是，李之恆還與謫滇的楊愼有往來，兩人一起研究道學和洞經音樂，建立葉榆社、三元社，在滇地有文學、文化上的社交互動，「時葉榆社友全至共談，盛況古今……余新抄陳譜，升庵訂三官經譜一部，給成都桂香會。至此，各地學經者咸至，皆傳狀元譜。」〔註153〕由此《淮城夜語》亦可見楊愼

2001），頁 205。其孫李之恆《淮城夜語》亦云：「余阻李公諱浩，精文研武，華冑世家。」同上書，頁 259。

〔註150〕張繼白〈葉榆稗史後記〉，收於大理州文聯編：《大理古佚書鈔》（昆明：雲南人民出版社，2001），頁 534。

〔註151〕「葉榆七子」或稱「葉榆七隱」即當時大理志同道合的達果和尚（元代大理總管段隆的四子）、無極和尚、楊佳樓、張玄素、段寶姬（段功之女）和張繼白等七位忘年交。

〔註152〕李之恆：《淮城夜話》，收於大理州文聯編：《大理古佚書鈔》（昆明：雲南人民出版社，2001）頁 294。

〔註153〕見李之恆《淮城夜語》，收於大理州文聯編：《大理古佚書鈔》，頁 331。又「嘉靖七年，新都狀元楊愼謫滇永昌府。九年，永昌瘟疫，死二停於黑死症。余

當時在滇地的文化上的崇高地位和受歡迎的程度。

　　歸納而論，這三部書都是隨筆式的小品，雖然對於雲南重大歷史事件，如莊蹻開滇、白國淵源、武侯南征、天寶戰爭、蒼山會盟、元滅大理、建文隱滇、洪武西征等略有記載，對雲南的民族和宗教史也有涉略，但大致上比較隨意和雜亂。

二、《滇載記》

　　楊慎一向對方志、歷史有高度興趣，他到雲南後，欲了解古雲南，卻苦於無處尋覓南詔國和大理國的歷史，深感雲南少數民族史料的匱缺，求史不如求己，於是就開始留意地方史料的搜集和編撰。他探訪南詔國和大理國遺存的典籍，搜集古老的九隆神話，編寫了《滇載記》、《雲南通志》〔註154〕、《南詔野史》等專著，並為《大理府志》〔註155〕、《劍州志》等方志書作序。在《滇

與用修避時疫，棲於蕩山寺。慎與余為文友，精於道學。春三月會於德勝驛，住余家，談及三洞經陳玄亮事。余取陳譜，慎觀之，曰：『妙絕天下，果然仙音』時，表兄趙雪屏在坐，興至曰：『元陽歸一旬，邀其共議，再立經社。』次晨李元陽至，情意相合。同議於德勝驛建三元社，即天官上元、地官中元、水官下元，以暗示狀元楊用修、經元趙雪屏、介元李元陽於德勝驛一會。佳話千古，於葉榆建葉榆社」（頁 330）李之恆：「嘉靖庚寅年，新都狀元楊慎因議大禮獲罪，貶謫永昌，永昌大疫，流居德勝驛，為余與李元陽、趙雪屏二公邀請。在座者余與吳弘道長，共議建葉榆、三元二經社於榆、淮二地。果應通判語。用修精通音律，校譜三份……為元明以來道觀雜曲，宮中流譜，宮廷雜曲選曲七十二入籍，用于時下諸經。葉榆社由楊天文、段崇方二社友抄曲，三元社由吳弘、用修公、余抄。用修抄《大有妙瑤臺玉律》，吳弘抄《玉清仙音》，余抄《玉振金聲》，流傳後世。二社有約，《瑤臺玉律》、《玉清仙音》曲調美絕，不外傳。」（頁 242～243），李之恆、楊慎兩人共創葉榆社、三元社等研究道學和洞經音樂的社團。

〔註154〕嘉靖11年，慎被聘主修雲南總志，未終而去。《升庵詩話‧閣邱條》云：「予修雲南志，以均與貫餘絢入流寓志中」（頁 254）；另「康熙《阿迷州志》跋云：『迷舊志創於王鈍庵、楊升庵二先生，而紹庵楊公繼修之』。是明州志為鄉人王廷表所修，慎嘗寓臨安，廷表亦屢來慎所，或曾為之參訂。」（頁 255）參見王文才《楊慎學譜》（上海：上海古籍，1988）。

〔註155〕楊慎〈大理府志序〉：「大理，滇西繁雄郡也。……柱史溫泉郝公、按部駐郡，繙舊志而病之。乃徵議於督學憲史默泉吾公、參相龍山沈公、僉憲膠峰安公、板令於太守龜崖蔡公、二守小溪王公，禮謁給諫弘山楊公、荊守侍御中溪李公。二公家本郡人，官舊史氏，多識前代之載，且語土著之詳。於是攄懷舊之蓄念，發思古之幽情，立創新例，大增舊文。閱數月而新志成，集二美而卷帙合。」，收於《升庵文集》，卷3，頁 115～116。

載記》中，楊愼化身逸史氏曰：

> 史稱，西南夷靡莫之屬以什數，滇最大。……余嬰罪投裔，求蒙、
> 段之故於圖經，而不得也。問其籍於舊家，有《白古通》、《玄峰年
> 運志》，其書用僰文，義兼象教。稍爲刪正，令其可讀，其可載者，
> 蓋盡此矣。滇僰於三代爲荒服，漢僅剗分其方，雖胡元以兵力勝之，
> 而不能守也。於今列菁落而郡縣之，馴鱗介而衣裳之，華風沃澤，
> 同域共貫，昭代恢宇，前是孰並。傳稱神農地過日月之表，幾近是
> 哉！夫分隔之亂昔如彼，大一統之治今若此，干羽不警，百五十年。
> 探言其故，則金匱祕文，縉紳罕睹，況荒徼乎？余慕宋司馬氏作《通
> 鑑》，采獲小說，若《河洛行年紀》、《廣陵妖亂志》者，百二十家，
> 法孔子著《春秋》，取群書於百二十國也。因是有感，遂纂蒙段事以
> 爲《滇載記》。其諸君子，祖《春秋》而述二司馬者，亦將有取於斯
> 焉。〔註156〕

該書是整理《白古通》、《玄峰年運志》雜亂粗陋的史料，建構雲南的地方史。
文中提及滇地昔爲荒服，今乃「馴鱗介而衣裳」、「華風沃澤」，強烈的今昔對
比，展示漢文化的造育力量。時人姜龍見證楊愼修史過程，也是該書付梓的
一大功臣：

> 蜀楊子用修，由侍從論時事忤旨，謫戍博南，相得甚歡。暇則相與
> 稽古問俗，茫然莫溯其源，漫索之民間，得敝帙於古博士張雲漢氏，
> 曰《白古通》……是編也，創於其土之人，而楊子述之，且親涉其
> 地，日與其賢士大夫遊，其見聞當弗誕弗螯矣，不亦可傳也哉。……
> 吳陸子浚明，往在諫垣，以直言廢家居。余間出其稿，陸子乃亟爲
> 披校，繕寫入梓，冀衍其傳，俾異日職史者有取焉。夫雲南曠古無
> 述，述自今始，二子之用心亦勤矣。〔註157〕

由這段話可知《滇載記》是出於二個失意士大夫之手，如前所述，兵備道姜
龍安撫曉諭土著匪盜，以德化民，對於邊域治安居功厥偉，然他不善官場鑽
營，兩年之後被解職。兩人在朝廷經世濟民之志破滅，居邊境荒域，以建構
史統爲要，表現了儒家知識份子的思維。進一步來說，該書整理、建構南詔
歷史，提高了邊陲異域的文化聲響，也實踐楊愼流傳後世的立言名聲。

〔註156〕楊愼：〈滇載記自跋〉，《滇載記》，見《楊升庵叢書》，第 2 冊，頁 225～226。
〔註157〕姜龍：〈滇載記序〉，見《升庵叢書》，第 2 冊，頁 208。

　　這部書也是兩人試圖使雲南歷史由蠻／俗而雅化，由空白到填補的過程，在書寫之初，其實已經隱約透顯漢、蠻之別。該書敘南詔種族之始，以蒙段政權爲敘述主體，列唐宋滇王、與元總管世系，至明平大理，以爲偏方之史，故曰《載記》。是書首敘漢白國及唐六詔始祖，並出九隆之族，詳細記載了南詔國蒙氏、大理國及元、明間雲南歷代統治者家族興衰始末。

　　《滇載記》篇幅不長，也未按照史書撰寫的常例，大體以朝代編年爲經，歷述世系傳承情形，間或簡述或詳敘歷時性雲南大事紀。擇九隆族起源、諸葛武侯征南詔、南詔火燒松明樓、唐天寶雲南之戰、蒙段政權傾軋、紅巾之亂、明太祖平滇等有關雲南的重要史事，敘其始末。歷史從來就不是如實的再現，史料的擇錄原本就隱含許多意識型態，也呈現撰史者本身的書寫風格、愛好。《滇載記》其內容性質雖爲史書，爲一理性、科學甚或嚴肅的體裁，卻處處瀰漫審美的想像，在文人趣味和歷史脈絡中游移。循著楊慎撰述的初衷，「余慕宋司馬氏作《通鑑》」，該書除了傳統史書的軌道，還有許多有趣資料的點綴，可以看出楊慎塑造文學美感，製造閱讀效果的執著和慣習，可以看出其文學傳播的意圖。

三、神話與歷史

　　在楊慎筆下，雲南是個神話、傳說隨處可掇之地，《滇載記》就是以九隆創生神話打開序幕：

> 滇域未通中國之先，有低牟苴者，居永昌哀牢山之麓。有婦曰沙壹，浣絮水中，觸沈木，若有感，是生九男，曰九隆族。種類茲長，支裔蔓衍，竊據土地，散居谿谷，分爲九十九部。其渠酋有六，各號爲詔，夷語謂詔爲王。〔註158〕

這一段以九隆神話述敘滇地哀牢夷族的緣起，「祖源」是維繫一個族群重要的記憶元素〔註159〕，而神話則是具有形塑群體文化力量的故事。九隆傳說中婦

〔註158〕參見楊慎：《滇載記》，《楊升庵叢書》，第2冊，頁210。以下引自《滇載記》之原文只標書名、頁數，不再另贅書籍資料。

〔註159〕王明珂：「一個族群需強調『共同起源』，傳說中的始祖或是一個重要的事件（大規模的移民或戰爭），成爲一群人重要的集體記憶。一個族群，常以共同的儀式來定期或不定期的加強此集體記憶，或以建立永久的實質紀念物來維持此集體記憶，或民族國家以歷史教育來制度化的傳遞此實體記憶。」參見氏著：《華夏邊緣：歷史記憶與族群認同》（臺北：允晨文化，1997），頁55。

女沙壺浣絮水中，見木沈水有感，而孕產九子，沈木爲龍後，九隆兄弟漸相
滋長，成爲一個氏族，龍也成爲氏族圖騰，整個故事情節奇幻而迷離。楊愼
似乎偏愛滇地的神話傳說，許多資料在他的撰著中都有互文關係，如九隆神
話在《雲南山川志》亦可見蹤跡：

> 九隆山在司城南七里山，有九嶺，又名九坡嶺。河源出於此。相傳昔
> 有一婦名沙壺，浣絮水中，見沈水有感，因孕產九男，後沈木化爲龍，
> 眾子驚走，惟季子背龍而坐，龍因舐其背，蠻語謂背爲九，謂坐爲隆，
> 故名九隆。長而黠，遂推爲酋長，山下又有一夫婦生九女，九隆兄弟
> 娶之，種類遂蕃，皆刻畫其身，象龍文交於衣，皆著尾，世居此山下，
> 諸葛亮南征時，鑿斷山脈，以泄其氣，有跡存焉。〔註160〕

楊愼在原來神話基礎上，將之延伸至三國時期，將此神話與諸葛亮征南詔結
合，使神話產生延續和流動性。並將神話與地景結合，使這個神話成爲一種
旅遊品牌。

　　書寫諸多神話，增添民族起源的神秘、傳奇色彩，增加史書的故事性和
可讀性。延續神話傳說書寫脈絡，他也經常以此策略創造神話式的英雄：

> 皮羅閣之立，當玄宗開元十六年。受唐冊封爲雲南王，賜名歸義。
> 於是南詔浸強大，而五詔微弱。皮羅閣因仲夏二十五日際之期，建
> 松明爲樓，以會五詔。宴醉後，羅閣佯下樓，擊鼓舉火焚樓，五詔
> 遂滅。閣賂劍南節度使，求合五詔爲一，朝廷許之，於是盡有雲南
> 之地（《滇載記》，頁211）。

> 段氏之先，武威郡人。有名儉魏者，佐蒙氏有功，賜名忠國，擢清
> 平官，六傳而生思平。思平生有異兆，楊干眞忌之，使人索捕。思
> 平逃匿，得奇戟於品甸波犬村，又得神驥於葉鏡湖。餓摘野桃，剖
> 之，核膚有文曰青昔。思平拆之曰：青乃十二月，昔乃二十一日，
> 今楊氏政亂，或當以是日舉義乎。遂借兵東爨黑爨，三十七部皆助
> 之。眾至河尾，是夕，思平夢人斬其首，又夢玉瓶耳缺，又夢鏡破，
> 懼不敢進也。其軍師董迦羅曰：三夢皆吉，進也。公爲大夫，夫去
> 首爲天，天子兆也。玉瓶去耳爲王，王者兆也。鏡中有影，如人有
> 敵，鏡破則無影，無影則無敵矣，三夢皆吉，進也。……既逐楊氏

〔註160〕參見〔明〕楊愼撰，〔清〕陸恆訂：《雲南山川志・九隆山》，《叢書集成新編》
　　　　（臺北：新文豐，1966），冊90，頁272。

而有蒙國，遂改國號曰大理，改元曰文德（《滇載記》，頁 217）。

松明樓滅五詔、段氏建國兩個傳說塑造了皮羅閣、段思平兩位民族英雄。南詔之滅五詔，統一六詔，是一長期奮戰的過程，並非一蹴可就之事〔註161〕，南詔火燒松明樓，一舉將五詔燒死的故事顯然是無稽的軼事〔註162〕，然楊慎卻將之置於「正史」脈絡。段氏傳說為九隆神話的的延續，《南詔野史》引《哀牢夷傳》稱哀牢有奴波息，生十女，九隆兄弟娶之，立為十姓，段為其一〔註163〕。然而此段「史實」的相關資料，包括祖籍〔註164〕、貧困〔註165〕的經歷、世系等卻漏洞百出，楊慎把同時代的相關史料作一有機組成，交錯在真實與虛構之間，建構一個神話式的開國英雄。

楊慎將神話元素納入正典的撰史方式，且有意強調渲染，以史籍標準來看，似乎失準、失焦，甚至引來譏評，然情節安排綴組本身就已經使歷史文本小說化、神秘化，透顯楊慎遊戲性情，當然也產生增加閱讀魅力的傳播作用。

除了邊域民族誌常有的神話、傳說元素，在書寫雲南民族政權譜系時，楊慎還特別著墨於漢化教化痕跡，寫及諸葛亮征南詔時言：「當蜀漢建興三年，諸葛武侯南征雍闓，師次白崖川，獲闓斬之，封龍祐那為酋長，賜姓張氏。割永昌益州地，置雲南郡於白崖。諸夷慕武侯之德，漸去山林，徙居平地，建城邑，務農桑，諸部於是始有姓氏」（《滇載記》，頁 210），言諸夷對諸葛之德和漢文化的傾慕之情，強調蜀漢時諸葛亮對西南邊域的教化之功。唐玄宗時皮羅閣受唐冊封為雲南王，「後遣其孫鳳伽異入朝，唐授鴻臚少卿，妻以宗女。賜樂一部，

〔註161〕參見王吉林：《唐代南詔庚李唐關係之研究》（臺北：東吳大學學術著作獎助委員會，1977），頁 173。

〔註162〕參見查爾斯・巴克斯：《南詔與唐代的西南邊疆》（昆明：雲南人民出版社，1988），頁 67。

〔註163〕參見木芹：《南詔野史會證》（昆明：雲南人民出版社，1990），頁 18。

〔註164〕楊延福認為段氏系出武威之記載全不可信，「《紀古滇說集》、《繹年運志》（《玄峰年運志》）」、《滇載記》的偽說，實皆出自楊慎，至於《萬曆雲南通志・南詔始末》、《滇考》、《滇雲歷年傳》、胡蔚訂正本《南詔野史》等等，皆是因襲楊慎偽說，不必一一辨別。該文進一步考訂：「武威」本為段福封謚，後世史家不察，遂訛而成了祖籍。參見氏著：〈論大理國段思平世系出「武威郡」質疑〉，收於張旭：《南詔・大理史論文集》（昆明：雲南民族出版社，1993）。

〔註165〕趙寅松認為「思平，蒙清平官國六世孫，布變保隆之子。這是《雲南志略》、《滇載記》等書中大同小異的說法。但顯而易見，這種說法矛盾百出。既然段思平的父親是布變保隆，他自己怎麼會從小無依無靠，為甘貧度日。」參見氏著：〈試論大理國的建立和段思平的出身〉，《雲南民族學院學報（哲學社會科學版）》，第 19 卷第 5 期（2002 年 9 月），頁 77。

南詔於是始有中國之樂」（《滇載記》，頁 211），白族因與唐室通婚，始有女樂教化，漢化更深。而文化的傳遞並非全然和平，有時是藉由武力掠奪途徑，「唐文宗太和三年，西川節度史杜元穎不恤士卒，有流入蠻境者，蠻衣食之，由是盡得蜀之虛實，與其臣嵯顛遂謀入寇。以蜀卒為鄉道，襲陷邛、戎、雟三州，引兵徑入成都，取諸經籍，大掠子女工伎數萬人及珍貨而還。南詔工伎文織，自是與中國埒矣」（《滇載記》，頁 214），言中國工藝經籍藉武力掠奪傳滇。有趣的是，這一段史實敘述滇夷擄掠蜀地（漢地），除了珍貨外，竟取諸經籍，大掠文織工伎，說明歷經數代漢文化薰陶，似乎收到成效，滇夷已認同漢文化之優越，故視典籍、工藝技術等文化遺產為珍寶之物而掠之，透顯書寫者夷劣我優的文化意識。《滇載記》最後寫及明代收歸雲南經過：

> 十一代總管信苴段明，洪武十四年授以宣慰。壬戌春正月，天兵破善闡，梁王自鴆，黨屬悉俘。……三月，傅沐二將分兵，宵緣點蒼顛，繞出下關之背，先樹旗幟。遲明，段兵驚潰，大軍策馬亂流而濟，明遂就擒，並其二子仁、義。至金陵，太祖聖諭曰：爾父寶曾有降表，朕不忍廢。賜長子名歸仁，授永昌衛鎮撫，次子名歸義，授雁門衛鎮撫，大理悉定。……甲子正月十七日，潁川侯傅友德復自七星關回軍大理，平鄧州，破佛光寨。因定賦法，築城隍，設衛堡，立學校，比於中州列郡焉（《滇載記》，頁 225）。

這一段史實強調明太祖在滇地的德義之政，收歸滇地以德感召，而非武力殲滅，美化大明帝國對雲南的收編。明太祖在此設立法政制度，移植漢地民間宗教信仰，實施教育，修築防禦工事等漢化事宜，也都頗有成效，彰顯帝國的威儀、秩序和文化。

　　除了政教漢化的強調，《滇載記》也特別強調文學的力量，如寫到九代總管段功時，明玉珍自將紅巾三萬攻雲南，梁王及憲司皆奔威楚，諸部悉亂，幸賴段功部屬巧謀易玉珍母書，紅巾乃退 [註166]，「紅巾既退，梁王深德段功，以女阿蓋妻之，為之奏授雲南平章，功自是威望大著於西南。梁王曲意奉之，功戀戀不肯歸國，其大理夫人高氏寄樂府促之歸，其詞曰：『風捲殘雲，九霄

〔註166〕「時功在戰間，得玉珍母寄其子書云：爾征南，務得之，不得輕還，軍少糧乏，我當添補。楊淵海效其書跡，易之曰：中國兵來急，爾宜早歸。遂募能入紅軍營者，有小卒陳惠願行。玉珍得書，恐中國有變，又新失利，遂急收軍。」參見《滇載記》，頁 222。

冉冉逐。龍池無偶，水雲一片綠。寂寞倚屏幃，春雨紛紛促。蜀錦半牀閒，
鴛鴦獨自宿。好語我將軍，只恐樂極生悲冤鬼哭。』功得書乃歸」（《滇載記》，
頁 222），這位大才華洋溢的大理夫人（阿蓋主）乃夷族女，以其深情的漢詩
打動其夫，此舉一方面見證滇地漢化之深，一方面也強調文學文字的力量。
她在其夫（段功）功高震主被番將格殺後，欲自盡，其父防衛者萬方阻之，
段功夫人題詩明志，其屬官題詩自盡：

> 主愁憤作詩曰：「吾家住在雁門深，一片閑雲到滇海。心懸月明照青
> 天，青天不語今三載。欲隨明月到蒼山，誤我一生路裏彩（錦被名
> 也）。吐嚕吐嚕段阿奴（吐嚕，可惜也），施宗施秀同奴歹（歹，不
> 好也）。雲片波瀱不見人，押不蘆花顏色改（押不蘆，乃北方起死回
> 生草名）。肉屏獨坐細思量（肉屏，駱駝背也），西山鐵立（鐵立，
> 松林也）霜瀟瀟。」平章從官員外楊淵海亦題詩粉壁，飲藥而卒。
> 詩曰：「半紙功名百戰身，不堪今日總紅塵。死生自古皆由命，禍福
> 於今豈怨人。蝴蝶夢殘滇海月，杜鵑啼破點蒼春。哀憐永訣雲南土，
> 錦酒休教灑淚頻。」梁王愛淵海之才，綣意欲為己用，見詩痛悼之，
> 乃厚恤之，令隨平章樺歸大理（《滇載記》，頁 223）。

段功夫人阿蓋主欲自殺不得死，因而悲憤作詩，屬官楊淵海題詩粉壁，慷慨
成仁。夫死殉節、賦詩明志是中國傳統貞烈婦人、文人的表達形式。這一段
史實充滿戲劇性，漢化色彩濃郁。阿蓋主詩作夾雜外語，詩作真偽難辯，甚
至有可能是楊慎偽作、拼貼。然此充滿壯烈激情的邊族女詩人，在楊慎建構
下受到許多漢地文人的青睞，王端淑（1621～1706？）《名媛詩緯·外集》載
阿蓋主「元季梁王把都鎮雲南，明玉珍自將紅巾三萬來攻，大理總督段功擊
退之，王深德功以女阿蓋妻之，功威望大著，王忌而殺之，阿蓋欲自殺不得
死，愁憤作詩。」〔註167〕鍾惺（1574～1624）《名媛詩歸》亦收錄其詩〔註168〕，
他們大致不脫《滇載記》的記載，也都收錄楊慎載的阿蓋主詩作。從《滇載
記》到女性文學選集，對於邊族女性文學有闡揚發微之功，晚明異族詩歌大
量傳入，《名媛詩緯》、《名媛詩歸》收錄許多朝鮮、新羅、高麗、西南邊族女
詩人詩作，而《滇載記》中的阿蓋主可說為第一位受關注的邊族女詩人。

〔註167〕王端淑：《名媛詩緯初編·外集》，國家圖書館藏清康熙間清音堂刊本，卷28，
頁 1311。
〔註168〕鍾惺：《名媛詩歸》，《四庫全書存目叢書·集部》（臺南：莊嚴文化，1987），
冊 339，卷 23，頁 266。

楊愼以文學之筆，塑造一位有漢詩之才的大理夫人和忠肝義膽的大將，大幅度地移植了漢文化，編織綴組於邊族史實撰寫，強化文化和文學的力量，建構了一個以中國爲中心的（Sino-centric）倫理價值結構。

對漢化細節的描寫和漢化效應的強調，漢文化和漢文學成爲理性、正義、秩序、倫理的象徵，是一種「帝國的凝視」（imperial gaze）下的非漢族群被漢文化的收編再現，建構了一種被馴化（domesticated）的歷史〔註169〕，彰顯了書寫者的文化優越。

四、實用的方志

《滇載記》體例上雖然是一部史書，但敘述史實總是古今交錯，楊愼經常在古史論述中，加上當時地理、史實知識、訊息，使《滇載記》有濃厚的實用性：

> 異牟尋以唐代宗大曆十四年嗣立，有智數，善撫眾，居史城（史城今喜州也）。連兵吐蕃入寇，唐神策都將李晟擊破之，異牟尋懼。改城羊苴咩哶（今大理），改國號曰大理，自稱曰日東王，僭封五嶽四瀆，并立祠三皇廟，春秋致祭。以國界内點蒼山爲中嶽，東川界江雲露松外龍山爲東嶽（在今祿勸州，一名絳雲露山，一名雲龍山。有十二峰，皆峭拔，其山有共命鳥穴），銀生部日界蒙樂山爲南嶽（在今者樂甸，又名無量山。其山千仞，有一殿，搖柱自空中來，天帝娶天女處）永昌騰越界高黎貢山爲西嶽（在今騰衝，一名崑崙岡。東臨瀰江，西臨龍川。左右有平川，名爲穹甸，草卉貫四敘不凋，瘴氣最惡。冬雪至春方融，夏秋穹甸炎熾。商賈愁怨，爲之謠曰：冬時欲歸來，高黎共上雪，夏秋欲歸來，無奈穹甸熱，春時欲歸來，囊中資糧絕）（《滇載記》，頁213）

這一段記載中晚唐雲南政權變化，異牟改國號爲大理的經過。楊愼插敘考證古今地名比對，如「東嶽」爲今絳雲露山（一名雲龍山），「其山有共命鳥穴」，南嶽爲今無量山，其山千仞，有一殿爲天帝娶天女處，介紹今之地名、特色，延續神話傳說脈絡，楊愼經常將歷史、地理與神話結合，使地景充滿神秘色彩，成爲雲南敘事的一部份，使原本嚴肅的史書增加趣味色彩。敘述西嶽爲

〔註169〕 「觀察者永遠是他所觀察到的變化中的情景的關鍵部分」（頁19）參見克斯汀‧海斯翠普（Kirsten Hastrup）編，賈士蘅譯：《他者的歷史：社會人類學與歷史製作》（臺北：麥田出社，1988），頁16～19。

今崑崙隅，引歌謠強調此地瘴氣最惡，天氣嚴劣的實際行旅狀況，提醒商賈、旅者留心。這些撰述皆增加《滇載記》實用性，使讀者閱之，一方面建構雲南史實知識，一方面可作為行旅參考。

五、雲南書寫的影響

　　楊慎流寓滇雲三十載對於該地的文學、文化、教化產生多元影響。就文學方面來說，楊慎的許多詩文著作在滇雲傳播廣盛，程封《升庵集略》題記云：「升庵作月詞，用〈八聲甘州〉、〈油葫蘆〉諸調，滇人至今傳唱之。」〔註170〕楊慎貶謫滇地留下的實境考察和親身見聞，成為研究雲南歷史、地理、風俗的珍貴記錄，更是後代地方志書的史料來源。

　　明中葉以後，隨著雲南政權的日趨鞏固，相關史學典籍漸多，楊慎《雲南方志》保存至今，為治史者所重者。明官修景泰《雲南圖經志書》、正德《雲南志》、萬曆《雲南通志》、天啟《滇志》、清官修志康熙《雲南通志》、雍正時厄爾泰修《雲南通志》、道光《雲南通志稿》、光緒《雲南通志》、續光緒《雲南通志》等五部。私修有《滇志略》、《滇系》、《道光雲南志鈔》、《滇南志略》等〔註171〕。這些史籍都選錄不少楊慎書寫雲南景物的詩文，也參錄《滇載記》、《滇程記》中的相關歷史、地理知識。儘管《滇載記》中的神話傳說顯得荒誕無稽，卻被其後許多史書沿用，大理夫人守節之事之詩，也一再被傳頌、徵引，明徐樹丕《識小錄》云「楊升庵有《滇載記》記九代總管段功因紅中之亂有功于梁王，梁王以元宗室鎮善闡功退紅巾，梁王深德之，妻以女阿蓋。」〔註172〕接著便在楊慎原文基礎上加上詩文，再添抒情性；清代陳衍《元詩紀事》、陳元龍《格致鏡原》、李清《諸史異彙》等也載錄此二人事蹟及詩文來闡述段功史蹟〔註173〕，可見這類充滿浪漫、神秘色彩的夷族神話，正符合文

〔註170〕 參見王文才：《楊慎學譜》，頁 351。

〔註171〕 參見周瓊：〈明清滇志體例類目與雲南社會環境變遷初探〉，《楚雄師範學院學報》，2006 年第 7 期，頁 55～67。

〔註172〕 參見〔明〕徐樹丕：《識小錄》（臺北：新興書局，1985），卷 2，頁 49。

〔註173〕 「阿蓋主滇南〈愁憤詩〉」及「楊淵海〈題壁〉『半紙功名百戰身，不堪今日總紅塵。死生自古皆由命，禍福于今豈怨人。蝴蝶夢殘滇海月，杜鵑啼破點蒼春。哀憐永訣雲南土，錦酒休教灑淚頻』《滇載記》平章從官員外楊淵海亦題詩粉壁飲藥而卒。梁王愛淵海之才綣意欲為己用，見詩痛悼乃厚恤之。」參見陳衍：《元詩紀事・藩屬》（上海：上海古籍出版社，1987），卷 20，頁 274。「楊慎《滇載》記雲南段功妻梁王女阿蓋主也王聽譜殺功主作愁憤詩」〔清〕陳元龍：《格致鏡原》（江蘇：廣陵古籍出版社，1989），卷 54，頁 379。

人獵奇的異國情調想像。

明中葉以後，隨著旅行風氣逐漸興盛，有關雲南的雜錄、筆記也漸漸多了起來，明謝肇淛（1567～1624）《滇略》錄滇中掌故典籍有：「楊愼《滇載記》一卷《滇程記》一卷《南中集》十卷，倪輅《南詔野史》一卷，吳懋《葉榆檀林志》八卷，彭汝實《六詔紀聞》一卷，田汝成《炎徼紀聞》二卷，顧應祥《南詔事略》一卷，郭棐《炎徼瑣言》四卷，鄧渼《南中集》四卷，鄧原岳《碧雞集》一卷，薛夢雷《彩雲篇》二卷，馮時可《滇南稿》二卷，陳用賓《脩攘備考》二卷，太保山樵逸《緬甸始末》二卷，諸葛元聲《滇事紀略》十四卷。」〔註174〕從這一段可知楊愼雲南書寫被視爲滇中掌故類典籍，與其他筆記書並列，傾向比較輕鬆、大眾化的文類，謝肇淛著眼的或許是楊愼雲南書寫中的可讀性、娛樂色彩。而一個有趣的發現是，楊愼似乎創造了一個雲南書寫的傳統，不管是謝肇淛的《滇略》、田汝成（1503～1557）《炎徼紀聞》、吳懋《葉榆檀林志》都延續了楊愼尙奇好異的視角，其中鄧渼（1569～1628）的《南中集》，沿襲楊愼書名，有明顯致敬意味。他們的筆記皆雜融史地文獻、民間軼事、神話傳說、詩詞歌賦、民歌謠曲，成爲多重文類交奏的眾聲喧嘩，吸引讀者目光，在此書寫形式中閱讀雲南、認識雲南、想像雲南，進而旅行雲南。

第五節　足跡・逐跡：謝肇淛與《滇略》

稍晚於楊愼的明代文人、考據學家謝肇淛於萬曆四十七年（1619）至天啓二年（1622）間擔任雲南布政使左參政兼僉事分巡金滄道，將滇地宦遊所見所聞所感撰寫成《滇略》一書〔註175〕。《四庫全書》將此書歸類於「史部・地理類・都會郡縣之屬」，該書依類分爲十門〔註176〕。謝肇淛是楊愼的忠實讀

　　及李清：《諸史異彙・政事類》，卷8，頁96。

〔註174〕〔明〕謝肇淛：《滇略・文略》《四庫珍本》史部・地理類（臺北：商務印書館，1972），卷8，頁56。

〔註175〕有關謝肇淛《滇略》及其所呈顯之文化意涵，可以參考范宜如：〈博物・異誌・地方史：謝肇淛《滇略》的書寫視域及文化意蘊〉研討會論文，發表於中研院文哲所主辦「行旅、離亂、貶謫與明清文學國際學術研討會」（2011年）。

〔註176〕《四庫全書提要・滇略》：「臣等謹案滇畧十卷，明謝肇淛撰，肇淛有《史觿》已著錄。此書乃其官雲南時所作，分爲十門一曰版畧，志疆域也。二曰勝畧，志山川也。三曰產畧，志物產也。四曰俗畧，志民風也。五曰績畧，志名宦

者，他似乎熟悉楊慎所有的作品，與謝肇淛《五雜俎》步履楊慎考據學的情形相仿（有關考據學上，謝肇淛對楊慎的追隨與批駁，請參看本文第五章），《滇略》處處可見楊慎的行旅足跡和考據學知識，他好重遊楊慎題詠之處，向讀者分享他的親身體驗，他也喜歡復述楊慎說過的話，是一個有趣的讀者／追隨者。

《滇略·文略》中他這樣敘述楊慎與雲南的關係，「國朝以遷謫流寓入滇者不可勝數，而最著者則學士王景常、武功伯徐有貞、修撰楊慎。……慎字用修，成都人，以議禮廷杖戍永昌，歷遍湖山以詩酒自娛，興到輒揮洒淋漓，夷夏得其片紙藏為至寶，從遊者以千百計，竟卒于雲南，今高嶢其讀書處也。」〔註177〕他傳錄楊慎簪花敷粉的傳奇盛事，以及他在滇地受到民眾擁載追隨的情形，點出楊慎卒故處，欣羨惋惜之情溢於言表。

他是個入戲的讀者，從他的讀者之眼，可以見到楊慎詩文傳播的魅力。謝肇淛走過楊慎所遊歷的景點，親身感受楊慎詩文中的情境。《滇略·勝略》寫及他到了楊慎故居：

> 高嶢關在昆明縣東，雲津橋之北，舊有城。嘉靖初成都楊慎謫戍永昌，
> 來往滇池，相其地卜築焉，樂其勝概為作十二景詩。後竟卒于此，今
> 其莊亦荒廢。張佳胤〈高嶢弔楊太史詩〉：君自投荒日，飄零瘴海間，
> 風雲辭玉署，歲月老紅顏。著述愁中盡，詩篇病後刪。大名留死諫，
> 前席阻生還，石表何因折，泉臺不可攀。知無封禪草，誰問碧雞關，
> 僮僕將孤櫬，文章遍百蠻。空餘載酒處，寂寞鎖青山。〔註178〕

謝肇淛在這則介紹高嶢的筆記，徵引張佳胤弔楊慎詩，使高嶢投射了失意文人的詩意，邊域荒邑高嶢因楊慎而聞名。楊慎築於斯，大禮議、撼門強諫、困滯滇南、簪花敷粉的謫旅事蹟也不斷被傳頌，高嶢彷彿也染上貶謫文化符碼，變成一個承載傷痕記憶的場景，成為一個有故事的風景。藉著謝肇淛的筆，貶謫的故事與物質性的景點結合，傳播了高嶢，也傳播了楊慎以及他的故事。

謝肇淛步趨了許多楊慎行旅所經之地，尤其好呼應詩文所詠之處：

也。六曰獻畧，志鄉賢也。七曰事畧，志故實也。八曰文畧，志藝文也。九曰夷畧，志苗種也。十曰雜畧，志瑣聞也。」參見《滇略》（臺北：商務印書館，1972），頁1。

〔註177〕謝肇淛：《滇略·獻略》，卷6，頁21～22。

〔註178〕謝肇淛：《滇略·勝略》，卷2，頁5。

> 金沙江一曰若水，源出旄牛徼外，東南至于麗江鶴慶，北勝姚安諸
> 界，水濱產沙金故名。……諸葛亮南征渡瀘即此。昔黃帝長子昌意，
> 德劣不足紹承大位，降居斯水，爲諸侯娶蜀山氏女，生顓頊於若水
> 之野是其地巳。楊慎宿金沙江詩：往年曾向嘉陵宿，驛樓東畔欄杆
> 曲。江聲徹夜攪離愁，月色中天照幽獨。豈意飄零瘴海頭，嘉陵回
> 首轉悠悠。江聲月色那堪說，腸斷金沙萬里樓。萬里樓在麗江西北。
> 〔註179〕

他完整介紹金沙江的歷史、地理掌故，綰合曾經發生過的傳說神話，頗有
楊慎考據學寫作痕跡。接著將楊慎〈宿金沙江詩〉整首引出，他感懷楊慎
的觸景感懷，並將這種感懷傳播出去，最後還熱心考察、點出楊慎詩中提
及的萬里樓的今址，意在召喚讀者同遊共感。循著楊慎眾多的溫泉詩，謝
肇淛當然也沒錯過雲南最著名的安寧溫泉，〈遊碧玉泉記〉稱「觸目所至，
皆成奇景，即謂之海內第一湯亦可也。因用太史韻以賦之，時萬曆巳未三
月二十三日」〔註180〕，之後他又再次再訪，並將遊觀心得紀錄在《滇略‧
勝略》中：

> 滇溫泉最多，而安寧州之碧玉泉爲冠，在城北十里許四山壁立中爲
> 石凹，飛泉注焉，清可鑒髮，香可瀹茗，有坐石正方，碧色如玉故
> 名，楊慎亟稱之，謂海內第一湯。其上爲曹溪寺，倚山飛閣，登之
> 可望百里，諸山有海眼泉，一日三潮隨涌隨涸，相傳僧戒照卓錫之
> 所。楊慎詩：黝岫靈砂址，華清磐石湯。……溫泉眞此地，難老更
> 何鄉。〔註181〕

他實地考察，以文學性的筆觸，從各種感官書寫，體驗、分享、印證楊慎口
中的「海內第一湯」，文中徵引楊慎溫泉名詩，與其寫景之文交相呼應，彷彿
謝肇淛一邊泡湯，一邊吟詠楊慎詩文，而受〈安寧溫泉詩〉影響，溫泉更柔
潤可人，安寧溫泉成爲有文學風味的詩意溫泉，名人楊慎成了溫泉最佳代言

〔註179〕謝肇淛：《滇略‧勝略》，卷2，頁15。
〔註180〕「安寧之碧玉爲之冠，楊殿選用修亟稱之謂爲海內第一泉。云其地在州北十
　　　餘里，舟行則從螳螂川。」又稱「用修爲苔汙絕跡，掬之飲者，過也。大
　　　都泉脈有硫磺丹砂伏焉。」此爲糾證楊慎對溫泉的錯誤知識。參見謝肇淛：〈遊
　　　碧玉泉記〉，收入〔清〕段昕撰：《碧玉泉志稿》，收入《中國西南文獻叢書》
　　　（蘭州：蘭州大學出版社，2003），頁476～478。
〔註181〕謝肇淛：《滇略‧勝略》，卷2，頁6～7。

人。其他如「鳥弔山」、「石寶山」、「弘聖寺」等景點，亦皆引楊慎詩文，還實地造訪楊慎所摹禹碑〔註182〕。《滇略‧文略》亦摘錄許多楊慎詩作，「成都楊慎在滇吟詠至多，今摘其尤者」，選錄之詩多是描寫雲南景點之作，海虹橋、碧雞、葉榆、洱水、點蒼山、昆明池、碧山十九峰、明月樓等皆在歌詠之列，藉著楊慎詩文，建構了雲南觀光地圖。謝肇淛化身為楊慎詩作的最佳代言者，這種書寫方式，使楊慎的作品成為詩的地圖，使景點成為烙上名文人印記，帶有文化符碼的風景。

謝肇淛宦遊滇地，遊奇景亦遊奇俗，他記載許多鄉野奇譚：

> 夷人中有號為僕食者，不論男女年至老輒夜變異形，若犬或虎或驢于人墳前拜之，其屍即出為彼所食，蓋出白夷一種焉，楊慎《滇程記》云：百夷家畜一撥厲鬼無形，而善噬人魂中者越宿死，死則百夷取其屍為醢，鬼畏犬聞，犬聲則遠遯不返，殆謂是耶。〔註183〕

〈夷略〉這一段白夷食屍的再現，十分血腥、驚悚，有妖魔化夷人之嫌，他引楊慎《滇程記》以證百夷食人食屍之事，壯膽乎？取信乎？向讀者以證所論不誣，從這些夷族蠻行暴徑的載錄，亦可見文士行旅滇地經常透顯的漢／夷、文明／野蠻區隔。

除了景點的重覽復述，謝肇淛也對楊慎所見所聞建構的滇地奇物異事感興趣，儼然複製尚奇獵異之眼。他見到滇地異果，「古度，臨安賓川山中俱有之，記云：不花而實，實從皮中出，大如安石榴，色赤可食，實中有如蒲梨者，取之為粽，數日不煮皆化成蟲，如蟻有翼，穿皮飛出，俗謂之無花果。然閩亦有無花果，與記所載殊異」〔註184〕，其下便引楊慎《古度賦》全文以證此果之形貌、色澤、滋味，以及該果延伸為友朋之情的文學美感。他見到水濱的蘭花，云「楚雄之響水坡產蘭甚繁，楊慎稱其葉大而香，遠實離騷所稱可佩之真蘭，莖葉皆香不獨花也」〔註185〕，即聯結到楊慎〈伊蘭賦〉所論。謝肇淛也喜歡體驗楊慎所論的食物，「楊慎《圖贊》云：滇池鯽魚，冬月可薦。

〔註182〕「弘聖寺一名一塔寺，在大理城西，其北有崇聖寺亦曰三塔寺，皆勝地也。弘聖有塔高二十餘丈，十有六級。相傳周時阿育王所造塔也，其上有閣辰蒼山，面洱河原野雉堞皆在指顧之中，左有諸葛武侯祠，及楊慎所摹禹碑」謝肇淛：《滇略‧勝略》，卷2，頁18。

〔註183〕謝肇淛：《滇略‧夷略》，卷9，頁26～27。

〔註184〕謝肇淛：《滇略‧產略》，卷3，頁7。

〔註185〕謝肇淛：《滇略‧產略》，卷3，頁8。

中含腴白，號水母線。北客乍餐，以爲麪纜」〔註186〕，滇池產的鯽魚冬月肥美可薦可嚐；「西洱河產公魚，一作魟，又作工，作弓。僅如指，長三寸許，而味甚佳。楊愼《圖贊》云：……，愼嘗作戲語云：大理公魚皆有子，雲南和尚豈無兒。」〔註187〕在品嚐西洱河的公魚之際，還不忘提及楊愼說過的戲語助興。這些滇地物產以楊愼的詩文作爲口碑，名人效應奏效，成爲美味保證。

第六節　啓迪：雲南文學／文化傳播

一、歷史整理與建構

　　楊愼曾協助《大理府志》的編撰工作，該書作者李元陽在〈大理府志序〉中載：「大理舊志，蕪蔓不可讀。嘉靖壬寅以後，太守黃巖、蔡君紹科，召陽與給舍弘山楊君士雲同修。時則成都修撰楊君愼謫居永昌，相與往來商訂，因據諸史傳，而以常璩李景山諸所爲華陽南中志參之，亦既成帙。」〔註188〕楊愼亦談及編撰經過，「柱史溫泉郝公，按部駐郡，繙舊志而病之。乃徵議於督學憲使默泉吳公、參相龍山沈公、僉憲膠峰安公，板令於太守龜崖蔡公，二守小溪王公，禮謁給諫弘山楊公、荆守侍御中溪李公。二公家本郡人，官舊史氏，多識前代之載，且諳土著之詳。於是攄懷舊之蓄念，發思古之幽情，立創新例，大增舊文。閱數月而新志成」〔註189〕。

　　楚雄定遠縣在明代以前，沒有儒學建學歷史，「雲南楚雄府屬縣曰定遠，舊未有學，按察司提學副使仰齋胡公堯時，建議上請於朝，始命建學，盛舉也。經始於嘉靖二十六年孟秋，釋菜逾二十七年長至。學成宜有記，縣之官師請於胡公，公乃猥以愼嘗從事秉筆後，屬爲記之。……皇明文治之遙，聲名之盛，使仲尼之道，與王化遠邇，多士生斯時斯地，亦厚幸矣。」〔註190〕宣揚儒學教化之功，給予建學高度肯定，文中楊愼亦考察楚雄歷史沿革，將該地納入華夏文化的版圖，以利教化。

〔註186〕謝肇淛：《滇略・產略》，卷3，頁12。
〔註187〕謝肇淛：《滇略・產略》，卷3，頁12。
〔註188〕〔明〕李元陽：《嘉靖大理府志・序》（大理：大理文化局，1983），頁1。
〔註189〕楊愼：〈大理府志序〉，《升庵文集》，《楊升庵叢書》，第3冊，卷3，頁115。
〔註190〕楊愼：〈楚雄府定遠縣新建儒學記〉，《升庵文集》，《楊升庵叢書》，第3冊，卷4，頁148。

〈雲南鄉試錄序〉記載了明太祖收復雲南後，各項文化、教育政策的推行實踐，「我太祖高皇帝，重獎天衷，再造人極，掃胡元之晦盲否塞，復三代之純固惇龐。日而月之，星而辰之，彝而倫之，文而章之，君師之道兼隆，仁聖之事畢矣。」強調推行儒學的重要性與成效，文末對滇雲知識份子發出由衷的期許，「今皇上遠述唐虞，近法聖祖，屢下明詔，銳意作新。……。收濟濟之士，迺穆穆之衡，行媲於古先諸士乎。沐薰濡化，提耳命面，是千年之期，而一朝之遇也。況爾滇雲，聖祖嘗有諭言曰：氣厚風和，君子道行之所。爾諸士子，生其鄉邦，久佩謨訓矣。一人之身，且有新吾，三日之士，尚猶刮目。矧曰涵泳已百七十載，濟濟數三五六經，諸士懋哉，今日之滇雲，非昔日之滇雲矣」〔註191〕，楊慎謫滇數年間，雲南各地廟學、書院相繼重修、新建，學風日盛，「公憐才造士，有一善皆極為獎勵，故蒙士樂從之遊」〔註192〕，他常親臨指導，朝夕講論，仕宦、士子多從遊學，作育英才不遺餘力，帶動雲南教化之風。

二、雲南文學社交

（一）地方顯宦：沐氏家族

楊、沐兩家都是明朝重臣，早有交往，有深厚世誼。成化十四年（1478）楊廷和舉進士，選為翰林院庶常吉士，請假往雲南迎娶督學黃明善之女，當時黔國公為沐琮，後楊廷和兩為首輔，沐氏在政務上多有屬託。嘉靖元年黔國公沐紹勣，巡撫羅玉等聯名上書「奏設永昌府」，還請楊廷和寫了〈新建永昌府記〉。楊慎在雲南的三十多年中，與沐氏三世子孫都有親密交往，曾言「（慎）泊罪謫南中，翦拂於公家節下廿年」〔註193〕，「我之與君，兩世通家。君家先人，昭勣建牙。君家兄弟，奮藻聯葩。顧我於逆旅，慰我於天涯。」〔註194〕即言沐氏家族在政治、生活、精神上予以長期庇護和照顧。

沐氏家族愛好文藝，對於遷謫滇地的文士一向禮遇有加。明正統元年（1436），黔寧王沐英之子沐昂，號玉岡，性喜文學，以左都督鎮守雲南，在政務之暇，「留情文詠」。曾將明初（洪武年間）有關滇南謫戍者之詩編輯成集，名之曰《滄海遺珠》。此集所錄凡邾經、方行、朱繗、曾烜、周昉、韓宜

〔註191〕楊慎：〈雲南鄉試錄序〉，《升庵文集》，《楊升庵叢書》，第3冊，卷3，頁118。
〔註192〕康熙《蒙化府志》，〈流寓·楊慎傳〉，見王文才《楊慎學譜》，頁116。
〔註193〕參見楊慎：〈玉岡詩集序〉，《升庵文集》，《楊升庵叢書》，第3冊，卷3，頁124。
〔註194〕楊慎〈祭沐九華文〉，《升庵文集》，《楊升庵叢書》，第3冊，卷9，頁209。

可、王景、樓璉、王汝玉、逯昶、平顯、胡粹中、楊宗彝、劉叔讓、楊子善、張洪、范宗暉、施敬、僧天祥、機先、大用（此三人爲貶謫雲南的日本僧人）等二十人之作，共三百餘首，皆明初流寓，遷謫於雲南者〔註195〕，被前人譽爲「和平婉麗」之作。沐昂著有《玉岡詩集》，楊愼曾爲之序：

> 滇越世守，忠愛流裔，屛翰一方，廟食百世，又魯伯禽齊玎公之所難，蓋守成世祿，什百倍徙而未之先者。……投壺雅歌之餘，緩帶輕裘之暇，文人韻士，遊衍於金碧之間，刻燭擊盍，聯詠於玉岡之上。是又足以黼黻乎卿雲，而芒耀乎化日。推其意也，直與〈卷阿〉〈江漢〉同流，而還視昔人寶刀金甲之懟，長驅直擣之辛，有不倫矣。輶軒之采風，樂府之演雅，猶將求之，而況嗣業承家，庸已於傳乎。……愼昔叨史局，紬書石室，獲見昭靖忠敬遺烈於洪永實錄。……知其閥閱勳華最悉焉。故概舉屢世功業之大者以終義。〔註196〕

文中除說明沐昂人格、詩風及文學成就外，亦述及沐昂雅好文學，經常在滇地舉行文學雅集，對滇地文士、文風有獎掖之功。沐氏家族的其他成員，如沐崧（石岡公）、沐紹勤、沐朝輔，晚輩沐太華、三華、五華、玉華、南華、少華等皆與楊愼有交游紀錄，彼此有大量詩文唱和、互相贈答之作〔註197〕。沐氏家族對楊愼尊之禮之，因爲他們的協助，使原本謫戍永昌的楊愼免於充軍之苦，能有大量閒暇在滇地進行創作、編撰和講學，得到文學和學術上輝煌的成就，而沐氏家族也因楊愼諸多與他們相關的詩文作品而傳播，因彼此

〔註195〕關於這些明初流寓雲南詩人詩人事蹟、詩作以及與沐氏家族之關係，請參看李興盛：《中國流人史》（哈爾濱：黑龍江人民出版社，1996），頁556～566。

〔註196〕參見楊愼：〈玉岡詩集序〉，《升庵文集》，《楊升庵叢書》，第3冊，卷3，頁124～125。

〔註197〕楊愼詩文集中有大量與沐氏有關的作品，如：〈贈沐五公子〉、〈明故明威將軍九華沐公墓誌銘〉、〈贈沐錦衣〉、〈弔三華沐錦衣〉、〈送沐光緒北上〉、〈沐希甫載酒過太華寺以疾不赴〉、〈憶沐九華兄弟〉、〈石岡沐公希甫輓詩〉、〈喜沐光緒兄弟過宿〉、〈參戎沐希甫壽席作〉、〈沐繼宣荔枝詩〉、〈魚池即席贈玉華南華少華三公子〉、〈贈沐五公子〉等，有關楊愼與沐氏家族的交游可參看豐家驊：〈楊愼與雲南沐氏——楊愼交游考述之一〉，《南京師範大學文學院學報》，2009年9月，第3期，頁16～20。又簡紹芳年譜載「嘉靖7年戊子（1528）春，疫癘大作，乃徙居洱海城。疫息，仍居雲峰。尚書伍公文定、黔國公紹勳、鎮守大監杜唐同來問疾。」（頁1278）「嘉靖22年癸卯（1542）直二月子寧仁生，公喜，時當道與黔國沐公、交遊士大夫，俱詩章宴賀。」（頁1279）簡紹芳著：《贈光錄卿前翰林修撰升庵楊愼年譜》，收於《楊升庵叢書》（成都：天地出版社，2002），第6冊，附錄。

詩文之藝的切磋而增進文學造詣，兩者形成文學社交上的互譽互惠的傳播效應。

（二）我的「異族」朋友：木氏土司

木氏爲納西族人，家族屢代爲雲南麗江世襲土知府，他們的祖先自漢唐至宋元，世代統治麗江，楊慎在滇地，得木氏家族助益甚多。洪武十五年（1382），當時的麗江宣撫司副使阿甲阿得歸順明朝，賜姓木，他們熱衷學習中原文化，在當地長期經營，政治文化地位崇高。

《明史・土司傳》說：「雲南諸土官，知詩書，好禮守易，以麗江木氏爲首」〔註198〕，而木公是明代雲南木氏土司家族最有文學成就的一位詩人。木公（1495～1553），字恕卿，號雪山，木氏以金紫貴臣世守，守事於麗江。他「中年將兵卻敵，功在邊隅，永陵有御書『輯寧邊境』之褒」，而且「性嗜學，於玉龍山南十里爲園，枕籍經書，哦松詠月，嘗以詩質於楊慎。」〔註199〕木公的著作有《雪山始音》〔註200〕、《隱園春興》、《雪山庚子稿》、《萬松吟卷》、《玉湖游錄》、《仙樓瓊華》等六部詩集。木公的詩歌多收入《列朝詩集》、《古今圖書集成》、《四庫全書》、《明詩綜》、《明詩別裁》、《雲南叢書》、《滇南詩略》和《麗郡詩徵》〔註201〕。

楊慎貶謫雲南與木公交好，「用修在滇，獨愈光能與相應和，公恕希風附響，自此于長卿之盛覽，斯可謂豪傑之士也」〔註202〕，「予感雪山之神交於千里，跫音於空谷」〔註203〕，他從木公的詩集中，精心挑選一百十四首，編爲《雪山詩選》，並親序曰：「雪山於詩，自少性能而嗜之竺，故篇什與爲多焉。……夫雪山世守邊圍，獨稽古嗜學，於輕裘緩帶之餘，刻燭擊鉢，於燕

〔註198〕張廷玉撰：《明史・列傳》（北京：中華書局，1997），第18冊，頁5331。

〔註199〕參見錢謙益：〈麗江木知府〉，《列朝詩集小傳・丙集》（上海：上海古籍出版社，1983），頁356及〈宦跡〉，《雲南通志》，卷22之2。

〔註200〕《雪山始音》明嘉靖二年刻本，張志淳序曰：「雪山者，麗之望也；始音者，麗初無詩，而今創有之也，而昭迻俟來之義具矣。」參見余海波、余嘉華：〈明代納西族文化的奇葩〉，《古籍整理研究學刊》，2002年1月，頁19。

〔註201〕高小慧：《楊慎文學思想研究》（北京：中國社會科學出版社，2010），頁100。及李孝友：〈雪山詩選後記〉，收於《雪山詩選》，《楊升庵叢書》，第五冊，頁1040。

〔註202〕參見錢謙益：〈麗江木知府〉，《列朝詩集小傳・丙集》（上海：上海古籍出版社，1983），頁356。

〔註203〕楊慎：〈雪山詩選序〉，《楊升庵叢書》，第5冊，頁991。

寢清香之暇。非其特出之姿，尚友之賢，何以繼緣情綺靡於於士林哉！」〔註204〕《雪山詩選》爲木公作品精選集，序文中介紹了《雪山始音》、《隱園春興》、《庚子稿》、《玉湖遊稿》、《萬松吟卷》、《仙樓瓊華》等木公所有的詩集作品，可以說宣傳性十足。集中有許多沿襲、仿擬楊慎舊題之作，如〈升老簡來命作高嶢十二景詩續書於後〉即按楊慎〈高嶢十二景〉詩題而作〔註205〕，可見兩人師承關係，諸多兩人相和之作，顯示交誼深厚〔註206〕。

　　《雪山詩選》中楊慎對木公之詩多有讚譽，錢謙益亦稱木公「嘉、萬之間，酉陽、水西諸夷靡不戶誦詩書，人懷鉛槧，而麗江實爲之前茅」，譽爲「中土賢士大夫無以過也」〔註207〕。木公愛好文學之習，可說是邊族之光，《麗江府志略・藝文志》載：

　　　　麗陽天末僻壤，士人罕讀書，而文人學士亦鮮有至者，以故藝文特
　　　　少。有明一代，世守十數輩矣，惟雪山始振音於前，生白紹家學於
　　　　後，與張禺山、李中溪相唱和，用修楊太史亦爲揄揚。〔註208〕

這一段話論及滇雲原本是蠻荒無文的文化沙漠，納西人木公有開疆闢土提振

〔註204〕參見楊慎：〈雪山詩選序〉收於木公著，楊慎披選，《雪山詩選》，《楊升庵叢
　　　　書》，第 5 冊，頁 990～991。序文中介紹了木公其他著作「南園公嗣人外史
　　　　禺山愈光、藩伯賁所愈符兄弟，皆與雪山爲文字交，序其《隱園春興》及《庚
　　　　子稿》，禺山則稱其朗潤清越，間發奇句：賁所兼稱其筆圭鶉董，有心隱之逸
　　　　焉。侍御中溪李君仁夫復稱其得詩人句法，樂府音節。秋官洱皋賈君體仁序
　　　　其《玉湖游稿》諸什，謂得山水形狀之外，地以文顯，景因人勝，當與郎官
　　　　湖仙藻，並傳藝圃。予亦因中皋梁子宵正緘其《萬松吟卷》泊《仙樓瓊華》
　　　　序之，已傳攻梓矣。」又陶珙〈重鋟雪山詩選序〉云：「集中評點，悉出用修、
　　　　南園、禺山、中谿之手。」收於師範輯：《滇繫》（臺北：新文豐出版社，1989），
　　　　卷 8 之 8，頁 479。
〔註205〕仿楊慎作翠岩晚靄、碧關朝霞、茭塘去帆、水雲歸棹、淨洱山帶、羅藏水春、
　　　　八村魚火、九寺僧鐘、東林桂月、梨園春游、蓮池秋泛等 12 景詩。
〔註206〕如木公「寄來佳製滿琅函，坐惜窗舍綠羽杉。月上峨嵋明四蜀，雪銷巴水驟
　　　　孤帆。今無隱士耕莘野，昔有賢君夢博嵒。重與故人書問去，征鴻迴便付封
　　　　緘。」；「近承詩柄正開函，語鵲頻來屋後杉。野渡漫尋殘雪徑，江山遠帶夕
　　　　陽帆。華名已透金閨籍，麗藻新搆玉嶽嵒。昨日保昌飛使至，佳音報我數重
　　　　緘。」；「匡時典策且盛函，自理衡簷負野衫。萬里久淹瓊館客，三秋不挂錦
　　　　江帆。渭濱尚有垂綸石，雒士猶存臥雪嵒。愁想博南翁未了，新詩同付一書
　　　　緘。」見木公著，楊慎披選：《雪山詩選》，《楊升庵叢書》，第 5 冊，頁 1023。
〔註207〕錢謙益：〈麗江木知府〉，《列朝詩集小傳・丙集》（上海：上海古籍出版社，
　　　　1983），頁 356。
〔註208〕〔清〕管學宣修、萬咸燕纂：《麗江府志略・藝文志》（北京：國家圖書館，
　　　　2011）（乾隆 8 年，雪山藏本），頁 56。

之功，而文人學士罕至的滇雲地區，竟因楊愼遷謫該地而使邊陲生輝，楊愼及其周邊文士，繼木公之功，提升邊地文學風氣。而楊愼獎掖木公文學和兩人的詩文之誼，開啓了納西族的文學勃興契機，木氏家族及後人承其好文之風，木高（1515～1568）、木東（1534～1579）、木青（1569～1597）、木增（1587～1646）、木靖（1627～1671）〔註209〕等在文學藝術上皆有成就，楊愼成爲漢族和夷族交流的媒介，豐富了彼此的文學面貌，也進一步提升了納西族的文學風氣。

（三）在地文人：楊門七子

楊愼在滇地不但勤於著述，也致力於提倡文風，教化當地士人「公憐才造士，有一善皆極爲獎勵，故蒙士樂從之游」〔註210〕，在安寧，他寓居並講學於城東遙岑樓〔註211〕，在臨安「教授生徒，多所造就」〔註212〕，在大理「郡人皆師之」〔註213〕，雲南各地士大夫、文士、學者皆有所進益。李元陽云：「榆之士人，無問識不識，咸載酒從先生游。一時問字者肩摩（點蒼）山麓。今日復至，則曩昔問字之士，皆嶄然露頭角爲聞人矣。識者謂：『先生所至，人皆薰其德，文學用昌。有不及門而興起者矣，況親炙之者乎？』以是從之游者，日益以眾也。然觀先生不飾容貌，不炫技能，即布衣野老，邂逅丘廟之上，先生宴然與之談，而忘日之西夕也。是宜從之者日益以眾乎。」〔註214〕楊愼之所以能成爲雄踞雲南的文壇盟主，與他傾囊相受，擁有也龐大門生很有關係，他也對滇地門生們的成就，頗爲自豪，詩云「滇海門生廿載遙，飛

〔註209〕「除詩文外，木公曾編纂過《木氏宦譜》，詳載木氏歷代承襲及爲官事蹟，是研究木氏家族史乃至研究滇西歷史及滇藏交往史的重要資料。」（頁25）；錢謙益「木青號松鶴，公恕之曾孫也。能詩善書，年二十九而沒。子增，刻其詩曰《玉水清音》。如云『輕雲不障千秋雪，曲檻偏宜半畝荷』、『含煙翠筱供詩瘦，啄黍黃雞佐酒肥』……皆中土詩句也。」《列朝詩集·丙集》，第7冊，卷15，頁3831。有關木氏家族的文學成就，可參看余海波、余嘉華：〈明代納西族文化的奇葩〉，《古籍整理研究學刊》，2002年1月，頁19～25。楊愼也有許多與木氏家族的社交互動記載，如〈祭參戎石岡沐公文〉，《升庵文集》，卷9，頁205。

〔註210〕參見〔清〕蔣旭修、陳金玨纂：《康熙蒙化府志》（南京：鳳凰出版社，2009）。

〔註211〕〔清〕朗一榮等纂修《安寧州志》（蘭州：蘭州大學出版社，2003）。

〔註212〕《滇南見聞錄》，收於王思訓著：《滇南通考》（臺北：廣文書局，1962）。

〔註213〕〔清〕李斯佺、黃元治纂：《康熙大理府志·風俗》（北京：書目文獻社，1993）。

〔註214〕參見李元陽〈送升庵先生還螳川客寓詩序〉，見氏著：《中谿家傳彙稿·中谿文集》，收於《叢書集成續編》（臺北：新文豐，1989），冊142，卷5，頁638。

騰次第上雲霄」〔註215〕，這樣，「太史逐於滇者，克化滇人，嚮道敏學」〔註
216〕，啓迪了邊地的學風，功不可沒，爲人所敬重，雲南巡撫游居敬在〈翰林
修撰升庵楊公墓志銘〉中的一段文字，生動地描寫楊愼在雲南不遺餘力獎掖
後進的情形：

> 人有叩者，無貴賤，靡不應時，出緒言，以誨掖群髦。滇之東西，
> 地以數千里計，及門而受業者恆千百人。脫穎而登科甲居魁選者，
> 藹藹然吉士也。先生又不以文學驕人，藏智若愚，歛辯若訥，言質
> 而信，貌古而樸。與人相接，慨而率眞；評論古昔，靡有倦怠。以
> 故士大夫乘車輿就訪者無虛日，好賢者攜酒肴往問難，門下屢常滿。
> 滇之人士鄉大夫談先生者，無不歛容，重其行誼博物云。〔註217〕

說明了楊愼在滇地好爲人師，誨人不倦之態，《滇繫》的作者師範就云：「先
生學問之博，著述之富，自是勝國第一流人，其在滇也，……迄今已三百年，
而婦人孺子無不知有楊狀元者」的結論〔註218〕。

楊愼在滇地也經常舉辦文學雅集，如〈次雲樓上公韻五月十九日魚池雅
會〉「環衢窈窕錦亭東，琪樹留春綴穄紅。鳥度屏風青嶂裏，魚窺明鏡碧瀾中。
賓筵鄴下詩篇盛，軍次漁陽鼓角雄。獨有白頭虛授簡，梁園應愧長卿工」〔註
219〕；〈魚池即席贈玉華南華少華三公子〉「翩翩清世佳公子，秩秩初筵集上才。
宿昔八龍何蠖略，于今三鳳喜梽楷。通家會面嗟何晚，良會知音訝許猜。有
約高嶢同過我，不論晴雨有花開。」〔註220〕皆描寫雅集詩文吟詠，人才濟濟
的繁盛之狀。

與楊愼從游之人有七人最著，稱爲「楊門七子」。楊愼〈病中永訣李張唐
三公己未六月〉詩後云：「吳高河懋嘗以楊弘山士雲、王純菴廷表、胡在軒廷
祿、張半谷含、李中溪元陽、唐池南錡爲楊門六學士，以擬蘇門秦黃晁張廖

〔註215〕楊愼：〈贈門生楊靜夫北上〉，《升庵文集》，《楊升庵叢書》，第3冊，卷35，
頁550。

〔註216〕張含〈讀毛氏家史〉，《張愈光詩文選》，《叢書集成續編・集部》（臺北：新文
豐出版社，1989），冊142，卷7，頁447。

〔註217〕游居敬：〈翰林修撰升庵楊公墓誌銘〉，收於《楊升庵叢書》，第6冊，附錄，
頁1285。

〔註218〕參見〔清〕師範：《滇繫・典故類》，收於《叢書集成續編》（臺北：新文豐出
版社，1989），第237冊，卷7之7，頁522上。

〔註219〕參見楊愼：《升庵集》，卷29，頁217。

〔註220〕參見楊愼：《升庵集》，卷29，頁217。

略云余曰：得非于子而七乎，七子文藻皆在滇雲一時盛事，余固不敢當也。」
〔註221〕七子分別指永昌的張含、點蒼山的李元陽、太和的楊士雲、阿迷的王
廷表、昆明的胡廷祿、晉寧的唐錡、大理的吳懋。此外，從游較密者還有太
和董難〔註222〕、蒙化的朱褱、薛龠、左明理等。「楊門七子」可說是楊慎遷謫
滇地後培養的一個文學社群，王士禛（1634～1711）評此事：

> 楊升庵在滇，有張半谷含輩從游，時謂「楊門六學士」，以比黃、秦、
> 晁、張諸人。半谷即愈光。余則楊弘山士雲、王鈍庵廷表、胡在軒
> 廷祿、李中溪元陽、唐池南錡。又有吳高河懋爲七子，以擬廖明略。
> 升庵謂：「七子文藻皆在滇南，一時盛事」是也。〔註223〕

「楊門七子」即得名於此，因後來的文人不斷傳播此盛事，七子之名也漸漸
從地域邊緣到揚名至文壇中心。

七子之中，張含的文學成就最高，張含（1479～1565），字愈光，又字禹
山，號月塢，永昌人，與楊慎爲總角至白頭的知交，「愈光少與楊用修同學，
丙寅除夕，以二詩遺用修，文忠公極稱之，謂當以詩名世。嘗師事李獻吉，
友何仲默，然其平生知契，白首倡酬者，用修一人而已。愈光詩行世者，有
《禹山詩選》、《禹山七言律鈔》，皆用修手自驚云。」〔註224〕名人手筆增加文
學聲譽，張含著作都因楊慎評點，而傳播於文化場。時人楊一清（1454～1530）
對他十分欣賞，言「今歲無李子，則張子第一矣」〔註225〕，認爲張含與當時
文壇領袖李夢陽（1472～1529）足以相提並論，顧起綸（1517～1587）亦將

〔註221〕 參見楊慎：《升庵集》，卷 30，頁 217。
〔註222〕 「太和布衣董難，字西羽，亦以詩名從慎遊，寓蕩山一樓輯轉注古音，不樂
　　　　 仕進，以終其身。」參見謝肇淛《滇略・獻略》（臺北：臺灣商務印書館，1972），
　　　　 卷 6，頁 17。
〔註223〕 王士禛：《居易錄》，收於《王士禛全集》（濟南：齊魯書社，2007），第 5 冊，
　　　　 卷 25，頁 4183。
〔註224〕 參見錢謙益：《列朝詩集小傳・丙集》，頁 355。又「永昌張志淳（張含父）
　　　　 爲太常卿時，與新都楊廷和交善。一日，廷和偕弟廷儀暨二三僚友集志淳宅，
　　　　 分韻賦〈石榴詩〉。客有張宇者，難之。志淳子含，方七歲，在側曰：『何不
　　　　 用張騫故事？』坐客皆驚，明日，廷和亦攜子慎來，慎年與含相若，互相辯
　　　　 論，各不能屈，遂訂爲終身交。後含舉鄉薦不仕，慎亦謫戍永昌，復與含詩
　　　　 文倡和，以垂老焉。」《雲南通志》，卷 30；「其學出於李夢陽，又與楊慎最
　　　　 契，故詩文皆慎所評定」《四庫全書總目・禹山文集》。
〔註225〕 儲大文：〈留硯堂詩集序〉，收於《存研樓文集》（臺北：商務印書館，1986），
　　　　 卷 11，頁 225。

他與楊愼並稱，「楊修撰用脩、張進士愈光，世閥駿英，巍科雄望，嚼咀搜玉，咳唾成珠。其爲詩，楊如錦城雪棧，險怪高峻，張如蘭津天橋，騰逸浮空，故並鍾山川之靈乎？」〔註 226〕時人則認爲「滇南詩人，終明之世，克與秦、豫、齊、吳旗鼓相當，未有高于愈光者也」〔註 227〕。

李元陽，字仁甫，世居點蒼山十八溪，號中溪，作官期間能興利除弊，提拔張居正爲諸生之冠，著有《中溪集》十卷，楊愼譽之「世守麗江，以文藻自振，聲馳士林」，兩人曾一起纂修《雲南通志》、《大理府志》。

楊士雲（1477～1554 年），字從龍，號弘山，白族大理人，楊士雲學術範圍涉及經、史、子、歷史、地理、天文、曆法、音樂、文學、藝術等十分廣博，今存《楊士雲弘山集》。楊愼對楊士雲在政治上剛正不阿的氣節十分讚賞，「螭頭早掛進賢冠，跡遠東墀玉笋班。倦意已還飛鳥外，歸心元在急流間。仙郎高議留青瑣，學士新詩滿碧山。十九峯前同醉處，夢中瓊樹幾回攀。」〔註 228〕他與楊愼以詩會友，經常相互交流。

王廷表（1490～1554 年），字民望，號鈍庵，阿迷人，受業於楊愼叔父廷宣，正德九年進士，嘉靖元年擢升爲四川按察司僉事，因仗義彈劾總兵賄賂朝中丞相事，被「勒令致仕」，從此專心著述，《阿迷州志》載其有《皇統》、《鈍庵讀史》、《鈍庵詩集》，文集《桃川剩稿》，楊愼撰《古音復字》，王廷表爲之作序，二人嘗一夕指梅爲題，即成《梅花唱詠百首》，一時傳爲滇地文壇佳話〔註 229〕。

胡廷祿，名原學，號在軒，正德進士，得罪武宗被削籍，歸滇以寫文章自娛。楊愼居高嶢，兩人僅隔一滇池，經常泛舟往返，或同遊滇池，賦詩唱和，「余謫滇雲，君來溫泉，實始識君。清標玉立，雅韻蘭分。契以莫逆，交以論文。……昆明池上，高嶢水濱。或來或往，匪日匪旬。我倡君和，東主西賓。」〔註 230〕說明兩人密切的交誼。

〔註 226〕顧起綸：《國雅品》，收於丁福保輯：《歷代詩話續編》（北京：中華書局，1983），中冊，頁 1105。

〔註 227〕儲大文：〈留硯堂詩集序〉，收於《存研樓文集》（臺北：商務印書館，1986），卷 11，頁 225。

〔註 228〕參見楊愼：〈寄楊弘山都諫士雲〉，《升庵集》，卷 31，頁 227。

〔註 229〕兩人亦經常有詩文互動，如楊愼〈自江川之澂江，贈王鈍庵廷表，並柬董西泉雲漢三首〉，《升庵文集》，卷 36，頁 562。

〔註 230〕楊愼：〈祭在軒胡公文廷祿〉，《升庵文集》，《楊升庵叢書》第 3 冊，卷 9，頁 208。又〈自滇歸高嶢留別胡在軒〉「乘風歸吾廬，臨水飲君酒。顛倒白接䍦，

　　唐錡，字池南，嘉靖進士，知定遠縣，有《池南按陝集》，他和楊慎經常彼此互閱詩文，互相稱譽，「憶我頻年枉書札，與君連日醉壺觴。詩瓢不似山人瘦，大雅堂高接盛唐」〔註231〕，評唐錡詩有盛唐之風，唐錡亦云：

> 升庵太史之寓南中也，池南子嘗過之，既觀其輝而覽其芳矣，太史
> 不以池南子之愚且暗也，授以近稿。……太史之詩，殆所謂昌其氣，
> 達其才，融乎其興者乎！所謂本乎性，發乎情，止乎禮義，而出於
> 自然者乎！古不暇論，即今所稱李空同、何大復、鄭少谷、徐迪功、
> 薛西原、孫太初七子，頡頏未知優劣，然則太史故當世之雄也。……
> 抑聞太史每語人曰：池南子，池南子，是能知詩者，吾差有取焉。
> 嗟予奚足以副教哉。〔註232〕

這一段話頗能看出楊慎與楊門七子及其他在地文士之間的互動關係，「升庵楊公謫居永昌，往來蒼洱間，每考察群書必曰董生。欲蕩山樓寫韻，匯輯《轉注古音》，亦惟董生侍筆硯。修撰涉游覽，必以董生相隨。謂人曰：西羽時有奇思，山水間不可少此人」；「余鄉簡西嶽紹芳，弱冠游滇南，題詩山寺。楊升庵先生一見異之，使人物色，遂定為忘年交。凡先生出入必引與俱，簡一覽輒記，每清夜劇談。他人不能答，簡一一應如響。」〔註233〕他經常拔擢滇

潘哲青陽柳。相望片帆程，相憶以來否。」《升庵文集》，卷33，頁529。

〔註231〕楊慎：〈登海寶寺望侍御唐池南錡別業因贈〉，《升庵集》，卷31，頁226。

〔註232〕唐錡：〈升庵長短句序〉，王文才、張錫厚輯：《升庵著述序跋》，頁145～146。

〔註233〕參見李元陽〈董君鳳伯墓誌銘〉、朱孟震〈河上楮談〉。除了楊門七子外，楊慎在滇地的門人，為人熟知的還有大理董難。「嘉靖間，從成都楊慎游，寓蕩山。為樓以居，輯《轉注古音》，所著有《韻譜鳳唱》」（《雲南通志·宦跡》，卷20之2）；「升庵客滇，游其門者自六學士外，又有隱士董難。難，字西羽，太和人。常輯轉注古音，著《韻譜》，《滇志》列《隱逸傳》」王士禛：《居易錄》，收於《王士禛全集》（濟南：齊魯書社，2007），卷25，頁4184，卷25：「楊以議禮戍永昌，僑寓安寧，遍遊臨安大理都郡。所至攜倡伶，通良家婦女，皆大理董秀才為楊羅致，人呼董牽頭」見蔣一葵：《堯山堂外紀》，收於《續修四庫全書》子部·雜家類，1194冊，卷95，頁598；「時太和布衣董難者，字西羽，亦以詩名從慎游，寓蕩山一樓，輯《轉注古音》，不樂仕進，以終其身」（謝肇淛：《滇略·獻略》，卷6，頁13）。簡紹芳是撰寫楊慎年譜的第一人，兩人詩文往來甚多，朱孟震〈河上楮談〉記二人訂交始末：「在滇南唱和及評較文藝，惟簡為多，張愈光諸人不及也，簡年幾六十，西歸蒙山。先生宋之詩：『金蘭意氣昔論文主，燕坐朝霜竟夕曛。千里驅馳來西嶽，十年羈旅共滇雲。』」參見氏著：《玉笥詩談》，四庫全書存目叢書，第417冊，卷7，頁344及豐家驊：〈簡紹芳：楊慎研究第一人——楊慎交游考述之一〉，《江蘇教育學院學報》，第25卷，第5期（2009年9月），頁81～84。楊慎還為他戲作〈西嶽篇六解〉

地文才，將滇地蘭廷瑞等一些原本沒沒無名的詩人作品，收錄記載於自己的詩文集中〔註234〕，展現闡幽顯微之功。

　　歸納而論，楊愼與這些在地文士、官宦交流文學作品，舉行詩文雅集，談詩論藝、互相切蹉，也同遊雲南各地，留下許多旅遊詩文，如「嘉靖二十八年己酉居高嶢。夏秋每與滇之鄉大夫兩湖葉公、在軒胡公、廷祿王公偕紹芳數遊昆明池，有《池賞詩社集》」〔註235〕，像這樣的旅遊即興創作集非常多。透過與楊愼大量詩文倡和作品的付梓，滇雲文士得以被「看見」進而「欣賞」。楊愼經常稱譽在地文士，闡揚邊域創作風氣，而這些文士一經文壇名人彰揚而聲名大噪，甚至可以從邊陲揚聲文壇核心，以楊愼爲媒介，與當時文學場域對話，或贏得與當時文壇大家並駕齊驅美名。另一方面，楊愼在邊地的文化聲譽亦藉這些在地人的認同、賞譽而得以傳播，兩者之間的互動交流呈現良性的互惠機制，彼此都在這種在地人推薦和名人宣傳的互譽模式中傳播文學和文化聲譽。

三、尚異：傳播文學‧聲譽

　　楊愼文學作品在滇雲傳播廣遠，許多作品爲當地人朗朗上口，清楊南金云：「太史公謫居滇南，托興於酒邊，陶情於詞曲，傳詠於滇雲，而易流於夷獠。昔人云：吃井水處皆唱柳詞，今也不吃井水處亦唱楊詞矣。」〔註236〕楊愼千古奇謫的傳奇人生吸引滇人關注，而他帶入雲南的中原文學品味也同樣使當地人耳目一新。楊愼的諸多創作和學術體系，以及他由中原傳入滇地的華夏文風，促進西南地區的文學勃發。

　　楊愼曾編選許多滇地在地文人詩文集，批點選張含、李元陽等相關詩文集〔註237〕；編選木公《雪山詩選》，因其旁通吐蕃、白蠻文字、文化，故《雪

　　　　以釋簡紹芳別號，參見《升庵遺集》，《楊升庵叢書》，第4冊，卷1，頁689。
〔註234〕〈蘭隱士廷瑞〉「廷瑞，滇中人。詩出楊用修集」，見錢謙益撰集，許逸民、林淑敏點校：《列朝詩集‧丙集》（北京：中華書局，2007），第7冊，卷15，頁3827。
〔註235〕簡紹芳著：《贈光錄卿前翰林修撰升庵楊愼年譜》，收於《楊升庵叢書》，第6冊，附錄，頁1280。
〔註236〕王文才、張錫厚輯：《升庵著述序跋》，頁146。
〔註237〕禺山與愼，總角之交，倡和六十餘年，其集皆愼敘錄。《禺山貴精集》張含序云：「升庵先生自吾禺山兄丙戌後所爲詩若文，慮其多而未有宣於擇者也，乃爲擇爲集，命曰《貴精》。」（頁429）；《張愈光詩文選》八卷，是編存《評點張禺山詩集》六卷，《評點張禺山文集》二卷，皆題「保山張含禺山存稿，成都楊愼用修評選」（頁430）；《張禺山戊己吟》《天一閣書目》四之一著錄：

山詩選》及所代表的中原詩文學，也順勢傳入蠻域，錢謙益稱木公「博學通禪理，多所撰著。……國家泰階隆平，聲教四訖，嘉、萬之間，酉陽、水西諸夷酋靡不戶誦詩書，人懷鉛槧，而麗江實為之前茅。」〔註238〕楊慎獎掖、編選雪山詩文，木公又憑藉其異族文化／字優勢，傳播中原詩學，楊慎與滇地在地文士，成為一個漸趨擴展、強大的文化／學傳播力量。

元末戰亂頻仍，雲南的文史典籍、圖書遭到極大的破壞。明初三大將軍為了綏靖西南邊地，大軍出入雲南，焚燬大量圖書。雲南圖書典籍「一扼於南詔徙民，再扼於沐英一役」。就著述風氣來說，據《新纂雲南通志‧滇人著述之書》記載，明朝以前，唐、宋、元各代，滇人著述的書很少，整個元代，總計可考的著述只有八種，文風積弱衰微。明朝初到嘉靖以後雲南文士漸多，有陳文、蘭茂等二十多人，著述有四、五十種。嘉靖以後情況大有不同，到明末其間一百二十餘年，著述者竟達一百五十九人，著作有二百六十多種〔註239〕，這些著述的作者多和楊慎有不同程度的交往，甚至諸多著作就是楊慎直接參與商訂、批點、編選。楊慎長期寓居雲南，交游廣泛，經常與文人、士大夫談古論今、談詩論藝，很多人以他為師。明諸葛元聲《滇史》言：「開滇以來，弘正前文物尚未盛，蓋民故夷蠻，軍皆戎伍，風教卒未洽也。逮嘉靖初，黔國沐文樓敦尚儒雅，而用修以一代名儒淹跡茲土，滇人士聞風興起，如李中溪元陽、高陽川蔚、張南愚含英華並起，幾埒中州。」〔註240〕地方官張奉亦云「升庵先生以議大禮，謫戍滇南，……提倡風雅，使滇南榛蕪之習，化為鄒魯洙泗之風，迄今滇人崇祀之，尊為先師。」〔註241〕說明楊慎獎掖滇

「《張愚山戊己吟》三卷，刊本，明愚山張含著，升庵楊慎批點。卷首嘉靖二十八年楊升庵題詞」（頁 431）；《愚山七言律詩》《天一閣書目》四之二著錄「《愚山律選》一卷，刊本，明滇中張含著，蜀楊慎評選，滇中邵惟中、吳華雲校」（頁 431）；

〔註238〕 以上兩段引文，參見錢謙益：〈麗江木知府〉，《列朝詩集小傳‧丙集》，頁 356。

〔註239〕 參看李義讓：《狀元楊慎》（成都：四川人民出版社，2001），頁 56。又李一氓：「楊升庵謫滇南以後，以其狀元名聲，提倡風雅，對明代雲南地方文學活動，影響甚大。惟當時道士風氣，流播于士大夫間，加以此類土知府，實屬世襲農奴主，吟風弄月餘修真養性交雜為文，故其詩境界亦甚低下也。但中原文化，得楊升庵而在西南邊陲地區得以加強，其意義亦未可沒。」參見氏著：吳泰昌輯：《一氓題跋》（香港：三聯書店，1981）。

〔註240〕 諸葛元聲撰，劉業朝校點：《滇史》（昆明：德宏民族出版社，1994），頁 338〜339。

〔註241〕 參見〔清〕張奉書〈重刻楊升庵外集跋〉，《升庵著述序跋》，頁 61。

地文才，使當地文士文學成就幾可媲美中土。清初吳大勛《滇南見聞錄》道「升庵往來各郡，所至題詠，滇中文士，從之者甚眾。」〔註242〕張含〈南中集序〉說「滇，楊子所寓而昭也；辭，楊子所變而雅也。」〔註243〕都說明了楊愼對於提升雲南文學風氣居功厥偉。

夷酋智索墨寶爲楊愼傳播流行的諸多狂放行徑之一，「楊用修謫滇南，有東山之癖，諸夷酋欲得其詩翰，不可，乃以精白綾作袘，遣諸伎服之，使酒間乞書，楊欣然命筆，醉墨淋漓裙袖。酋重賞伎女，購歸，裝潢成卷。」〔註244〕許多明人文軼事典籍都有記載，此舉亦可視爲華夏文化傳播夷族之證，楊愼善詩亦善書法，或因楊愼而瞭解、欣賞文學藝術，諸夷酋仰慕華夏文化，使伎著白綾爲衣，楊愼則於席間當場揮毫，援筆力就，儼然是行動文藝展演，夷酋裝潢成卷加以收藏，楊愼亦樂於傳播漢地書藝，可說是趣味性的文化傳播。

從另一方面來說，楊愼的漫長的三十餘年滇雲謫遊也爲其開啓一道不同的人生風景，異域的所見所聞擴展其寫作視野，豐富其知識體系，他開啓了詩文地域、地誌、紀游書寫之風，也發現自然科學、考據學上許多新知，滿足了明中葉以後尚奇的知識／文化需求。

《異魚圖贊》爲楊愼考訂博物名著，根據南朝記載異魚類的《異魚圖》補繪之，而其所增補部分，有許多即是在滇地的親身見聞：

> 滇池鯽魚，冬月可薦。中含腴白，號水母線。比客乍餐，以爲麵纜。
>
> 樊綽《南夷志》：「蒙舍地有鯽魚，大者重五斤。西洱河及滇池冬月多鯽魚。」（〈鯽魚〉）〔註245〕
>
> 西河弓魚，三寸其修。誰書以公？音是字謬。又哂多子，亦孔之羞。
>
> 今誤作「公」。滇中俗諺，既誤作「公魚」，而怪其有子，遂綴爲謔語云：「大理公魚皆有子，雲南和尚豈無兒？」（〈弓魚〉）〔註246〕
>
> 髮魚帶髮，形如婦人。出於滇池，肥白無鱗。（〈髮魚〉）

〔註242〕有關楊愼對雲南文學風氣的影響，可參見李錫恩：〈楊升庵對雲南文化的重大貢獻〉，《大理學院學報》，1985年第1期，頁16；楊春茂：〈楊升庵對雲南地方志的貢獻〉，《楊升庵誕辰五百周年學術論文集》（成都：四川大學出版社，1994），頁79～85。

〔註243〕張含〈南中集序〉，收於王文才、張錫厚輯：《楊升庵著述序跋》（昆明：雲南人民出版社，1985），頁128。

〔註244〕焦竑著，顧思典校：《玉堂叢語》（北京：中華書局，1981），卷7，頁246。

〔註245〕楊愼：《異魚圖贊》，《楊升庵叢書》，第2冊，卷1，頁925。

〔註246〕楊愼：《異魚圖贊》，卷1，頁930。

張揖《廣雅》，剝竹頭爭。滇池所饒，亦名竹丁。烹以爲魚廷，案酒薦馨。(〈竹頭爭魚〉)〔註247〕

樊綽《南夷志》載的滇池「鯽魚」，楊慎以在地經驗分享冬月魚的肥美；〈竹頭爭魚〉一則提供最佳食用之法，增加《異魚圖贊》的實用性。〈髮魚〉則以滇地見聞印證其狀貌。〈弓魚〉一文則以滇中俗諺、改正稱謂誤謬。因爲滇地特異的風候物產，豐富了楊慎的創作，而其「異質文明」書寫也開啓中原讀者視野，楊慎考據學中就有許多滇地地方知識：

雨而晝見日曰啓，雨而夜見星曰姤，啓借作啓，陸粲曰：今吳中呼雨而晝止曰啓，其音如挽牽之牽，以去聲呼之，諺曰：晝啓不如晚晴，滇中雨而午見日曰「天笑」，必再雨雪，而午忽霽曰「開雪眼」，必再雪。(〈啓〉)〔註248〕

《莊子》陽蒸陰爲霞，陰炙陽爲虹。郭璞云虹爲雩，俗呼爲美人蜺，爲挈貳注，雌虹也。《淮南子》：天二氣則爲虹來。朱子曰：日與雨交，倏然成質，乃不當交而交，天地之淫氣也。故詩以比淫奔。《西域書》謂之天弓，夜郎滇越曰：水椿。(〈虹〉)〔註249〕

滇中雨而見日的「天笑」；雪而後霽的「開雪眼」，滇人喚虹霓爲水椿，皆是特殊氣候體驗後的浪漫考據紀錄。而「莋馬出滇西，青金護鑿蹄。朝驂過歸鴈，夕駕軼昆雞。蹀雪工升齏，陵雲欲舞梯。流星迸石齒，訝道火龍飛」(〈莋馬行〉)〔註250〕；「苴澤鷖郎唼鶒鴨，驚飛鴛鴦逐鴨鴂。翠袖啼春幽鳳盦，紅絲穿露空鷺神。碧眼胡雛亂馳鴇，三五紅顏片時老。今日盈盈滇海花，明日蕭蕭陸涼草」(〈鷖郎行〉)〔註251〕，描寫具有異國情調的地方風物，這種有奇異風光的作品，正是滇地體驗淬練而成。這些有別於中土風貌的楊慎著作，因其獵奇尚異風格，而增加文學傳播效應。因此就滇地來說，楊慎是中原文化的宣揚者；對中原人士而言，楊慎亦是雲南異域文化最佳代言人和傳播者。兩股文化交流、激盪使楊慎在明中葉文化場上展現獨具色特的文學風貌與雄厚的文化資本。

〔註247〕楊慎：《異魚圖贊》，卷3，頁944及950。
〔註248〕《升庵外集》，卷1，頁47。
〔註249〕《升庵外集》，卷2，頁93。
〔註250〕《升庵文集》，《楊升庵叢書》，第3冊，卷12，頁239。
〔註251〕《升庵文集》，《楊升庵叢書》，第3冊，卷12，頁241。

第七節 結 論

　　這一章疏理楊愼的雲南相關書寫，探討其中有關傳播的相關議題。可以發現貶遊滇地的楊愼經由詩文、《滇程記》、《雲南山川志》、《滇載記》等的編撰，對於西南邊域的景點、風物、民族、文化傳播居功厥偉。再者，也因爲他長居滇地三十餘年的千古奇謫，亦促進西南邊傲的文學、教育／化、出版等發展。

　　從楊愼的西南書寫游移於紀實與虛構之間，部分坐實了華夏人士「想像的異國」（image of foreign countries），也進一步以自己的視角，重新形塑邊域的知識體系。正如克斯汀‧海斯翠普（Kirsten Hastrup）所言「人類學家已經認識到：文化和歷史是互相容受的（adjective），而不是實質上分離的兩個實體。隱喻和眞實合而爲一，啓動了社會」〔註252〕。楊愼西南書寫充滿歷史元素，其文學、詩意的鑲嵌，使滇雲地圖成爲饒富詩意人文之地圖，亦有以文明收編野蠻的意圖〔註253〕。

　　這種異質民族文化的建構不但傳播到華夏，亦形塑了邊地人民的自我想像。以中土爲本位去描寫異族異地的視角或隱或現，可以觀察「自我／他者」相互觀看，以及新舊事物和價值觀的衝擊和融合，獵奇尚異之心、帝國凝視之眼、自我遷謫的感懷不斷交織在各類文本中。進一步來說，楊愼的雲南地域知識生產樣貌，在許多客觀、美學、詩意的描述中，交織漢人抑或人類中心的意識型態。

　　楊愼的西南文本可視爲一種空間實踐（spatial practice），因其貶謫的生命史，而豐富了作品的內涵，不但傳播雲南等邊域的文化聲響，代表了新知識、新觀點的傳入，成爲世人觀看邊／異境的一道窗口。另一方面，邊域的奇異書寫吸引當世及後世讀者目光，神秘獵奇色彩加速文學／文化傳播，從這種意義來說，貶遊謫旅所得的邊域文化知識，成了楊愼知識體系中另一重要的文化資本（有別於經學、考據學、小學等古典領域），而這種異文化的流傳也

〔註252〕克斯汀‧海斯翠普（Kirsten Hastrup）編，賈士蘅譯：《他者的歷史：社會人類學與歷史製作》（臺北：麥田出版社，1988），頁 19。

〔註253〕班納迪克‧安德森（Benedict Anderson）舉出透過人口調查、地圖與博物館，透過制度化（institutionalization）和符碼化（codification）的過程將自身對殖民地的想像轉移到殖民地人民身上，並形塑了他們的自我想像。參見氏著，吳叡人譯：《想像的共同體：民族主義的起源與散佈》（臺北：時報文化，1999），頁 183～201。

造就了文人／謫人之名，傳播了足跡心跡深深烙印在滇地的自我文化聲譽。
於是，楊慎的異域（雲南）書寫因名人符碼而傳播中原文學場域；異域／抑
鬱的楊慎因其本身的傳奇性，傳播邊域的異質書寫，而揚名當時文化／文學
場域，從這種來看，楊慎的漫長的貶游之旅，著實是一場文化交流，文學、
聲譽傳播之旅。